I0597940

UN HÉROS POUR CASEY

UN HÉROS POUR CASEY (DELTA FORCE HEROES, TOME 7)

SUSAN STOKER

Casey frissonna. C'était ridicule qu'elle ait si froid. Le Costa Rica avait une température moyenne de vingt-sept degrés avec des niveaux d'humidité oscillant entre les quatre-vingt-cinq et quatre-vingt-dix pour cent. Elle devrait être en train de transpirer comme une folle, mais plusieurs facteurs jouaient contre elle.

D'abord, l'obscurité. Le trou dans lequel elle avait été jetée était plongé dans le noir. Ce que les kidnappeurs avaient utilisé pour le recouvrir était absolument impénétrable. Pas même le plus petit des rayons du soleil ne franchissait cette obscurité.

Ensuite, elle était déshydratée et affamée. Elle utilisait son soutien-gorge pour essayer de filtrer l'eau coulant sur les parois de sa prison, mais ces quelques gouttes ne suffisaient pas.

Troisièmement, elle était stressée.

Elle avait fait tout ce que son frère lui avait appris. Elle avait gardé son calme. Elle était restée optimiste. Et elle avait fait de son mieux pour ne pas céder au désespoir.

Mais elle commençait à se laisser abattre.

Casey s'obligea à se lever et à faire les cent pas dans sa petite prison. Elle savait exactement combien de pas il fallait pour aller d'un point à un autre. Quatre. Quatre pas en avant, quatre pas en arrière. Deux en largeur. C'était tout.

Elle avait essayé de grimper pour sortir du trou, sans succès. Les parois de sa prison étaient trop instables. Elle n'avait réussi qu'à faire tomber plus de terre sur sa tête. Le haut du trou n'était qu'à quelques centimètres de ses mains quand elle les tendait vers le ciel, mais le puits aurait aussi bien pu faire douze mètres de haut, étant donné que ses efforts étaient vains. Elle ne pouvait pas sortir en grimpant, elle n'avait pas assez de planches de bois pour monter et atteindre le sommet et peu importait la matière avec laquelle ils avaient recouvert le trou, les trois kidnappeurs avaient mis un long moment à sceller minutieusement sa tombe.

L'odeur de décomposition et de pourriture avait été intolérable quand elle avait été jetée dedans, mais elle y était habituée désormais, donc elle la remarquait à peine. Les villageois mettaient probablement les morceaux d'animaux qu'ils ne mangeaient pas ou ceux dont ils ne voulaient plus dans cette fosse. Il y avait des os sous le liquide à ses pieds, mais puisque Casey ne pouvait les voir, elle n'avait aucune idée de quel genre d'animaux ils provenaient.

Elle ignorait depuis combien de temps elle était séparée de ses étudiantes, mais cela faisait trop longtemps. Avant cela, elles allaient toutes bien, restant calmes et rationnant la nourriture et l'eau qu'on leur avait données. L'un des kidnappeurs leur avait dit qu'on les gardait en échange d'une rançon, mais Casey n'était pas certaine de le croire.

Astrid aurait pu leur obtenir une rançon – elle était la fille d'un ambassadeur danois – mais Casey et les autres ? Impossible. Elle-même n'était pas spéciale. Et, selon elle, les familles de Jaylyn et Kristina n'avaient pas d'argent non plus.

Les filles s'étaient très bien débrouillées pendant leur voyage de recherche. Elles s'entendaient bien et se réveillaient, tout excitées, le matin avant d'aller dans la jungle pour trouver de nouveaux insectes à examiner. Tous les voyages scolaires ne se déroulaient pas si bien. Les personnalités pouvaient différer et gérer la culture ainsi que le climat du Costa Rica faisait parfois ressortir les plus mauvais côtés des étudiants. Mais pas chez Jaylyn, Kristina et Astrid. Elles s'entendaient toutes à merveille, malgré leurs différences.

Astrid venait d'une famille aisée, très aisée. Jaylyn était inscrite à l'université de Floride grâce à une bourse qui couvrait tous ses frais. Kristina était plutôt une fêtarde, présidente de sa sororité et élève médiocre dans la classe de Casey avec un B⁻ de moyenne.

À première vue, elles n'auraient pas dû s'entendre à ce point, mais sous la supervision de Casey et à cause de leur emploi du temps bien rempli, elles s'en sortaient correctement. Cependant, Casey avait dû accroître son autorité quand elles avaient été kidnappées. Elle savait que, sans elle, les choses auraient probablement dégénéré entre les trois femmes. Il y avait des signes de dissension avant que Casey ne soit séparée d'elles. Elle priait pour que les filles tiennent bon, qu'elles se souviennent de ce que leur enseignante avait essayé de leur inculquer lors du peu de temps qu'elles avaient passé ensemble, avant qu'elle ne leur soit arrachée.

Casey s'arrêta et leva la tête. Elle ne pouvait rien voir, mais cela ne l'empêchait pas de jeter des coups d'œil toutes les deux secondes, au cas où une soudaine lumière passerait par le trou. Elle respirait difficilement après seulement dix allers-retours dans le petit espace. Elle se remit dans le coin qu'elle utilisait comme son espace nuit et s'assit. Elle avait été surprise de trouver quelques planches de bois au fond de la fosse et elle les avait empilées les unes sur les autres, ce qui lui offrait une plateforme surélevée juste au-dessus de l'eau qui s'accumulait autour d'elle.

Son pantalon de randonnée était trempé. Tout comme ses pieds dans ses chaussures tout terrain Goretex. Elles étaient censées être imperméables, mais rester dans l'eau vingt-quatre heures sur vingt-quatre et sept jours sur sept n'était pas idéal pour cette matière. Inévitablement, les chaussures avaient failli et ses chaussettes de laine ainsi que sa doublure en nylon étaient trempées.

Pourtant, Casey essayait de rester optimiste. Son frère viendrait. Il était soldat, un dur à cuire des forces spéciales. Il l'avait toujours protégée. Quand ils étaient plus jeunes, ils jouaient aux soldats pendant des heures, ensemble. Quand elle avait grandi et avait commencé à fréquenter des mecs, c'était lui qui les avertissait de la traiter correctement. Quand il avait rejoint l'armée et avait suivi l'entraînement des forces spéciales, il était revenu à la maison et lui avait appris à tirer, à se battre et à faire ce qu'il fallait si jamais elle était prise en otage.

Elle avait ri lors de ce dernier enseignement et avait protesté en disant qu'elle ne serait jamais dans une situation dans laquelle elle aurait besoin de connaître les tactiques psychologiques que les kidnappeurs utilisaient, ni comment elle pouvait retourner ces stratégies contre eux. Aspen avait simplement secoué la tête et lui avait dit qu'elle ne pouvait pas savoir ce que l'avenir réservait.

Casey soupira et posa la tête contre la boue et l'argile derrière elle. Ses cheveux étaient recouverts de saletés et probablement en bonne voie pour devenir des dreadlocks. Chaque centimètre de son corps était recouvert de boue. Elle avait d'abord accepté cette saleté, sachant qu'elle repousserait probablement les kidnappeurs s'ils décidaient de l'agresser sexuellement, mais maintenant, elle donnerait n'importe quoi pour être propre.

Elle mourait d'envie de s'allonger entièrement. Elle n'avait pu dormir qu'assise. Son dos palpitait de douleur et elle faisait des rêves étranges à propos de son lit, chez elle.

— J'ai besoin de toi, Aspen, chuchota-t-elle.

Elle savait pourtant que ses paroles étaient ridicules. Il ne pouvait l'entendre. Personne ne le pouvait. Sa voix était inutile. Elle avait crié pendant si longtemps lorsqu'elle avait été jetée dans ce puits que sa voix en était brisée. La déshydratation, les conditions peu hygiéniques et l'humidité avaient travaillé de concert pour la faire taire presque totalement.

Comme si ses mots avaient des pouvoirs magiques, Casey entendit soudain des hurlements au-dessus de sa tête.

Puis des coups de feu.

Encore plus de cris.

C'était la première fois qu'elle entendait quelque chose depuis qu'elle avait été laissée dans cette fosse profonde.

Elle se leva rapidement, regarda au-dessus d'elle, priant pour un miracle.

— Je suis là ! Venez me chercher, dit-elle d'une voix rauque et aussi forte que possible.

Cela dura peut-être quelques minutes ou quelques heures, mais finalement les coups de feu s'interrompirent, tout comme les cris... Et Casey resta dans sa tombe, à nouveau silencieuse et sombre.

Elle ne s'était pas autorisée à pleurer. Pas une seule fois, depuis que ce supplice avait commencé.

Mais savoir que son sauvetage avait été imminent, puis qu'il lui avait glissé entre les doigts comme la terre quand elle essayait de grimper hors de son trou, poussa Casey à se rasseoir sur ses planches et à sangloter.

Aucune larme ne tomba de ses yeux, puisque son corps n'avait pas assez de fluide pour les produire.

Elle allait mourir là et personne ne trouverait jamais son corps.

— Je suis désolée, Asp, déclara-t-elle d'une voix rauque.

Sa poitrine se souleva difficilement quand elle inspira.

— Je suis tellement désolée.

Troy « Beatle » Lennon ne se concentrait que sur la radio posée sur la table devant lui. Blade faisait les cent pas derrière la table, trop agité pour s'asseoir. Le reste de l'équipe Delta était soit assis, soit debout et éparpillé dans la petite pièce. Ils étaient au Costa Rica, mais on leur avait refusé la permission d'aller dans la jungle pour sauver la sœur de Blade et les autres femmes puisque les forces spéciales danoises, le corps des chasseurs, étaient arrivées en premier dans le pays.

Blade avait eu envie d'envoyer balader le gouvernement costaricien, mais Ghost avait tapé du poing sur la table et ordonné à l'équipe de rester en retrait et d'attendre.

Le corps des chasseurs était l'équivalent danois de la force Delta. Ils avaient été mobilisés par le gouvernement danois quand l'ambassadeur Jepsen leur avait appris le kidnapping de sa fille. Personne ne savait exactement quand les étudiantes et leur professeure avaient été enlevées, mais selon les estimations de Blade, cela faisait une semaine et demie.

Le gouvernement costaricien avait déclaré avoir reçu un appel anonyme concernant quatre femmes américaines retenues dans un village, au fond de la jungle. Donc quand les chasseurs étaient arrivés, ils s'étaient immédiatement rendus à l'endroit présumé.

Les Deltas ne pouvaient rien faire d'autre qu'attendre pendant la tentative de sauvetage.

Ils recevaient régulièrement des nouvelles du capitaine des chasseurs, mais cela faisait quinze minutes qu'ils n'en avaient plus et les nerfs de tout le monde étaient à vif.

Selon les dernières informations, le camp avait été trouvé et ils intervenaient.

— Bon sang, dit Blade en brisant le silence. Pourquoi on reste plantés là ? On aurait dû y aller avec eux.

— Doucement, mec, lui dit doucement Ghost. Tu sais pourquoi.

— Je m'en tape de la politique ! Ma *sœur* est là-bas, Ghost. Elle a besoin de moi !

Le chef des Delta regarda son ami.

— Et elle te retrouvera. Je sais plus que la plupart des gens à quel point on peut être affecté après avoir été pris en otage. Elle aura besoin de ton soutien, Blade. C'est mieux que tu ne fasses pas partie de ses souvenirs dans la jungle.

Beatle serra ses poings sur ses cuisses. Il savait de quoi Ghost parlait.

— Je croyais que Rayne allait mieux, déclara Truck en disant ce qu'ils pensaient tous.

— C'est le cas, répondit immédiatement Ghost. Mais son psychologue m'a dit qu'une des raisons pour laquelle elle ne veut pas se marier, c'est à cause de ce qui lui est arrivé.

— Je croyais qu'elle résistait parce qu'elle ne voulait pas le faire pendant que Mary était malade ? demanda Fletch.

— C'était son excuse de base, affirma Ghost. Mais quand Mary s'est rétablie, elle a trouvé une autre excuse. Puis une autre. C'est un problème de confiance. Je m'en moque si on se marie ou non. Tout ce que je veux, c'est que Rayne sache au fond de son cœur qu'elle est en sécurité. Que je la *garderai* en sécurité. Elle va conserver les cicatrices de son enlèvement en Égypte pendant longtemps. Dans un sens, je pense que cela aurait été plus facile si je n'étais pas arrivé au milieu de tout ça. Ses mauvais souvenirs de ce qui a failli se passer là-bas sont mélangés à son soulagement lorsque je suis arrivé de nulle part. Je déteste être lié d'une façon ou d'une autre à ce crétin qui a failli la violer.

Ghost marqua une pause, puis regarda Blade.

— Tout ce que je dis, c'est que quand les chasseurs vont la sortir de la jungle, tu peux être là pour elle, sans que vos retrouvailles ne soient salies par le kidnapping en lui-même. Tu peux être son roc. Tu sais aussi bien que moi que parfois, quand la famille d'une victime la voit lorsqu'elle est au plus bas, ça ne se passe pas bien sur le long terme.

— Merde ! jura à nouveau Blade.

Il recommença à faire les cent pas.

La radio grésilla sur la table et l'attention de tous les hommes fut immédiatement focalisée sur la petite boîte noire.

— Chasseur Un à Base.

— Ici Base. Poursuivez, Chasseur Un.

Beatle retint son souffle. Ils n'étaient pas autorisés à utiliser le canal sécurisé, donc ils ne pouvaient rien faire d'autre qu'attendre que le résultat du raid au repaire des kidnappeurs soit enfin révélé.

— Trois colis sécurisés. Je répète. Trois colis sécurisés.

Si cela était encore possible, la tension dans la pièce décupla avec ces mots.

— Compris, déclara la voix avec l'accent costaricien. Localisation du quatrième colis ?

— Inconnue pour le moment, fut la réponse du soldat des forces spéciales danoises.

— Allez, dit Beatle dans sa barbe. Qui manque à l'appel ?

— Heure probable du retour ?

— Vingt-quatre heures, dit le soldat. Les colis sont en piteux état. Notre vitesse va être compromise. Deux blessés de notre côté également. Vérification rendez-vous ?

— Bon Dieu, s'agaça Hollywood en cognant un poing sur la table. Demande qui manque à l'appel.

Comme si ses paroles avaient été entendues par la base des opérations, la question suivante poussa tous les soldats de la Delta Force à retenir leur souffle.

— Identité du colis manquant ?

Il y eut une longue pause avant que le soldat danois réponde. Les soldats américains qui écoutaient dans la petite pièce sentirent tous qu'ils avaient pris dix ans en attendant la réponse pendant ce bref moment.

— Le plus âgé. Les colis disent qu'il a été placé à un autre endroit, il y a une semaine.

Avant que Blade puisse réagir à la nouvelle que sa sœur manquait toujours à l'appel, Ghost se leva et se dirigea vers la porte. Il se retourna pour regarder son équipe.

— Que les politiciens aillent se faire voir. L'une des nôtres a disparu et nous n'allons pas quitter ce pays avant de l'avoir récupérée.

Beatle suivit ses partenaires hors de la pièce, alors que sa tête tournait. La seule photo qu'il avait vue de Casey Shea était celle que Blade avait partagée avec l'équipe. Elle datait d'il y a quelques années et avait été prise à Noël.

Casey se tenait à côté de Blade et avait un bras passé autour de son cou. Le soldat l'avait évidemment laissé prendre l'avantage, parce qu'avec son mètre quatre-vingt-douze, il n'aurait jamais pu être vaincu. C'était la joie absolue dans les yeux de Casey que Beatle ne pouvait se sortir de la tête.

Elle souriait tellement qu'il était certain qu'elle était en train de rire quand la photo avait été prise. Elle portait un jean moulant ses longues jambes. Son t-shirt avait glissé sur l'une de ses épaules, exposant une bretelle rouge de soutien-gorge. Ses pieds étaient nus, ses orteils peints dans la même couleur rouge pétant que sa lingerie.

Ses cheveux blond cendré étaient attachés au sommet de son crâne dans un chignon décoiffé, donc Beatle ne pouvait dire à quel point ils étaient longs. Ses yeux verts regardaient directement dans l'objectif et... elle avait l'air absolument adorable.

Beatle ne croyait pas au coup de foudre, mais il ne pouvait nier qu'il avait eu des papillons dans le ventre après avoir vu cette photo. Il avait été immédiatement attiré, pas seulement par son apparence, mais par ce qu'il imaginait être sa personnalité insouciante et heureuse.

Et c'était ce qui inquiétait le plus Beatle. Ils avaient sauvé beaucoup de monde, par le passé, et songer que cette femme heureuse sur la photo de Blade serait changée par la violence le tuait.

Casey Shea ne méritait absolument pas ce qui lui était arrivé. Non pas que qui que ce soit puisse mériter ça, mais la sœur joyeuse et riante d'un de ses meilleurs amis encore moins.

Tiens bon, Casey, pensa Beatle. *On vient te chercher. Tiens bon.*

2

———

En fin de compte, la Delta Force n'alla pas chercher Casey... Du moins pas avant quelques jours. Ils avaient rencontré obstacle après obstacle dans leur quête pour trouver la sœur de Blade.

Ils avaient, en gros, été retenus captifs dans leur hôtel par l'armée costaricienne jusqu'à ce que les chasseurs reviennent. Puis Ghost avait insisté pour assister aux interrogatoires des étudiantes, afin d'avoir autant de renseignements que possible avant de partir.

Autant Beatle détestait le retard, autant il ne pouvait nier que les informations avaient été utiles.

Blade n'accepta pas aussi facilement l'idée qu'ils n'iraient pas directement dans la jungle pour trouver sa sœur. Il avait dû prendre un calmant pour éviter de se faire plus de mal. Donner des coups de poing dans les murs n'était pas exactement une bonne idée.

Alors que Coach et Truck étaient restés avec Blade à l'hôtel, Ghost, Beatle, Fletch et Hollywood avaient été autorisés à écouter les interrogatoires.

Ils avaient été menés dans une pièce avec un miroir sans

tain, dans laquelle ils pouvaient observer. Beatle avait voulu pouvoir poser des questions, mais l'ambassadeur avait interdit à qui que ce soit d'autre que les soldats danois qui les avaient sauvées de leur parler. Et puisqu'Astrid refusait d'être séparée de Jaylyn et Kristina, elles avaient toutes été interrogées ensemble.

— Que s'est-il passé ?

Le soldat en charge de l'interrogatoire leur posa la question sans ménagement.

Il fallut un moment aux filles pour raconter leur histoire, mais elles finirent par le faire.

Elles étaient toutes parties dans la jungle, à la recherche de nouvelles espèces de fourmis quand les kidnappeurs étaient sortis de nulle part. Elles avaient été jetées à l'arrière d'un pick-up qui avait roulé pendant des heures. Pendant ce temps, apparemment, Casey avait dit aux filles de rester calmes, qu'on allait remarquer leur disparition et que quelqu'un viendrait les chercher. Elle leur avait ensuite dit de vivre jour après jour, minute après minute si nécessaire, et de toujours trouver quelque chose de positif dans cette situation.

En entendant ça, Ghost avait murmuré :

— Malin. Blade a dû lui enseigner ça.

Beatle confirma en silence. Il avait eu une longue discussion avec son ami et Blade lui avait raconté avoir fait la leçon à sa sœur, lui expliquant comment rester forte psychologiquement dans une telle situation.

Les filles ayant été kidnappées avaient continué leur histoire, disant qu'elles avaient été conduites dans la jungle et étaient arrivées dans ce qui ressemblait à un village. Il faisait sombre, donc elles ne pouvaient pas vraiment décrire quoi que ce soit. Ce n'était pas vraiment nécessaire, puisque les chasseurs avaient confirmé que les filles étaient retenues captives dans un village au milieu de la jungle.

Les filles avaient expliqué comment Casey s'était comportée en leader, les aidant à garder leur calme, s'assurant que tout le monde ait suffisamment à manger et à boire, et veillant généralement à ce qu'elles restent en pleine forme. Après plusieurs jours de captivité, l'un des kidnappeurs était arrivé et avait dit que la rançon de Casey était payée, et il l'avait emmenée. Les filles ne l'avaient plus revue, donc elles avaient supposé qu'elle allait bien et était probablement de retour aux États-Unis. Le soldat qui les interrogeait avait dû les encourager un peu, mais elles finirent par admettre qu'après le départ de Casey, elles ne s'en étaient pas aussi bien sorties. Elles avaient commencé à se chamailler et à se battre, et elles avaient été sur le point de se retourner les unes contre les autres quand les soldats danois étaient arrivés.

Elles avaient l'air de se sentir coupables, mais on les rassura en disant que c'était normal. Que souvent, dans des situations stressantes comme celle qu'elles avaient rencontrée, les relations se brisaient et les choses devenaient tendues.

L'enquêteur posa plus de questions, mais Ghost en avait suffisamment entendu. Les quatre Delta étaient partis et Ghost avait demandé la permission d'entrer dans la jungle et le camp dans lequel Casey avait été vue pour la dernière fois, afin de commencer à la chercher.

La permission leur avait été refusée. Le gouvernement costaricien croyait que la professeure était morte et ils ne voulaient pas que des soldats armés traînent dans le coin, tirant probablement sur des gens innocents lors d'une mission vaine.

Il fallut trois jours de plus, mais finalement, le gouvernement avait cédé après avoir reçu des pressions du président des États-Unis, autorisant à contrecœur les Delta à effectuer leur mission de recherche et de sauvetage.

Quand ils quittèrent la ville de San José pour partir dans la jungle, cela faisait quatre jours que les autres femmes avaient été sauvées. Personne n'avait eu de nouvelles de Casey Shea depuis presque douze jours. Elle pourrait être n'importe où désormais et chaque membre de la Delta le savait. Elle avait peut-être été amenée clandestinement au Mexique, pour une affaire de trafic.

Ou elle s'était peut-être fait tirer dessus dès qu'elle avait été séparée des autres, son corps abandonné quelque part dans la jungle, nourrissant ainsi les divers insectes et animaux pour lesquels le pays était célèbre. Leurs chances de la trouver – vivante ou morte – étaient extrêmement faibles.

Mais personne n'allait abandonner. Elle était la sœur de Blade. Elle était des leurs. Et elle était dehors... quelque part.

* * *

Des heures plus tard, après avoir été déposés au lieu prévu par l'hélicoptère prêté par le gouvernement costaricien, les sept hommes de la Delta s'éparpillèrent sans un mot, se frayant un chemin à travers la jungle. Beatle se mit en équipe avec Blade. Lorsqu'ils se dirigèrent vers la dernière localisation connue de sa sœur, Blade parla d'elle.

D'une voix basse, il raconta à Beatle à quel point Casey aimait la nourriture chinoise.

Et que, lorsqu'elle était petite, elle creusait constamment la terre derrière leur maison, essayant de trouver de nouvelles espèces d'insectes.

Et qu'elle avait refusé d'aller au bal de promo lors de sa dernière année parce que ce soir-là, il y avait un documentaire à la télé sur les fourmis d'Amérique centrale.

Et comme il avait été fier d'elle lorsqu'elle avait obtenu

son doctorat. Elle avait à la fois travaillé pour son master et son doctorat. Elle venait tout juste d'obtenir ce dernier. Elle avait passé des années à l'université, étudiant, enseignant, prenant des cours. Elle était jeune pour avoir déjà un doctorat, mais d'après ce que Beatle comprenait, elle avait bossé à fond, faisant tout ce qui était en son pouvoir pour terminer dès que possible.

Beatle laissa son ami parler et absorba toutes les informations sur Casey qu'il put. Après plusieurs heures, c'était comme s'il connaissait aussi bien Casey que son frère.

Ils prenaient une pause quand Blade posa une main sur l'épaule de Beatle et déclara urgemment :

— J'ai bien entendu ce que Ghost a dit, l'autre jour. La dernière chose dont j'ai envie, c'est de dégrader ma relation avec ma sœur. Quand on la trouvera, je veux que tu restes à ses côtés.

— Blade, je...

Il le coupa.

— Je ne veux pas qu'elle souffre de conséquences négatives parce que je suis là. Ça va me tuer, mais je vais faire de mon mieux pour rester en retrait.

— Tu ne penses pas que ça lui fera encore plus mal ? demanda Beatle. Je veux dire, voir que son frère est là et qu'il ne la réconforte pas ?

Blade secoua la tête.

— Non. Enfin, je serai là pour elle, mais je ne veux pas qu'en me voyant, ça lui rappelle de mauvais souvenirs. Sur la route du retour, je passerai devant, ou quelque chose dans le genre. *S'il te plaît*, Beatle.

Beatle regarda son ami et coéquipier. Ils avaient été entraînés pour être totalement honnêtes l'un envers l'autre. Leurs vies en dépendaient.

— Elle me plaît, lui confia-t-il. Je ne sais pas l'expliquer, mais à la minute où j'ai vu la photo que tu nous as montrée, j'ai eu envie de la connaître. Et comme tu as parlé d'elle cette après-midi...

Il se tut. Cela semblait fou et pourtant, c'était la vérité.

Blade l'observa un moment, puis acquiesça.

— Bien.

— Bien ?

— Ouais. Écoute... ça ne me pose pas de problème que tu sortes avec elle. Je sais que certains mecs ont un genre de code fraternel stupide, dans lequel ils disent que ce n'est pas cool de sortir avec les sœurs des potes, mais pas moi. Je me mettrais à genoux et remercierais le ciel si Casey finissait avec toi. J'imagine que tu es le seul encore célibataire dans l'équipe, à part moi. On sait tous que Truck est obsédé par Mary, donc il ne compte pas. Je te connais, Beatle. Je connais tous tes bons et tes mauvais côtés. Si ma sœur et toi vous tombez amoureux, je la verrai plus souvent. Je saurai qu'elle est protégée. Mais, tu sais quelles sont tes chances que ça arrive... n'est-ce pas ? Elle est ici depuis un moment. Elle n'est peut-être plus la sœur dont je me souviens. Elle m'en voudra peut-être de ne pas l'avoir trouvée plus tôt. Elle a peut-être été violée. C'est juste que...

Ce fut au tour de Beatle de mettre une main sur l'épaule de son ami.

— Si elle te ressemble un tant soit peu, elle s'en sortira. C'est certain.

Blade ferma les yeux, mais acquiesça. Puis il prit une grande inspiration.

— Elle est ici, chuchota-t-il. Je ne sais pas comment je le sais, mais je le sais. Je sais quelles sont les chances qu'elle soit en vie, mais je m'en fous. Elle attend qu'on la trouve.

Beatle acquiesça.

— Alors c'est ce qu'on va faire.

Sans un mot, les deux hommes avancèrent en silence avec le reste de l'équipe. La seule preuve de leur présence fut l'envol de deux papillons, surpris sur la branche, qui s'élevèrent dans l'air dense et humide.

* * *

Dix heures plus tard, l'équipe se coucha sur le ventre dans la jungle costaricienne. Leurs doigts étaient sur la garde de leurs fusils tandis que leurs regards parcouraient le camp déserté devant eux.

Ils avaient atteint les coordonnées où le corps des chasseurs avait sauvé les étudiantes. Ils s'étaient déployés et entouraient ce qui restait de cette cachette.

— Ghost ? l'appela Hollywood presque sans bruit.

Ils portaient tous des oreillettes et communiquaient les uns avec les autres à deux ou trois kilomètres d'écart.

— Que personne ne bouge, ordonna Ghost. Ça pourrait être un piège.

— C'est désert, insista Fletch.

— Ou peut-être qu'ils attendent que quelqu'un revienne pour chercher Casey, répliqua Ghost. Je vous ai dit de rester sur vos positions.

Beatle grinça des dents, mais il fit ce qu'on lui ordonna. Il scanna d'un regard la partie du camp qu'il pouvait voir. Son esprit tourbillonnait à un million de kilomètres par heure. Ça n'allait pas. Il n'arrivait pas à mettre le doigt sur ce qui le dérangeait, mais ce n'était pas ce qu'il s'attendait à voir quand ils étaient arrivés sur le lieu.

Au lieu d'un campement avec des tentes montées à la hâte, les structures toujours debout ressemblaient à des bâtiments semi-permanents. Il pouvait voir un plancher en bois dans l'une des huttes circulaires. Des foyers étaient éparpillés et il y avait même ce qui ressemblait à une tente abritant une salle commune. Pourquoi des kidnappeurs, des guérilleros, auraient un tel avant-poste permanent ?

Il ne fut pas surpris de voir quelques cadavres, ici et là. Ils étaient probablement le fruit de la mission de sauvetage des chasseurs. Un certain nombre de huttes étaient couvertes de braises, comme si elles avaient pris feu des jours auparavant, quand le raid avait eu lieu, mais en général, la majorité du village était encore debout. En fait, on aurait simplement dit que les résidents s'étaient éloignés un moment.

— Hollywood, Fletch et toi, commencez à dégager le passage à l'autre bout. Truck, Coach et moi on va avancer lentement depuis ce côté. Blade et Beatle, vous faites la même chose depuis votre point de départ. On se retrouve au milieu. Si vous croisez des individus hostiles, tuez-les aussi silencieusement que possible. La dernière chose que nous souhaitons, c'est annoncer notre présence et que tout le monde dans un rayon de huit kilomètres se ramène.

Beatle acquiesça de l'intérieur. Ils avaient répété le plan plus d'une fois, mais Ghost radotait simplement puisque c'était la procédure standard.

— Et assurez-vous d'allumer vos caméras, ajouta Ghost.

En fronçant les sourcils, Beatle activa la minuscule caméra à la base de sa gorge. Elles avaient été ajoutées à leurs uniformes et aux procédures standards après qu'une équipe de soldats des forces spéciales eut assassiné un groupe de civiles du Moyen-Orient lors d'une patrouille. Ils avaient prétendu que c'était de la légitime défense, mais l'investigation avait été brutale pour toutes les personnes impliquées puisqu'il avait été impossible de réunir des preuves sur la scène du drame, après coup... et pas seulement parce que tous les témoins avaient été tués.

Bien sûr, les caméras n'étaient pas infaillibles. S'ils en avaient envie, ils pourraient y aller, détruire le reste du village, brûler complètement toutes les huttes, tuer tous ceux qu'ils rencontraient et *ensuite* allumer leurs caméras, prétendant qu'ils étaient arrivés au village et qu'ils avaient trouvé tous ces morts et les bâtiments en feu. Mais personne dans l'équipe n'envisagerait une telle chose. Ils étaient des hommes honorables et même si leurs actions pouvaient être remises en question par la suite, ils respectaient toujours les règles.

Mais à cause de violations commises par le passé, par des hommes censés être du bon côté, Ghost et ses coéquipiers portaient tous de petites caméras. Elles fonctionnaient plus ou moins comme les caméras embarquées dans les voitures de police. Ils devaient les enclencher avant toute sorte d'opérations... juste au cas où. *Big Brother* regardait toujours.

Silencieusement et avec des pas précis, Beatle avança vers la première hutte, parfaitement préparé à tuer quiconque passait à côté du couteau tranchant de quinze centimètres qu'il avait en main.

En quelques minutes, les sept hommes de la Delta se levèrent au centre d'un village abandonné.

— Est-ce que votre radar est détraqué aussi ? demanda Hollywood d'une voix grave.

— Ouais, quelque chose ne va pas. Ne va vraiment pas, confirma Coach.

— Ce n'était pas une cachette temporaire pour ces salauds de kidnappeurs.

Ghost venait de dire ce qu'ils pensaient tous.

— Non. Étant donné les quelques cadavres encore reconnaissables, on voit que c'était un village de natifs, affirma Fletch. Je devine qu'il y a eu de la résistance, quand les Danois sont entrés dans le village, mais elle a été rapidement étouffée, soit parce qu'ils ont récupéré les filles et sont partis, soit parce que les villageois se sont rendu compte qu'ils étaient dépassés.

— Alors, où est Casey ? demanda Blade.

Il paraissait à la fois frustré et désespéré.

— D'après les chasseurs, la hutte où se trouvaient les filles était par-là, fit remarquer Ghost en montrant l'une des petites structures.

L'équipe s'y rendit et l'examina. Il y avait quelques marques sur le mur, d'un côté, comme si les filles avaient tenu le compte du nombre de jours où elles avaient été retenues captives. Une paire de chaussettes était tristement dans un coin de la pièce, comme si l'une des femmes les avait enlevées pour les sécher avant que l'équipe de sauvetage arrive et elle n'avait pas pu les récupérer.

Un seau était sur le côté, non loin. L'odeur qui s'en dégageait indiquait exactement aux hommes quel avait été son but.

— Dispersez-vous, ordonna Ghost. Il doit bien y avoir un indice montrant ce qu'ils ont fait de notre cible.

— Elle n'est pas une putain de cible, grogna Blade. Son nom est Casey.

— Désolé, Blade, s'excusa immédiatement Ghost. Je ne voulais pas être méchant.

Blade prit une grande inspiration, puis acquiesça.

— Ouvrez l'œil, dit Ghost. Tout, même les choses les plus petites peuvent être un indice.

En quelques secondes, Hollywood, Ghost, Fletch, Coach et Truck disparurent dans le village et la jungle alentour.

Beatle resta parfaitement immobile, son regard observant la zone autour de la hutte où les autres femmes avaient été retenues.

— Qu'est-ce que tu vois ? demanda doucement Blade.

— Je ne sais pas.

Les secondes s'écoulèrent, puis Blade insista :

— Parle-moi.

— Il y a un indice ici... Je le sens. C'est comme si mon

subconscient avait reconnu quelque chose quand je l'avais vu, mais je n'arrive pas à mettre le doigt dessus.

Beatle ferma les yeux un moment, puis les rouvrit à nouveau. Quand il regarda autour de lui, il ne vit que de la jungle, les huttes les entouraient, certaines fumaient, d'autres étaient dans un parfait état et il y avait également les cendres de feux abandonnés. Qu'avait-il vu pour ressentir cette sensation ?

Il fit un pas sur le côté et se mit dos à la jungle, examinant ce qui restait du village. Visiblement, c'était une communauté assez grande. Il y avait au moins trente huttes, ce qui signifiait qu'une centaine de personnes vivait probablement là. Sûrement même plus.

Une centaine de personnes vivait au milieu de la jungle. Ce qui voulait dire qu'ils étaient organisés. Ce n'était pas un village de nomades. Ils étaient bien établis. Installés. Alors où étaient-ils tous allés ? Et pourquoi ?

Beatle jeta à nouveau un coup d'œil autour de lui, voyant ce qu'il n'avait pas pris la peine de remarquer plus tôt : les chemins partant dans la jungle et menant à des endroits divers.

— Regarde, Blade.

Il fit un signe du menton vers l'un des chemins.

— Qu'est-ce que je dois voir ?

— C'est un chemin. Peut-être vers une source d'eau. Ou des toilettes.

— Et ?

Beatle se retourna pour regarder son ami.

— Je ne sais pas. Mais mon instinct hurle. Écoute, les filles l'ont dit elles-mêmes, elles ont attendu ici avant que Casey ne leur soit enlevée. Nous savons tous les deux qu'aucune rançon n'a été demandée, alors pourquoi les ont-ils séparées ?

Blade se redressa.

— Parce qu'elle était plus vieille, plus expérimentée. C'était leur leader.

— Ouais. Éloigne le leader et le groupe tombe dans le chaos. Mais pourquoi leurs kidnappeurs voudraient ça ? Enfin, ça n'aurait pas été mieux de garder le groupe calme et coopératif ?

— Je n'en ai aucune idée, affirma Blade. Honnêtement, je m'en moque maintenant. Je veux juste trouver ma sœur. Quand ils l'ont éloignée des filles, ils ne l'auraient pas simplement planquée dans une autre hutte ?

— Peut-être que les natifs s'agitaient. Ils ne voulaient plus de *gringas* dans leur village, déduisit Beatle.

Blade sembla pensif, mais pas convaincu.

— Peut-être.

— S'ils n'avaient pas d'autres huttes où la mettre, peut-être qu'ils ont improvisé.

— Pourquoi ils ne l'auraient pas simplement tuée ?

Beatle voyait que cela peinait son ami de poser une telle question. Ce genre de questions-réponses était habituel quand ils essayaient de trouver des solutions. C'était simplement l'une des techniques que l'équipe utilisait.

— Peut-être qu'ils l'ont fait. Mais ils auraient dû mettre le corps quelque part. Ils n'auraient pas pu la laisser simplement en périphérie du village. Ça aurait attiré les prédateurs. Ou peut-être que certaines personnes au village ne savaient pas que des femmes étaient retenues ici, donc ils ont dû rester discrets.

— Alors ils ont dû la planquer quelque part.

— C'est vrai. Mais peut-être que ceux qui l'ont kidnappée avaient une raison pour l'utiliser. Ils ne voulaient pas la tuer. Ils voulaient la séparer des autres pour une raison différente.

— Ouais, d'accord, dit Blade, plus optimiste. Alors un

mec l'a emmenée dans la jungle, mais il aurait quand même eu besoin de la cacher quelque part.

— Il a probablement suivi les chemins, affirma Beatle.

Blade tendit la main et appuya sur l'oreillette dans son oreille.

— Beatle et moi avons une théorie.

Puis il réussit à raconter à ses coéquipiers ce qu'ils avaient déduit.

— Explorer tous les chemins qui s'éloignent du village. Vérifier tout ce qui pourrait aider à cacher quelqu'un.

Avec une motivation retrouvée, Blade et Beatle tournèrent tous les deux le dos au village et empruntèrent le chemin qui s'enfonçait plus profondément dans la jungle.

Les cheveux sur la nuque de Beatle étaient dressés, mais il ne savait pas si c'était parce qu'ils étaient sur le point de trouver Casey ou si c'était à cause du danger qui les attendait dans la jungle. Il espérait que c'était la première option, mais il savait que la seconde était plus probable. En sortant son couteau de combat de son fourreau, il garda un œil sur son environnement et l'autre sur le sol de la jungle.

Je viens te chercher, Casey. Tiens bon.

3

———

Casey suçota désespérément le peu d'humidité sous la doublure de son soutien-gorge. La demi-gorgée de liquide qu'elle avait collectée depuis la dernière fois qu'elle avait examiné son filtre de fortune n'était pas suffisante. C'était loin d'être suffisant.

Elle mourait. Elle pouvait vivre sans nourriture pendant un moment, mais pas sans eau. L'ironie était qu'elle avait du liquide jusqu'aux chevilles, mais qu'il n'était pas buvable.

Au début, l'eau avait coulé assez régulièrement dans sa prison. Elle l'avait entendue goutter sur le mur. Elle venait toujours du même endroit. Au début, elle avait fait attention, n'étant pas sûre de devoir se risquer à boire le liquide fuyant dans le trou dans lequel elle se trouvait. Mais quand personne n'était apparu pour lui donner de quoi subsister comme lorsqu'elle était dans la hutte avec ses étudiantes, elle avait fait le filtre avec son soutien-gorge.

Cela avait étonnamment bien fonctionné. Elle avait réussi à le caler dans un coin du trou et elle récupérait l'eau avec son bonnet. Ensuite, elle léchait l'eau filtrée qui gouttait au travers du tissu de son soutien-gorge. Ce n'était pas

24

vraiment propre, mais au moins, elle n'était pas obligée de lécher la boue sur les parois.

Mais depuis peu, sa source d'eau s'était tarie. Casey n'avait aucune notion du temps dans l'obscurité de sa prison, mais elle supposait que cela faisait plusieurs jours. Si auparavant l'eau avait coulé dans un flot assez régulier, il s'agissait maintenant à peine d'un ruissellement.

Une fois, elle avait parlé avec son frère de son expérience d'otage dans le désert, dans le Moyen-Orient. Il n'avait pas été captif pendant longtemps, merci mon Dieu, mais il lui avait dit comme il s'était senti désespéré, comme ses conditions étaient misérables, même si à aucun moment il ne s'était autorisé à penser qu'il mourrait là. Cela avait été la clé pour survivre à ces horribles circonstances et aux tortures que ses ravisseurs leur faisaient endurer, à son équipe et lui. Il avait insisté là-dessus encore et encore. Cette ténacité mentale était la meilleure chose qu'il lui restait pour se montrer fort.

Mais Casey n'était pas si forte.

Elle pensait presque que la torture et le viol seraient mieux que ça.

Être enterrée vivante et mourir lentement du manque d'eau...

Elle pourrait boire le mélange putride à ses pieds, mais cela lui ferait plus de mal que de bien, lui donnerait la diarrhée et ferait perdre encore plus de liquide à son corps, sans parler du fait de devoir vivre dans ses déjections.

Elle n'avait pas eu besoin d'uriner depuis un moment ce qui, elle le savait, était un mauvais signe. Elle avait juste assez d'eau dans son soutien-gorge filtrant pour rester en vie, mais elle avait commencé à penser qu'il valait peut-être même mieux arrêter.

Casey cligna des yeux, essayant de voir une quelconque lumière, sans succès. Elle leva ses pieds hors de l'eau saumâtre au fond du puits, puis les encercla avec ses bras. En posant sa tête sur ses genoux pliés, elle ferma les yeux. Peut-être qu'elle pouvait juste s'endormir et ne pas se réveiller.

Elle était fatiguée. Tellement fatiguée.

Aspen ne venait pas la chercher. Elle devait arrêter de se faire des illusions. Elle n'avait pas entendu de bruit au-dessus de sa tête depuis ce qui semblait être une éternité, pas depuis les coups de feu. Elle était au milieu de la jungle au Costa Rica. Enterrée profondément dans le sol, dans une tombe. Personne ne la trouverait jamais.

* * *

Beatle marcha péniblement sur un autre chemin qui menait au village dans la jungle. Il s'arrêta dans son élan, frissonnant, quand il tomba sur une immense toile d'araignée sur sa route. Il n'y avait rien qu'il détestait plus que les insectes. Dans son enfance, puisqu'il avait été pauvre, il avait toujours trouvé des cafards, des fourmis et autres insectes dans sa maison. Quand il se réveillait, il les trouvait en train de ramper sur son visage. Elles l'effrayaient à l'époque et elles continuaient de l'effrayer aujourd'hui.

Mais il avait autre chose en tête à ce moment-là que des bestioles rampantes. En utilisant son fusil pour casser cette toile, il passa à côté et continua à observer le sol de la jungle. Il était plus que conscient de chaque seconde qui passait. Au fond de lui, il savait d'une façon ou d'une autre que le temps était presque écoulé pour Casey.

Elle avait disparu depuis bien trop longtemps. Si elle était ici, ils devaient la trouver. Maintenant.

En avançant vers un autre puits abandonné, Beatle se pencha au-dessus. En illuminant le trou, il vit de l'eau scintiller au fond d'une fosse de trois mètres de profondeur. Pas de Casey.

Une espèce de caoutchouc vert pendait par-dessus le bord du puits, un bout s'enfonçant vers le bas, près de l'eau. Au début, il pensa que c'était juste une autre plante grimpante, mais en inspectant de plus près, il se rendit compte que c'était un tuyau d'arrosage. Beatle le suivit du regard, alors qu'il disparaissait dans la jungle. Il se baissa et tira. Il eut un peu de mou, mais apparemment il était attaché à quelque chose de l'autre côté. Il le laissa tomber et secoua la tête. Les habitants du village n'avaient peut-être pas l'eau courante dans leurs maisons, mais ils étaient certainement inventifs quand il s'agissait de collecter de l'eau aussi facilement que possible.

En soupirant, il se tourna dos à la source d'eau et marcha d'un pas lourd vers le village. Il devait s'inquiéter de choses plus importantes que d'enquêter sur les puits bidouillés par les natifs costariciens qui leur offraient une source primitive de plomberie interne.

Beatle savait que les autres n'avaient pas eu plus de chance que lui pour trouver la sœur de Blade. Ils faisaient tous leur rapport, confirmant leur échec dans son oreillette.

Il était à mi-chemin du village quand quelque chose attira son regard sur la gauche. Il s'arrêta net et cligna des yeux.

En inclinant la tête, il essaya de se dire que ce qu'il voyait n'était rien de plus qu'une trace d'animal... mais ce n'était pas le cas.

Beatle tendit la main et tira sur les branches feuillues qui bloquaient légèrement le chemin, s'attendant à de la résistance. Il n'y en eut aucune.

Les branches n'étaient rattachées à rien. Son pouls s'accéléra immédiatement.

Pourquoi des branches auraient été stratégiquement

placées au travers de ce chemin s'il n'y avait pas quelque chose – ou quelqu'un – à l'autre bout qu'un villageois ne voulait pas qu'on trouve ?

En enlevant facilement les autres branches du chemin, puisqu'elles n'étaient rattachées à rien non plus, Beatle fit de grandes foulées au travers de l'épais taillis. Il s'arrêta devant ce qui était, selon lui, le bout du chemin.

Il regarda fixement les épaisses planches de bois à ses pieds. Trois panneaux étaient là et ils avaient apparemment été placés ici récemment, dans la jungle. Des plantes d'un vert foncé étaient tissées les unes avec les autres et placées par-dessus, d'autres avaient été éparpillées au-dessus, comme si on essayait de les rendre invisibles à l'œil nu. Ou pour cacher le fait qu'il y avait peut-être quelque chose sous le bois.

Il savait sans aucun doute qu'il avait trouvé Casey Shea.

Restait à voir si elle était vivante ou morte.

Il tomba à genoux à côté du bois et des plantes, puis appuya un doigt sur son oreillette.

— Je l'ai trouvée. Au sud-est depuis la dernière hutte. Prenez le chemin sur la gauche, à mi-chemin, il y a un sentier à peine visible sur la droite.

Sachant qu'il ne pouvait attendre son équipe, Beatle s'affaira à couper les lianes sur les longues et lourdes planches de bois.

— Casey ? Tu es là ? Tiens bon, ma belle, je te récupère dans quelques minutes.

Beatle ignorait totalement si elle pouvait l'entendre ou si elle était même consciente, mais les mots franchirent ses lèvres sans qu'il y pense. Le besoin de la tenir dans ses bras, de lui faire savoir qu'elle n'était plus seule pressait urgemment en lui.

Il posa la paume de sa main sur les planches en bois qui l'éloignaient d'elle.

— Tu m'entends, ma belle ? Je suis là et je vais te faire sortir.

* * *

Casey eut un mouvement brusque, apeurée quand un bruit sourd résonna au-dessus de sa tête. Elle leva le menton comme si elle pouvait voir, comme par magie, ce qui avait fait ce vacarme. Bien sûr, elle ne distinguait toujours rien. L'obscurité était complète dans son donjon.

Mais l'obscurité sembla soudain s'éclaircir lorsqu'elle entendit les premiers mots, autres que les siens, depuis qu'elle avait été jetée dans cette fosse depuis Dieu sait combien de temps.

— Je suis là et je vais te faire sortir.

Un gémissement lui échappa. Les mots ne voulaient pas venir. Sa gorge lui faisait trop mal pour qu'elle essaie.

Alors que l'adrénaline traversait ses veines, Casey réussit à se lever sur la plateforme qu'elle avait créée. Gardant la tête inclinée, elle se tourna face à la paroi en terre. Elle leva les bras et les posa contre le mur au-dessus de sa tête, les tendant ainsi vers quiconque se trouvait au-dessus d'elle. Au point où elle en était, elle se fichait de savoir s'il s'agissait de son frère ou de ses kidnappeurs. Elle voulait sortir de la fosse dans laquelle elle était. Elle ferait tout ce qu'ils lui demandaient, tant qu'ils la laissaient sortir.

Un autre gémissement lui échappa quand elle attendit.

* * *

Beatle avait fini d'écarter les plantes sur le côté quand il entendit des pas s'approcher rapidement derrière lui. Il ne se retourna même pas, il était trop concentré sur le besoin de récupérer Casey.

Deux paires de mains attrapèrent les lianes qu'il venait d'enlever et les éloignèrent encore plus, les jetant sur le côté sans hésiter. Beatle tendit immédiatement la main vers l'une des planches, mais elle bougea à peine.

— Cette merde est lourde, dit-il dans sa barbe.

À ce moment-là, Beatle se rendit compte que tous ces coéquipiers étaient là. Travaillant comme l'équipe qu'ils étaient, ils commencèrent à les hisser ensemble pour enlever ce bois.

Ils jetèrent la première planche hors du chemin, révélant une bâche noire, avec encore plus de plantes vert foncé cachant ce qu'il y avait en dessous à la vue de tous. La puanteur d'animaux en train de pourrir commença à filtrer en haut du trou, rendant l'air autour d'eux nauséabond. Aucun d'eux ne prononça un mot, mais Beatle vit Ghost lancer un regard inquiet à Fletch. Il inclina la tête vers la droite, donnant un ordre silencieux.

Fletch se leva et attrapa le bras de Blade.

— Laisse-leur de la place pour travailler.

Comme dans un état second, Blade permit à ses amis de l'obliger à faire un pas en arrière.

Beatle continua d'un air sombre en passant à la planche suivante. *Elle n'est pas morte, elle n'est pas morte.*

Les mots se répétaient encore et encore dans sa tête.

L'équipe travailla de concert pour enlever la deuxième planche, la jetant sur le côté vers les lianes abandonnées et le premier panneau de bois. En laissant la troisième planche à sa place, Beatle sortit son couteau et prit une grande inspiration, puis il se pencha en avant et commença à trancher lentement le milieu de la bâche, d'une extrémité à une autre.

Une fois qu'il eut créé un trou suffisamment grand pour qu'on puisse voir au travers, il écarta impatiemment les bords et s'allongea sur le ventre. Il avança doucement vers le trou béant, la partie inférieure de son corps collée à la planche restante. Il sentit des mains s'agripper à ses mollets, le stabilisant au cas où de la terre s'affaissait sous son poids. En s'aidant de ses deux mains, posées de chaque côté du trou, il s'y pencha et regarda vers le bas.

La puanteur émanant du puits était presque insupportable, mais il respira par la bouche, ignorant l'odeur. Beatle ne pouvait pas voir à plus de quelques centimètres dans le trou. C'était plus profond qu'il ne l'avait pensé. En tendant le bras en arrière, il montra sa main et ordonna :

— Lampe torche.

En quelques secondes, un maigre objet tubulaire fut placé dans sa main. Sans regarder, il tendit un bras en avant, appuya sur le bouton pour allumer la lumière et éclaira le fond au moment où il demanda :

— Casey ?

Le soupir qui l'accueillit lui brisa le cœur.

— Est-ce qu'elle est là ? demanda Blade, sa voix se brisant.

Sans y réfléchir, Beatle se pencha en avant, souhaitant atteindre l'intérieur du trou et agripper la femme qui avait réussi, d'une façon ou d'une autre, à l'impressionner sans qu'il l'ait jamais rencontrée en personne. Les mains sur ses mollets s'accrochèrent un peu plus, le serrant plus fort, s'assurant qu'il ne tombe pas dans le trou, au-dessus d'elle.

Ignorant son ami pour le moment, Beatle cria à nouveau :

— Casey ?

Elle ne répondit pas et ne bougea pas non plus.

— Je m'appelle Beatle. Je suis là pour te ramener chez toi.

* * *

Casey entendit alors que les bruits au-dessus de sa tête se faisaient de plus en plus forts. Elle pouvait percevoir des voix, mais elle ne comprenait pas ce qu'elles disaient.

Mais cela n'avait aucune importance. Tout ce qui importait, c'était de sortir de là.

Il y eut des bruissements au-dessus de sa tête et, pour la première fois depuis qu'elle avait été abandonnée dans le trou, elle vit autre chose que de l'obscurité.

C'était simplement un léger éclaircissement de l'ombre, et pourtant, rien que ça lui fit mal aux yeux.

Elle était tiraillée entre vouloir garder ses yeux ouverts et enfin voir quelque chose d'autre ou ne pas se faire de mal. Ne pas se faire de mal remporta la partie. Elle plissa les yeux, mais autrement, elle ne bougea pas.

Il y eut plus de bruissements au-dessus de sa tête et les voix devinrent plus fortes.

Si elle avait encore eu une quelconque eau dans son corps, Casey savait qu'elle serait en train de pleurer de soulagement.

Elle le sut, à la seconde où la dernière barrière entre elle et le reste du monde fut enlevée. Elle sentit l'air de son trou se précipiter autour d'elle. Ses cheveux agités par la brise. Elle se dit que même l'air stagnant et fétide voulait s'échapper de la tombe dans laquelle il était.

Elle entendit qu'on appelait son nom au-dessus d'elle. Elle n'avait jamais rien entendu d'aussi extraordinaire de sa vie. Elle ne reconnut pas la voix, mais elle était profonde et apaisante. À la façon dont son nom était prononcé, elle pouvait constater que c'était un Américain qui l'avait dit, avec un léger accent sudiste. Le son s'enfonça dans son cœur blessé.

Casey savait qu'elle n'oublierait jamais la sensation de sécurité, de sûreté qu'elle ressentit à ce moment-là, rien qu'en entendant son nom franchir les lèvres d'un homme.

— Elle est là ?

C'était son frère. Mon Dieu ! Elle savait qu'il viendrait la chercher. Elle le *savait*.

— Casey ? Je m'appelle Beatle. Je suis là pour te ramener chez toi.

Elle n'avait pas bougé d'un poil, elle avait peur d'halluciner, mais en entendant à nouveau cette voix traînante, elle réagit.

Elle éloigna très légèrement une main des parois et serra son poing, puis elle l'ouvrit et le leva aussi haut qu'elle le put, debout sur ses orteils, essayant de s'approcher du haut du trou. Puis elle ouvrit lentement les yeux, un demi-milli-mètre, et elle regarda en haut, les yeux plissés. Elle ne pouvait rien distinguer d'autre que l'obscurité au-dessus d'elle, mais le soleil qui l'appelait et l'accueillait derrière l'homme avec la voix basse et rauque était la chose la plus belle qu'elle ait jamais vue.

— Aide-moi, dit-elle.

Elle ne reconnaissait pas sa propre voix. Il s'agissait à peine d'un chuchotement, et cela ressemblait plus à un croassement qu'à de vrais mots.

— Je suis là pour toi, Casey. Je ne partirai pas sans toi.

La lumière lui faisait mal aux yeux, même si elle les plis-sait, donc Casey les ferma à nouveau. Mais elle sourit faible-ment en direction de l'homme qui se faisait appeler Beatle. C'était approprié. Un homme du nom de Beatle[1] sauvait une entomologiste.

* * *

Beatle se figea à la vue de Casey Shea qui lui souriait. Elle était couverte de la tête aux pieds de boue et de vase. La puanteur émanant du trou lui mettait les larmes aux yeux, mais d'une façon ou d'une autre, après tout ce qu'elle avait traversé, Casey souriait. Elle *lui* souriait.

Mon Dieu.

Juste là, au milieu de cette jungle paumée, en pleine opération de sauvetage, Beatle tomba éperdument amoureux.

Il s'était préparé à être impressionné par Casey. Il l'appréciait déjà, simplement après avoir entendu son frère raconter des histoires sur elle toute la journée. Mais voir ce sourire lui avait fait un sacré choc.

Il ferait tout ce qu'il faudrait pour la garder en sécurité à partir de maintenant. Peu importait ce qui la rendait heureuse, il se mettrait en quatre pour le lui donner.

Il n'avait jamais compris pourquoi de bons soldats quittaient l'armée. Un jour, il avait demandé à un camarade Delta pourquoi il s'en allait et celui-ci s'était contenté de sourire et de lui dire :

— Quand tu rencontreras une femme que tu aimes de tout ton être, tu sauras pourquoi.

À ce moment-là, il avait cru que le mec était fou de quitter le travail pour lequel il avait passé une bonne partie de sa vie à s'entraîner. Mais il comprenait enfin. Il démissionnerait sur-le-champ, si cela rendait Casey heureuse.

— Beatle ?

C'était Blade.

En reculant pour que ses coudes soient posés sur la planche au-dessus du trou, Beatle tourna la tête pour regarder le frère de Casey. Sachant qu'elle pouvait entendre chacun des mots qu'il prononçait, Beatle resta positif et optimiste.

— Elle est là. Elle est consciente et parle.

— Putain, jura Blade.

Il ferma les yeux et se pencha en avant, se soutenant en mettant ses mains sur ses genoux.

— Putain !

Il était facile de voir qu'il luttait pour garder son sang-froid.

Beatle regarda Ghost.

— Je vais avoir besoin de corde.

Ce n'était pas le cas, mais il fit un signe de tête vers le village.

Puisqu'ils travaillaient ensemble depuis si longtemps, Ghost comprit immédiatement le non-dit.

— Coach, tu peux aider Blade à retourner vers le village pour voir si vous trouvez une corde ?

— Absolument. Viens, Blade. Plus vite on s'y met et plus vite on pourra sortir ta sœur de là, déclara Coach sans attendre une seconde.

Il avait également vu le signal non verbal de Beatle pour éloigner Blade de cet endroit pendant qu'ils sortaient Casey.

Sans un mot, Blade tourna le dos au groupe et remonta le chemin étroit, Coach sur ses talons.

Beatle avait le sentiment que Blade savait qu'on l'envoyait à la chasse au dahu pour lui épargner la vision de sa sœur émergeant du trou, mais il semblait avoir pris les paroles de Ghost à cœur, conscient qu'il devait être là pour soutenir sa sœur après son sauvetage et l'aider à s'en remettre.

Dès que les hommes furent hors de portée de voix, Ghost demanda :

— Qu'est-ce que nous avons, Beatle ?

— Elle est à environ un mètre vingt du sol. Je crois que je peux l'atteindre si vous tenez mes jambes et que vous nous tirez une fois que je l'ai.

— On pourrait fabriquer une corde d'assurage avec les lianes ici, suggéra Hollywood.

Beatle secoua immédiatement la tête.

— Pas le temps. Elle doit sortir de là.

Il savait, à cause du désespoir dans ses actes, qu'il disait la vérité.

Truck était déjà à genoux derrière Beatle.

— Fais-le. Je vais m'assurer que tu ne tombes pas la tête la première.

Beatle acquiesça et se retourna vers le trou. Il se figea quand un bout de terre sous lui bougea. Il regarda Ghost.

— Une fois que je la tiens, je ne le lâche pas. Quand je dis : « tirez », vous *tirez*. Fort.

Ghost acquiesça. Il s'agenouilla d'un côté de Beatle, et Hollywood ainsi que Fletch s'accroupirent de l'autre côté. Beatle sentit leurs mains dans son dos et fit un signe de tête.

Il s'approcha lentement pour que sa taille soit au niveau du bord. Il coinça la lampe torche sous la bretelle à son épaule. La lumière rebondit follement à l'intérieur du trou, mais il n'avait pas besoin de la diriger directement vers Casey pour être capable de la voir.

Elle se tenait toujours exactement au même endroit qu'un peu plus tôt. Les deux bras levés, la tête en arrière... attendant. *L'*attendant.

— Salut, Casey. Tu es prête à sortir de là ?

Elle acquiesça.

— Tu m'as entendu dire à ton frère d'aller chercher de la corde, n'est-ce pas ?

Elle hocha à nouveau la tête.

— Je ne pense pas en avoir besoin. Mais il va revenir. Tu le verras bientôt.

Elle ouvrit encore légèrement les yeux. S'il ne savait pas déjà qu'elle était blonde et qu'elle avait des yeux verts, Beatle n'aurait pas pu le dire en la regardant à ce moment-là. Le mélange de terre et le manque de lumière empêchaient de voir les deux, mais la vie qu'il voyait scintiller dans ses yeux, au fond d'elle, lui serra l'estomac.

— Merci de l'avoir éloigné, dit-elle d'une voix rauque.

Beatle se pencha au-dessus du trou à l'air putride et étira les bras. Il sentit des mains se serrer sur le bas de son corps et il ne ressentit aucune peur à l'idée que ses amis pourraient le laisser tomber. Comparé aux situations de vie ou de mort qu'ils avaient affrontées ensemble, c'était un jeu d'enfant.

Les doigts de Beatle touchèrent ceux de Casey et elle fut si surprise qu'elle faillit tomber en arrière sur les planches empilées au fond de sa fosse.

— Doucement, Casey.

Elle retrouva son équilibre et se leva sur la pointe des pieds une fois de plus. Ses doigts saisirent ceux de Beatle. Fermement. Son regard intense croisa le sien.

Si on lui avait demandé, Beatle n'aurait jamais deviné qu'elle avait une telle force, mais elle l'attrapa comme s'il était sa corde de sauvetage. Ce qu'il était, supposa-t-il.

Il tint ses mains dans les siennes, un moment, la scrutant. Sa peau était froide, mais pas glacée. Il tendit son index et le plaça sur son poignet, sentant son pouls. Il était un peu rapide, mais il palpitait fortement dans ses veines.

— Voilà ce qu'il va se passer. Je vais m'accrocher à toi et dès que tu seras prête, mon équipe va nous tirer tous les deux de là. Ça ira vite et tu n'auras qu'à te détendre. Je ne te lâcherai pas et je ne te ferai pas tomber. Compris ?

Elle acquiesça.

— Prête ?

— Oui.

C'était plus un souffle qu'un véritable son, mais Beatle comprit.

En quittant le trou des yeux, il dit d'une voix forte :

— Donnez-moi encore quelques centimètres.

Immédiatement, il se sentit se baisser vers Casey.

Les mains de cette dernière se détendirent autour de celles de Beatle, mais elle ne le lâcha pas.

Elle le regarda droit dans les yeux.

— C'est parti, ma belle.

Elle secoua frénétiquement la tête.

En prenant un moment, même si Beatle voulait les sortir tous les deux de là pour qu'ils respirent un air frais aussi vite que possible, il dit doucement pour qu'elle soit la seule à entendre :

— Fais-moi confiance, Casey. Je ne partirai pas. Je vais t'attraper sous les bras pour que ça ne te fasse pas trop mal quand on nous tirera. Je ferai tout ce qui est en mon pouvoir pour te protéger à partir de maintenant. Je vais faire payer ceux qui t'ont fait ça.

La dernière phrase sortit d'une manière un peu plus sévère qu'il n'en avait eu l'intention, mais Casey ne tressaillit pas en ressentant cette colère qui, il le savait, émanait de lui par vague.

— Tant que tu me voudras à tes côtés, je serai là, Casey. Dans ce trou. Ici, dans cette jungle. Même à la maison. Tout ce dont tu as besoin, je m'assurerai que tu l'aies. Tu comprends ?

Ses pupilles étaient dilatées alors qu'elles s'adaptaient lentement à la faible lumière qui passait par le trou au-dessus de leur tête. Elle acquiesça.

— Voici le marché, dit-il de cette même voix basse. Je t'admire terriblement. N'importe qui d'autre serait mort dans ce trou. Pour être honnête, tu ne devrais pas être en vie.

Son regard se porta brièvement sur le soutien-gorge qu'elle avait attaché sur le côté de la paroi avant de fixer à nouveau ses yeux.

— Mais pas toi. Tu es spéciale. Je ne te mets pas la pression, mais tu devrais le savoir : je veux faire partie de ta vie. De toutes les matières dont tu m'y autorises.

Elle ricana. Beatle pensa que c'était censé être un rire,

mais elle n'avait pas la force de le faire correctement. Il sourit.

— Je sais, je suis fou. Mais on va te sortir de ce foutu trou, on va te donner un peu d'eau et tu pourras me dire à quel point je suis fou plus tard. D'accord ?

— Eau, croassa-t-elle.

— Oui, ma belle. De l'eau. Maintenant, lâche mes mains et sortons d'ici.

— Qu'est-ce que tu attends, bon sang ? l'appela impatiemment Ghost.

Beatle ne put s'en empêcher. Son sourire grandit. Il n'avait aucune raison de sourire, mais en entendant le ton agacé de Ghost et en voyant l'amusement qui y répondait dans les yeux de Casey, il était aux anges. Il ne lui avait pas menti. Logiquement, elle *devrait* être morte. Mais d'une façon ou d'une autre, elle avait survécu. Elle avait tenu bon. Pour qu'il la trouve. Elle avait eu une sacrée force en elle pour rester en vie.

Les mains de Casey se détendirent autour des siennes et il n'hésita pas. Il tendit les mains et enroula ses doigts autour du dos de cette dernière alors que ses pouces se posaient sur ses muscles pectoraux. Il la souleva facilement.

Il sentit les mains de Casey s'agripper faiblement à ses biceps, mais sinon, elle se laissa mollement porter, lui faisant confiance pour ne pas la lâcher et la sortir de là.

— Maintenant ! s'exclama-t-il d'une voix forte.

Dès que le mot franchit ses lèvres, Beatle se sentit bouger vers le haut. Il tint fermement Casey, s'assurant que le corps de cette dernière n'effleure pas les parois dans leur montée.

Elle n'était pas légère, mais elle n'était clairement pas lourde. En fait, étant donné la taille qu'elle faisait, selon lui, elle aurait dû être plus lourde. L'envie urgente de la nourrir, de l'aider à retrouver un poids sain faillit le dévorer, mais il devait d'abord s'occuper d'autre chose.

Alors qu'ils se rapprochaient du bord du puits et que la lumière devenait plus forte, elle ferma les yeux une fois de plus.

Truck et les autres les firent passer facilement au-dessus du trou et Beatle sentit la planche du bois érafler son ventre. Avant qu'il puisse dire quoi que ce soit, Ghost et Fletch étaient là, aidant à supporter le poids de Casey et à la faire sortir de la fosse.

Beatle ne la lâcha pas. Il roula simplement avec elle jusqu'à être accroupi au-dessus d'elle, par terre. Il passa les doigts dans ses propres cheveux ébouriffés. Il écarta les mèches rebelles du visage de Casey, laissant sa paume sur le côté de son crâne.

Casey plissa les yeux une nouvelle fois et lui lança un petit sourire.

— Salut, déclara-t-elle d'une voix rauque.

— Salut, répondit-il.

Mais il ne sourit pas. Elle lui brisait le cœur. Et pour quelqu'un dont les ennemis auraient dit qu'il n'avait pas de cœur, c'était quelque chose.

Beatle ne détourna pas le regard, tout comme elle continua de l'observer.

— Eau, ordonna-t-elle.

Elle tendit sa main libre.

On plaça une gourde dans la main de Beatle et il la tint pendant que quelqu'un enlevait le bouchon. Une fois qu'elle fut ouverte, il but une gorgée pour juger à quel point elle était remplie et ne pas renverser toute cette eau sur le visage de Casey. En bougeant sa main, pour qu'elle soit derrière le cou de Casey, Beatle la releva légèrement comme si elle était un nouveau-né.

— Bois, ma belle.

Elle leva l'une de ses mains vers celle de Beatle qui tenait la gourde, et elle s'agrippa à son poignet. Elle n'essaya pas de lui arracher l'eau, elle le laissa simplement l'aider.

S'il n'avait pas déjà été amoureux d'elle, la confiance qu'elle avait en lui aurait suffi.

Elle ouvrit la bouche et Beatle posa le bord de la bouteille contre ses lèvres sèches et craquelées.

— Vas-y doucement, la prévint-il. Tu ne veux pas tomber malade.

Elle hocha la tête et il inclina la gourde.

À la seconde où l'eau arriva dans sa bouche, elle ferma les yeux et déglutit goulûment. La poigne qu'elle avait sur son poignet se raffermit, mais ne bougea pas. Beatle la laissa boire quelques gorgées, puis il baissa la bouteille. Elle couina pour protester, mais ne fit pas de mouvements brusques pour prendre le contrôle de l'eau.

— Attends un peu, ma belle. Ensuite tu pourras continuer de boire.

— Tu veux que je lance une perfusion ? demanda discrètement Truck à côté de lui.

Beatle ne quitta toujours pas Casey des yeux. Elle-même avait plissé les siens une fois de plus en entendant cette question. Mais elle ne répondit toujours pas, lui donnant le pouvoir de faire ce qu'il pensait être juste.

Après y avoir réfléchi un instant, Beatle secoua la tête.

— Pas encore. Elle doit d'abord se laver et on doit la sortir de là. Ensuite, avant de dormir, on la posera. Ça l'aidera à s'hydrater dans la nuit.

Beatle n'aurait rien aimé de plus que de faire tout ce qu'il fallait pour que la femme sous lui se sente mieux, mais son instinct lui criait de l'éloigner de ce village. Il ne savait pas pourquoi, puisqu'il semblait être déserté, mais il faisait toujours confiance à son intuition.

— Plus ? demanda-t-il.

Casey acquiesça impatiemment et il releva la gourde vers sa bouche. Il la laissa boire quelques gorgées supplémentaires avant de l'arrêter.

— Tu veux essayer de t'asseoir ? demanda doucement Beatle.

Casey hocha à nouveau la tête et Beatle posa la bouteille à côté d'eux en se décalant sur le flanc de Casey. Ses genoux touchèrent la cuisse de cette dernière, il glissa une main dans son dos et l'autre sur sa hanche.

— Prête ?

— Oui, chuchota-t-elle.

Beatle l'aida lentement à s'asseoir et il retint son souffle.

Elle s'agrippa une nouvelle fois à ses bras et le laissa soulever son poids. La légère couleur qu'elle avait sur les joues s'estompa et elle chancela dans son étreinte. Mais elle prit une grande inspiration et se stabilisa. Après quelques instants, ses doigts se détendirent.

Avant qu'elle puisse dire quoi que ce soit, Beatle plongea la main dans une des poches de sa veste et en sortit une paire de lunettes de soleil. Il les glissa sur son visage.

— C'est mieux ?

— Mon Dieu, oui, souffla-t-elle.

Il baissa la main et attrapa la gourde pour la placer dans une de ses mains.

— Doucement, maintenant. Bois de petites gorgées. D'accord ?

— D'accord.

Beatle se rassit, gardant une main au creux du dos de Casey alors qu'elle buvait dans la bouteille. Ils entendirent des pas rapides sur le chemin et, alors même que Casey se tendait contre lui, Beatle murmura :

— Ce n'est rien. C'est ton frère et mon coéquipier, Coach.

Ce fut difficile pour Beatle de s'écarter de Casey quand

Blade entra dans la petite clairière, mais il le fit. L'autre homme tomba immédiatement à genoux à côté de sa sœur et la prit dans ses bras.

Frère et sœur s'accrochèrent l'un à l'autre presque désespérément. Blade recula enfin, s'éclaircissant la gorge deux fois, comme pour retrouver son calme, puis il déclara :

— Tu pues, sœurette.

Elle déglutit difficilement, essayant évidemment de regagner le contrôle sur ses émotions.

— Toi aussi, maintenant, crétin, rétorqua-t-elle.

Elle essuya le dos de sa main sur la veste qu'il portait, étalant plus de boue sur lui.

— Mince, dit-il doucement.

Puis il prit à nouveau sa sœur dans ses bras.

Le reste de l'équipe ne bougea pas, restant simplement planté là, respectant ce moment fraternel. Après quelques minutes, Ghost s'éclaircit la gorge et dit :

— On devrait bouger.

Blade s'éloigna de sa sœur et se leva brutalement.

— Je vais faire une dernière reconnaissance du village.

Personne ne remit en question cette décision puisqu'ils virent tous les larmes dans les yeux de Blade. Hollywood se porta immédiatement volontaire pour y aller avec lui.

Beatle se rapprocha de la jeune femme toujours par terre.

— Qu'est-ce que tu en penses ? Tu veux sortir de là ?

Elle acquiesça vigoureusement et remonta doucement sur son nez les lunettes de soleil qui avaient glissé.

Beatle lui tendit la main, paume vers le haut.

— Allez, Casey Shea. Rentrons à la maison.

Il ne put nier cette sensation de normalité quand elle plaça sa petite main contre la sienne.

4

————

Casey n'avait envie de rien d'autre que de tomber à genoux, puis de tomber face contre terre au milieu de la jungle. Mais au lieu de cela, elle serra les dents et regarda fixement le sol en mettant un pied devant l'autre.

Elle était dans un état pitoyable. Chaque muscle de son corps lui faisait mal. Elle avait des vertiges et sentait qu'elle allait tanguer d'une seconde à l'autre, mais son désir de s'éloigner de sa définition personnelle de l'enfer était plus fort que son envie d'arrêter de bouger.

L'idée d'engloutir une gourde pleine d'eau était toujours en première ligne dans son esprit, mais elle savait que l'homme qui ne l'avait pas quittée une seule seconde, Beatle, ne le permettrait pas. Il avait raison, elle vomirait sûrement tout ensuite, mais bon sang comme elle en avait envie.

Elle n'avait jamais rien vu de plus accueillant dans sa vie que le visage de Beatle quand il s'était penché au-dessus de son puits de l'enfer où elle était prisonnière. Ses cheveux étaient coupés au ras de son crâne, mais elle voyait tout de même la teinte auburn. Ses yeux marron clair lui avaient donné l'impression de transpercer son âme quand il l'avait regardée et lui avait dit qu'il la protégerait et la ramènerait chez elle.

Il l'avait soulevée comme si elle ne pesait rien de plus qu'un petit enfant, alors qu'elle savait que ce n'était pas le cas. Oh, elle avait bien conscience qu'elle avait perdu du poids ces dernières semaines, mais elle n'était pas non plus un poids plume.

Il l'avait successivement traitée comme une amie perdue de vue depuis longtemps, heureux de la revoir, comme un garde du corps qui voulait l'envelopper dans du coton et ne laisser personne la regarder, puis comme un spectateur intéressé. Cependant, il adoptait ce dernier rôle l'air de rien, plus discrètement que les autres. Chaque fois qu'elle était à plus de quelques pas de lui, il était là, lui tenant la main, enveloppant ses doigts autour de la ceinture dans son dos, ou ralentissant simplement pour pouvoir l'attraper si elle tombait.

Et elle *était* tombée. Plusieurs fois. Ses pieds ne voulaient pas fonctionner correctement. Elle n'avait même pas envie de voir dans quel état ils étaient. Ils avaient été détrempés pendant si longtemps que Casey savait qu'ils étaient abîmés. Elle avait entendu parler des « pieds des tranchées » et avait même averti ses étudiantes avant qu'elles soient kidnappées sur l'importance de prendre soin de leurs pieds et de les garder au sec. Elle avait aussi trébuché souvent parce qu'elle ne pouvait pas vraiment *sentir* ses pieds. Ils étaient engourdis. Ils semblaient gonflés dans ses chaussures, mais elle n'avait pas pris le risque de les enlever de peur de ne plus pouvoir les mettre.

Ses jambes ne coopéraient pas non plus. Elle avait essayé de garder ses muscles actifs, mais il n'y avait simplement pas assez de place dans le trou pour faire plus de quelques pas à la fois. Elle ne voulait pas ralentir le groupe, mais elle savait que c'était tout de même le cas.

Beatle avait proposé de la porter, plus d'une fois, mais jusqu'ici, elle avait refusé. La dernière chose dont elle avait envie, c'était d'avoir l'air faible devant son frère et ses amis. Non, quand ils cesseraient de marcher, elle s'effondrerait. Mais elle voulait s'éloigner du village autant que possible.

— On doit se séparer, dit Truck quand ils s'étaient arrêtés pour faire une pause.

Casey savait qu'ils ne s'interrompaient que pour elle. Ces mecs pouvaient marcher pendant des jours sans avoir besoin d'une pause.

— Je ne suis pas sûr que... commença Blade.

Mais il fut interrompu par Ghost :

— C'est une bonne idée. On doit aller à San José pour organiser le voyage de retour jusqu'aux États-Unis.

— Qu'est-il arrivé à l'hélico qui était censé venir nous récupérer ? demanda Hollywood, agacé.

— C'est tombé à l'eau, grinça Ghost. Tout était arrangé, mais il s'est passé quelque chose. Je ne sais même pas quoi exactement. Tout ce qu'on m'a dit, c'est qu'il y avait des « complications » et que ça sera retardé. Je ne vais pas rester planté là à attendre qu'ils se sortent les doigts du cul.

— Putain, jura Coach. Et les Danois ? Ils ne pourraient pas venir nous chercher ?

— Ouais, répondit Ghost. S'ils n'ont pas déjà quitté le pays.

— Bon sang !

Ce fut au tour de Blade de jurer cette fois-ci.

— C'est quoi ce délire ? Sérieusement ? Ils racontent des conneries !

Ghost leva la main pour contrecarrer toute autre plainte. Il jeta un regard désolé à Casey avant de continuer :

— Vous savez autant que moi que personne ne pensait

que nous réussirions. On a seulement eu accès à la jungle parce que le gouvernement costaricien ne voulait pas de mauvaise publicité. Ils comptent sur les dollars des touristes et une femme américaine kidnappée et tuée dans leur jungle, ce ne serait pas bon pour eux. Ils gardent toute l'histoire secrète.

— Ça n'a aucun sens, grommela Fletch. Le kidnapping n'était pas un secret, l'ambassadeur danois s'en est assuré. Tout le monde sait déjà ce qu'il s'est passé ici.

— Mais ils ne savent pas que des gens ont été tués, argumenta Ghost. Tout ce qu'ils savent, c'est qu'un groupe de femmes, principalement américaines, a été pris en otage et a été sauvé par la suite. Écoute, on a tous conscience que le gouvernement ne veut pas qu'on s'attarde ici plus longtemps que nécessaire. Je ne sais pas à quoi est dû ce retard, mais je vais rester en communication avec eux et nous sortir d'ici aussi vite que possible. Si nous réussissons à marcher jusqu'à Guacalito avant qu'ils ne règlent leur problème, bien, ils pourront nous récupérer là-bas.

Les mecs ne dirent pas un mot et le silence tomba lourdement entre les membres de l'équipe qui digéraient les paroles de Ghost.

Casey observa les hommes, tour à tour. Tous les sept, ils étaient grands, musclés, des machines à tuer. Elle a toujours su ce que son frère était, il ne lui avait jamais menti sur ce qu'il faisait pour vivre. Elle savait qu'il était membre de la Delta Force, elle l'avait même entendu parler de ses coéquipiers de temps en temps. Mais elle ne les avait jamais rencontrés en personne.

Mais ici, au milieu de la jungle d'Amérique centrale, elle avait mémorisé chacun de leurs visages. Ils étaient venus pour elle. D'après ce qu'elle entendait, le gouvernement local n'était pas ravi qu'ils soient là, mais ils étaient tout de même venus. Elle ignorait si l'armée était au courant de leur opération de sauvetage ou si elle l'avait autorisée, mais cela n'avait pas d'importance.

Ghost, le leader, n'était pas plus grand ou plus petit que les autres, mais il dégageait une forme de pouvoir. À chaque fois qu'il parlait, Casey avait envie de faire immédiatement tout ce qu'il leur demandait... et elle n'était même pas dans l'armée.

Fletch était un peu plus grand que Ghost et plus musclé. Il avait remonté ses manches sur ses bras quand ils avaient commencé à marcher, et elle voyait des tatouages colorés couvrir ses poignets et ses avant-bras. S'il n'avait pas été avec le groupe qui l'avait sauvée, elle aurait pu avoir peur de lui, mais le regard amical dans ses yeux l'avait mise à l'aise. Elle avait appris, en entendant les mecs parler, que Fletch avait une petite fille du nom d'Annie.

Coach était grand et avait la peau sombre. Ses cheveux étaient coupés à ras, comme chez les autres, mais sa mâchoire carrée et son nez crochu lui donnaient l'air d'un malfrat. Néanmoins, il avait rapidement gagné son respect quand il l'avait divertie en récitant des énigmes logiques. Lorsqu'elle lui avait demandé comment il se souvenait de ces longues devinettes, il avait simplement haussé les épaules et lui avait expliqué qu'il possédait une mémoire eidétique.

Hollywood était beau. Presque trop beau pour faire partie de l'équipe. Casey aurait cru qu'il était un acteur jouant un rôle, si ce n'était qu'il était constamment en alerte, surveillant tout ce qui pourrait être une menace pour le groupe.

Truck l'avait d'abord inquiétée. Il était immense, de loin le plus grand de l'équipe et ses bras étaient aussi larges que la taille de Casey. La cicatrice sur son visage tirait sa bouche vers le bas dans une grimace permanente, mais une fois qu'elle avait appris à le connaître un peu mieux, elle s'était rendu compte qu'il avait clairement un côté tendre. À part Beatle, c'était lui qui demandait constamment si elle allait bien et qui s'assurait qu'elle soit à l'aise pendant qu'ils remontaient dans la jungle. Elle savait sans aucun doute que s'il réalisait à quel point elle n'allait pas bien, il serait le premier à arrêter leur retraite pour la nuit et à poser la perfusion qu'il avait eu envie de lui mettre depuis qu'elle avait été sortie de son trou.

Et il y avait Beatle. Son nom la faisait sourire. Elle ignorait totalement pourquoi son surnom était celui-ci, mais une part d'elle voulait croire que c'était le destin. Elle étudiait les insectes et il portait le nom de « scarabée » en anglais.

Elle s'était immédiatement sentie à l'aise et en sécurité avec lui. Elle supposait qu'elle aurait dû être accrochée à son frère, mais pour une raison quelconque, elle était gênée à l'idée d'être à ses côtés, ici. Il était juste Aspen pour elle, pas un super soldat. Elle voulait et avait besoin de garder son grand frère qu'elle taquinait et avec qui elle riait en dehors de ce qu'elle avait subi.

Et cela n'avait aucune logique à ce moment, mais elle ne pouvait nier l'attirance qu'elle ressentait pour Beatle.

Et ce n'était pas une attirance physique, du moins pas pour l'instant. Casey était parfaitement consciente de son allure horrible. Elle sentait mauvais, elle était couverte de terre et de Dieu sait quoi d'autre, ses cheveux étaient emmêlés sur sa tête et elle avait tellement de crasse sous ses ongles qu'elle n'était pas certaine de pouvoir un jour tout retirer. Elle ne pensait pas le moins du monde au sexe. Mais d'une façon ou d'une autre, Beatle avait réussi à passer outre la terre et la crasse et il l'avait vue *elle*.

À la seconde où il l'avait regardée dans les yeux, Casey avait su que tout irait bien. Elle l'avait su parce que c'était lui qui l'avait sauvée. La première personne qu'elle avait aperçue après avoir été coincée dans le sol. Un psy lui dirait probablement que c'était le résultat de sa captivité et de son sauvetage, mais Casey n'en était pas sûre.

Ils avaient une connexion émotionnelle. Elle lui faisait confiance et pas seulement parce qu'il était dans l'équipe de son frère. Il avait été tendre avec elle, mais elle n'était pas idiote. Elle avait vu la colère bouillonner dans ses yeux quand il avait dit que quelqu'un payerait pour son kidnapping. Elle savait qu'il avait probablement tué auparavant et qu'il le ferait encore. Mais au lieu de la rendre méfiante, cela l'attira encore plus près de lui. Comme un papillon de nuit près d'une flamme. Elle avait presque besoin de cette fureur tapie sous la gentillesse. Elle avait besoin de savoir que si la situation se détériorait, si ses kidnappeurs surgissaient au milieu de la jungle pour la reprendre, il serait capable de la protéger comme il le prétendait.

Pendant qu'elle pensait aux hommes autour d'elle, ils avaient évidemment planifié leurs prochaines étapes. Elle avait loupé la majeure partie de la conversation, mais cligna des yeux quand elle entendit son frère prononcer son nom :

— Casey ?

Elle haussa les sourcils, le regardant d'un air interrogateur. Sa voix revenait lentement, maintenant qu'elle avait bu de l'eau, mais elle ne voulait pas trop forcer dessus.

— Tu es d'accord avec tout ça ?

Embarrassée d'admettre qu'elle rêvassait, elle chercha instinctivement Beatle.

Il se tenait à quelques centimètres de là, mais comme s'il avait senti le regard de Casey se poser sur lui, il se tourna vers elle. Il plaça immédiatement une main au creux de ses reins et demanda :

— Qu'y a-t-il ?

— Je demandais juste à Casey si elle était d'accord avec tout ça.

Puisqu'elle n'avait aucune idée de ce qu'il se passait, elle leva les yeux vers Beatle et le poussa à comprendre ce qu'elle demandait sans un mot.

Comme s'il pouvait vraiment lire dans ses pensées, il résuma ce qu'elle avait loupé :

— Ton frère et Ghost vont à San José. Ils y rencontreront les autorités et obtiendront l'autorisation pour nous tous de quitter le pays. Blade a une copie de ton certificat de naissance et...

— Ah oui ? demanda Casey, incrédule, en se tournant vers son frère.

— Oui, sœurette. Je n'étais pas certain de ce qu'il se passait ici, mais j'ai supposé que tu n'aurais plus ton passeport ou autre papier d'identité. Donc je me suis dit que ça accélérerait le processus pour sortir de ce foutu Costa Rica si j'apportais une copie de ton certificat de naissance avec moi.

— Mais tu ne savais pas si tu me trouverais, protesta-t-elle.

Casey sentit Beatle reculer quand son frère avança.

— Conneries. Je n'aurais pas quitté le pays sans toi.

Les larmes qu'elle n'avait pas pu verser s'accumulèrent dans ses yeux. Elle n'était pas suffisamment hydratée pour qu'elles tombent, mais elles étaient là.

Blade la prit dans ses bras une fois de plus. Elle passa les siens autour de sa taille et appuya son poids sur lui. Elle était fatiguée, si fatiguée.

Une fois de plus, elle sentit une main dans son dos et sut que c'était Beatle. Il continua son explication :

— Blade et Ghost vont tout organiser pour qu'un médecin nous attende dans la capitale. Hollywood, Fletch et Coach vont rester quelques kilomètres devant nous pendant qu'on avancera vers Guacalito, avant que nous partions tous vers San José. On restera en contact par radio. Ils s'assureront que la route est dégagée.

Casey comprenait ce que Beatle disait. Au cas où les kidnappeurs les attendaient, les autres Delta s'occuperaient d'eux. Et si nécessaire, ils diraient à Beatle quels endroits éviter.

— Truck et moi, on restera avec toi, termina Beatle.

Casey laissa échapper le souffle qu'elle retenait. Elle ne s'était pas rendu compte à quel point c'était important pour elle de pouvoir rester avec Beatle. Elle lâcha son frère et se retourna pour lui faire face.

— Combien de temps ?

— Combien de temps il nous faudra pour rejoindre Guacalito ? clarifia Beatle.

Casey acquiesça.

— Je ne sais pas. Ça dépend de toi. S'il n'y avait que nous, même sans l'hélico, et que nous allions vite, nous pourrions probablement y arriver demain matin.

Casey écarquilla les yeux et Beatle sourit.

— Oui, mais maintenant que tu es en sécurité, on n'a pas besoin d'aller si vite.

— Je veux sortir d'ici.

— Je sais, Casey, mais tu n'es pas au mieux de ta forme. Je ne vais pas te rendre plus malade en te poussant. Je pourrais te porter, mais nous nous sommes mis d'accord sur le fait qu'il serait mieux que tu marches sur tes deux pieds.

Casey fronça les sourcils, d'un air interrogateur. Ce n'était pas qu'elle voulait être portée pendant les nombreux kilomètres qui menaient à Guacalito, mais elle n'était pas certaine de comprendre ce que Beatle disait.

Il leva l'une de ses mains et sa paume chaude glissa sous ses cheveux emmêlés, dans sa nuque. Elle était en sueur et elle n'arrivait pas à croire que de son plein gré, sans aucun signe de répulsion, il poserait ses mains sur elle comme ça.

— On s'est dit que tu aurais moins l'impression d'être une victime si tu trouvais la force de partir par toi-même. Tu n'avais pas le choix quand on t'a amenée ici, mais tu as le choix de t'en aller.

Casey y réfléchit une seconde et se rendit compte que Beatle avait raison. Soudain, elle eut envie de montrer à ses kidnappeurs qu'ils ne l'avaient pas brisée. Elle n'avait pas besoin d'être portée où que ce soit par qui que ce soit. Elle sortirait de la jungle, la tête haute.

— Je marche, confirma-t-elle à Beatle.

Un air de satisfaction – et de fierté ? – s'afficha sur son visage avant qu'il acquiesce.

— D'accord. Donc Truck et moi on va rester avec toi. Et les autres feront ce qu'ils ont à faire. À la seconde où on arrive à Guacalito, on partira vers San José, puis à la maison, aux États-Unis.

Réalisant soudain qu'elle n'avait même pas pensé à ses étudiantes, Casey demanda :

— Astrid, Jaylyn et Kristina vont bien ?

— Oui. Elles sont sur le chemin du retour pour la Floride au moment où l'on parle.

En baissant les épaules, soulagée, Casey hocha la tête.

— Alors, tout ça te convient ? demanda Blade à sa droite.

Casey tourna la tête, consciente du glissement des doigts de Beatle qui quittaient sa nuque. Elle frissonna en réaction, mais fit de son mieux pour le cacher.

— Oui.

— Ça te convient que je ne sois pas avec toi ?

— Tu es toujours avec moi, dit-elle à son frère avec conviction. Pendant chaque seconde où j'ai été retenue par ces salauds, tu étais avec moi. Donc non, ça ne me dérange pas que tu partes devant et organises tout ça pour que je puisse rentrer à la maison. J'ai le sentiment que ma lenteur va t'énerver, de toute façon. Tu m'enquiquines toujours pour que j'accélère.

C'était la plus grande déclaration qu'elle avait faite

depuis qu'elle avait été sortie du sol et à la fin de son petit discours, sa voix redevint rauque, mais elle voulait rassurer son frère sur le fait que cela ne la dérangeait pas s'il n'était pas à ses côtés. Elle ne lui dirait jamais qu'elle ne voulait pas de lui ici, mais c'était la vérité. Casey savait qu'elle s'en était uniquement sortie jusqu'ici à cause de l'adrénaline et d'un profond désir de s'éloigner de l'endroit où elle avait été retenue. Elle ne voulait pas que son impressionnant grand frère la voie faible.

Comme s'il pouvait lire dans son esprit, Blade acquiesça à peine et l'attira dans ses bras pour une dernière étreinte.

— Sois forte, sœurette, dit-il doucement. Je ne suis pas venu jusqu'ici pour que tu flanches maintenant.

Elle lui sourit, comme il le souhaitait selon elle, et lui donna un petit coup sur le bras.

— Ferme-la, se plaignit-elle. Tu ne vas pas te débarrasser de moi si facilement.

Blade prit une grande inspiration et fit un signe de tête à Beatle, derrière lui. Casey sentit les mains de ce dernier attraper ses deux biceps, mais elle ne se tourna pas pour le regarder. Elle sentit la chaleur de son corps contre son dos lorsqu'elle regarda les cinq autres hommes se préparer à partir devant eux.

— On se manifestera toutes les heures, déclara Hollywood à Beatle et Truck.

— Un clic pour dire que tout va bien et deux pour indiquer un danger, ajouta Coach. S'il y a des problèmes, on passe sur le canal d'urgence pour les détails.

— Faites attention à vous, les gars.

Et juste comme ça, Casey se retrouva seule dans la jungle avec Truck et Beatle.

Elle se dit qu'elle était censée être nerveuse, mais elle ne ressentait que du soulagement. Elle s'affaissa dans les bras de Beatle.

— Tu crois qu'on peut continuer un peu ? demanda Beatle derrière elle.

Casey leva les yeux et vit Truck, debout devant elle. Elle aurait dû se sentir étouffée, avec tous ces muscles et cette testostérone qui l'entourait, mais au lieu de ça, son énergie vacillante sembla se renforcer.

— Oui.

Truck lui jeta un coup d'œil critique, puis il regarda son coéquipier par-dessus sa tête.

— Une heure, maximum, décréta-t-il fermement.

Casey ouvrit la bouche pour protester, mais elle la ferma aussi vite. Une heure semblait une éternité, étant donné l'état dans lequel elle était, mais elle pouvait y arriver. Bon sang, elle venait juste de survivre en étant plus ou moins enterrée vivante. Une promenade d'une heure dans la jungle était un jeu d'enfant.

La gourde dans laquelle elle avait bu apparut devant elle. Sans y réfléchir, Casey l'attrapa et la leva immédiatement vers sa bouche. Elle ne refuserait plus jamais quand on lui proposerait de l'eau. Jamais.

Bien trop tôt, Beatle lui enleva doucement la bouteille et Casey résista pour ne pas bouder comme une enfant de six ans. Elle avait besoin d'eau, oui, mais Beatle était malin, s'assurant qu'elle ne boive pas trop d'un coup.

Elle avait dévoré quelques barres de céréales plus tôt et Beatle lui en tendait une autre.

— Tu as bien réussi à manger et à boire, donc on va en essayer une de plus. Ton corps va avoir besoin de beaucoup de petits repas plutôt qu'un grand pendant un moment. Une heure, Casey. Ensuite, on s'arrêtera pour la nuit. Je te préparerai à dîner, je verrai si je peux te trouver un endroit pour que tu te laves et Truck te posera une perfusion. Demain matin, tu te sentiras renaître. Je le jure.

— Une douche ? demanda Casey.

Elle regarda Beatle avec des yeux écarquillés, derrière les lunettes de soleil qu'elle portait toujours.

Beatle gloussa et pour la première fois depuis qu'elle l'avait rencontré, Casey percevait un véritable amusement dans son rire.

— Tu es tellement une fille, la taquina-t-il. Je ne suis pas sûr que ce soit une véritable douche, mais avec un peu de chance, on peut trouver un peu d'eau pour se nettoyer, parce que ma belle, tu pues.

Un éclat de rire s'échappa de la bouche de Casey avant qu'elle ne puisse le ravaler. Ce n'était pas comme si ce qu'il disait n'était pas vrai. Elle puait effectivement, mais elle le taquina en retour.

— Tu n'es pas vraiment un gentleman pour dire ça à voix haute.

Il tendit un doigt et l'appuya sous son menton, levant le visage de Casey vers le sien.

— Je te l'ai dit tout à l'heure, je ne te quitterai pas, Casey. Et au cas où tu ne t'en étais pas rendu compte, je pue aussi. La mauvaise odeur qu'il y avait dans ce trou est partout sur moi maintenant, à cause de la façon dont je t'ai tenue dans mes bras. Donc je vais nous trouver à tous les deux un endroit où on pourra se laver.

Casey cligna des yeux. Est-ce qu'il la draguait ? Difficile à dire. Son visage ne montrait aucun amusement, mais elle ne voyait également aucun désir dans son regard. Elle en fut soulagée. S'il avait eu des pensées sexuelles dans ce genre de situation, elle ne savait pas si elle aurait eu envie de le côtoyer.

Prouvant à nouveau qu'il pouvait facilement lire en elle, il baissa un doigt et fit un pas en arrière.

— Je ne vais peut-être pas te quitter, mais je *suis* un gentleman. Je ne ferai jamais rien qui pourrait te mettre mal à l'aise. En plus, cette foutue jungle est le dernier endroit où j'essaierai de te séduire.

— Mais tu *vas* essayer de me séduire ?

La question sortit sans qu'elle y réfléchisse. Elle porta son regard sur l'endroit où Truck s'était tenu plus tôt, mais constata qu'il avait bougé et qu'il s'occupait d'un des sacs à dos que chaque Delta portait.

Elle sentit le souffle de Beatle sur son oreille quand il se pencha vers elle, sans la toucher, et qu'il dit :

— Oh, oui, ma belle. Il y aura de la séduction dans notre avenir. Quand tu seras prête pour moi, je serai là.

— J'ai peur de ne jamais être prête, admit-elle doucement.

— Est-ce qu'ils t'ont touchée ? demanda Beatle d'une voix grave. Tu as été violée ?

Casey apprécia l'honnêteté de sa demande. Il ne tournait pas autour du pot et ne la regardait pas avec pitié. C'était donc plus facile de parler de ce qu'il s'était passé.

— Non, ils nous ont plus moins laissées toutes seules. J'étais certaine que ce serait une des premières choses qui arriveraient, mais la seule interaction qu'on a eue avec qui que ce soit, c'est quand on nous apportait de la nourriture et de l'eau dans la hutte. Mais quand ils m'ont éloignée des autres après m'avoir dit que ma rançon avait été payée, ils m'ont immédiatement mise dans ce trou. Personne ne m'a rien dit sur ce qu'il se passait et personne ne m'a touchée.

— Merci mon Dieu, souffla Beatle.

Puis son regard intense croisa à nouveau celui de Casey. Il tendit la main et fit glisser ses lunettes sur son nez pour voir ses yeux.

— Ça va aller, ma belle. Mais je ne vais pas te mentir, les prochaines semaines vont probablement être difficiles. Tu auras des cauchemars, des flash-backs, le sentiment qu'on te surveille... mais tu vas y arriver. Tu veux savoir comment je le sais ?

— Comment ? chuchota-t-elle.

Elle était incapable de détourner le regard. C'était comme s'il était un aimant et elle, un morceau d'acier.

— Parce que tu es de la famille de Blade et qu'il est le salaud le plus courageux que j'ai jamais rencontré.

Les lèvres de Casey se tordirent.

— D'accord.

— D'accord, confirma-t-il. Donc quand tu auras vu un thérapeute et que tu auras résolu tout ça dans ta tête, je serai là. Bon sang, je serai même là *pendant* tout ça, mais quand tu seras prête – *vraiment* prête – tout ce que tu auras à faire, ce sera de bouger le petit doigt et je serai à ta merci.

Casey sourit. L'homme en face d'elle ne serait jamais à la merci de qui que ce soit, mais c'était une pensée agréable.

— Ouais, ma belle, tu ne te rends pas encore compte, mais ce sera le cas. Tout ce que tu as à faire, c'est de demander et je remuerai ciel et terre pour faire tout ce que tu veux et dont tu as besoin.

Clignant des yeux, surprise – elle ne s'habituerait jamais à la façon dont il pouvait lire dans son esprit –, Casey secoua simplement la tête.

— Alors... prêt à aller trouver cette douche ou ce bain que je t'ai promis ?

Casey acquiesça.

Il repoussa ses lunettes sur le haut du nez de la jeune femme et se pencha pour ramasser son propre sac. Il passa une bretelle sur son épaule, sans quitter Casey des yeux. Quand il fut prêt, il tendit la main vers elle et fit un signe de tête à son ami.

— Passe devant, Truck.

Avec un sourire entendu, le grand homme se contenta de se retourner, puis ils s'en allèrent.

Casey se sentait vraiment mal et elle n'était pas certaine de pouvoir atteindre l'endroit où Truck les menait, mais quand Beatle lui serra la main, elle prit une grande inspiration et consolida la force qu'elle avait en elle. Elle n'était pas retenue contre son gré. Elle n'était pas enterrée dans un trou. Elle était libre et en route pour chez elle. Elle pouvait le faire.

— Résistante comme de l'acier, murmura Beatle à côté d'elle.

Comme si les louanges et la fierté de Beatle étaient des doses d'adrénaline, Casey se sentit immédiatement mieux. Elle était plus forte. Elle pouvait avancer pendant une heure. Peut-être deux.

5

____

Trente minutes plus tard, Beatle sut que Casey n'allait pas pouvoir avancer une minute de plus. C'était vraiment génial qu'elle ait pu marcher autant depuis qu'ils avaient quitté le village. Ils avaient avancé vraiment lentement, par égard pour elle, mais elle devait s'arrêter. Elle avait besoin de soins. Elle boitait et ses mouvements étaient mous. Il insulta mentalement le gouvernement costaricien de leur avoir refusé l'hélicoptère. En vérité, Casey avait besoin d'aller à l'hôpital. Oui, elle était forte, mais personne ne pouvait traverser ce qu'elle avait vécu sans avoir besoin de voir un médecin.

Avec à peine un coup de menton en direction de son coéquipier – ce que Truck comprit immédiatement –, les deux hommes commencèrent à chercher un endroit pour camper cette nuit. Ce n'était que le début de l'après-midi, mais la santé de Casey était plus importante que d'aller plus loin en cet instant.

Il fit tourner Casey vers lui et, sans protester, elle appuya son poids contre lui. Ils étaient poitrine contre torse et elle haletait comme s'ils venaient juste de courir un marathon.

Beatle passa les bras autour de sa taille alors qu'elle se penchait mollement contre son corps.

— Truck va nous trouver un endroit pour établir le camp.

Elle acquiesça contre son torse.

Il grinça des dents puisqu'elle ne résistait pas. Il sut instinctivement que cela ne lui ressemblait pas. Avec toute sa force, Casey aurait insisté en disant qu'elle pouvait continuer sur une quinzaine de kilomètres. Et elle le *pourrait* probablement. Mais elle était épuisée.

Il était impressionné qu'elle ait pu aller *si* loin. En aucun cas elle n'aurait pu en être capable. Pas après tout ce qu'elle avait traversé. Alors qu'il se tenait au milieu de la jungle et attendait que Truck revienne de sa reconnaissance de la zone, il pensa au supplice qu'avait subi Casey.

Quelque chose n'allait pas dans cette histoire. Rien ne s'était passé comme ils s'y étaient attendus. Après avoir écouté le court interrogatoire des autres femmes et avoir entendu les quelques bribes données par Casey, ce kidnapping ne ressemblait en rien aux affaires dans lesquelles ils avaient déjà été impliqués.

Aucune rançon n'avait été demandée.

L'ambassadeur avait seulement tiré la sonnette d'alarme quand il n'avait pas eu de nouvelles de sa fille. Elle l'appelait tous les soirs, mais quand deux jours s'étaient écoulés sans qu'il en ait, il savait que quelque chose clochait. S'il n'avait pas agi immédiatement, il aurait fallu bien plus longtemps avant que quelqu'un se rende compte que les femmes avaient disparu.

Les femmes n'avaient pas été violées.

Beatle en était soulagé mais, à nouveau, ce n'était pas normal. Le viol était une technique de torture classique et avait tendance à rendre les femmes captives très conciliantes.

Le village organisé dans lequel elles avaient été trouvées.

La plupart des kidnappeurs expérimentés restaient en mouvement ou bien vivaient dans des enceintes lourdement fortifiées dans lesquelles ils amenaient leurs victimes. Ils ne restaient pas dans un village de natifs au milieu de la jungle.

Plus Beatle y pensait et plus il se sentait mal à l'aise. Ils n'avaient aucune idée de qui avait kidnappé les étudiantes et Casey. La seule chose que le gouvernement avait dite était qu'ils avaient reçu un tuyau anonyme de quelqu'un à Guacalito sur l'endroit où les filles étaient retenues. Il n'y avait rien de logique.

Quelque chose turlupinait Beatle, mais avant qu'il ne puisse se concentrer dessus, Truck réapparut.

— Il y a un bon endroit à cent mètres, à l'est.

— Avec une source d'eau ? demanda Beatle.

Il n'était pas optimiste, mais il pensa que Casey avait réussi à s'endormir debout.

— Pas vraiment. Il y a un petit cours d'eau. On dirait qu'il se jette dans l'une des plus grosses rivières du coin. Il n'est pas assez large ou profond pour se baigner dedans, mais on peut s'en servir pour se laver et remplir nos gourdes.

Beatle acquiesça et se pencha pour passer un bras sous les genoux de Casey. Il la leva sans trop d'efforts. L'envie de lui mettre un peu plus de chair sur les os traversa son esprit une fois de plus.

— Hein ? demanda Casey à moitié endormie.

Elle se réveilla et passa ses bras autour du cou de Beatle.

— Chuuut. Truck a trouvé un bon endroit pour dormir ce soir. On y sera dans une seconde.

— Fourmis, murmura Casey.

— Quoi ? demanda Beatle en se penchant vers elle.

Truck éloigna des branches pour qu'elles ne reviennent pas dans la tête de Casey pendant qu'ils marchaient.

— Assurez-vous qu'il n'y ait pas de fourmis balle de fusil ou de fourmilières dans le coin, lui expliqua-t-elle.

— Je n'aime pas particulièrement les insectes, l'informa Beatle. Mais pourquoi devrions-nous nous inquiéter en particulier de ces fourmis balle de fusil et où les trouve-t-on ?

— Les gens disent que la piqûre de la fourmi balle de fusil est aussi douloureuse qu'une blessure par balle. D'où le nom, répondit Casey. La fourmi ouvrière ressemble à une guêpe. Elles aiment construire leur colonie à la base d'un arbre pour que les ouvrières puissent chercher de la nourriture dans les feuilles de la canopée.

— On a été mordus par des fourmis rouges au Texas, c'est dans ce genre-là ? demanda Truck.

Casey secoua la tête.

— Non. Pire. Tu m'as entendue dire que la douleur était comme une blessure par balle, n'est-ce pas ?

Truck gloussa.

— Oui, pardon.

— Je vois que tu ne me crois pas, mais je ne mens pas, insista Casey, l'air plus réveillée.

— Oh, je te crois, répliqua rapidement Truck.

— Certaines personnes ont décrit la morsure de cette fourmi comme des vagues de brûlures, de palpitations, une douleur dévorante qui peut continuer pendant vingt-quatre heures. Je ne sais pas pour toi, mais je ne suis pas chaude pour vivre ça. Je crois qu'être enlevée et enterrée vivante est suffisant pour un seul voyage.

Beatle raffermit sa prise sur la femme dans ses bras. Il était très heureux que sa voix sonne mieux et qu'elle parle plus, mais il n'aimait pas l'entendre évoquer son supplice avec tant de désinvolture. Mais il garda la bouche fermée. C'était bien qu'elle plaisante sur son expérience. Ses coéquipiers le faisaient tout le temps, pour mieux gérer leurs émotions après une dure mission.

— Je m'assurerai qu'on n'utilise pas les arbres pour accrocher les hamacs s'il y a une fourmilière en-dessous, la rassura Truck.

— Des hamacs ? demanda Casey.

Elle se retourna vers Beatle pour qu'il réponde à sa question.

— On ne va pas dormir par terre, ma belle, dit Beatle.

— Tu es malin, lança-t-elle malicieusement. Tu sais combien d'espèces de fourmis et d'araignées il y a au Costa Rica ?

— Non et je ne veux pas le savoir, répondit-il quand elle ouvrit la bouche pour répondre.

Elle lui sourit, puis reprit un visage impassible pour demander :

— Et moi ?

— Quoi, *toi* ? rétorqua Beatle.

— Où je vais dormir ?

Il ne répondit pas avant un long moment, confus face à sa question. Puis il répondit enfin :

— Dans un hamac.

— Et toi, alors ? Tu vas dormir où ?

— Dans un hamac, répéta-t-il patiemment, toujours confus.

Casey regarda Truck, puis à nouveau Beatle.

— Vous en avez apporté un pour moi ?

Beatle comprit enfin.

— Oui, Casey. On en a toujours en plus. On apporte toujours des affaires supplémentaires quand on est en mission de sauvetage.

— Oh.

— Ouais, oh. Mais ne te méprends pas... si nous n'en avions qu'un, il serait à toi.

Sans lui donner le temps de répondre, Beatle s'arrêta.

— On y est. Tu penses pouvoir tenir debout toute seule, un moment, pendant qu'on installe tout ?

— Je peux aider, affirma-t-elle.

— Ce n'est pas ce que j'ai demandé, lui répliqua-t-il patiemment.

Casey prit une grande inspiration et souffla lentement :

— Oui, je peux tenir debout.

Elle ne semblait pas si sûre que ça. Beatle se pencha lentement et la mit debout, puis il garda ses mains sur ses hanches, la soutenant alors qu'elle accusait son propre poids.

Il remarqua la grimace sur son visage et sut qu'il devait probablement faire quelque chose pour ses pieds. Il avait bien vu qu'ils étaient mouillés et que c'était probablement le cas depuis un moment.

— Qu'est-ce que tu penses de cet endroit ? lui demanda-t-il.

Il essayait de lui faire oublier sa douleur.

Elle regarda autour d'elle. Ils étaient dans une petite clairière entourée d'arbres. Il n'y avait aucune fourmilière à l'horizon et rien qui ne criait : « Attention ! Des insectes effrayants vivent ici », mais c'était Casey, l'experte.

Elle hocha finalement la tête.

— Ouais, ça a l'air bien. Je ne peux pas affirmer qu'aucun mammifère ne passera par-là, mais ce n'est pas mon domaine d'expertise.

Beatle recula lentement vers l'un des arbres aux limites de cette zone.

— Il y a quelques arbres proches les uns des autres, on peut les utiliser pour les hamacs.

— Bien.

Il sourit. Il entendit la déception dans sa voix, mais fut

certain qu'elle ne poserait pas la question qu'elle voulait. Il se pencha en avant et chuchota à son oreille :

— Il n'y a pas de lac ni de rivière dans le coin, mais Truck m'a assuré qu'il y avait effectivement un cours d'eau. Un petit ruisseau, au-delà des arbres, par là.

Il donna un coup de menton dans cette direction.

— Je t'aiderai à te laver, tout à l'heure.

Casey leva la tête.

— Merci.

Il eut envie de l'embrasser. Sérieusement. Mais il se retint. Il lui avait dit que la jungle n'était pas un endroit pour la séduction et cela n'avait pas changé, mais ses sentiments pour elle évoluaient. Il pouvait admirer la beauté d'une femme de loin, sans ressentir le besoin de faire quoi que ce soit, mais offrez-lui une femme forte et courageuse même hors de son élément, et il était foutu.

— Tu n'as pas besoin de me remercier de répondre à tes besoins basiques. De la nourriture. De l'eau. Un abri. La sécurité. Ou un endroit pour te laver. Ça me fait plaisir de te donner ça.

Elle haussa un sourcil.

— C'est horriblement... philosophique de ta part.

Il gloussa.

— Oui. Bon... tu penses que tu peux tenir debout cinq minutes pendant que j'aide Truck ? Et sois honnête.

Elle avait ouvert la bouche pour répondre, mais avec cette dernière phrase, elle la ferma à nouveau. Enfin, elle répondit :

— Je crois.

Elle baissa les yeux vers le sol.

— Je ne suis pas sur une fourmilière, donc même si je ne le pouvais pas, je pense que je pourrais patienter et t'attendre assise.

— Je vais faire vite, ma belle. Je sais que tu as mal, que tu es fatiguée, que tu as faim et soif. Je vais prendre soin de toutes ces choses pour toi. Cinq minutes. D'accord ?

Il ignora les larmes qui s'accumulaient dans les yeux de Casey et attendit qu'elle acquiesce.

— D'accord, Beatle. Fais ce que tu as à faire. Je reste ici.

Sachant que s'il la reprenait dans ses bras, il ne la lâcherait pas, Beatle se contenta de passer sa main sur la tête de Casey dans une caresse à peine perceptible et hocha la tête.

Puis il se retourna et se dirigea vers Truck. Plus vite ils installaient le camp, plus vite ils pouvaient mettre Casey à l'aise, avec une perfusion, et prendre soin de ses pieds.

* * *

Casey chancela, mais refusa de s'asseoir. Cinq minutes. Voilà tout ce qu'elle avait à faire. Bon sang, elle avait marché pendant des heures plus tôt. Elle pouvait rester debout sans problème.

Mais c'*était* un problème. Même si elle ne pouvait plus sentir ses pieds, elle *pouvait* sentir ses jambes. Et elles étaient douloureuses. Mais c'était plus que ça. Elle était faible. L'adrénaline de son sauvetage s'était atténuée depuis longtemps et le manque de nourriture et d'eau avait fait son apparition.

Les barres de céréales qu'elle avait mangées plus tôt, ainsi que la prise constante d'eau, avaient réussi à ne plus la faire sentir à l'article de la mort. Mais la semaine et demie qu'elle avait passée sous terre, sans vraiment dormir, ainsi que toute l'inquiétude et le stress qu'elle avait connus l'avaient rattrapée.

Juste au moment où elle pensait tomber la tête la première, Beatle arriva.

— Mince, tu es géniale, dit-il.

Puis il la reprit dans ses bras.

Casey regretta d'avoir dit plus tôt qu'elle voulait marcher pour sortir de la jungle. Soudain, elle ne voulait rien de plus que de se faire porter par Beatle, comme ça. Mais non, ce n'était pas juste pour lui et elle ne souhaitait pas être une faible demoiselle en détresse. Elle était restée en vie alors qu'elle savait que d'autres en seraient morts, donc elle pouvait marcher pour sortir de cette foutue jungle.

Mais... les bras de Beatle autour d'elle étaient agréables. Sécurisants.

Il se pencha et la déposa doucement dans son hamac. Néanmoins, ce n'était pas un léger morceau de corde qui se refermait autour d'elle et qui s'affaissa quand elle fut placée dedans. Oui, c'était un hamac fait de cordes, mais il était renforcé de chaque côté avec des branches que Beatle avait évidemment prises par terre, ce qui le transformait plutôt en lit plat.

Lorsqu'elle regarda le hamac avec des yeux écarquillés, Beatle lui expliqua :

— Le bois le rend plus stable. Je l'enlèverai quand tu t'endormiras et je mettrai la moustiquaire, mais pour l'instant, c'est mieux si tu n'es pas enroulée comme un burrito dans les cordes.

Casey gloussa en imaginant la scène qu'il évoquait.

Il la posa pour qu'elle soit allongée en largeur plutôt qu'en longueur, avec ses hanches d'un côté du hamac et sa tête de l'autre côté.

Elle se détendit lentement sur les cordes et émit un grognement appréciateur. Elle enleva les lunettes de soleil qu'il lui avait données et les lui rendit lentement. Une fois qu'il les eut rangées, elle déclara :

— Tu n'imagines pas à quel point c'est agréable. Je ne me suis pas allongée, à plat, comme ça, depuis qu'ils m'ont jetée dans ce trou.

Beatle fronça les sourcils, mais ne répondit pas. Simplement assis sur un tabouret pliant – qu'est-ce qu'ils transportaient d'autre dans leurs sacs ? –, il s'attaqua à ses lacets. Il releva le pied de Casey sur sa cuisse, se concentrant uniquement sur les lacets devant lui. Il lui fallut un moment pour se débarrasser des nœuds sur les premiers.

— Pourquoi tu ne te contentes pas de les couper ? lui demanda Casey.

— Parce que je n'en ai pas d'autres dans mon sac. J'ai de la paracorde, mais c'est plus facile d'utiliser ces lacets tant que c'est possible.

Il n'avait pas levé les yeux en l'expliquant. Il avait juste gardé la tête basse et s'était concentré sur ce qu'il faisait. En quelques minutes, il avait dompté les fils gorgés d'eau pour qu'ils coopèrent et avait suffisamment détendu la chaussure afin de la retirer.

Casey soupira de soulagement quand la pression sur son pied se relâcha, mais quelques secondes plus tard, elle grimaça à cause de la douleur du gonflement instantané.

Beatle tendit la main vers le haut de sa chaussette en laine et leva les yeux.

— Prête ?

Elle secoua la tête, mais dit :

— Oui.

Il lui sourit.

— Si tu t'évanouis à cause de la puanteur de mes pieds, ne m'en veux pas, tenta de le taquiner Casey.

— Tu n'as pas senti les miens après que j'ai marché dans le désert d'Iran pendant quatre jours, répliqua-t-il malicieusement.

— Tu veux dire d'Irak, non ? demanda Casey en s'appuyant sur des bras tremblants.

Elle voulait personnellement voir les dégâts qu'elle avait infligés à ses pieds.

— L'Iran n'est pas très accueillant avec les Américains.

Beatle la regarda simplement en haussant les sourcils.

— Ouais, désolée. L'Iran. C'est ça. Vous êtes des soldats super-secrets. Vous vous faufilez dans des pays interdits et vous faites vos trucs. Compris.

Il se pinça légèrement les lèvres, puis se concentra sur le pied de Casey. Il enleva la protection et la chaussette en même temps.

Casey s'exclama en voyant ses pieds pour la première fois et les larmes lui montèrent immédiatement aux yeux. Pas à cause de la douleur, elle ne pouvait pas vraiment sentir quoi que ce soit, mais à cause de leur aspect horrible.

Il y avait quelques ampoules et des plaies ouvertes. Elle savait que c'était mauvais. Des infections fongiques avaient probablement commencé à s'installer. Elle savait qu'elle pouvait perdre ses pieds si on ne s'en occupait pas. Immédiatement.

— Ça n'est pas si mal, déclara Truck dans un ton neutre au-dessus d'elle.

Casey ne l'avait pas entendu s'approcher et elle le regarda fixement, incrédule.

— Tu es défoncé ?

— Pas à ma connaissance, rétorqua-t-il. Sérieusement. Ouais, tu as une petite cyanose à cause de la mauvaise circulation et ils puent un peu, mais je pense que les ampoules sont surtout dues au fait que tu as marché toute la journée dans des chaussettes mouillées. Et je traiterai cet ulcère tropical avec un bon cocktail que je mettrai dans ta perfusion dans un moment.

Casey secoua la tête.

— Tu es fou.

Mais elle ne pouvait nier que ses mots l'aidaient à se sentir mieux.

Beatle avait déjà commencé à détacher la deuxième chaussure et la retira rapidement avec la chaussette.

En baissant les mains vers ses pauvres pieds abîmés, Casey demanda :

— Est-ce que je vais les perdre ?

Sans perdre une seconde, Truck répondit :

— Tu perds souvent tes pieds comme tu perds tes clés ?

Casey gloussa.

— Ce n'est pas ce que je voulais dire.

— Il sait ce que tu voulais dire, répondit doucement Beatle en saisissant le pied droit pour observer la plaie. Il n'y a pas encore de gangrène, donc pas besoin d'amputation. Je ne suis pas médecin, mais je suis d'accord avec Truck. On va bien s'en occuper ce soir et je te garantis que tu te sentiras beaucoup mieux demain. Mais j'aurais aimé que tu dises quelque chose. On dirait que Truck et moi on va devoir te porter pour sortir de la jungle finalement.

— Non ! protesta immédiatement Casey. Je peux marcher. S'il te plaît, j'ai *besoin* de marcher.

— Elle est aussi têtue que Blade, observa Truck.

— Je les garderai au sec autant que je le pourrai, expliqua Casey aux deux hommes. Au début, les Goretex ont bien fonctionné, mais ils ne sont pas faits pour résister à une immersion jour et nuit. Les planches dans le trou n'étaient pas suffisamment longues pour que je m'allonge et je m'endormais en les gardant hors de l'eau, mais quand mes jambes se détendaient, elles retombaient toujours dedans.

Beatle replaça son pied sur sa cuisse et passa les paumes de ses mains sur ses mollets. Il releva son pantalon et la sensation de ses mains calleuses sur sa peau sensible lui donna la chair de poule sur les bras.

— Tu t'en es bien sortie, Casey. Vraiment bien. Maintenant allonge-toi et détends-toi. Tu as fini de marcher pour les douze prochaines heures au moins. On va préparer le dîner et Truck va s'occuper de cette perfusion. Demain sera une expérience complètement différente pour toi... tu devras t'arrêter pour faire pipi si j'ai bien lu dans le regard de Truck qu'il allait te poser trois pochettes de perfusion.

Casey jeta un coup d'œil au grand homme. Il l'évaluait du regard.

— Trois pochettes ? demanda-t-elle.

— Peut-être quatre, répondit Truck.

Puis il se retourna et partit d'un pas lourd vers son sac.

Elle scruta à nouveau Beatle

— J'imagine qu'on oublie le bain, hein ?

L'homme à ses pieds haussa les épaules.

— Un bain complet, ouais. Même si je ne t'aurais pas recommandé de te déshabiller de toute façon. Pas ici, dans la jungle, si près de ce village. Mais j'ai quelque chose en tête que tu pourrais aimer, je pense.

— Quoi ?

Il lui sourit et Casey écarquilla les yeux devant l'air malicieux dans le regard de Beatle.

— Tu vas juste devoir attendre. Mais fais-moi confiance, tu vas aimer.

— Beatle... tu ne peux pas me mettre en appétit comme ça !

— Pourquoi pas ?

Il arrêta de sourire et posa la question plus sérieusement qu'elle ne l'avait jamais vu :

— Parce que. Je...

Elle n'était pas certaine de ce qu'il comptait dire, mais cela allait ressembler à quelque chose du genre : il ne la connaissait pas tant que ça. Ou ils venaient juste de se rencontrer, ou quelque chose d'aussi ridicule, mais elle s'empêcha de le dire à voix haute. Non pas parce que ce n'était pas vrai, mais parce qu'elle s'en moquait totalement. Elle appréciait Beatle. Beaucoup. Elle le respectait. Lui faisait confiance. Il pouvait la provoquer autant qu'il voulait.

Ça lui donnait l'impression d'être normale. Et non une victime d'enlèvement qui s'était échappée de son lieu de détention.

— Parce que ce n'est pas sympa de mettre en appétit une femme qui n'a pas mangé de chocolat depuis des semaines.

Il sourit alors. Ce sourire large ne dissimulait pas complètement le soulagement dans son regard. Sans un mot, il enleva avec précaution les pieds de Casey de ses cuisses, les laissant pendre par-dessus le bord du hamac, et il s'éloigna suffisamment pour atteindre son sac et le traîner là où il était assis.

Il revint vers son petit tabouret, mais avant de faire quoi que ce soit d'autre, il replaça les pieds de Casey sur ses cuisses et ouvrit un rabat de son énorme sac à dos. Il fouilla dedans un moment avant de sortir une ration de nourriture. Il attrapa un gigantesque couteau dans un fourreau à sa ceinture et ouvrit l'emballage en plastique. Il en sortit quelque chose, mais le dissimula dans sa paume.

— Ferme les yeux.

— Pourquoi ? demanda Casey, suspicieuse.

— Parce que tu me fais confiance, lui dit Beatle.

Ses yeux marron la perçaient avec leur intensité.

Sans protester davantage, Casey s'exécuta. Elle sentit les cuisses de Beatle se contracter sous ses pieds quand il se pencha vers l'avant. Il prit l'une de ses mains et y plaça quelque chose.

— Tu peux regarder, maintenant, lui dit-il.

Casey ouvrit les yeux et regarda fixement la minuscule friandise au chocolat dans la paume de sa main.

Elle ouvrit la bouche en grand, puis tourna la tête vers Beatle.

— Qu'est-ce que... comment ?

Il haussa les épaules.

— Certaines rations de nourriture de l'armée en ont

comme dessert. Mais elle est probablement en bouillie à cause de la chaleur.

Casey en eut l'eau à la bouche, comme un chien avec le réflexe pavlovien. Sa main trembla d'anticipation. Elle voulait jeter le tout dans sa bouche, avec l'emballage, mais elle réussit à se contrôler. Elle tendit la main vers la minuscule friandise, mais s'arrêta à mi-chemin.

— Qu'y a-t-il ?

— Mes mains sont sales.

Sans un mot, il tendit la main vers le chocolat et le prit dans sa main avant de le poser sur son sac à dos. Il fouilla à nouveau dedans. Il ouvrit un paquet de lingettes mouillées qu'il avait exhumé de son sac magique et s'approcha de la main de Casey.

Elle n'était pas certaine de ce qu'elle devrait dire, donc elle resta silencieuse alors qu'il nettoyait minutieusement sa main. Il essuya d'abord sa paume, puis passa la lingette sur chacun de ses doigts. Il utilisa le tissu maintenant extrêmement sale pour enlever autant de saleté et de boue que possible sur sa main.

Puis il posa la lingette sale et en sortit une nouvelle. Il répéta ces gestes sur l'autre main. Quand Casey crut qu'il en avait terminé, il la surprit en en sortant une autre et en recommençant à nettoyer sa première main. Néanmoins, cette fois-ci, ses bons soins étaient plus intimes. Ce n'était plus simplement histoire d'enlever la saleté. Il lui semblait qu'à chaque mouvement, il tentait d'effacer les mauvais souvenirs qui lui avaient rendu les mains aussi sales. Il caressait chaque doigt en essayant d'enlever la boue séchée sous ses ongles. Il massait la paume de ses mains avec ses pouces, alors même qu'elle augmentait la pression pour les nettoyer complètement.

Une fois que tout fut terminé, Beatle avait utilisé six lingettes pour donner aux mains de Casey leur état actuel.

Elle voyait toujours de la terre sous ses ongles, mais elle n'aurait jamais cru pouvoir être si propre sans eau courante et une tonne de savon.

Sans le soin et la vénération dont il avait fait preuve sur *elle*, Beatle utilisa les lingettes pour nettoyer ses propres mains. Puis il tendit les doigts vers le chocolat. Il tenta d'enlever délicatement l'emballage en aluminium, mais la friandise était trop fondue pour qu'il y arrive.

— Tu me fais confiance ? lui demanda-t-il à nouveau.

Casey ne put que se contenter de hocher la tête.

Elle le regarda utiliser son index maintenant propre pour ramasser autant de chocolat mou et gluant que possible dans l'aluminium. Il se pencha en avant et tendit son doigt.

Étourdie par l'émotion, Casey saisit le poignet de Beatle pour le stabiliser. Puis elle leva la tête et ouvrit la bouche.

Beatle en fit de même lorsqu'il se lécha lentement les lèvres en la regardant. Elle voyait son pouls accélérer dans son cou.

Elle n'avait pas ressenti d'attirance sexuelle pour lui auparavant, mais c'était totalement différent maintenant.

Au moment où son doigt entra dans sa bouche, elle referma ses lèvres autour. Elle enroula sa langue autour de l'index, suçotant cette douceur incroyablement sucrée sur la peau de Beatle.

Ses pupilles se dilatèrent lorsqu'elle l'observa. Elle se rendait compte de l'érotisme dans ce qu'elle faisait. Quand elle pensa avoir essuyé tout le chocolat, elle resserra ses lèvres autour du doigt et suça. Ardemment.

— Miiince, lâcha Beatle.

Toutefois, il ne retira pas son index.

Avec un dernier coup de langue, Casey recula enfin. Le bras qu'elle avait utilisé pour se relever tremblait et elle savait que ce n'était qu'une question de temps avant qu'elle ne puisse plus porter son propre poids.

Sans arrêter de la regarder, Beatle leva son doigt vers sa bouche et le poussa lentement à l'intérieur.

Casey se lécha les lèvres.

Le moment était si sensuel, si spontané, qu'elle ne savait pas vraiment quoi faire.

Mais bien sûr, Beatle s'assura qu'elle ne se sentait pas mal à l'aise. Après avoir retiré son index d'entre ses lèvres, il dit :

— Maintenant, tu ne peux pas dire que je n'ai pas le droit de te mettre en appétit parce que tu n'as pas eu de chocolat depuis des semaines.

Elle ne put retenir le gloussement qui s'échappa. Elle était choquée de ce qu'elle faisait, mais Beatle ne lui donnait pas l'impression d'être bizarre avec ce qu'il se passait entre eux.

— Prête pour ta perfusion ? demanda Truck derrière son hamac.

Casey sursauta tellement qu'elle aurait pu basculer de l'autre côté si Beatle n'avait pas été là pour la stabiliser.

— Doucement, ma belle.

— Désolée ! Tu m'as surprise, Truck. Oui, je suis prête. Scotty, téléporte-moi vers la bonne santé.

Truck gloussa.

— À mon avis tu te trompes de série. C'est *Star Trek*. Je crois que nous sommes au milieu d'un *Die Hard* ou quelque chose du genre.

— N'importe quoi, répliqua Beatle. Je pense plus à *Rambo* ou même le dernier *Livre de la Jungle...* vous savez, quand ce mec botte des fesses dans la jungle ?

Casey sourit. Les coéquipiers de son frère étaient amusants. Elle ne s'y était pas attendue. Elle ignorait ce à quoi elle s'était attendue, mais certainement pas à rire quelques heures après avoir été sauvée d'un trou dans le sol qui aurait été sa tombe.

— On doit te tourner, dit Beatle d'un ton pragmatique. Mets ta tête de ce côté. C'est ça. Non, remonte un peu. Encore... Casey, jusqu'au bout.

Elle le fusilla du regard quand il se pencha enfin au-dessus d'elle et qu'il posa ses mains sous ses aisselles, comme il l'avait fait plus tôt lorsqu'il l'avait sortie de son trou dans le sol. Il la positionna comme il le voulait.

Sa tête était tout en haut du hamac, posée sur l'une des branches qu'il avait utilisées pour stabiliser les cordes. Ce n'était pas une position vraiment confortable, mais elle n'allait clairement pas pester. Elle était allongée et c'était divin.

Truck s'agenouilla par terre, à côté d'elle, et s'affaira à nettoyer l'intérieur de son coude avec un coton imbibé d'alcool alors que Beatle allait au bout du hamac et commençait à soigner ses pieds.

Ni l'aiguille qui s'enfonçait dans son bras – la troisième fois fut la bonne dans son cas, apparemment ses veines ne coopéraient pas – ni le frottement de ses pieds n'étaient agréables, mais encore une fois, la dernière chose dont elle avait envie, c'était de se plaindre. Les hommes faisaient cela pour l'aider, pas la blesser. Elle avait besoin de cette hydratation *et* de nettoyer ses pieds.

Donc elle fit avec et se contenta de fermer les yeux, appréciant de pouvoir entendre les cigales dans le fond, ainsi que des oiseaux en train de gazouiller et le vent dans les feuilles, au-dessus de leur tête.

Elle ne se rendit pas compte qu'elle s'endormait. Un instant elle pensait à la chance qu'elle avait eue, et le suivant, elle était simplement assoupie.

6

————

— Qu'est-ce que tu penses vraiment de ses pieds ? demanda Beatle à Truck une fois que Casey fut endormie.

— Je pense qu'elle a beaucoup de chance, mais ils devraient guérir remarquablement vite avec les antibiotiques que j'ai mis dans sa perfusion et après une nuit de repos. Sans parler du fait qu'on va les bander avant qu'elle enfile des chaussettes *sèches* demain.

Ils parlaient à voix basse pour ne pas réveiller la femme évidemment épuisée devant eux.

Beatle décala son tabouret, qui se trouvait aux pieds de Casey, pour s'asseoir à côté d'elle. Il se pencha en avant, posant ses coudes sur ses genoux, et il l'observa dormir.

— Je ne comprends pas, songea-t-il doucement. Pourquoi ne pas la tuer tout de suite ?

Truck répondit sans perdre une seconde, sachant exactement de quoi parlait son ami :

— Ça n'a aucun sens, affirma-t-il. Dans presque tous les cas de kidnapping sur lesquels nous avons travaillé, les femmes ont été violées, et si quelqu'un était séparé du groupe, il était tué ou torturé.

— C'est vrai. Et ces salauds n'ont même pas *demandé* de rançon. Donc, fondamentalement, ils avaient le champ libre pour torturer et/ou tuer toutes les femmes.

Beatle leva les yeux vers son ami.

— Alors pourquoi ne l'ont-ils pas fait ?

— Techniquement, elle *a été* torturée, dit sèchement Truck. La jeter dans cette fosse et la couvrir avec ces planches, ce n'était pas humain.

— Mais *pourquoi* ? demanda à nouveau Beatle.

— Elle n'est pas vraiment quelqu'un d'important, songea Truck plus pour lui-même que pour son coéquipier.

Beatle fut tout de même vexé pour Casey.

— Elle *est* importante, le contredit-il.

— Je ne le disais pas dans ce sens-là, répondit Truck en tentant d'apaiser son ami. Ce que je voulais dire, c'était que ça aurait été plus logique d'utiliser Astrid, parce qu'elle est la fille de l'ambassadeur. Elle était plus susceptible de leur donner ce qu'ils voulaient.

— Tu as raison, mais ils n'ont rien demandé, dit Beatle, agité.

— Peut-être qu'ils savaient que Casey était la sœur d'un soldat des forces spéciales.

— Peut-être. Mais je ne crois pas. Elle n'a pas mentionné le fait qu'ils lui aient posé des questions sur sa famille ou quoi que ce soit dans ce genre, dit Beatle.

Il tendit la main et écarta d'un index une mèche rebelle et sale sur le front de Casey.

— C'est possible qu'ils aient fait ça aléatoirement ? Genre, les villageois sont allés chasser, ils ont croisé ces femmes et ils n'ont pas apprécié qu'elles soient dans leur jungle ? demanda Truck.

— On est à trente kilomètres de Guacalito, répondit Beatle en secouant la tête. Si les villageois allaient chasser, ils ne se rapprocheraient pas autant de Guacalito. Ce n'était pas comme si elles étaient à des kilomètres et des kilomètres de la ville. C'est encore plus improbable de décider de kidnapper quatre femmes pour les emmener dans leur village et les retenir prisonnières.

— Sans parler du fait que les filles ont dit qu'elles avaient été transportées dans un véhicule.

— C'est vrai. D'ailleurs... il était où, ce véhicule ?

Truck haussa les épaules.

— J'imagine que ceux qui les ont enlevées se sont magnés de l'éloigner de la zone quand les chasseurs sont arrivés, même avant. Sinon, je pense qu'ils l'auraient mentionné s'ils avaient vu quelqu'un fuir en fourgon.

Truck et Beatle ne dirent rien pendant quelques minutes.

— Merde, jura ce dernier. Rien n'a de sens dans cette histoire.

Truck ne répondit pas.

— Elle est géniale, n'est-ce pas ? demande Beatle à son ami, observant Casey en train de dormir. Enfin, la plupart des gens pensent que les femmes en général sont faibles. Qu'elles ne peuvent pas supporter le stress. Mais non seulement elle a réussi à gérer la situation dans laquelle elle s'est retrouvée, mais elle s'est battue comme une lionne.

Truck gloussa.

— Je dirais que toutes nos femmes sont plus fortes qu'on pourrait le reconnaître. Elles sont l'incarnation des femmes de la Delta Force, c'est sûr.

Beatle leva les yeux après cette déclaration.

— Les femmes ?

Son ami eut l'air troublé pendant un moment, mais il le dissimula rapidement.

— Ouais... tu sais... les femmes de l'équipe. Coach et Ghost ne sont pas mariés, mais tu vois ce que je veux dire.

Beatle plissa les yeux en regardant Truck avant de répondre :

— Je pensais que oui, mais maintenant je n'en suis pas sûr.

— Elle a été assez maline pour enlever ses pieds de l'eau, dit Truck en faisant un signe du menton vers Casey.

Frustré puisqu'il semblait que son ami lui cachait quelque chose, Beatle fronça les sourcils en regardant Truck une minute avant de le laisser changer de sujet. Il se passait quelque chose avec lui. Il était évasif, ces derniers mois. Il disparaissait pendant des jours et ne disait à personne où il allait, il était collé à son téléphone, et généralement, il n'était pas aussi ouvert sur sa vie personnelle qu'auparavant. Cet homme avait le droit à sa vie privée, mais ça ne ressemblait pas à Truck. Beatle s'inquiétait beaucoup pour son ami, récemment. Il nota mentalement de l'acculer, quand ils seraient de retour chez eux, pour découvrir ce qu'il se passait.

— Oui. Blade dit qu'elle a obtenu son doctorat récemment. C'est plutôt impressionnant pour quelqu'un d'aussi jeune qu'elle.

— Elle étudie les insectes, c'est ça ?

Beatle gloussa.

— L'entomologie. Je pense qu'elle trouverait ça offensant si tu disais qu'elle avait un diplôme en « insectes ».

— Je ne sais pas. Elle semble avoir un bon sens de l'humour. Elle est maline, courageuse, sacrément forte... peut-être que je...

— Ferme-la, dit Beatle à Truck.

Il ne le laissa pas formuler sa pensée.

— Elle est déjà prise.

— Par toi ? insista Truck.

— Oui, Bon Dieu. Par moi.

— Blade va peut-être avoir quelque chose à dire là-dessus. C'est sa petite sœur, le prévint Truck.

— Il m'a déjà donné son accord, affirma Beatle.

— Vraiment ?

— Vraiment. Et si j'avais une petite sœur, je ressentirais la même chose. Je serai aux anges si Blade ou toi vous la vouliez. Je vous connais, les mecs. Je sais que jamais vous ne la tromperiez. Vous la traiteriez comme de l'or et vous feriez tout votre possible pour la protéger et prendre soin d'elle. Tout comme il le sait pour moi.

Truck ne répondit pas.

Se sentant un peu sur la défensive à cause de son affection pour la femme qui ronflait doucement dans le hamac entre eux, Beatle dit un peu agressivement :

— Quoi ? Tu penses que c'est trop rapide ?

— Absolument pas, répondit immédiatement Truck. Quand tu le sais, tu le sais. Un jour, une semaine, un an. Chaque relation est différente et ce qui fonctionne pour un homme ne fonctionne pas nécessairement pour un autre. Mais la question est... est-ce qu'elle ressent la même chose ?

Beatle regarda son ami de plus près. Truck fixait Casey, mais il ne la voyait pas vraiment, selon lui.

— Je ne sais pas ce qu'elle ressent. Mais il y a clairement une attirance des deux côtés. Ce n'est pas comme si j'allais coucher avec elle au milieu de la jungle. Déjà, elle est trop faible et récupère encore. Ensuite, elle doit gérer le bordel psychologique qu'elle a dans la tête depuis le kidnapping. Sans mentionner qu'elle vit actuellement en Floride et que je suis au Texas.

— Tu vas laisser tout ça t'arrêter ? demanda Truck.

— Oh que non. Je vais lui laisser du temps et de l'espace si elle en a besoin, mais je serai là de toutes les façons possibles, lui rappelant que je suis à ses côtés. Que je veux être son tout. Quand le moment sera le bon, ça ira. Je ne veux pas la presser pour coucher, mais je vais m'assurer qu'elle sait que je la veux. Tout entière. La dernière chose dont j'ai envie, c'est qu'elle pense que je ressens de la pitié ou de l'amitié ou un autre sentiment étrange, une conséquence psychologique de ce sauvetage. Elle va savoir que je la veux comme copine. Tout comme je veux être son homme.

Truck leva alors les yeux vers Beatle. Ses yeux bleus le perçant par leur intensité.

— Tu vas peut-être l'effrayer si tu lui dis tout de suite que c'est ce qu'elle est pour toi.

— Conneries, rétorqua Beatle. Elle ne va peut-être pas me croire au début, mais je vais lui montrer au travers de mes actes que je suis sérieux. Je pense que ce serait plus confus d'être à ses côtés, de l'aider à franchir cet obstacle sur la route, si j'agissais seulement comme un ami inquiet. Je vais attendre qu'elle se rende compte que c'est ce que je suis aussi pour elle, mais je ne vais pas reculer sans lui faire savoir ce que je ressens. Je n'ai jamais éprouvé ça pour une autre femme dans ma vie. Elle mérite de le savoir. De le sentir jusque dans sa moelle. Si elle va vraiment compter sur moi, elle doit savoir que je veux être là.

La voix de Beatle s'était élevée dans cet élan de passion et Casey bougea entre eux. Il posa une main sur son front et caressa sa tempe avec son pouce, quand il dit plus doucement :

— Envisager qu'elle ne sache pas à quel point elle compte pour moi et qu'elle se demande où j'en suis dans notre relation serait presque aussi douloureux qu'une morsure de l'une de ces fourmis balle de fusil dont elle parlait plus tôt.

Beatle leva les yeux et vit Truck qui regardait dans le vide, avec un regard introspectif, et il s'apprêta à demander à son ami ce qui le dérangeait quand Casey gémit sous sa main. Quand il baissa les yeux, ses iris verts étaient dilatés et étaient fixés sur lui.

— J'ai dormi longtemps ?

— Non. Rendors-toi. Je vais préparer ta surprise, mais ça va prendre un moment.

— Je ne suis pas sûre d'encore aimer les surprises, marmonna-t-elle.

Elle était encore à moitié endormie.

Le cœur de Beatle se brisa pour elle. Il se pencha et l'embrassa sur le front avec des lèvres aussi douces qu'une plume.

— Je vais voir ce que je peux faire. Ce sera une bonne surprise, ma belle.

— Promis ? demanda-t-elle, ensommeillée.

— Promis.

— Hmm, d'accord.

Et avec cette conclusion, elle s'endormit une fois de plus. Quand Beatle leva les yeux vers Truck, le soldat concentré était de retour.

— Je vais faire une reconnaissance rapide. Je vais contacter les autres par radio, leur faire savoir qu'on s'est arrêtés pour la nuit et que, tant que la situation a l'air sûre, on est censés rester là jusqu'au milieu de matinée. OK ?

— OK, ça m'a l'air parfait. Merci, Truck.

Le grand homme se leva et lissa la veste qu'il portait, s'assurant que ses armes étaient placées correctement.

— Truck ?

— Oui ?

— Quand tu reviendras, tu pourras m'aider avec ma surprise pour Casey ?

— Bien sûr. De quoi tu as besoin ?

Beatle expliqua à son coéquipier ce qu'il voulait faire et cela lui valut un grand sourire.

— Elle va adorer.

— Je sais.

Truck fixa son ami un moment, puis répondit :

— Elle a de la chance.

— Non.

Beatle le contredit immédiatement.

— Je suis un homme chanceux. Même si elle décide qu'elle ne ressent pas ce que moi, je ressens pour elle, j'aurais eu le privilège de la connaître. De l'aider à surmonter cette expérience.

— Tu es un sacré mec, Beatle. Je te dis quand je reviens pour que tu ne me tires pas dessus.

Il déclara cette dernière phrase avec humour, mais Beatle voyait bien qu'il se forçait. Il ne répondit rien d'autre que :

— Oui, j'aimerais bien.

Une fois que Truck fut parti, Beatle s'assit et regarda Casey dormir pendant dix minutes avant de s'obliger à se lever et de tout préparer pour sa surprise.

Une heure plus tard, Truck était revenu et semblait être redevenu lui-même. Beatle avait tout préparé. Il détestait devoir la réveiller, mais il voulait que ce soit fait avant qu'il fasse nuit.

En posant une main sur son épaule, Beatle la secoua doucement.

— Casey, réveille-toi.

Une seconde, elle dormait, et la suivante, elle était réveillée et se battait apparemment pour sa vie. Elle plongea sur Beatle avec le poing levé. Il décala sa tête juste à temps. Elle roula immédiatement loin de lui et tomba sur le sol de la jungle. Elle s'agenouilla et partit à quatre pattes avant qu'il ne contourne le hamac pour venir à ses côtés.

— Casey. Calme-toi. C'est moi, Beatle. Tu es en sécurité.

Évidemment, elle ne l'entendit pas dans son état de panique, puisqu'elle continua à crapahuter comme une folle pour lui échapper. Truck se plaça devant elle et bloqua sa retraite. Quand elle fonça dans ses jambes, elle gémit et se tourna sur le côté, se roulant en boule et couvrant sa tête avec ses bras pour tenter de se protéger.

Beatle ressentit sa terreur comme si c'était lui qui la vivait. Il s'agenouilla derrière elle et passa une main derrière son crâne, tout en murmurant doucement :

— Ce n'est rien, ma belle. Tu es en sécurité, je te le jure. Viens, réveille-toi maintenant. C'est ça. Inspire profondément. C'est moi, Beatle. Tu es là avec Truck et moi, tu vas bien.

Elle prit une inspiration tremblante, puis une autre, et elle ouvrit lentement les yeux avant de se tourner et de fixer Beatle. À la seconde où elle s'en rendit compte, il le vit puisqu'elle cligna des yeux et sembla confuse une seconde avant que la honte l'envahisse et qu'une teinte rose ravive ses joues.

— Mince. Je suis désolée. J'ai cru que je...

— Ce n'est rien, l'apaisa Beatle en interrompant son excuse inutile.

— Si, c'est quelque chose, je ne voulais pas...

— Une fois, j'ai essayé de poignarder Truck quand il m'a réveillé pendant une mission, lui dit Beatle sans être embarrassé.

— C'est vrai, intervint Truck. Voilà que j'avais déjà cette cicatrice super moche sur mon visage et il a essayé d'en faire une autre pareille, de l'autre côté.

Casey leva des yeux écarquillés vers eux

— Vraiment ?

— Vraiment, confirma Beatle. Nous étions tous sur les nerfs pendant cette mission et ce pauvre Truck a eu le malheur d'être celui qui m'a réveillé.

Il haussa les épaules.

— Ça arrive. Allez, laisse-moi t'aider à te relever.

Il lui tendit une main et fut soulagé quand elle plaça sa paume minuscule sur la sienne. Il l'aida à s'asseoir et Truck vint l'aider à se lever. Beatle la ramena vers son hamac.

Casey regarda le sang coulant au creux de son bras et grimaça.

En voyant qu'elle avait arraché la perfusion qu'il avait si méticuleusement placée plus tôt, elle dit :

— On dirait que tu vas encore devoir m'utiliser comme pelote à épingles.

— Comment tu te sens ? demanda-t-il.

Casey haussa les épaules.

— Ça va. J'allais suggérer qu'on oublie ça, mais à cause de cette réaction décevante, je pense qu'on devrait recommencer, dit-il.

Puisqu'elle ne protesta pas, Beatle savait qu'elle se sentait plus mal qu'elle ne le disait. Il l'aida à repasser ses jambes dans le hamac, et une fois de plus, il la tira au bout de la couche chancelante.

— Prête pour ta surprise, ma belle ?

— Bien sûr.

Elle semblait toujours un peu méfiante.

Beatle montra les récipients autour du hamac.

— On apporte toujours quelques seaux pliants, juste au cas où. Je me suis dit que tu te sentirais mieux si tes cheveux étaient propres.

Casey regarda autour d'elle confuse.

— Mes cheveux ?

— Oui, je vais les laver pour toi.

Elle écarquilla les yeux, avec enthousiasme et délectation.

— Vraiment ?

— Vraiment. Même si, je dois te prévenir, je n'ai jamais vraiment fait ça. Je suis presque sûr qu'on ne me demandera pas bientôt de travailler dans un salon de beauté.

— Et tu ferais ça pour moi ?

Beatle se pencha en avant jusqu'à ce qu'ils soient presque nez contre nez.

— Je ferais n'importe quoi pour toi, Casey. Maintenant, je vais te relever un peu plus jusqu'à ce que ton cou soit posé sur les branches. Ça sera un peu gênant au début, mais Truck s'assurera que tu es bien placée et que tu peux te détendre. Comme ça, tes cheveux pendront par-dessus le bord du hamac et l'eau coulera sans que je t'en mette partout sur tes vêtements. D'accord ?

— D'accord ? répondit-elle doucement.

Beatle ignora les larmes dans les yeux de Casey, espérant qu'elles étaient le fruit de son bonheur et de sa satisfaction, et non de sa tristesse et de sa peur. Il l'aida à se décaler jusqu'à ce que sa tête soit en position. Il fit un signe à Truck, qui avait une main dans le dos de Casey, sous les cordes. Il la lâcha puisque Casey ne protesta pas immédiatement et ne dit pas non plus qu'elle était mal à l'aise. Il nettoya ensuite son bras et replaça la perfusion.

Beatle récupéra le premier seau d'eau et le leva doucement.

— Ça peut être un peu froid, dit-il à Casey.

Puis il versa doucement l'eau au-dessus de la tête de cette dernière.

Casey ferma les yeux et soupira quand l'eau du ruisseau coula dans ses cheveux. Il fallut plusieurs rinçages pour enlever les plus grosses saletés dans ses mèches, mais Beatle travaillait lentement, passant les mains dans ses cheveux à chaque fois, essorant et s'assurant de n'oublier aucune partie de sa tête.

Quand l'eau ressortit assez claire, il tira son petit tabouret vers lui et s'assit.

— Qu'est-ce que tu fais, maintenant ? lui demanda doucement Casey, les yeux toujours fermés.

— Chuuuut, la gronda Beatle en souriant.

Il était évident qu'elle aimait qu'on s'occupe d'elle. Et il appréciait le faire. Plus qu'il ne l'aurait imaginé. Il récupéra la petite bouteille de shampoing qu'il avait sortie de son sac et il en versa une bonne dose dans sa main. Il mit lentement le savon dans ses cheveux et le fit mousser.

Casey gémit, se perdant totalement dans cette sensation.

Elle ne tressaillit même pas quand Truck grogna après sa quatrième tentative pour replacer la perfusion. Beatle le vit descendre vers sa main pour essayer dans cette veine, mais il reporta finalement son attention sur les cheveux de Casey. Il massa son crâne en appliquant du savon dans ses mèches soyeuses.

Les yeux de Casey étaient toujours fermés alors qu'il baissait les doigts vers sa nuque et massait les muscles contractés. Le savon coulait sur son torse, mais Beatle l'ignora. Rien n'était plus important que d'aider cette femme à se sentir à nouveau propre et entière.

Après quelques minutes de massage et de lavage de cheveux, il demanda :

— Prête pour le rinçage ?

Elle acquiesça et Beatle se leva à nouveau. Il répéta ce qu'il avait fait plus tôt, en s'assurant cette fois-ci que l'eau savonneuse ne coule pas sur son visage. Quand l'eau devint claire, Beatle s'assit et récupéra la petite peau de chamois qu'il avait toujours avec lui. Il sécha ses cheveux autant qu'il le put avec le tissu, puis attrapa le peigne.

— Ça ne sera peut-être pas agréable, lui dit-il à contre-cœur. J'aimerais avoir une petite brosse, mais ça aurait pris trop de place dans mon sac.

Elle sourit, comme il l'espérait. Elle leva sa main dépourvue de perfusion en disant :

— Je peux le faire.

Beatle attrapa sa main, en embrassa la paume, et la reposa doucement sur son ventre.

— Je gère, ma belle. Je vais être aussi doux que possible.

— Fais de ton mieux, lui dit-elle. Je peux le supporter.

— Je sais. Tu es géniale, répondit-il avant de s'y mettre.

Il fallut un assez long moment, puisque ses cheveux étaient épais et extrêmement emmêlés, mais il alla lentement, comme promis, et il fit de son mieux pour ne pas lui arracher le cuir chevelu en passant le peigne dans ses cheveux.

Même après avoir enlevé tous les nœuds, il passa le peigne dans ses mèches encore et encore. Sa main passait ensuite, les caressant à chaque mouvement. Beatle fut surpris d'apprécier autant prendre soin d'elle. Il n'avait jamais fait cela pour une femme auparavant, mais c'était intime. Il la nettoyait, la faisait belle.

Et à chaque coup de peigne, elle gémissait de plaisir. Son visage était complètement détendu et ses lèvres étaient relevées dans un léger sourire. Beatle se jura à ce moment précis de souvent faire ça pour elle à l'avenir.

Ses cheveux n'étaient pas complètement secs quand il arrêta, mais ce n'était pas loin. Ses cheveux blond cendré étaient soulignés de mèches plus claires. Ils étaient magnifiques.

Beatle se pencha en avant et embrassa son front une fois de plus et passa son index sur son nez.

— Tu dors ? demanda-t-il doucement.

— Non. Je ne voulais pas en perdre une seconde. Merci, Beatle. C'était génial.

Truck était parti depuis longtemps de l'autre côté de la clairière, hors de portée de voix. Il leur offrait autant d'intimité que le permettait la situation et Beatle appréciait.

— J'ai aimé faire ça.

Elle ouvrit les yeux et le fixa.

— Ah oui ?

— Oui, ma belle, j'ai aimé.

— Comment tu t'appelles ? demanda-t-elle de but en blanc.

Beatle fronça les sourcils, confus. Elle ne connaissait pas son nom ? S'était-elle cogné la tête à un moment ? Il ne le pensait pas.

— Beatle.

Elle secoua la tête.

— Non, ton vrai nom.

Ah.

— Troy.

— Troy comment ? insista-t-elle.

— Troy Lennon, répondit-il.

Elle sourit alors. Jusqu'aux oreilles, montrant toutes ses dents.

— Le surnom paraît logique, maintenant. Je pensais que c'était parce que tu avais peur des insectes ou quelque chose comme ça.

Beatle savait qu'il rougissait, mais il ne lui cacha pas.

— Ouais, eh bien... Je ne peux pas dire que je les adore.

Son sourire s'étira encore plus, si c'était possible.

— Tu as peur des petites bêtes ! s'exclama-t-elle. Un dur à cuir de la Delta Force a peur des minuscules petites bêtes ! Classique.

En faisant semblant de se renfrogner, Beatle se leva et se pencha au-dessus d'elle.

— C'est toi qui nous as informés de la présence des fourmis dont la morsure fait plus mal qu'une balle. Et on peut parler des autres minuscules insectes qui, avec une morsure ou une piqûre, peuvent rendre un homme ou une femme complètement impuissants ? Tu as bien raison, je n'aime pas les insectes. Je préfère largement un homme armé qu'un insecte innocent et pourtant meurtrier.

Elle souriait toujours, mais elle acquiesça rapidement.

— C'est sûr. Et si on se mettait d'accord ? Je te protégerai des insectes si tu me protèges des hommes armés.

— Marché conclu, déclara Beatle avant que le dernier mot ne sorte de la bouche de Casey.

Puis il se pencha et couvrit les lèvres de la jeune femme avec les siennes.

L'angle était maladroit, puisqu'il était à l'envers, au-dessus d'elle, mais il jura sentir un coup de jus depuis ses lèvres jusqu'à ses orteils quand il fit glisser sa langue par-dessus la lèvre inférieure de Casey.

En reculant, Beatle leva son pouce et caressa la lèvre qu'il venait juste de toucher avec sa langue, sentant l'humidité. Son sexe s'était durci à un point douloureux, rien qu'avec ce léger contact de sa bouche, mais il l'ignora et se leva.

— Il reste un peu d'eau, tu veux t'en servir pour te laver ?

Casey sembla quelque peu surprise, mais elle cligna des yeux et se reprit.

— Oui, s'il te plaît.

Beatle l'aida à se lever et à faire pendre ses jambes sur le côté du hamac.

— N'enlève pas la pommade qu'il y a sur tes pieds. Je m'en occuperai demain matin avant qu'on parte.

Il lui tendit la peau de chamois.

— Utilise ça. Ça absorbe l'eau, donc ça va être désagréable sur ta peau, mais ça fera le boulot. Voilà le shampoing, tu peux l'utiliser comme du savon. Prends ton temps et fais attention avec la perfusion. Je serai là-bas avec Truck. Si tu as besoin de moi, crie.

Quand Casey acquiesça, Beatle ne put résister à l'envie de passer une main dans ses cheveux désormais brillants et propres, puis il s'obligea à se lever du tabouret, à lui tourner le dos et à traverser la petite clairière pour aller en direction de Truck. Il s'assit, dos à Casey, et commença à discuter avec son coéquipier de leur plan d'action pour le jour suivant.

* * *

Casey s'assit, tenant le savon dans une main et la peau de chamois dans une autre alors qu'elle regardait Beatle s'en aller vers son coéquipier. Elle avait du mal à réfléchir à ce moment. Elle avait été choquée que Beatle propose de lui laver les cheveux, mais elle avait été bêtement stupéfiée par la douceur et la rigueur dont il avait fait preuve.

Puis quand il avait passé tout ce temps à lui démêler les cheveux en la caressant gentiment en même temps, elle avait juste eu envie de pleurer. Elle ne se souvenait pas de la dernière fois que quelqu'un avait pris soin d'elle comme Beatle l'avait fait.

Elle vivait seule depuis l'âge de dix-huit ans, quand elle était partie à l'université. Elle avait eu des petits amis, mais ils étaient du genre académique, comme elle, pas du genre alpha comme Beatle, loin de là. En tant que professeure, elle s'occupait toujours de sa classe et de ses étudiants. Elle était responsable de Jaylyn, Kristina et Astrid pendant ce voyage de recherches et lorsqu'elles avaient été kidnappées, elle avait encore plus pris le contrôle.

Casey de n'était pas rendu compte à quel point c'était agréable de laisser quelqu'un d'autre prendre les rênes. Prendre les décisions. Prendre soin d'elle. Même maintenant, il le faisait. Il lui tournait le dos, lui offrant autant d'intimité qu'il le pouvait. Mais elle savait que si elle disait un seul mot, il serait à ses côtés en quelques secondes. Cette idée l'apaisa. L'aida à se sentir en sécurité – et elle ne s'était pas sentie en sécurité une seconde depuis qu'elle était descendue de l'avion au Costa Rica.

Ce n'était pas que le pays était effrayant, mais elle avait toujours conscience de ce qui les entourait et que chacune de ses décisions pouvait affecter les étudiantes qui étaient avec elle. Mais ici, au milieu de la jungle, elle n'avait pas à prendre de quelconques décisions. Tout reposait sur Beatle et Truck.

En bougeant lentement, Casey se pencha en avant et trempa la peau de chamois dans le seau d'eau, en y ajoutant un peu de shampoing. Puis elle la fit mousser et l'amena jusqu'à son visage. Elle frotta sa peau jusqu'à ce qu'elle soit sûre d'être propre. Elle répéta ensuite cet enchaînement et lava son cou, ses bras, son ventre, sa poitrine, ses aisselles, ses mollets et enfin, elle alla même jusqu'à déboutonner son pantalon et utiliser le tissu pour se nettoyer entre les jambes.

Le seul endroit qu'elle ne pouvait nettoyer en étant habillée était ses cuisses, mais elle se dit qu'il s'agissait probablement de la partie la plus propre. En soupirant de soulagement, elle jeta un coup d'œil en direction de Beatle quand elle rattacha son pantalon... et elle se figea.

Il ne lui tournait plus le dos.

Elle ne voyait Truck nulle part et Beatle s'était déplacé pour être appuyé contre un arbre. Ses bras musclés étaient croisés sur son torse et il la fixait avec un regard si intense qu'elle eut envie de détourner les yeux, mais elle ne le put.

Elle scruta le reste du corps de Beatle et dut admettre qu'elle aimait ce qu'elle voyait. Il était plus grand qu'elle, à quelques centimètres près. Il paraissait presque petit à côté de Truck, mais bon, tout le monde semblait minuscule à côté de cet homme immense.

Il portait un pantalon cargo, des chaussures de randonnée, un long t-shirt vert olive avec une veste en maillage par-dessus. La veste possédait des poches remplies de Dieu savait quoi. Tout ce dont un dur à cuire de la Delta Force pourrait avoir besoin pour suivre des méchants dans la jungle. Sa mâchoire était serrée, comme s'il luttait contre des émotions profondes, et elle pouvait sentir l'intensité de son regard la transpercer depuis l'autre bout de la clairière.

Elle observa une nouvelle fois son corps de bas en haut, captant tout ce qu'était Troy « Beatle » Lennon, et elle entrouvrit les lèvres, s'exclamant légèrement, quand elle arriva au niveau de ses hanches. Il était excité. La bosse dans son pantalon se voyait aisément, même depuis là où elle était assise. Surprise, elle regarda à nouveau son visage. Il ne semblait pas honteux du tout de son excitation. Mais il n'était ni fier ni grossier.

Elle reporta son regard sur le sien et, incroyablement, Casey sentit ses tétons se durcir sous sa chemise. Cela n'aidait pas qu'elle ne porte pas de soutien-gorge, le bout sensible se frottant contre le tissu rêche la rendait encore plus consciente de son excitation.

Sans briser leur regard, elle se pencha en avant et posa la peau de chamois sur le bord d'un seau rempli d'eau désormais savonneuse.

Comme si ses mouvements l'avaient sorti de la transe dans laquelle il était, Beatle fit de grands pas vers elle.

— Tu as fini ? demanda-t-il d'une voix rauque.

Casey acquiesça.

Au lieu de tendre la main vers l'eau sale, Beatle se pencha en avant, posa les mains sur les cordes au niveau des hanches de Casey. Celle-ci tourna la tête, mais ne s'éloigna pas. Leur visage n'était qu'à quelques centimètres quand il dit férocement, son accent sudiste plus prononcé à cause de l'émotion qu'il ressentait :

— Je tuerais et mourrais pour avoir le droit de t'avoir, et pour que tu puisses m'avoir en retour.

Puis, sans attendre de réponse, il se raidit, s'accroupit et attrapa deux des seaux et disparut dans les arbres.

Casey prit une grande inspiration et ferma les yeux. S'il s'était arrêté à la première partie de sa déclaration, elle aurait pu être agacée. Elle n'était pas un morceau de viande qui appartenait à n'importe qui, mais l'avoir en retour ? Ouais, elle pouvait accepter ça.

Mais que se passait-il donc ? Est-ce qu'elle ressentait un genre de vénération pour son héros depuis qu'il l'avait sauvée ? Quand elle rentrerait chez elle, se demanderait-elle ce qui lui était passé par la tête quand elle était attirée par cet homme ? Et lui, alors ? Est-ce qu'il était coincé dans un genre d'histoire avec une demoiselle en détresse ? Elle n'avait aucune réponse, uniquement des questions... et une excitation persistante chantant dans ses veines.

Elle leva une main vers son visage et le frotta pour évacuer le stress, mais elle couina de douleur quand elle tira sur la perfusion. Bon sang. Elle l'avait oubliée.

Mais maintenant qu'elle y pensait, toutes les petites douleurs et crampes qu'elle avait ignorées se faufilèrent jusqu'à son esprit. Son bras palpita là où elle avait été piquée de nombreuses fois, alors que Truck avait essayé de trouver une veine viable. Ses pieds lui faisaient mal. Les muscles de ses jambes hurlaient. Son dos était en compote puisqu'il n'avait pas pu s'étendre pendant si longtemps. En plus de tout ça, elle avait une migraine.

En gigotant dans son hamac et en grimaçant quand il se balança sous son poids, Casey lutta pour relever les pieds et s'allonger. Elle venait juste de remettre ses jambes dans le hamac quand Beatle réapparut avec Truck. Ils avaient tous les deux les cheveux mouillés et il était évident qu'ils venaient d'utiliser le savon et la source d'eau pour se nettoyer eux-mêmes autant qu'ils le pouvaient.

— Je suis contente que tu sois de retour, dit-elle doucement, sans dissimuler ses sentiments.

— Tu vas bien ? demanda Truck en tendant la main vers son bras pour vérifier la perfusion.

Elle acquiesça.

— Il commence à faire sombre.

— Nous étions juste de l'autre côté des arbres, lui apprit Truck. On ne t'aurait pas laissée ici toute seule, trop loin pour t'entendre si tu avais eu besoin d'aide.

— Je m'en doutais, c'est juste que... J'ai le sentiment que je ne vais pas supporter l'obscurité pendant un moment.

Devant son aveu, Beatle s'approcha du hamac. Il passa un pouce sur son front et lui demanda :

— Mal de tête ?

Elle hocha la tête.

— La nourriture va t'aider.

Puis il se retourna et alla vers son sac contenant une infinité de choses agréables, et il rapporta une ration militaire. Il se rapprocha de Casey et s'accroupit.

— Le goût n'est pas terrible, mais c'est rapide et plein de calories, ce dont tu as besoin, dit-il.

Il ouvrit le sachet en plastique de nourriture et s'occupa de sa préparation. Il ouvrit un plus petit paquet et le lui tendit.

Casey prit le morceau de quatre-quarts et sourit.

— Le dessert en premier ?

— Absolument. Je dois m'assurer qu'il te reste de la place.

En prenant une bouchée de cette gourmandise sucrée, Casey gémit à cause de ses papilles qui s'enflammèrent. Elle baissa les yeux vers Beatle en mâchant et se figea. Elle déglutit et demanda :

— Quoi ?

Il secoua la tête.

— Rien. C'est bon ?

— Hmm hmm, répondit-elle en prenant une autre bouchée.

Elle termina le gâteau quand la partie chaude de son repas fut prête. Il lui tendit le sachet en plastique avec une cuillère.

— Tu peux le tenir ? demanda-t-il.

Elle agita la tête, mais se demanda ce qu'il ferait si elle répondait non. Il lui donnerait probablement à manger, ce qui, étonnamment, ne semblait pas si étrange.

Elle mangea rapidement le plat de pâtes, lui disant entre les bouchées que c'était l'une des meilleures choses qu'elle ait jamais goûtées.

Truck était revenu et entendit son commentaire.

— Tu *dois* être affamée si cette merde a bon goût, lui dit-il en lui adressant un clin d'œil.

Casey se rendit compte à cet instant qu'elle passait un bon moment. Ça ne devrait pas être le cas. Elle avait mal, elle se trouvait au milieu d'un pays étranger sans papiers d'identité et elle ignorait si ses kidnappeurs attendaient dans l'ombre pour l'enlever à nouveau. Mais dans cette faible lumière, Casey ne ressentait aucune peur.

Si quelque chose se passait, si quelqu'un surgissait des arbres, Beatle et Truck la protégeraient. Donc elle fit un clin d'œil à Truck et finit d'engloutir son repas.

Puis elle ferma les yeux, apprécia la sensation d'avoir le ventre plein, et se balança sur le hamac. Soudain, elle se sentit épuisée. Elle était si fatiguée qu'elle ne se pensait pas capable de bouger, même si elle voyait une nouvelle espèce de scarabée ramper sur son bras.

Elle sentit du mouvement autour d'elle et ouvrit les paupières pour voir Beatle accrocher quelque chose sur les cordes qui retenaient le hamac. La moustiquaire. Elle avait le même genre d'installation dans son campement avec ses étudiantes... mais maintenant, elle paraissait étouffante. Son souffle s'accéléra et elle ferma les yeux une fois de plus, essayant de réprimer sa claustrophobie.

Le hamac se balança et son corps s'enfonça.

En s'exclamant, Casey ouvrit brusquement les yeux et vit Beatle s'installer à côté d'elle.

— Qu'est-ce que tu fais ?

Au lieu de répondre, Beatle leva les yeux vers Truck qui remplaçait la pochette de perfusion vide par une nouvelle.

— Je pense qu'un antidouleur plus puissant serait le bienvenu au point où tu en es.

— Beatle, protesta Casey en poussant sur son torse et en essayant de mettre de la distance entre eux.

Il l'ignora.

— Oh, et tu veux bien t'occuper des branches pour moi aussi ? demanda-t-il à Truck en bougeant ses pieds.

— Troy Beatle Lennon, déclara sévèrement Casey.

Elle ignora le fait qu'il haussait les sourcils et que Truck gloussait à cause de l'utilisation de son nom complet.

— Tu ne peux pas dormir ici, conclut-elle.

— Pourquoi pas ? demanda Beatle.

Il gigota jusqu'à ce qu'elle soit allongée presque sur lui et un peu sur son flanc.

— Parce que.

Il sourit.

— Ce n'est pas une réponse, Casey.

— Parce qu'on est tout écrasés. Qu'il fait chaud. Et que tu ne seras pas à l'aise.

— J'aime qu'on soit tout écrasés. Et je me fiche de la chaleur. Et je serai plus à l'aise avec toi dans mes bras plutôt de dormir par terre à côté de toi.

— Pourquoi tu dormirais par terre ? demanda-t-elle.

Elle ignora les picotements provoqués par ses autres réponses.

— Tu sais qu'il y a des *insectes* par terre, hein ?

Il ignora cette remarque et déclara :

— Parce que je dois m'assurer que tu vas bien. Et je ne peux pas t'atteindre assez vite si je suis dans l'un de ces trucs, même si je suis accroché juste à côté de toi. Comme ça, je peux sentir ton cœur battre et t'entendre respirer toute la nuit. Si tu as mal, je peux demander à Truck d'ajouter plus d'antidouleurs dans ta perfusion.

Casey ne savait pas vraiment quoi répondre à ça. Mais elle n'eut pas besoin de s'en inquiéter, puisque Truck finit de s'activer sur sa perfusion et retira les branches à ses pieds. Le hamac s'effondra immédiatement autour de leurs hanches et de leurs jambes. Elle gigota et passa une jambe par-dessus les cuisses de Beatle.

— Fais attention à tes pieds, ma belle, déclara Beatle.

Dès qu'il eut fini de parler, Truck enleva la plus grande branche dans les cordes.

Si Casey pensait qu'elle et Beatle étaient proches plus tôt, ce n'était rien comparé à maintenant. Ils se touchaient, de la poitrine jusqu'aux orteils. Elle n'avait jamais été aussi serrée dans les bras de quelqu'un que dans ceux de Beatle à ce moment-là.

Ce fut à son tour de gigoter, la décalant subtilement à côté de lui et s'assurant qu'elle soit plus à l'aise en même temps.

— Je serai juste là, dit Truck avec un signe de tête. Crie si elle a besoin de quoi que ce soit.

— Merci, Truck, répondit doucement Beatle à son ami.

Puis ils se retrouvèrent seuls. Comme d'habitude dans la jungle, un instant le soleil commençait à se coucher, et le suivant, c'était le noir complet. Elle se raidit, l'obscurité lui rappelant la fosse dans laquelle elle était encore quelques heures plus tôt.

— Mes parents vivent dans le Tennessee. Ils ont un véritable chalet. Tu sais, comme ceux qu'on voit dans le Colorado où un truc dans le genre. Parfois, ils doivent tourner les bûches pour s'assurer qu'elles restent collées les unes aux autres. Ma mère est une accro autoproclamée des livres. Elle lit avidement. À chaque fois que je vais chez elle, j'apprends qu'elle est obsédée par un nouvel auteur. Son truc préféré, c'est de se blottir dans une couverture moelleuse et de lire pendant que mon père regarde le sport dont c'est la saison à la télé.

Casey savait ce qu'il faisait et appréciait plus qu'il ne l'imaginait.

— Est-ce qu'ils s'entendent bien ?

— Mes parents ? Ouais. Ils sont mariés depuis trente-cinq ans. Je ne dis pas qu'ils ne se disputent pas où qu'ils ne s'énervent pas l'un l'autre, mais au final, ils disent toujours qu'ils s'aiment. J'ai toujours cru que le genre d'amour qu'ils avaient était normal. Je n'avais même pas considéré que les autres n'avaient pas ça, jusqu'au lycée, quand j'ai véritablement compris ce que certains traversaient avec les divorces vicieux ou ceux qui n'avaient qu'un seul parent. Partir à l'étranger et voir le style de vie des autres m'a encouragé à les apprécier encore plus.

— Tu as des frères et sœurs ? demanda Casey avant de bâiller.

Elle sentit les lèvres de Beatle effleurer son front et elle resserra son bras autour d'elle. Elle aplatit une main sur son torse et entendit le *boum-boum-boum* régulier de son pouls quand il répondit :

— Non. Ça ne m'a pas vraiment manqué, mais voir comme tu es proche de Blade me donne envie d'avoir une petite sœur.

— Les grands frères sont des emmerdeurs, chuchota-t-elle.

Néanmoins, elle sourit contre son torse.

— Je me souviens de cette fois, quand j'avais quinze ans, je...

Casey ferma les yeux en écoutant les histoires de Beatle. Elle posait occasionnellement des questions, mais elle laissait surtout son accent sudiste traînant la réconforter et l'aider à se détendre. Elle se rendit compte après un moment qu'elle n'avait plus mal. Les antidouleurs que Truck avait ajoutés à sa perfusion faisaient des merveilles. Elle était à l'aise pour la première fois depuis longtemps et, plus important, elle se sentait en sécurité.

En soupirant une fois de plus et en se blottissant contre l'homme à côté d'elle, Casey se laissa dériver, sachant pertinemment que Beatle la protégerait quand elle serait endormie et vulnérable.

* * *

À la seconde où Casey s'endormit à côté de lui, Beatle le sut. Chaque muscle de son corps se ramollit, comme si elle était restée raide pendant des années. Son corps fondit encore plus contre le sien et c'était le sentiment le plus agréable qu'il avait ressenti de sa vie.

Il ne lui avait pas menti, plus tôt, quand il avait dit à Casey qu'il tuerait ou mourrait pour elle. C'était tout aussi simple... et tout aussi compliqué.

Ils avaient beaucoup d'obstacles devant eux.

Le premier, c'était sortir de la jungle et partir du Costa Rica.

Mais au-delà de ça, il avait ce sentiment persistant que même lorsqu'ils seraient de retour aux États-Unis, elle ne serait pas en sécurité. Son kidnapping n'était pas normal. Et l'anormalité apportait des problèmes. Il ne savait pas où le danger était tapi, mais il savait qu'il attendait quelque part. Pour *sa* copine.

Hors de question qu'il la laisse se retrouver dans la même situation dont elle venait juste d'être sauvée.

— Dors bien, ma belle, murmura-t-il en fermant les yeux.

Truck et lui feraient un petit somme, mais aucun d'entre eux ne dormirait profondément. Pas maintenant. Ils avaient entraîné leur corps à se reposer, mais sans s'assoupir complètement quand ils étaient au milieu d'une mission. Bien que leur situation ne soit pas désespérée, comme parfois, ils ne prenaient jamais rien pour acquis. Jusqu'à ce que leurs pieds foulent le sol du Texas, ils ne baisseraient pas la garde.

Surtout pas alors que la vie d'une femme était en jeu.

Tandis que les bruits de la jungle costaricienne le berçaient, Beatle planifia l'avenir qu'il avait avec Casey dans sa tête. Leur premier but était de rentrer à la maison. Puis il s'inquiéterait de la convaincre de passer le reste de sa vie avec lui.

7

Le matin suivant, Beatle et Truck s'affairaient. Casey se réveilla quand Beatle sortit du cocon dans lequel ils avaient dormi toute la nuit. Elle se rendit compte qu'elle avait mieux dormi que depuis des années. Ce qui était fou. Elle était couverte de transpiration, puisqu'elle avait partagé la chaleur corporelle de Beatle toute la nuit, et elle n'était pas non plus complètement hors de danger, mais elle avait tout de même dormi comme un bébé.

Elle se dit que les antidouleurs que lui avait administrés Truck l'avaient aidée à dormir, mais au fond d'elle, elle savait que même les drogues n'auraient pas pu l'endormir si elle ne s'était pas sentie en sécurité.

Lorsque Beatle avait roulé hors du hamac, il l'avait embrassée sur le front et lui avait ordonné de rester en place. Donc elle l'avait fait. Elle avait regardé Beatle et son coéquipier faire rapidement et efficacement leur sac en emmenant tout ce qu'ils pouvaient dans le campement tout en mangeant des barres protéinées pour le petit-déjeuner.

Elle était plus que prête à se lever et à s'étirer quand Beatle s'approcha d'elle.

— Tu as besoin d'aide ? demanda-t-il avec un sourire.

— S'il te plaît. J'ai l'impression d'être une nymphe prête à émerger de mon cocon.

— C'est une description appropriée, docteur Shea.

Il retira la moustiquaire au-dessus d'elle, la plia en un petit carré et la posa sur le sol à côté du hamac.

— Je vais tenir les deux côtés du hamac pour le garder ouvert. Déplie lentement tes jambes vers moi, puis assieds-toi. Quand tu auras trouvé ton équilibre, je t'aiderai à te lever. Mets tes pieds sur la moustiquaire pour qu'ils ne soient pas sales. Prête ?

Casey acquiesça et lorsqu'il aplatit le hamac, elle retira maladroitement ses jambes du côté qu'il lui avait ordonné. Se lever fut plus compliqué. Ses muscles étaient raides à cause des mouvements inhabituels qu'elle avait faits la veille, après être restée si longtemps enfermée dans son trou. En se mordant la lèvre pour s'empêcher de grogner, elle se leva sur des jambes chancelantes. À la seconde où elle quitta le hamac, Beatle se pencha légèrement devant elle et posa les deux mains sur ses hanches pour la stabiliser.

— Ça va ?

Elle acquiesça, même si elle ne sentait pas bien.

— Truck ! hurla Beatle. J'ai besoin de ces cachets !

Puis il se tourna vers Casey.

— Doucement, ma belle. Se lever est toujours la partie la plus difficile.

— Et comment le sais-tu ? cracha-t-elle.

Elle l'avait sorti de façon plus virulente qu'elle l'avait voulu.

— Tu as déjà été jeté dans un trou et forcé à marche sur des kilomètres avec des pieds engourdis ?

À la seconde où elle prononça ces mots, elle les regretta. Beatle ne méritait pas sa colère.

— Non, déclara-t-il calmement. Mais j'ai été capturé par des terroristes, torturé, puis j'ai dû marcher comme un dingue jusqu'au point d'extraction.

Casey déglutit difficilement et s'obligea à regarder l'homme devant elle.

— Je suis désolée, dit-elle entre ses dents serrées.

Beatle ne semblait pas le moins du monde agacé. Il tendit la main et la posa sur la tête de Casey.

— Tu n'as pas à être désolée.

— Je ne voulais pas me comporter comme une pétasse.

Beatle ricana.

— Si c'est ce que tu appelles te comporter comme une pétasse, je crois que je n'aurai pas à m'inquiéter de ton tempérament à l'avenir.

Puis il se retourna et tendit la main vers Truck.

Casey ne savait pas depuis combien de temps ce dernier se trouvait là, mais elle se dit qu'il avait probablement entendu les horribles paroles qu'elle avait prononcées à l'encontre de son coéquipier. Elle osa lever les yeux vers lui et fut surprise quand il lui fit un clin d'œil.

— Beatle a raison. Quand tu te mettras en marche, tu te sentiras mieux. Promis.

Elle hocha la tête et regarda à nouveau Beatle. Il gardait une main sur sa hanche pour la stabiliser, mais il tenait la gourde de l'autre.

— Truck va t'enlever ta perfusion. On dirait qu'elle a fait son travail et que tu n'es plus déshydratée. Je te recommande de prendre des antidouleurs ce matin et probablement encore pendant quelques jours.

Casey acquiesça et tendit la main vers la gourde. Truck lui donna deux cachets blancs et elle les goba avant de demander ce que c'était. Elle faisait confiance à ces hommes. S'ils pensaient qu'elle devrait les prendre parce qu'ils l'aideraient, alors elle les écouterait.

Quand elle eut avalé les cachetons, elle rendit la gourde à Beatle. Il se raidit et, sans prévenir, il la souleva dans ses bras. Casey couina et passa ses bras autour du cou de Beatle pour garder son équilibre.

— Qu'est-ce que tu fais ? lui demanda-t-elle d'une voix si aiguë qu'elle ne la reconnaissait pas comme la sienne.

— Je suppose que tu as besoin de faire un petit tour aux toilettes des dames, c'est ça ? s'enquit-il en haussant un sourcil.

En rougissant, Casey se rendit compte qu'elle avait besoin de faire pipi. Terriblement. Elle se contenta d'acquiescer.

Beatle lui rendit son hochement de tête et partit dans la jungle avec Casey dans ses bras. S'il pensait qu'elle allait…

Sa réflexion fut interrompue quand il s'arrêta à côté d'un grand arbre et lui demanda :

— Ça a l'air bien, non ? Il n'y a pas de petites bestioles pour te mordre ou te piquer pendant que tu fais tes affaires ?

Casey baissa automatiquement les yeux. L'endroit semblait dépourvu de fourmilières, d'araignées ou de serpents. Donc elle acquiesça.

— Super. Je serai juste là, expliqua-t-il en montrant un arbre. Crie quand tu as fini et je te ramènerai au camp.

Elle voulait dire qu'elle pouvait revenir toute seule, mais ce serait stupide, étant donné qu'elle était pieds nus. Donc elle branla la tête et tenta de ne pas rougir. C'était idiot de se sentir embarrassée parce qu'elle devait faire pipi. Elle les avait vus, Truck et lui, prendre des pauses la veille, s'éloignant du chemin pour aller derrière un arbre et faire leur affaire. Bon sang, les filles et elle avaient fait leurs besoins dans la jungle pendant tout le temps de leurs recherches… mais c'était différent.

Il partit avant qu'elle ait la chance de dire quoi que ce soit et elle fit rapidement ce qu'elle avait à faire. C'était fou qu'elle ait dû attendre si longtemps avant d'avoir besoin de faire pipi. Elle avait été si déshydratée que son corps avait utilisé chaque millilitre de liquide. Aussi embarrassant que ce fût de devoir être portée pour aller aux toilettes, le fait de devoir pisser signifiait qu'elle revenait à la normale, ce qui était littéralement un miracle. Alors elle acceptait.

Elle appela Beatle et il apparut en quelques secondes. Elle appréciait qu'il ne rende pas la situation plus étrange qu'elle ne l'était déjà. Quand ils retournèrent au camp, Truck avait décroché le hamac dans lequel Beatle et elle avaient dormi et il ne restait que le petit tabouret, la moustiquaire pliée en carré, l'un des seaux pliants avec de l'eau dedans et la peau de chamois.

Beatle la posa à côté du tabouret et lui dit :

— Assieds-toi.

Casey s'exécuta.

Alors qu'elle mangeait son petit-déjeuner, une autre ration militaire, Beatle et Truck s'activèrent sur ses pieds. Elle fut lavée, massée, on lui mit de la crème et banda les pieds. Elle n'avait pas reçu un tel traitement depuis la dernière fois qu'elle était allée au spa. Puis, alors que Truck s'occupait de l'eau, Beatle roulait doucement une paire de protections sur ses pieds. Elles étaient trop grandes, mais elles étaient sèches et c'était tout ce qui comptait.

Il enfila ensuite des chaussettes en laine par-dessus, trop grandes elles aussi. Le talon lui arrivait derrière la cheville. Beatle grimaça et dit :

— Je sais qu'elles ne te vont pas parfaitement, mais elles sont sèches. Les tiennes devraient l'être demain, mais on doit continuer de marcher.

— Je sais, ça va aller, la rassura Casey.

— Tu vas devoir porter tes propres chaussures, je ne peux rien faire pour ça. Elles sont toujours mouillées, mais ce sera mieux qu'hier. Les chaussettes et les protections devraient garder tes pieds au sec. Fais-le-moi savoir si tu ressens de l'humidité sur tes pieds aujourd'hui, ou si la douleur devient insupportable.

Il marqua une pause, puis leva les yeux vers elle.

— Je le pense vraiment, Casey. Si tes pieds te font trop mal pour que tu puisses marcher, on trouvera une autre solution. La dernière chose qu'on veut, c'est de rester stoïques face à ta douleur. Tu pourrais leur causer des blessures irréparables si tu ne parles pas. D'accord ?

— D'accord, affirma-t-elle instantanément. Je le ferai. Je le promets.

— J'aimerais que ce stupide hélico vienne nous récupérer, marmonna Beatle lorsqu'elle se baissa et se concentra sur le fait de mettre ses chaussures.

— Est-ce que Ghost a appris pourquoi il ne pouvait pas venir ? demanda Casey.

— Pas que je sache, grommela-t-il. Salauds.

Après que Casey eut attaché la deuxième chaussure et s'être assurée qu'elles n'étaient pas trop serrées ou trop lâches, Beatle s'agrippa à ses mollets et leva les yeux vers elle.

— Je suis sérieux, quand je dis que tu dois parler si tu as mal, ma belle. Nous ne fuyons pas des terroristes et je ne pense pas qu'il y aura un quelconque problème jusqu'à Guacalito. Pas besoin de jouer l'héroïne. Si tu as besoin d'une pause, dis-le. Je te surveillerai, mais j'ai l'impression que tu es vraiment douée pour cacher tes sentiments et tes blessures. Je vais probablement t'emmerder à force de te demander comment tu vas, si tu vas faim, si tu as besoin de faire une pause ou de boire de l'eau. Tu vas me supporter, d'accord ? Ce n'est pas une course. On arrivera quand on arrivera.

Casey eut du mal à déglutir. Ses mots voulaient tout dire. Elle détendit ses épaules. Le fait que Beatle admette que selon lui, ils ne seraient pas poursuivis, lui enleva un grand poids des épaules alors qu'elle ne s'était même pas rendu compte qu'il était là. Elle prit une grande inspiration.

— *Toi*, tu n'es peut-être pas pressé, mais moi si. Je crois que j'ai assez vu la jungle pour un moment.

Il sourit.

— C'est compréhensible. Tu es prête à voir comment vont tes pieds ?

Casey acquiesça et Beatle se leva. Il prit ses mains dans les siennes et l'aida à se lever. Elle chancela un moment, s'habituant à porter à nouveau des chaussures. Puis elle laissa tomber ses mains et tenta de faire un pas, s'attendant à ressentir de la douleur, mais curieusement, ce n'était pas trop mal. Elle fit un autre pas. Puis un autre. Elle fit ensuite le tour de la petite clairière.

Beatle et Truck la regardaient du coin de l'œil pour l'évaluer. Elle finit par revenir devant Beatle.

— Je vais bien.

— Je sais, répondit-il.

Il lui tendit un petit emballage plastique. Casey baissa les yeux et elle se tourna brusquement vers lui après.

— Un autre quatre-quarts ?

Il haussa les épaules.

— Visiblement, tu l'as apprécié hier soir. Je me suis dit que ce serait une bonne friandise d'après petit-déjeuner, mieux qu'une barre protéinée... même si tu vas aussi en manger beaucoup.

— Tu ne vas pas arrêter de me faire manger, n'est-ce pas ?

Beatle acquiesça.

— Non. Tu as besoin de calories après ce que tu as subi. Beaucoup de petits repas vont mieux fonctionner que quelques gros repas.

Elle sourit après ce rappel.

— Merci.

— De rien.

Puis il la surprit en se penchant en avant et en l'embrassant affectueusement sur le front. Il lui tendit un élastique.

— Pour tes cheveux.

Elle le saisit sans un mot, pensant toujours au baiser. C'était un geste tendre. Une chose qu'offrirait un homme à une femme avec qui il sortait depuis longtemps. Mais il sembla normal et c'est ce qui l'inquiéta. Elle pouvait s'habituer à ses gestes attentionnés, même si elle savait que ce serait douloureux lorsqu'il la déposerait à l'aéroport et retournerait à sa propre vie, pendant qu'elle retournerait à la sienne.

En déglutissant difficilement, Casey mangea son gâteau et regarda les hommes finir de se préparer avant de partir. Elle venait juste de relever ses cheveux quand Beatle réapparut et lui tendit un petit flacon.

— Qu'est-ce que c'est ?

— Du répulsif pour insectes. Je t'en mettrai si tu m'en mets.

Ces paroles n'étaient pas censées avoir un sens sexuel, mais les cuisses de Casey se serrèrent tout de même. Elle essaya de dissimuler sa réaction inappropriée en tendant la main vers le flacon. Beatle se retourna pour qu'elle puisse lui en mettre dans le dos et elle fut heureuse d'avoir un peu de répit.

Quand il eut fini de lui appliquer cette protection nécessaire, il prit la bouteille et dit :

— Ferme les yeux.

Elle s'exécuta, s'attendant à ressentir le spray mouillé sur son visage. Au lieu de ça, elle entendit le spray, mais ne sentit rien pendant une seconde, puis des doigts mouillés étalèrent minutieusement le liquide sur son visage. C'était intime et, une fois de plus, attentionné.

Il étala avec précaution la protection sur son visage, son cou et ses oreilles, puis il lui dit de prendre sa respiration. Elle le fit et il couvrit le reste de ses vêtements et de son corps avec le répulsif.

— C'est bon, l'informa-t-il.

Elle ouvrit les yeux. Il rangeait la bouteille dans une petite poche sur sa veste. Il leva les yeux et croisa son regard.

— Prête ?

— Plus que prête, répondit-elle.

Beatle tendit la main, la paume vers le haut, sans un mot.

Casey ne s'était jamais sentie autant en sécurité que lorsqu'il enroula ses doigts autour des siens. Sans regarder en arrière, ils s'en allèrent, Beatle devant et Casey non loin derrière lui. Sa main était toujours dans celle du jeune homme et Truck fermait la marche.

Elle avait entendu ce grand homme parler à la radio plus tôt, et il avait confirmé que tout avait l'air dégagé entre eux et les trois autres hommes dans la jungle. Ghost et son frère étaient en bonne voie vers San José. Bientôt, tout cela ne serait qu'un souvenir.

Casey sut qu'elle avait perdu la tête quand elle se surprit à espérer que le temps ralentisse. Elle avait le sentiment que dire au revoir à Beatle serait plus difficile que le trek qu'elle s'apprêtait à effectuer dans la jungle.

8

—————

La marche était laborieuse, ce matin-là, mais Beatle s'en moquait. Pour une fois, il n'avait pas l'impression de fuir quoi que ce soit ou qui que ce soit. Il surveilla Casey de près et prit des pauses au moins deux fois par heure. À ce rythme-là, il leur faudrait une éternité pour rejoindre Guacalito, mais Beatle ne voulait rien faire qui pourrait mettre Casey trop à l'épreuve. Elle avait déjà traversé un sacré supplice.

Il ne pouvait s'empêcher de l'admirer. Même quand elle avait été jetée dans ce puits, elle avait été pleine de ressources. Il avait remarqué qu'elle avait utilisé son soutien-gorge pour filtrer l'eau et qu'elle avait empilé les planches pour que ses pieds et son corps soient hors du liquide au fond. Il avait également remarqué qu'elle avait fait de son mieux pour s'échapper en griffant les parois, sans succès. Mais même si elle avait réussi à atteindre le haut du trou, elle n'aurait pas pu briser les planches, qui avaient été fermement sécurisées grâce aux lianes.

Elle serait morte dans les jours suivants s'ils ne l'avaient pas trouvée.

Beatle essaya de repousser ses pensées déprimantes. Ils l'*avaient* trouvée et elle s'en sortait incroyablement bien. Ils s'étaient tous préparés à devoir la porter pour la sortir de la jungle et la mener en sécurité, mais jusqu'ici, cela n'avait pas été nécessaire. La pause de cette nuit avait fait des miracles sur ses pieds, ainsi que sur sa santé en général. Elle n'était pas complètement de retour à la normale, mais elle s'en rapprochait.

— Oh ! Attention ! cria Casey.

Beatle se figea et sortit son revolver, prêt à l'utiliser avant que le dernier mot ne franchisse ses lèvres.

— Tu as failli marcher dessus ! poursuivit-elle.

Beatle baissa les yeux.

Casey le poussa sur le côté et récupéra un genre de créature sur le sol de la forêt. Elle se leva et le tint devant lui pour qu'il le voie – et Beatle ne put s'empêcher de faire un pas un arrière à cause de la bestiole hideuse qu'elle tenait.

En gloussant, Casey déclara :

— Elle ne va pas te faire de mal, Beatle.

— C'est *quoi* ce truc ? demanda Truck, l'air plus intéressé que dégoûté.

— C'est un dynaste Hercule, lui dit-elle.

Elle caressa la tête de l'insecte comme s'il s'agissait d'un hamster plutôt qu'une bestiole extraterrestre flippante.

Elle était aussi grande que sa main. Elle se tenait sur la pulpe de son doigt, ses mâchoires s'ouvrant et se refermant alors qu'elle passait un doigt sur la carapace durcie vert olive sur son dos. La bouche ressemblait à un arracheur géant. On aurait dit qu'elle pouvait arracher son doigt en une seule bouchée.

— Peut-être que tu devrais la poser, lui dit doucement Beatle.

Il eut envie de balayer l'insecte de sa main et l'écraser en étalant ses entrailles sur le sol de la jungle.

— Sérieusement, c'est inoffensif, lui dit-elle. Je sais qu'on dirait qu'il peut te mordre, mais il ne mange que des fruits frais et des fruits en train de pourrir. Il ne peut pas blesser des humains et ne le fera pas. Certaines personnes les gardent comme animaux de compagnie. J'ai entendu dire qu'ils pouvaient même être entraînés pour faire de petits tours.

Beatle frissonna. Il n'imaginait pas avoir volontairement l'une de ces choses dans sa maison. Il se força à détourner le regard de l'insecte géant et regarda plutôt quelque chose de plus plaisant... Casey.

Elle souriait et semblait plus détendue que jamais depuis qu'il l'avait rencontrée. Les insectes étaient *vraiment* son truc.

— On doit continuer, dit doucement Truck.

— C'est vrai, comprit-elle.

En faisant un pas sur le côté, elle tendit la main vers une bûche sur le sol et le coléoptère se dandina joyeusement sur son pouce pour y aller.

— J'aimerais avoir un appareil photo, déclara mélancoliquement Casey. J'ai pris un tas de photos de ces petits mecs... avant... mais j'ignore totalement où sont mes notes maintenant.

— En fait, je crois que le gouvernement a empaqueté toutes tes affaires et les a renvoyées chez toi avec les autres filles, lui dit Truck. On ne sait pas s'ils ont ta carte d'identité et ton passeport, mais on peut te faire sortir grâce au certificat de naissance que Blade a apporté. Avec un peu de chance, ton appareil photo est avec tes affaires.

Le visage de Casey s'illumina.

— Vraiment ? Génial ! Peut-être qu'Astrid, Jaylyn et Kristina peuvent terminer leurs recherches.

Puis ses épaules s'affaissèrent et elle ajouta :

— Enfin... si elles en ont envie.

Beatle ne pouvait supporter son regard abattu et posa une main sur son épaule.

— Je ne vais pas mentir, elles sont assez secouées. Mais elles n'ont pas été agressées et je crois qu'avec un psy, elles iront bien.

— Vraiment ?

Beatle fixa les yeux verts scintillants de Casey.

— Vraiment, la rassura-t-il.

Il posa une main sous son coude et la ramena sur le petit chemin qu'ils suivaient. Il descendit sur son bras jusqu'à ce que ses doigts attrapent une nouvelle fois les siens.

Ils restèrent silencieux pendant cinq bonnes minutes environ, avant que Beatle demande :

— Comment as-tu commencé à t'intéresser aux insectes ?

Il voulait honnêtement savoir, mais il voulait également s'occuper l'esprit avec autre chose que la chaleur et l'inconfort de cette randonnée dans la jungle.

— C'est grâce à Aspen, en fait.

— Blade ? demanda Truck derrière eux. Je dois entendre ça.

Beatle entendit le sourire dans la voix de Casey quand elle raconta ce souvenir.

— Il essayait toujours de faire des trucs pour me dégoûter, mais quand j'avais huit ans et qu'il en avait dix, il a ramené les cafards de sa classe. J'imagine que chaque enfant avait le droit de les ramener à la maison pour les étudier. Ils devaient faire une sorte de rapport sur qui ils étaient et quelles étaient leurs activités. Bref, il pensait que ce serait drôle et il en a sorti un, il me l'a tenu devant le visage en pensant que je crierais et que je m'enfuirais. Mais rira bien qui rira le dernier. Le cafard a sauté de sa main sur son visage. *C'est lui* qui a commencé à sauter dans tous les sens et a crié, d'un air hystérique. L'insecte a rampé sous son t-shirt et il sautillait, se donnant des claques et hurlant pour essayer de l'enlever.

Casey marqua une pause pour glousser et Beatle put jurer que le son avait résonné dans son cœur. Il adorait entendre son rire. Il ferait tout ce qui était en son pouvoir pour toujours la voir heureuse et insouciante… s'il en avait la chance.

— Que s'est-il passé ? demanda Truck.

— J'ai vu le cafard tomber par terre pendant que Beatle sautillait dans tous les sens. Je l'ai récupéré, parce que je savais que ma mère flipperait si elle apprenait qu'il y en avait un en liberté dans la maison. Je l'ai remis dans sa boîte avec les autres, mais je ne l'ai pas dit à Aspen. Il a continué de crier pendant dix minutes, certain qu'il serait mangé tout cru par cette minuscule chose. J'en ai eu marre de ses gémissements et j'ai fini par lui dire que j'avais attrapé cette stupide bête.

— Laisse-moi deviner, il n'a plus jamais essayé de te faire peur avec un insecte, rétorqua sèchement Beatle.

— Bien sûr que non, répliqua fièrement Casey. Et non seulement ça, mais je l'ai fait chanter. Je l'ai menacé de dire à la fille qu'il voulait embrasser à quel point il avait été effrayé par ce petit insecte s'il refusait de faire mes tâches ménagères pour le reste de l'année scolaire.

— Et il a été d'accord ? demanda Truck.

— En moins d'une minute, répondit-elle avec un sourire.

— C'était quoi, tes tâches ménagères ? s'enquit Beatle.

— Passer l'aspirateur une fois par semaine, mettre la vaisselle dans le lave-vaisselle tous les soirs et ramasser les crottes du chien.

Beatle et Truck gloussèrent tous les deux.

— Ouais, il n'en était pas ravi, mais il l'a fait sans se plaindre. Une chose que j'ai toujours admirée chez Aspen, c'est que lorsqu'il dit qu'il va faire quelque chose, il le fait. Bref, donc pendant cette semaine où il a gardé ces cafards, je les ai regardés. Ils me fascinaient. Tu savais qu'un cafard pouvait vivre une semaine sans sa tête ? Il respire grâce à de petits trous dans sa tête. Il meurt simplement parce qu'il ne peut pas manger ou boire. Oh, et ils peuvent retenir leur souffle pendant quarante minutes, donc ils peuvent survivre quand on les immerge pendant de longues périodes.

— Oh mon Dieu. J'engage un exterminateur à la seconde où je rentre à la maison, marmonna Beatle dans sa barbe en réprimant un frisson.

Il faillit sourire quand il entendit Casey se moquer de lui. Faillit.

— On pense que les cafards sont nés il y a plus de deux cent quatre-vingts *millions* d'années. Je trouve ça génial.

— Est-ce qu'on peut arrêter de parler de cafards, s'il te plaît ? supplia Beatle.

— Alors... tu ne veux pas entendre que j'ai cinq blattes de Madagascar comme animaux de compagnie à la maison, hein ?

Beatle s'arrêta et se retourna pour faire face à Casey.

— S'il te plaît, dis-moi que c'est une plaisanterie.

Elle souriait jusqu'aux oreilles, appréciant clairement sa gêne.

— Non.

Beatle ferma les yeux et soupira.

— Génial. C'est juste génial.

— Tu commences à repenser à tout ça ? le taquina Truck.

— Va te faire foutre, répliqua Beatle.

— Franchement, elles ne sont pas si horribles, l'apaisa Casey. Elles sont fascinantes. J'aime entendre leur sifflement, c'est génial.

Beatle ne put que secouer la tête, incrédule. Il se tourna et continua à marcher.

— Donc ma passion pour les insectes a commencé avec ces cafards qu'Aspen a apportés à la maison. Maintenant, je partage avec les autres à quel point ils sont intéressants et je voyage dans différents pays pour voir les insectes que j'étudie d'abord... bien que, peut-être que la dernière partie n'est pas vraiment une bonne chose.

Voulant éloigner son esprit du supplice qu'elle traversait, lui faire retrouver le sourire et la faire rire, Beatle demanda :

— Qu'est-ce que tu vois quand on marche ?

— Qu'est-ce que tu veux dire ? demanda-t-elle derrière lui.

— Tout ce que je vois, ce sont des feuilles, de la terre et des endroits dont les gens pourraient sauter et nous prendre en embuscade. Qu'est-ce que *toi* tu vois quand nous sommes là, dans la jungle ? clarifia-t-il.

Casey resta silencieuse quelques minutes et il eut peur de l'avoir perdue dans l'horreur de ce qu'elle avait vécu. Il la regarda et vit que, pendant qu'elle marchait lentement, elle observait autour d'elle comme si elle n'avait jamais vu une forêt auparavant.

— La vie, répondit-elle enfin. Je vois la vie.

— Montre-moi, ordonna Beatle.

— À ta droite, sur cette bûche, il y a des élatéridés. Ils font partie des plus grands... entre cinquante et soixante-quinze millimètres. Mais ils aiment creuser pour trouver leur nourriture dans les températures les plus chaudes de la jungle. Tu vois les trous à la base de cette branche, par-là ?

Beatle se tourna pour voir ce qu'elle montrait. Il acquiesça quand il vit ce qui ressemblait à un simple trou dans le sol.

— C'est un terrier de mygale. Elles ont une mauvaise

réputation, mais elles sont généralement très timides et pas agressives envers les humains. Elles chassent surtout la nuit. Des grillons, des insectes et toutes les autres petites araignées. Le Costa Rica possède certaines des espèces les plus intéressantes de tarentules. La mygale bleue, la zébrée et la tigrée en font partie.

Beatle se dépêcha de les éloigner du trou. Il n'aimait pas les insectes, mais il n'aimait *vraiment* pas les araignées. Il se souvenait du film *Maman, j'ai raté l'avion* et de la façon dont le méchant criait quand on lui plaçait la mygale sur le visage. Ouais, ce serait totalement lui s'il se réveillait et que l'une d'entre elles rampait sur lui. Il n'en serait même pas gêné.

— Est-ce que tu peux me montrer de jolies choses, peut-être, ma belle ? la supplia-t-il.

— Lève les yeux, dit-elle après un moment.

Beatle arrêta leur petit cheminement et fit ce qu'elle demandait.

— Le Costa Rica a environ mille cinq cents espèces différentes de papillons. Mais l'une des plus belles et des plus connues est le Morpho bleu.

Beatle regarda fixement les petites créatures volant au-dessus de leur tête. Les ailes bleu électrique des papillons étaient faciles à voir dans le fond vert de la canopée. Il baissa la tête et regarda Casey.

Elle avait la tête en arrière et observait les vies qui voletaient et tourbillonnaient au-dessus d'eux.

— Ne sont-ils pas beaux ? demanda-t-elle.

— C'est beau, affirma Beatle.

Il n'arrêta pas de la regarder.

Après un moment, elle baissa la tête et lui sourit.

— Tu vois ? Les insectes ne sont pas si mal.

— Hmm, grogna Beatle. Comment tu vas ? Tu as besoin de t'arrêter et de te reposer un moment ?

Casey secoua la tête.

— Je vais bien.

Il ne l'insulta pas en lui demandant si elle en était sûre. Mais il scruta par-dessus sa tête, en direction de Truck, et il lui lança un regard entendu. L'autre Delta acquiesça gravement, lui disant sans un mot qu'il s'assurerait de garder un œil sur la jeune femme.

— Et toi ? demanda Casey quand ils recommencèrent à marcher. Pourquoi tu as rejoint l'armée ?

Beatle haussa les épaules.

— J'aimerais dire que c'était pour l'amour de mon pays, mais ce serait un mensonge.

Il devint silencieux en pensant à sa vie avant qu'il rejoigne l'armée. Il devina qu'il était resté silencieux un peu trop longtemps, puisqu'il sentit Casey lui serrer les doigts pour le soutenir. Même ce petit geste lui réchauffa le corps. Il n'avait jamais rencontré quelqu'un d'aussi bon que Casey. Elle n'avait pas pesté en se plaignant qu'ils devaient marcher pour sortir de la jungle. Elle n'avait pas été hystérique ou inconsolable sur ce qui lui était arrivé, même si elle en avait tous les droits. Elle ne se plaignait pas d'avoir faim, soif ou mal, mais il savait qu'elle devait ressentir ces trois choses.

— Mes parents n'avaient pas beaucoup d'argent. On vivait dans un appartement miteux et souvent, on ne mangeait pas pour pouvoir payer notre loyer. Ma mère faisait ce qu'elle pouvait, mais puisqu'elle n'avait pas son bac ni aucun diplôme de lycée, les boulots qu'elle obtenait étaient merdiques. Mon père faisait de son mieux, mais il partait souvent puisqu'il travaillait dans une usine dans la ville d'à côté.

En prenant une grande inspiration, Beatle regarda droit devant lui en racontant son histoire à Casey. Truck la connaissait, l'équipe avait beaucoup de temps pour parler et en apprendre sur les autres pendant les missions.

— Tu as parlé de Blade, qui a ramené des cafards à la maison pour les étudier. Eh bien, je n'avais pas à m'inquiéter de ramener une gentille petite boîte en plastique stérile... Ils couraient librement dans notre appartement. C'est devenu une habitude de taper des pieds tous les matins pour les déloger des recoins où ils avaient élu domicile. Toute la nourriture que nous laissions accidentellement était complètement immangeable le lendemain matin parce que les cafards s'étaient servis.

La main de Casey bougea dans la sienne et il sentit son pouce caresser l'intérieur de son poignet. Elle montrait de l'empathie, mais il avait peur de se retourner et de la regarder dans les yeux, ne voulant pas voir sa pitié.

— Bref, je travaillais autant d'heures que possible quand j'étais en seconde. Je voulais aider mes parents de toutes les façons. J'ai trouvé un travail de commis dans un restaurant du coin. J'y allais juste après les cours et je travaillais jusqu'à vingt-deux heures, quand ils fermaient. Le salaire était merdique, mais chaque centime aidait. Mes notes étaient nulles parce que je n'avais jamais le temps de faire mes devoirs ou d'étudier. Je savais que je n'allais pas être accepté à l'université, et de toute façon, on n'avait pas les moyens que j'y aille. Donc rejoindre l'armée semblait être la meilleure solution à ce moment-là.

— Comment tu t'es retrouvé dans cette branche de l'armée plutôt qu'une autre ? demanda doucement Casey.

— Honnêtement ? s'enquit Beatle.

— Toujours.

— Ce sont eux qui m'ont offert le plus d'argent.

Elle gloussa.

— En fait, c'est logique.

— Ouais. Et ils m'ont proposé cinq mille de plus de prime de signature si j'étais d'accord pour m'engager huit ans au lieu de quatre. Je n'ai même pas hésité.

— Demande-lui ce qu'il a fait de tout cet argent, déclara Truck.

Puisque Beatle n'offrit pas immédiatement de répondre à la déclaration de Truck, Casey lui serra la main.

— Qu'est-ce que tu as fait de tout l'argent ? demanda-t-elle.

Beatle haussa les épaules.

— J'ai payé un acompte pour un nouvel appartement, pour mes parents, dans un meilleur quartier de la ville. J'ai payé les deux premières années de loyer pour qu'ils n'aient pas à s'en inquiéter.

— Il envoie toujours de l'argent chez lui, dit doucement Truck. J'ai rencontré ses parents il y a quelques années et ils m'ont dit qu'ils s'en sortaient bien et qu'ils n'avaient pas besoin de son argent, mais il refuse d'arrêter de leur en envoyer. Il leur a donné l'argent pour l'acompte de leur chalet dans le Tennessee aussi.

Beatle était embarrassé, mais il continua de marcher.

— Ils travaillaient comme des dingues pour essayer de me donner une vie heureuse quand j'étais petit. Nous n'étions peut-être pas riches, mais je savais sans aucun doute que mes parents m'aimaient et qu'ils s'aimaient. C'est le moins que je puisse faire pour eux... qu'ils aient une vie sans trop s'inquiéter. Maintenant, ils peuvent se permettre de manger au restaurant et de ne pas appréhender la facture qu'ils choisiront de ne pas payer s'ils font des folies. Ils ont pris soin de moi pendant dix-huit ans, maintenant c'est à mon tour de leur donner.

Il haussa les épaules, un peu gêné.

— C'est ce qu'un enfant devrait faire pour ses parents.

Mal à l'aise quand personne ne dit rien, Beatle se dépêcha de poursuivre :

— Il s'est avéré que j'étais assez doué comme soldat. Bien plus qu'en tant qu'étudiant ou commis. J'ai assisté à une session d'informations obligatoire sur la Delta Force et j'ai décidé d'y aller. Et me voilà, termina-t-il maladroitement.

— Eh bien, moi je suis très contente que tu sois là, lui dit-elle doucement.

Elle caressait toujours sa peau avec son pouce.

Beatle sourit.

— Moi aussi, chuchota-t-il.

À ce moment-là, l'oreillette s'alluma. Beatle s'arrêta brutalement et posa une main sur son oreille, essayant de comprendre ce qu'Hollywood hurlait :

— Embuscade, embuscade ! À deux kilomètres de vous. Il y a au moins...

La transmission fut coupée, mais pas avant que Beatle entende un flot de coups de feu par la radio. Le son des armes en train de tirer fit également écho dans la forêt. Il se tourna brusquement pour regarder Truck. Celui-ci avait sorti son fusil et était juste dans le dos de Casey.

Casey écarquillait les yeux, effrayée, en regardant alternativement Beatle et Truck.

— Ça semblait vraiment proche. Est-ce qu'ils vont bien ?

Beatle leva une main pour anticiper toute autre question jusqu'à ce qu'il sache ce qu'il se passait avec ses coéquipiers.

— Beatle, la route pour Guac est compromise. Je répète, compromise. Ils n'arrêtent pas de crier de trouver la femme, aboya Coach. Vous m'avez entendu ? Ils veulent Casey ! On passe au plan B. Partez vers l'ouest, en direction des montagnes. Vers le Volcan Orosi. Puis partez au sud, dans sa périphérie. On se retrouvera aussi vite que possible.

— Merde, jura Truck.

— Quoi ? demanda Casey, paniquée.

Beatle laissa tomber sa main et se tourna pour faire face à Casey. Il démêla ses doigts de ceux de la jeune femme et posa ses deux mains sur ses épaules.

— Changement de plan. On ne peut plus prendre la route directe pour Guacalito.

— Pourquoi ? Qu'est-ce qui ne va pas ? demanda-t-elle, le visage pâle et les pupilles dilatées.

— Les mecs devant nous ont rencontré quelques problèmes. On va juste les contourner et nous diriger vers l'ouest pendant un moment.

— Mais tu as dit que la ville était au sud. Il n'y a rien à l'ouest à part les montagnes et plus de jungle. Je ne veux plus être dans la jungle !

Cette dernière partie sortit plus comme un couinement paniqué que comme une simple déclaration et il avait le sentiment qu'elle détesterait ça si elle s'en rendait compte.

Beatle abhorrait la peur sur son visage, et le fait que ceux qui attaquaient ses coéquipiers cherchaient spécifiquement Casey lui donnait la chair de poule. En aucun cas il ne les laisserait reposer leurs mains sur elle. Il savait sans aucun doute qu'elle ne survivrait pas à un deuxième round de captivité. Pas s'il ressemblait au premier. Comme il l'avait dit plus tôt, il tuerait ou mourrait pour la garder en sécurité et la ramener à la maison.

— Je sais, mais tu vas devoir nous faire confiance là-dessus, ma belle. Fais-*moi* confiance. Je vais te ramener à la maison.

Beatle regarda Casey lutter contre elle-même et ses peurs. Elle leva les mains et serra le t-shirt autour de la taille de Beatle. Elle respirait difficilement, mais gardait son regard rivé sur le sien. Après un long moment – alors qu'ils n'avaient pas le temps –, elle acquiesça.

— Bien. Et ça craint, parce que tu ne vas pas si bien, mais on doit bouger plus vite maintenant.

— D'accord, je peux le faire.

Beatle secoua la tête.

— Non, tu n'es pas au top de ta forme encore.

Il jeta un coup d'œil à Truck, qui hocha la tête. Beatle regarda à nouveau Casey.

— Truck va te porter un moment, jusqu'à ce qu'on sorte de la zone immédiate.

— Non, je peux marcher rapidement, protesta-t-elle.

Beatle glissa ses mains de ses épaules à ses hanches et il se pencha vers elle. Appuyant son front transpirant contre le sien, il dit doucement :

— Pas aussi rapidement qu'on en a besoin. Je ne doute pas une seconde que si tu étais à cent pour cent, tu serais capable de semer s'importe quel crétin qui oserait te jeter un regard de travers. Mais toi et moi savons tous les deux que tu n'es pas assez forte encore. La dernière chose dont on a envie, c'est que les blessures de tes pieds s'aggravent ou que tu t'évanouisses à cause de la déshydratation. Truck peut te porter facilement. Je le jure.

Il la sentait trembler dans ses bras, mais il soutenait son regard. Il était conscient du temps qui passait et savait qu'ils devaient continuer. Maintenant. Pourtant, il attendit. Il ne voulait pas forcer cette femme, qui avait été si courageuse, à faire quoi que ce soit. Cela devait être sa décision. Mais si elle ne la prenait pas rapidement, il n'aurait pas d'autre choix que de le faire pour elle.

— D'accord, chuchota-t-elle.

Beatle se décala et déposa un bref baiser sincère sur son front, puis il leva les yeux vers Truck.

— Allons-y.

Le grand homme acquiesça et fit deux pas jusqu'à arriver à côté de Casey. Il la prit dans ses bras, comme si elle ne pesait pas plus qu'un petit enfant, et il fit un signe de tête à son coéquipier Delta.

Sans un mot, Beatle fit glisser son fusil sur son épaule et le tint prêt en s'enfonçant dans la jungle. Il ne pensait pas à leurs provisions et au temps qu'elles tiendraient si leur trek était plus long. Il ne pensait pas à ses coéquipiers qui étaient évidemment sous un feu nourri.

Non, ses seules pensées étaient dirigées vers la sécurité de Casey. Il se demandait qui la voulait au point d'être prêt à s'en prendre à une équipe lourdement armée des forces spéciales pour la récupérer.

9

———

Casey n'était pas certaine de savoir ce qu'il se passait, mais elle était sacrément effrayée. Elle avait eu peur quand elle avait été kidnappée, et bien sûr quand elle avait été jetée dans ce trou profond, froid et humide. Mais après avoir été sauvée, elle avait pensé que ça irait. Elle avait mal, oui. Elle avait soif et faim, oui. Mais elle n'aurait jamais pensé s'enfoncer plus loin dans la jungle qu'auparavant pour fuir une menace inconnue.

C'était plus effrayant, cette fois-ci, parce qu'elle savait exactement ce qui l'attendait si elle était à nouveau capturée. Elle ne doutait pas du tout que ceux qui la pourchassaient allaient tuer Truck et Beatle s'ils le pouvaient. Et cela l'effrayait davantage.

Elle s'agrippa au cou de Truck et le sentit la mettre plus à l'aise dans ses bras. Il ne l'avait pas jetée comme un sac à patates par-dessus son épaule et elle lui en était reconnaissante, mais honnêtement, même si être portée ainsi paraissait romantique et confortable, c'était loin d'être le cas.

Ses pieds étaient engourdis à cause de la poigne de Truck sous ses genoux et son cou lui faisait mal puisque sa tête était tournée sur le côté, comme elle regardait où ils allaient. Elle aurait pu poser sa tête sur l'épaule de Truck, mais cela semblait bizarre.

Il était parfaitement solide sous elle, chacun de ses muscles se contractait quand il courait à moitié dans la forêt. Casey observait de façon plus proche et intime la cicatrice sur son visage, celle qu'elle avait remarquée au campement, mais elle n'y avait pas vraiment prêté attention avant.

Elle était affreuse. Elle courait le long de sa joue, jusque dans son cou. Elle était complètement guérie, mais elle voyait les petites cicatrices rondes de chaque côté, là où des agrafes ou des points de suture avaient maintenu la peau. En plus de cela, le nez avait évidemment été brisé à un moment, parce qu'il était horriblement tordu. Il pinçait ses lèvres, signe de sa concentration, et il ne sembla même pas remarquer qu'elle l'observait.

Casey ressentait peut-être beaucoup de choses, mais elle n'avait aucunement peur de l'homme qui la tenait fermement dans ses bras.

Elle déglutit difficilement et ajusta une nouvelle fois ses bras quand ses mains glissèrent dans son cou. Ils portaient tous des hauts à manche langues et des pantalons. C'était stupide de porter autre chose au milieu de la jungle. La chaleur était d'autant plus insupportable, mais la transpiration et la moiteur étaient préférables au fait d'être mangé tout cru par les moustiques qui prospéraient dans cet environnement humide.

Elle commença à penser que Truck et Beatle étaient de vraies machines, sur lesquelles on aurait agrafé de la peau. Ils n'étaient pas complètement humains et pouvaient suivre ce rythme infernal toute la journée, jusqu'à finir par s'arrêter.

— On va se reposer ici un moment, dit Beatle en gardant un œil vigilant sur la jungle autour d'eux.

Truck se pencha en avant et aida Casey à se relever, gardant un bras autour de sa taille jusqu'à ce qu'elle soit sûre qu'elle pouvait se tenir toute seule. Il décrocha la gourde à sa taille et la lui tendit.

Casey cligna des yeux. Il lui avait proposé de boire avant qu'il ne fasse lui-même. Ce qui était fou, parce que ce n'était pas elle qui avait brûlé des calories en courant dans la jungle.

Elle secoua la tête.

— Non, tu en as plus besoin que moi.

Truck ouvrit la bouche pour répondre, quand Beatle prit la parole. Il lui tendit sa propre gourde.

— Tiens, prends la mienne, ordonna-t-il.

Casey leva les yeux vers lui. Son front était couvert de transpiration et elle pouvait voir l'endroit où elle avait glissé sur ses tempes. Il y avait des traces de sueur sur son cou et sous ses aisselles. Elle savait, puisqu'elle l'avait vu courir devant elle pendant une heure, que son cou était également trempé de transpiration. Comparée à lui, elle était aussi fraîche qu'une marguerite.

— Tu as bu ce qu'il te fallait ? demanda-t-elle sans prendre l'eau.

En réponse, Beatle tendit la main et lui attrapa la main, l'enroulant autour de la gourde.

— Bois, Casey. Tu as autant besoin d'eau que moi.

— Mais je n'ai pas couru dans la jungle, protesta-t-elle.

Beatle se pencha jusqu'à ce qu'elle puisse voir chacun des poils de sa barbe.

— C'est vrai. Mais c'est *toi* qui, il n'y a pas si longtemps, était dans un trou, sans eau fraîche. *Bois.*

Comme si elle était en transe, Casey leva la gourde vers sa bouche et but une gorgée. Elle n'était pas fraîche, elle avait un goût métallique et aussi celui des tablettes de purification qu'ils utilisaient pour s'assurer qu'ils pouvaient la boire. Elle était chaude. Cela faisait longtemps qu'elle n'avait pas bu quelque chose de frais, elle ne se souvenait même pas à quel point c'était agréable. Mais elle ne put nier sa soif une fois qu'elle commença à boire.

Elle s'obligea à s'arrêter, mais Beatle posa simplement une main sous le contenant en métal.

— Finis-la.

— Mais...

— Bois tout, Casey. Je peux en prendre ailleurs.

Elle ne savait pas où il en trouverait, mais elle fit ce qu'il lui dit. Elle but jusqu'à ce que l'intégralité de la gourde soit vide. Elle se lécha les lèvres pour attraper les gouttes tombantes et elle s'essuya la bouche avec sa manche. Mais Beatle l'arrêta. Il passa son pouce sur sa lèvre inférieure, collectant les perles d'eau qui s'étaient échappées et il leva la main vers sa propre bouche sans arrêter de la regarder.

Ce geste était sensuel et Casey ne voulait rien de plus que de se jeter dans ses bras et de le supplier de l'embrasser, mais en quelques secondes, ce moment disparut quand Beatle lui prit la gourde et retourna vers son sac.

Elle aurait pu être embarrassée de son attirance pour lui, sauf qu'elle savait sans aucun doute qu'il l'appréciait autant qu'elle. Elle le voyait à la façon dont il scrutait son corps. Dont il prenait soin d'elle. Dont ses pupilles se dilataient quand elle s'était léché les lèvres après avoir bu l'eau.

Mais il savait autant qu'elle qu'au milieu de la jungle, pendant qu'ils fuyaient ceux qui voulaient s'assurer qu'elle ne quitte pas le Costa Rica en vie, ce n'était ni le moment ni l'endroit pour mettre leur attirance en action.

— On va se reposer ici quelques minutes, puis on va y aller, l'informa Truck. Si tu as besoin de te soulager, fais-le maintenant.

C'est vrai. Au lieu d'être mal à l'aise, Casey se contenta de hocher la tête. C'était sa nouvelle réalité. Tout comme boire de l'eau boueuse dans son trou l'avait été. Elle avait besoin de faire ce qui était nécessaire pour rester en vie.

Elle regarda autour d'elle et se dirigea vers un grand arbre non loin. Sentant un regard sur elle, elle se retourna et frissonna quand elle vit Beatle l'observer. En cet instant, elle se détendit, ne se rendant pas compte à quel point elle avait été nerveuse avant ce moment. Mais en voyant Beatle l'épier ainsi, peu importait ce qu'elle faisait et où elle était, cela lui fit comprendre qu'il était sérieux quand il disait qu'il ferait tout ce qui était en son pouvoir pour la ramener chez elle.

Si un méchant jaillissait des arbres à ce moment, elle savait sans aucun doute que Beatle l'abattrait. Cela devrait la rendre méfiante, quand elle était à ses côtés, sachant à quel point il pouvait se montrer redoutable, mais c'était l'inverse. Sa capacité à supporter la violence s'était insinuée en elle comme un baume sur son âme.

Elle lui fit un signe de tête et il haussa son menton en retour. Il tapota également son poignet, lui indiquant de se presser. Elle acquiesça à nouveau et disparut derrière l'arbre.

Heureusement, elle prêtait attention à ce qu'elle faisait et ne se plaça pas au-dessus de la fourmilière pour faire ses affaires. On aurait dit un tas de boue enroulé à la base de l'arbre qu'elle avait choisi pour se soulager. Au premier coup d'œil, il semblait inoffensif, mais elle savait par expérience qu'une fois dérangées, les fourmis grouilleraient, cherchant ce qui avait osé attaquer leur colonie.

Elle évita la fourmilière et choisit avec soin une place appropriée pour faire pipi. Elle termina rapidement et prit un moment pour apprécier la beauté des fourmis.

Casey était venue au Costa Rica pour faire des recherches sur elles. Ses étudiantes et elle avaient passé des heures dans la jungle, en dehors de leur camp, près de Guacalito, à observer tant d'espèces différentes de la famille des *Formicidae*. Chaque colonie se comporte un peu différemment.

Sa préférée était de loin la fourmi coupe-feuille. Les regarder détaler en portant trois fois leurs poids en feuille était génial. Et non seulement ça, mais avant qu'elles soient kidnappées, les filles et elle avaient trouvé une fourmilière qui faisait plus de deux mètres de large. Elle était monstrueuse et c'était incroyable de penser qu'elle pouvait contenir plus de sept millions de petites créatures.

Casey savait que les fourmis pouvaient être extrêmement destructrices, à la fois quand elles foraient les plantes et quand elles abîmaient les infrastructures avec leurs nids immenses, mais elles étaient en grande partie inoffensives. Elles pouvaient mordre, mais le résultat était généralement des démangeaisons pas si douloureuses que ça.

Au-dessus d'elle, elle entendit les oiseaux gazouiller et les cigales chanter. Le vent bruissait dans les feuilles des arbres et elle ferma les yeux, se plongeant dans le moment. Elle aimait la jungle... du moins, avant son supplice. Elle ne voulait pas vraiment que ses kidnappeurs inconnus lui enlèvent ça.

Elle ignorait depuis combien de temps elle se tenait là, les yeux fermés. Casey prit une grande inspiration et les ouvrit, sachant qu'elle devait retrouver Truck et Beatle pour qu'ils continuent d'avancer.

Elle s'exclama, surprise quand elle vit Beatle non loin d'elle. Il avait l'air assez détendu, donc selon elle, il ne venait pas pour cause de danger imminent. Il semblait encore plus introspectif tandis que son regard pénétrant restait fixé sur le sien.

— Je mets trop de temps ? demanda-t-elle doucement.

— Non, je voulais juste m'assurer que tu allais bien, répondit-il d'une voix grave et rauque.

— Et si j'étais toujours en train de... tu sais.

— Alors je serais retourné vers Truck en ayant fait semblant de ne rien voir.

Elle aimait le fait qu'il ne tournait pas autour du pot. Penser qu'il aurait pu la voir faire son effort aurait dû être gênant, mais pour une raison quelconque, ce n'était pas le cas. C'était comme si se retrouver dans la jungle ensemble les avait réduits à leurs rôles primitifs. Il était le protecteur, le leader, prêt à faire tout ce qu'il fallait pour s'assurer qu'elle n'était pas blessée. Et elle était...

Casey n'était pas sûre de ce qu'elle était. Elle ne voulait pas se voir comme le maillon faible, mais elle savait que c'était la vérité. Elle connaissait les insectes, mais au-delà de ça, elle n'offrait aucune autre connaissance. C'était comme si elle était un bambin, complètement dépendante de Beatle et Truck pour rester en sécurité et rentrer à la maison.

Elle fit un pas vers Beatle en continuant de l'observer. Puis, se sentant plus audacieuse, elle en fit un autre. Elle poursuivit jusqu'à se tenir juste devant lui. Sans un mot, il tendit la main et passa le dos de ses doigts sur sa joue, avec un contact léger comme une plume.

Le monde semblait disparaître. Ils n'étaient que tous les deux. Autant qu'elle sache, ils auraient pu se tenir au milieu d'une salle de bal du XVIIIe siècle. Elle prit une grande inspiration, puis une seconde.

Elle regarda son torse, puis à nouveau son visage. Le coup d'œil fut rapide, elle l'aurait manqué si elle n'avait pas regardé de plus près. Ses tétons pointèrent immédiatement sous son t-shirt quand elle pensa qu'il aimait ce qu'il regardait.

Ils étaient couverts de transpiration, ne sentaient pas très bon et n'étaient pas au meilleur de leur allure, mais Casey ne s'était jamais sentie aussi connectée à un autre humain de toute sa vie. Elle leva les mains et les posa sur les muscles rigides de son torse en se penchant contre lui.

La main qui avait effleuré sa joue partit derrière sa nuque et il enfonça ses doigts dans ses cheveux, relâchant le chignon décoiffé qu'elle avait attaché ce matin. En ne disant toujours rien, il prit les cheveux de Casey dans son poignet, inclinant sa tête en arrière jusqu'à ce que sa gorge soit exposée.

Les doigts de Casey se plaquèrent contre les muscles pectoraux et elle se lécha les lèvres.

— Tu as une chance de me dire que tu ne veux pas ça, la prévint-il.

Ses yeux marron semblaient noirs, à l'ombre des arbres.

Casey déglutit. C'était le guerrier qu'elle avait déjà aperçu. Le conquérant, le dur à cuire, le Delta qui prenait ce qu'il voulait. Elle sentait son pouls marteler dans son cou et son souffle sortait en petites bouffées.

— Je le veux, répondit-elle doucement. Je te veux, toi.

À la seconde où le dernier mot franchissait ses lèvres, il posa sa bouche sur la sienne, la prenant comme s'il avait tous les droits. Comme s'il avait remporté une grande bataille et qu'il l'avait gagnée en cadeau. Comme si elle était la chose la plus précieuse de sa vie.

Il ne commença pas ce baiser avec douceur. Il plongea sa langue dans la bouche de Casey et prit ce qu'il souhaitait. Quand elle essaya d'enrouler sa langue autour de la sienne, il grogna au fond de sa gorge et tira sur ses cheveux, inclinant sa tête vers l'arrière et exerçant son contrôle sur elle.

Casey acquiesça immédiatement, laissant Beatle prendre ce qu'il voulait. Et il voulait tout. Il explora chaque centimètre de sa bouche, inclinant lui-même la tête pour s'assurer qu'il la goûtait complètement. Elle restait docile et consentante dans ses bras, l'autorisant à la dévorer.

Il recula avant qu'elle ne soit prête, mais Casey se rendit alors compte qu'elle haletait. Beatle ne la regarda pas, utilisant à peine la main qu'il avait dans son dos pour l'attirer plus près de lui. Elle passa ses bras autour de lui et s'accrocha. La main qu'il avait passée dans ses cheveux se détendit, mais ne s'éloigna pas.

Elle sentait le cœur de Beatle se précipiter dans sa poitrine et ses respirations rapides voleter sur son visage. Son sexe était dur contre le ventre de Casey, mais il ne fit aucun mouvement de balancement contre elle ni aucun geste pour satisfaire son désir évident.

Mais il n'était pas le seul à le ressentir. Casey savait qu'elle était mouillée, et pas à cause de la chaleur tropicale habituelle qui avait atteint son pic de la journée. Elle était plus excitée par un simple baiser – d'accord, peut-être pas si simple – qu'elle ne l'avait été après les préliminaires avec quelques-uns de ses partenaires précédents.

Inconsciemment, elle s'appuya contre Beatle, comme si cela allait apaiser la tension sexuelle en elle.

Il lui fallut quelques inspirations, mais il fit enfin un pas pour s'éloigner d'elle. Les joues de Casey étaient rouges et elle avait l'impression que la barbe de quelques jours de Beatle lui avait laissé des marques, mais elle s'en moquait.

— On doit continuer d'avancer, dit-il.

— Oui, je sais, répondit Casey.

Il la regarda au plus profond de ses yeux pendant un autre instant, puis il la tourna pour qu'elle soit dos à lui. Elle s'apprêtait à lui demander ce qu'il faisait quand elle sentit les mains de Beatle dans ses cheveux. En fermant les yeux, pour se souvenir de chaque seconde de ce moment, Casey soupira lorsqu'il enleva doucement l'élastique de ses cheveux et fit de son mieux pour peigner avec ses doigts les mèches emmêlées.

— Je t'ai fait mal ? demanda Beatle.

— Non. C'était... C'était agréable.

Il ne répondit pas, mais elle sentait la tension se relâcher un peu dans son corps. Il attacha délicatement ses cheveux dans une queue de cheval et passa l'élastique autour. Quand il eut fini d'arranger ses cheveux, il la tourna à nouveau.

Casey le laissa la bouger où elle voulait. Elle se sentait encore un peu enivrée par ce baiser et la sensation de son corps contre elle.

— Je ne suis pas sûr de savoir jusqu'où on ira aujourd'hui, expliqua Beatle. On a mis une bonne distance entre nous et ceux qui ont tendu une embuscade aux autres, mais je ne serai pas à l'aise avant qu'il y ait quelques kilomètres de plus.

— D'accord, répondit Casey en acquiesçant.

— Ça ne te dérange pas que Truck continue à te porter ?

Casey regarda l'homme qui était d'une façon ou d'une autre devenu le centre de son monde. Elle se dit à nouveau qu'elle ressentait peut-être ça parce qu'il avait été la première personne qu'elle avait vue lorsqu'elle avait véritablement cru mourir, mais à ce moment-là, elle s'en moquait. Elle allait peut-être devoir suivre une thérapie pour le reste de sa vie, quand elle rentrerait chez elle, pour l'oublier, mais sa maison semblait être un concept abstrait à ce moment-là, donc elle chassa cette pensée. En cet instant, elle était là, avec Beatle, et elle voyait grâce à son regard passionné qu'il la voulait autant qu'elle le désirait.

— Ce n'est pas ce que je préfère au monde, mais il est évident que vous pouvez aller plus vite si je ne titube pas derrière vous en essayant de vous suivre sur mes deux pieds.

— J'ai besoin d'avoir mes deux mains libres pour m'occuper de chaque menace qui pourrait se pointer à l'imprévu.

Casey inclina la tête. Confus pendant un moment, il se rendit compte pourquoi elle lui disait cela.

— Ce n'est rien, le rassura-t-elle. Ça me va, d'être avec Truck.

— C'est probablement mieux, de toute façon, murmura-t-il, plus pour lui-même que pour elle. Si je t'avais dans mes bras, la seule chose à laquelle je pourrais penser, c'est à mon envie de t'allonger et de coucher avec toi.

Puis il croisa à nouveau son regard, et elle sentit une fois de plus toute la force de son désir.

— Mais garde en mémoire ce que je vais te dire : à un moment, je t'aurai dans mes bras. Je te porterai jusqu'au lit et tu ne pourras pas échapper à ce que j'ai prévu pour toi.

Casey se pinça les lèvres, mais elle contrôla le sourire qui voulait s'échapper.

— J'ai hâte.

Les narines de Beatle se dilatèrent, mais il ne répondit pas. Au lieu de ça, il prit sa main et se retourna pour partir en direction de l'endroit où Truck les attendait. Le grand homme ne fit pas de commentaires sur le temps durant lequel ils s'étaient éloignés et il eut la décence de garder pour lui ses pensées sur les marques de barbe sur le visage de Casey.

— Prête ? demanda-t-il.

— Prête, confirma-t-elle.

Il se pencha et la prit dans ses bras comme si elle ne pesait rien. Avant qu'ils aient fait deux pas, Truck déclara :

— Il y a une barre protéinée dans la poche gauche de ma veste. Tu dois manger.

En suivant l'ordre tacite, Casey tendit la main et attrapa la barre molle. Elle n'avait jamais été fan des barres protéinées. Elles avaient une consistance bizarre et il fallait bien trop de temps pour les mâcher à son goût. Mais elle consomma ces calories sans se plaindre, sachant que l'alternative – mourir dans un trou au fond de la jungle – était bien pire.

Ils marchaient depuis vingt minutes quand Beatle s'arrêta soudain. Casey sentit Truck se raidir sous elle, immédiatement en alerte.

Beatle fit un geste sur la droite. Truck et lui partirent lentement vers la gauche, derrière de grands arbres.

Truck la relâcha et la posa sur ses pieds. Beatle et lui enlevèrent tout de suite leurs sacs et les posèrent en silence par terre. Puis Beatle attrapa la main de Casey et la tira à cinq mètres plus loin du chemin dans lequel ils marchaient.

Il observa la zone et la tira vers le bas jusqu'à ce qu'elle s'agenouille dans la jungle.

— Il y a un groupe de personnes, à environ cent mètres sur notre droite. Truck et moi, on va aller voir ce que c'est.

Casey attrapa son bras et plongea ses ongles mal taillés dans la peau de Beatle.

— Non, ne me laisse pas ici !

Il prit son visage entre ses mains et l'obligea à lever la tête.

— Je vais revenir.

En secouant violemment la tête, Casey pinça fermement les lèvres. Non, il ne pouvait pas la laisser toute seule. Elle allait mourir ici, sans lui. Elle ignorait où ils étaient. Elle ne pouvait pas rentrer toute seule à Guacalito.

— Chuuut, écoute ma belle.

Mais elle ne le pouvait pas. Sa crise de panique s'était aggravée jusqu'à ce qu'elle ne puisse entendre ou voir autre chose que la perspective d'être à nouveau kidnappée et jetée dans un autre trou.

Puis Beatle posa ses lèvres sur les siennes.

Elle se détendit dans sa poigne ferme et permit au plaisir de son contact de repousser la crise de panique.

Bien avant qu'elle soit prête, il recula.

— Je. Vais. Revenir, énonça-t-il soigneusement. Tu me crois ?

Comment pouvait-elle ne pas le croire ? La détermination était claire dans son regard. Néanmoins, elle voyait également du regret et de la frustration. Il ne voulait pas la laisser ici plus qu'elle ne voulait être laissée. C'était cette idée qui donna à Casey la force d'acquiescer et de lâcher ses bras. Elle se rassit sur ses talons et le regarda.

— Tu es tellement forte. Reste ici. Mais si tu entends quoi que ce soit, pars de ce côté.

Beatle montra la direction derrière elle.

— Continue de marcher aussi discrètement que tu le peux. Je te trouverai. Tu m'entends ? Peu importe où tu vas, je te trouverai. Reste en sécurité. D'accord ?

— D'accord, chuchota-t-elle. Toi aussi.

Il sourit.

— Ce sera du gâteau.

Puis il partit. Une seconde, il était accroupi devant elle et la suivante, il avait disparu.

Casey cligna des yeux. C'était comme si elle l'avait invoqué dans son esprit. Était-ce le cas ? Était-elle toujours dans ce trou et tout ceci était un rêve ?

Elle se pinça et grimaça à cause de la douleur dans son bras. Non, elle ne rêvait pas.

Elle se leva lentement et plaqua son dos contre le tronc de l'arbre. Elle vérifia automatiquement qu'il n'y ait pas d'insectes pouvant la piquer, puis elle s'agenouilla dans la terre et heureusement, n'en vit aucun. Elle prit une grande inspiration et tenta de calmer sa respiration.

Il lui fallut un moment, mais elle réussit finalement à se calmer suffisamment pour avoir les idées un peu plus claires. Beatle ne comptait pas la laisser. Pas quand son équipe et lui avaient fait tant d'efforts pour la trouver. Elle avait surréagi et elle se jura de ne plus le refaire.

Elle ignorait combien de temps elle était restée là à se donner un petit discours d'encouragement, mais cela ressembla à une éternité. Elle savait que le temps était biaisé, surtout depuis qu'elle était seule. Alors qu'elle pensait être sur le point de perdre la tête, un cri résonna horriblement fort dans la jungle silencieuse, puis il fut soudainement interrompu.

On aurait dit qu'il était juste à côté d'elle. Casey se rendit compte que peu importait ce qu'il se passait, c'était trop proche d'elle. Elle marcha aussi silencieusement que possible vers un autre arbre et se cacha derrière le tronc. Puis elle recommença.

Elle se fraya lentement et minutieusement un chemin d'arbre en arbre, dans la direction que Beatle lui avait indiquée, si jamais elle se sentait en danger.

Elle se cachait derrière un tronc depuis une minute ou deux quand elle entendit quelque chose à sa droite. Pensant qu'il s'agissait de Beatle ou Truck, elle se tourna dans cette direction avec un sourire soulagé.

Mais ce n'était pas l'un des Deltas.

C'était un homme qu'elle reconnaissait puisqu'il avait été là quand ses étudiantes et elle s'étaient fait enlever.

Elle ouvrit la bouche pour crier, mais l'homme fut trop rapide. Il se tenait devant elle, une main sale appuyée sur ses lèvres avant qu'un son puisse s'en échapper.

Casey le regarda dans les yeux et ne vit rien d'autre que de la satisfaction.

Dans un lourd accent espagnol, il ricana :

— *Hola*, professeure. Mon patron n'en a pas fini avec toi.

10

———

Beatle essuya le sang sur son grand couteau et chercha Truck. Ils avaient regardé le groupe d'hommes pendant un moment pour voir s'ils seraient une menace et il se rendait compte que oui, ils étaient clairement en train de chercher Casey. Ce n'était pas évident de savoir s'ils faisaient partie du même groupe ayant attaqué l'autre équipe Delta, mais au final, cela n'avait aucune importance.

Au travers de leur discussion silencieuse, il était clair que ces hommes pourchassaient Casey et ils savaient qu'elle se dirigeait vers le volcan Orosi. Comment diable savaient-ils qu'ils avaient changé de route et qu'ils se dirigeaient vers les montagnes ? Beatle l'ignorait. Mais il n'allait pas les laisser poser les mains sur Casey. Hors de question.

Il les avait entendu parler de la façon dont leur patron avait promis que quiconque la capturait et la ramenait obtiendrait pour récompense le droit de « passer en premier ». Elle n'avait pas été violée quand elle avait été enlevée la première fois, mais il était évident que la personne qui la voulait avait changé d'avis.

Beatle avait vu rouge et la colère qu'il retenait avait rugi.

142

L'image d'une Casey brisée levant vers lui un regard vide le hantait. Le baiser qu'ils avaient partagé avait été plus intense et plus intime que tout ce qu'il avait déjà connu. Il n'avait pas voulu se comporter en homme des cavernes, mais il n'avait pu résister à l'envie de s'assurer que même si c'était Truck qui la portait, elle était à lui. De toutes les façons.

Il s'était attendu à ce qu'elle résiste à son contrôle exagéré sur elle, mais au lieu de ça, elle avait fondu dans ses bras. La chose la plus dure qu'il avait jamais eu à faire avait été de s'éloigner d'elle et de continuer à marcher, mais pour qu'elle soit à nouveau en sécurité un jour, ils devaient continuer.

Entendre les hommes rire et plaisanter sur la façon dont ils allaient la violer et le plaisir qu'ils prendraient dans ses cris et sa douleur avait déclenché cet interrupteur meurtrier qui existait en chacun des soldats des forces spéciales.

Il avait fait un signe de tête en direction de Truck et ils s'étaient séparés. Ils avaient abattu deux hommes avant qu'un autre, duquel Beatle s'était approché, se retourne à la dernière seconde. Il avait eu le temps de laisser échapper un cri à glacer le sang avant que Beatle plonge son couteau dans sa gorge, mettant fin au bruit aussi abruptement qu'il avait commencé.

Mais le hurlement de l'homme désormais mort avait été suffisant pour prévenir les autres personnes qui pourchassaient Casey. Ils s'étaient éparpillés. Truck et Beatle les avaient traqués et les avaient ensuite abattus un par un.

Mais alors qu'il essuyait distraitement le sang sur son couteau, Beatle comptait. Il en manquait un. Il regarda autour de lui, observant la jungle à la recherche d'un indice sur l'endroit où était parti cet homme bientôt mort.

Quelque chose le fit se tourner vers le lieu où il avait laissé Casey. Peut-être que c'était l'instinct, peut-être que c'était quelque chose de plus profond, mais soudain, il sut sans aucun doute que l'homme qu'il pourchassait l'avait trouvée.

Un voile rouge se forma sur les yeux de Beatle tandis qu'avec Truck ils le suivaient dans la jungle. Ils avançaient aussi vite que possible tout en restant silencieux. S'il *avait* trouvé Casey, il n'irait pas loin avec elle. Beatle le pourchasserait jusqu'aux confins de la Terre, s'il le devait.

Plus tôt il la trouvait, moins elle avait de risque d'être violée. Beatle ignorait si l'homme était suffisamment stupide pour prendre le temps de la violer dans la jungle, sachant qu'elle n'était pas seule, mais s'il touchait à un seul de ses cheveux...

Les pensées de Beatle furent interrompues quand un grand cri fit écho dans la jungle, surprenant quelques oiseaux qui piaillèrent en s'envolant. Sans consulter Truck, sachant que celui-ci était juste sur ses talons, Beatle arrêta de faire semblant d'être furtif et courut aussi vite que possible vers ce son.

Alors qu'il était certain de trouver Casey, allongée sur le dos, à la merci de celui qui l'avait trouvée, il passa à côté d'un arbre et arriva dans une petite clairière.

— Arrête ! Ne t'approche pas de lui ! cria Casey dès qu'elle le vit.

L'homme du groupe de chasseurs se tenait entre Casey et lui. Beatle voulait se précipiter pour lui trancher la gorge, mais les paroles affolées de Casey l'arrêtèrent net.

La première chose qu'il remarqua, c'était qu'elle maintenait sa chemise fermée avec une main. Elle avait été déchirée du cou jusqu'à l'ourlet. Il voyait des morceaux de peau pâle sur son ventre et cela lui donna envie de tuer l'homme devant lui.

Il les regarda de derrière tandis que l'homme se tordait, se frappait les jambes en se tenant sur un pied puis sur l'autre. On aurait presque dit que Casey et lui exécutaient un genre de danse compliquée. Quand il se penchait sur la droite, Casey se penchait sur la gauche. Quand il faisait un pas à gauche, elle s'assurait de faire un grand pas à droite. Elle essayait clairement de rester hors de portée des bras de l'homme. Elle était collée contre un énorme rocher, donc elle ne pouvait pas facilement le fuir.

Cependant, Beatle était confus quant à la raison pour laquelle l'homme semblait plus pressé de sautiller que d'attraper Casey.

Beatle vit une fois de plus l'effroi dans les yeux de Casey et l'envie de tuer l'homme qui avait déchiré son haut monta brutalement et violemment. Il fit un autre pas en avant et Casey cria à nouveau :

— Non ! Recule, Beatle ! Enfin. *Regarde.*

Elle montra les jambes du type.

Beatle vit alors ce qu'elle voulait dire et il réprima un frisson en voyant les fourmis grimper sur le pantalon du chasseur. Casey ne pouvait l'esquiver à cause du gros rocher derrière elle et même déguerpir sur le côté était risqué à cause de la façon dont il ondulait et se débattait. Elle essayait de garder les yeux sur la colonie de fourmis pour s'assurer qu'elles ne s'approchent d'elle. Beatle se dit que s'il était arrivé seulement quelques secondes plus tard, elle aurait réussi à contourner l'homme pour fuir.

Il fit signe à Truck de se diriger vers la droite et Beatle prit la gauche, créant un cercle immense autour de l'homme qui gémissait. Le kidnappeur potentiel continuait à frapper frénétiquement ses jambes, essayant d'enlever les bestioles, mais cela ne permettait qu'aux insectes de grimper sur ses mains et ses bras.

L'homme cria soudainement une fois de plus et partit en courant dans la direction par laquelle Beatle et Truck étaient arrivés.

Ils se précipitèrent tout de suite vers Casey.

— Ça va ? demanda urgemment Beatle.

Casey acquiesça, ses yeux étaient rivés sur l'endroit où l'homme avait disparu. Ils pouvaient encore entendre les cris et les expressions de douleur, mais ses hurlements s'estompaient alors qu'il s'éloignait encore et encore.

Beatle posa un doigt sous le menton de Casey et leva sa tête.

— Tu vas bien, ma belle ? Il t'a fait du mal ?

Elle secoua la tête, mais s'agrippa encore plus fort à son t-shirt en lambeaux. Beatle serra les dents. Il avait besoin de l'examiner et de voir combien de dégâts avait fait ce salaud, mais il avait d'abord besoin de réponses.

— Que s'est-il passé ?

— J'ai fait ce que tu as dit. Quand je vous ai entendus vous battre avec les hommes, j'ai essayé de fuir l'endroit d'où je pensais que ça venait. Mais il m'a trouvée.

— J'avais deviné, Case. Quoi d'autre ?

— Euh...

Elle baissa les yeux vers ses pieds, puis attrapa Beatle d'une main et fit un pas sur le côté.

— N'aie pas peur de moi, ordonna-t-il d'une voix rauque.

Il était perturbé par ses actions contradictoires.

— Je ne vais pas te faire de mal.

— Bouge, Truck, dit-elle urgemment.

Sans demander pourquoi, Truck s'exécuta en faisant un pas vers elle.

— Regardez, dit-elle en faisant un signe de tête vers le sol de la jungle.

Beatle baissa les yeux et vit immédiatement ce pour quoi elle s'inquiétait.

Des fourmis. Toute une colonie. Elles n'allaient pas vraiment dans leur direction, mais elles étaient bien trop près pour qu'ils soient à l'aise.

En prenant sa décision, Beatle attrapa Casey dans ses bras sans un mot. Il fit le tour de la clairière et contourna largement les fourmis, puis il se dirigea vers l'endroit où ils avaient laissé leurs sacs.

Il ne voulait pas que Casey voie les conséquences de la bataille inégale, mais ils avaient besoin d'aller chercher leurs affaires. Truck se précipita devant eux à la recherche de qui que ce soit qu'ils auraient pu manquer, mais Beatle était certain qu'ils avaient tué tout le groupe de poursuivants. Cela ne signifiait pas que d'autres personnes n'allaient pas les chercher, mais pour le moment, ils étaient en sécurité.

En reposant Casey sur ses pieds, Beatle l'observa. Elle s'accrochait toujours aux côtés de son haut, mais il y avait quelques couleurs sur sa joue.

— Que s'est-il passé quand il t'a attrapée ? demanda Beatle aussi patiemment que possible.

— Il... il a gardé une main sur ma bouche pour que je ne puisse pas crier et il m'a appuyée contre un arbre. Il a déchiré mon haut et il...

Elle s'interrompit et déglutit. Beatle n'avait jamais été aussi fier de quelqu'un autant que de Casey à ce moment-là.

— Il m'a dit dans un mauvais anglais qu'il allait me violer avant de me ramener à son patron. Il était trop occupé à me malmener pour faire attention à ce qui l'entourait. Je... Je l'ai poussé et je l'ai pris par surprise. J'ai réussi à le jeter sur un autre arbre et... et sur une fourmilière de fourmis balle de fusil.

Beatle écarquilla les yeux.

— C'étaient des fourmis balle de fusil ?

Casey acquiesça solennellement.

— Je ne les ai jamais vues en action, mais quand il est tombé sur leur nid, l'effet a été presque immédiat. Il s'est levé en quelques secondes, mais c'était trop tard. Il m'a lâché quand il est tombé et j'ai reculé dans la clairière, mais je me suis fait piéger par ce grand rocher. Il m'a suivie et s'apprêtait à m'attaquer quand les fourmis l'ont mordu.

Elle frissonna et sa voix devint à peine un chuchotement :

— Théoriquement, je savais que les morsures faisaient mal, mais je ne comprenais pas vraiment à quel point.

Beatle garda son doigt sous son menton.

— Je suis tellement fier de toi et je te dois une excuse.

Elle se concentra sur lui et le regarda, confuse.

— Pour quoi ?

— Je t'ai traitée comme une demoiselle en détresse. Comme quelqu'un qui a besoin d'être sauvé. Mais je t'ai sous-estimée. Tu as traversé l'enfer, sans aucun doute, mais il te reste encore de la force dans les veines, plus que je ne le pensais. Tu avais des problèmes, et au lieu d'abandonner ou d'attendre que Truck et moi on se précipite à ta rescousse comme une femme sans défense, tu as utilisé ta tête et tu t'es sauvée toute seule.

Elle protesta d'un mouvement de tête.

— Non, Beatle, je...

Il bougea ses mains vers ses épaules et l'interrompit :

— Tu as été capable de refouler ta panique et de faire le point sur ta situation. Il faut un incroyable courage, ma belle. Pourquoi penses-tu que la plupart des hommes ne survivent pas à l'entraînement des Delta ? Ouais, la plupart ne peuvent pas supporter les aspects physiques de ce qu'ils doivent faire, mais il y a plus que ça. J'ai vu des soldats professionnels se figer dans des situations moins effrayantes que ce qui t'est arrivé, mais tu as réussi à faire preuve d'esprit critique et tu as trouvé une solution pour t'en sortir. Et j'aurais dû le savoir, tu as fait la même chose dans ce putain de trou avec ton soutien-gorge pour filtrer l'eau. Tu serais morte si tu n'avais pas trouvé une façon d'obtenir de l'eau.

Je t'ai sous-estimée et je ne le ferai plus. Donc, je suis désolé.

Il voyait qu'elle digérait ses paroles. Son regard perdu et effrayé se calma. Elle était toujours stressée et avait encore mal, mais l'expression d'horreur après ce qu'elle avait fait s'estompait.

Il poursuivit.

— Je dois *aussi* admettre que je n'étais pas convaincu de la douleur provoquée par la morsure de la fourmi, mais je te crois maintenant. Tu es officiellement chargée d'examiner chaque zone dans laquelle on décide de prendre une pause pour s'assurer qu'elle est dépourvue de toutes les petites bestioles qui nous feraient mal. D'accord ?

Il frissonna, imaginant qu'il pouvait accidentellement accrocher son hamac sur un arbre couvert de fourmis balle de fusil.

— D'accord. Je peux le faire, dit-elle, avec un soupçon de la terreur qu'elle venait juste de vivre.

— Bien. Maintenant, tu veux bien me laisser regarder ?

Beatle fit un signe de tête vers sa poitrine.

Elle se raidit.

— Je vais bien.

— Je sais que c'est difficile, mais je ne vais pas te tripoter, ma belle. Je ne fais pas ça pour prendre mon pied. J'ai besoin de m'assurer que tu n'as pas besoin de points de suture ou de crème antibiotique. Tu sais aussi bien que moi que les plaies ouvertes ont plus de chance d'être infectées, dans la jungle.

Elle le regarda fixement pendant une seconde avant de laisser tomber ses bras.

Son t-shirt était béant au milieu, mais couvrait toujours sa poitrine. En bougeant lentement, pour ne pas la surprendre, Beatle attrapa un côté de son haut et l'écarta délicatement. Il déglutit devant sa poitrine parfaite. Elle était bien remplie et douce. Elle était clairement naturelle, retombant légèrement sur sa peau au lieu de rester anormalement haute, comme les seins en silicone avaient tendance à le faire. Elle avait une grande aréole rose surmontée d'un téton mauve foncé. Elle tourna la tête sur le côté quand les doigts de Beatle effleurèrent les marques rouges que l'homme avait faites quand il l'avait attrapée brusquement.

Beatle serra la mâchoire, mais puisqu'elle n'avait pas de plaie ouverte, il couvrit de nouveau minutieusement la poitrine et répéta son inspection de l'autre côté de sa poitrine. Le côté gauche était similaire au droit, sauf à cause des quatre violentes égratignures au-dessus de son téton. Beatle aurait aimé que cet homme reste plus longtemps dans le nid des fourmis balle de fusil. Il couvrit à nouveau Casey et appela Truck.

Il savait que l'autre Delta leur avait offert un peu d'intimité, mais Truck apparut immédiatement à côté d'eux.

— Elle va bien ?

— Oui, c'est surtout des ecchymoses, mais il l'a amochée avec ses ongles. Tu as la crème antibiotique ?

Truck acquiesça et plongea la main dans la poche de son sac.

— Sérieusement, les mecs, vous avez tout là-dedans, dit Casey.

Beatle savait qu'elle se forçait à prendre un ton léger. Elle l'impressionnait encore plus à chaque minute qu'il passait en sa présence.

— Oui, eh bien, on ne sait jamais de quoi on aura besoin en mission, lui dit Truck en faisant un clin d'œil.

Il tendit le petit tube de crème à son coéquipier.

— On doit continuer d'avancer, dit-il.

Beatle le savait déjà.

— Laisse-moi quatre minutes, répliqua Beatle à son ami.

Truck acquiesça et disparut derrière l'arbre une fois de plus.

Sans un mot, Beatle sortit une lingette mouillée et commença à se nettoyer vigoureusement les mains. Quand il eut terminé, il plongea la serviette usée dans la poche de sa veste et ouvrit le tube de crème. Il déposa une bonne dose sur son doigt et se tourna vers elle.

— Prête ? demanda-t-il doucement.

Casey acquiesça et tendit elle-même la main vers son t-shirt abîmé. Elle écarta le tissu et s'exposa.

La sensation de fierté que ressentait Beatle pour la force de Casey grandit une fois de plus. Il utilisa son doigt pour effleurer légèrement les marques sur sa peau, recouvrant les égratignures avec la pommade. L'envie de se pencher et d'embrasser son téton était forte, mais il la réprima. Le besoin de l'embrasser n'était pas nécessairement sexuel. C'était plus un geste tendre qu'il mourait d'envie de faire.

Il finit rapidement, s'assurant que les plaies soient complètement couvertes, puis il tendit la lingette mouillée qu'il avait utilisée plus tôt. Il nettoya le reste de la pommade de ses doigts avant de mettre une nouvelle fois la main dans son sac.

— Je n'ai pas de boutons en plus, mais je peux coudre ça pour toi.

Casey le regarda fixement, incrédule.

— Tu as du fil et une aiguille avec toi ?

Beatle sourit pour la première fois depuis qu'il avait remarqué la présence des autres hommes.

— Ce n'est pas pour faire des broderies dans la jungle, ma belle. Parfois, on doit se recoudre après un échange de coups de feu. On a tous un kit.

— Ah.

La compréhension illumina ses yeux.

— Ne bouge pas, lui dit Beatle.

Puis il se pencha en avant et répara rapidement et grossièrement son haut. Quelques minutes plus tard, il se releva.

— Voilà. Ça ne gagnera aucun prix, mais ça éloignera les moustiques de ta belle peau.

Casey passa une main au milieu de son ventre et regarda fixement Beatle.

— Merci.

— De rien. Je t'en aurai bien passé un des miens, mais tu nagerais dedans. Allez, mes quatre minutes étaient il y a trois minutes. Truck doit être en train de ronger son frein, il faut partir.

Il s'arrêta net quand il sentit la main de Casey sur son bras.

— Je ne suis pas sûre que le mec meure à cause de morsures de fourmis. Il aimerait peut-être mourir, mais à moins qu'il soit hautement allergique, ce ne sera probablement pas le cas. Beaucoup de natifs font une cérémonie lors de laquelle ils se font mordre par des fourmis balle de fusil encore et encore pour prouver qu'ils sont des hommes. Je ne crois pas qu'il soit d'une de ces tribus, mais je n'en suis pas sûre.

— Il n'est pas en état de nous faire du mal, en ce moment. Mon inquiétude immédiate, c'est de sortir d'ici. On s'occupera de lui plus tard, si on y est obligés.

Casey acquiesça, puis demanda doucement :

— Comment nous ont-ils trouvés ?

— Je n'en ai aucune idée, répondit Beatle. Mais ça n'a pas d'importance. On va aller à Guacalito et on rentrera à la maison. Si on travaille tous les trois, on peut faire n'importe quoi, n'est-ce pas ?

Elle lui sourit. C'était un mouvement hésitant de ses lèvres, mais Beatle s'en contentait. Oui, il avait sous-estimé cette femme et il ne le referait plus. Elle n'était pas du tout une demoiselle en détresse. Dr Shea était intelligente, belle, têtue et forte. Il lui avait fait du tort en la traitant différemment.

Il avait voulu la porter, mais elle avait refusé. Cela agaçait Beatle qu'elle ait encore évidemment mal et qu'elle refuse son aide. Mais il comprit, surtout après l'attaque. Elle voulait atténuer un peu de cette impuissance qu'elle avait connue ces dernières semaines. Elle voulait montrer au monde qu'elle était forte et compétente. Mais ce qu'elle n'arrivait pas à croire, c'était qu'il le pensait déjà. Elle n'avait pas besoin de faire ses preuves auprès de lui.

11

───────

Le soir, alors qu'ils établissaient leur campement, Casey s'assit sur le petit tabouret que Beatle avait déterré de son sac et essaya de ne pas penser au fait qu'elle se sentait si mal. Ils avaient marché toute la journée, essayant de mettre autant de distance que possible entre l'endroit où ils avaient été attaqués et celui où ils passeraient la nuit.

Elle avait insisté pour marcher le reste de la journée, se forçant à ignorer ses courbatures et ses douleurs. Et elle en avait. Elle n'avait jamais eu aussi mal qu'à ce moment-là.

Beatle s'était assuré qu'elle mange plusieurs barres protéinées pendant la journée et lui avait mis la pression pour qu'elle boive autant d'eau que possible. Mais son ventre se rebellait enfin. Rien que l'idée de manger lui donnait envie de vomir.

Elle avait approuvé la zone dans laquelle ils voulaient installer leur campement. Il n'y avait pas de nids ni de four-milières d'après ce qu'elle pouvait voir, donc Beatle et Truck commencèrent à faire leurs affaires silencieusement. Ils travaillaient en tandem sans parler. Chacun était en charge d'une partie différente du campement. Beatle installa les hamacs et commença à préparer le repas. Truck se dirigea vers le cours d'eau devant lequel ils étaient passés peu de temps avant pour remplir leurs gourdes et récupérer du bois pour faire un petit feu.

Elle leur avait demandé si elle pouvait aider, mais les deux hommes avaient secoué leur tête et lui avaient dit de se détendre sur son tabouret. Elle était à la fois soulagée et irritée. Beatle lui avait dit plus tôt qu'il ne la voyait plus comme une demoiselle en détresse, mais elle se sentait tout de même comme telle.

Truck et Beatle continuaient de lancer des coups d'œil inquiets dans sa direction. Casey essaya de les ignorer, mais à chaque fois qu'ils se tournaient vers elle, puis qu'ils se regardaient mutuellement et communiquaient avec leurs signes de mains étranges, elle était de plus en plus frustrée.

Casey voulait rentrer chez elle. Être de retour dans son lit, en sécurité dans son appartement, à ne pas s'inquiéter de marcher sur une quelconque créature qui rendrait son malheur encore pire. Si elle vomissait, elle voulait le faire dans l'intimité de ses toilettes et non pas devant l'homme pour qui elle avait commencé à avoir de profonds sentiments.

Malheureusement, au milieu de son apitoiement solitaire, Beatle avança vers elle et lui tendit un petit paquet de nourriture en plastique qu'il avait réchauffé, l'une des rations de son sac.

— Des tagliatelles avec des épinards et des champignons, lui dit-elle en souriant. Un repas gastronomique au milieu de la jungle, juste pour toi.

— Je n'ai pas faim, lui dit doucement Casey en espérant qu'il la laisse juste tranquille.

Mais il ne le fit pas. Au lieu de ça, il s'accroupit sur ses talons, devant elle, en lui tendant toujours le paquet de nourriture. L'odeur des pâtes lui donna envie de vomir.

— Casey, tu dois manger. Tu as besoin des calories.

— Je n'aime pas les champignons ni les épinards, dit-elle doucement.

Ce n'était pas un mensonge. Elle savait qu'elle ne pouvait pas se permettre d'être difficile, puisqu'ils étaient au milieu de la jungle et qu'ils fuyaient un ennemi mystérieux qui voulait la mort de la jeune femme, mais elle était grognon et n'avait pas envie de gober ce repas, là.

— Qu'est-ce qui ne va pas ?

Casey voulut éclater de rire devant sa question. Était-il sérieux ?

Elle leva les yeux vers lui et vit clairement l'inquiétude sur son visage. Il la regardait comme si la réponse était vraiment importante et il était clairement sérieux.

— Rien, répliqua-t-elle.

Elle baissa les yeux vers ses mains, sur ses genoux.

— Nous ne sommes pas une situation dans laquelle tu peux me cacher des choses, lui expliqua doucement Beatle. Si tu as mal, je dois le savoir pour remédier à ça. On a encore des kilomètres à faire et si tu ne me dis pas ce qui ne va pas, ça pourrait m'affecter et Truck aussi, ensuite.

Casey regarda fixement ses doigts. Il y avait de la saleté sous ses dix ongles. Elle se dit qu'il faudrait des semaines avant qu'elle puisse tout enlever. Ses ongles étaient écorchés et cassés. Elle avait le sentiment que deux finiraient par tomber complètement. Elle avait totalement retourné ses ongles quand elle avait essayé la première fois de grimper hors du trou dans lequel elle était.

L'injustice de sa situation la frappa d'un coup.

Pourquoi ? Pourquoi cela lui arrivait-il à elle ? Elle n'était personne de spécial. Elle n'était pas belle, bon sang, elle n'était même pas très jolie. En Floride, elle restait dans son coin. Elle ne faisait pas la fête tous les soirs. Si elle sortait, elle prenait un verre de vin voire deux, maximum. Elle n'avait pas beaucoup d'amis, elle traînait surtout avec d'autres professeurs de l'université. Pourquoi avait-elle été la cible ? C'était un mystère. Était-ce simplement parce qu'elle était Américaine ? Casey n'en avait aucune idée.

Elle était venue au Costa Rica pour étudier les fourmis, bon sang ! Comment avait-elle fini par être kidnappée et par courir pour sa vie à travers la jungle ? Ce n'était pas juste et ça n'avait aucun sens.

— Casey ? demanda doucement Beatle.

Soudain, tout était beaucoup trop. Elle était fatiguée par tout ça. Elle avait atteint son point de rupture et malheureusement, Beatle était dans son viseur.

— Tu veux savoir ce qui ne va pas ? pesta-t-elle. Par où je commence ? Pourquoi pas par le fait que j'ai été kidnappée ? Et non seulement j'ai été kidnappée, mais pour une raison ou une autre, j'ai été isolée et j'ai reçu un traitement spécial, on m'a enterrée vivante. Mais tu m'as sortie de là. Hourra. Merci. Mais maintenant, on fuit un ennemi inconnu et je meurs de peur à l'idée qu'ils remettent la main sur moi et qu'ils me fassent quelque chose de pire que de me jeter dans un trou.

Beatle ne réagit pas autrement qu'en regardant Truck, qu'elle n'avait pas entendu approcher. Son regard devait avoir communiqué quelque chose, parce que l'autre homme s'approcha et prit la ration que Beatle tenait. Il recula, mais n'alla pas loin.

En se retournant vers elle, Beatle posa ses mains sur les genoux de Casey et demanda :

— Quoi d'autre ?

Casey grinça des dents si fort qu'elles furent douloureuses. Mais elle remarqua à peine la petite douleur par-dessus toutes les autres. Elle lui en offrit pour son argent.

— Quoi d'autre ? Pourquoi pas *tout le reste* ? J'ai mal aux pieds. Au moins, je peux les sentir, mais je ne suis pas sûre que ce soit une bonne chose, là. Chaque putain de muscle dans mon corps me fait mal. Tu savais qu'il y avait des muscles dans les doigts ? Eh bien, apparemment, et les miens me font mal. S'accroupir pour pisser est la chose la plus douloureuse du monde. Oh, en parlant de ça, je n'ai rien pour m'essuyer après l'avoir fait, et ça me donner l'impression d'être sale, ce qui est stupide, parce que ça fait tellement longtemps que je n'ai pas pris une douche ou un bain. Je ne devrais pas pouvoir me sentir plus sale que je le suis déjà. Je suis tellement dégoûtante que je me supporte à peine moi-même. Mon haut est couvert de terre et de transpiration, et maintenant de sang, ce qui est juste génial, parce que je me suis fait attaquer par ce crétin, là-bas, donc j'ai dû te montrer mes seins. Dans n'importe quelle autre situation, j'en aurais été ravie, mais pas parce que tu as pitié de moi. Et pour conclure tout ça, je vais probablement finir avec un genre de maladie tropicale bizarre comme il m'a griffée !

Elle marqua une pause pour prendre une inspiration, puis poursuivit. Maintenant qu'elle avait commencé, elle ne pouvait pas s'arrêter, visiblement.

— Mon cœur tambourine et j'ai la nausée. J'essaie de manger et boire comme tu veux que je le fasse, mais je sais que si je mets quoi que ce soit d'autre dans ma bouche, là, je vais tout vomir. Mes dents me font mal, comme si elles étaient couvertes d'une plaque parce que je ne les ai pas brossées depuis Dieu sait quand. Ça me fait mal de penser que mes étudiantes ont été récupérées par ces autres soldats et qu'on m'a laissée sur place. J'ai peur du noir, maintenant. J'ai un million de piqûres de moustiques qui me démangent énormément et j'ai juste envie de rentrer à la *m-maison* !

Sa voix se brisa sur le dernier mot et Casey était plus que consciente qu'elle couinait terriblement, mais elle ne pouvait s'en empêcher. Ses yeux se remplirent de larmes et elle les ferma brusquement pour les ravaler. Elle mordit sa lèvre fendue pour retrouver son calme. Elle pensait que c'était le cas, jusqu'à ce qu'elle sente la main de Beatle passer sur ses cheveux dans une tendre caresse.

Ce fut la goutte d'eau. Un sanglot lui échappa et les larmes tombèrent de ses yeux fermés et coulèrent sur ses joues.

Elle sentit Beatle bouger devant elle et elle se gaina fermement quand il la prit dans ses bras. Celui qu'il passa sous ses genoux lui faisait mal, mais elle le sentit à peine parmi toutes ses souffrances.

Elle sanglotait, comme si c'était la fin de son monde.

Et elle avait plus ou moins l'impression que c'était le cas.

Casey sentit Beatle s'asseoir sur quelque chose, puis il se pencha en arrière en la tenant contre lui. Elle ne se raidit pas, n'ouvrit même pas les yeux pour voir ce qu'il se passait. Elle en avait assez de tout ça. Marre.

Elle sentit la sensation familière du hamac se refermer autour d'elle et Beatle, mais elle n'ouvrit tout de même pas les yeux. Beatle gigota sous elle, se mettant à l'aise, s'assurant qu'*elle* soit à l'aise également.

Il ne lui dit pas de se calmer. Il ne lui dit pas que tout irait bien. Il lui frotta simplement le dos et caressa ses cheveux.

Casey ignora combien de temps elle pleura dans ses bras, mais ses larmes finirent par faiblir et s'arrêter.

— Tu te sens mieux ? demanda-t-il doucement.

Sans se relever de l'épaule de Beatle, Casey agita la tête.

— Tu te sens pire ? demanda-t-il.

Elle pouvait clairement entendre le trait d'humour dans son ton de voix.

Elle secoua à nouveau la tête.

— Je ne suis pas sûre que ce soit possible de se sentir pire que maintenant.

— Hmm, dit-il en continuant de caresser son dos.

— Je suis désolée, dit-elle doucement.

— Pour quoi ?

— Pour m'être transformée en pétasse déchaînée. Tu ne le méritais pas.

— Tout ce que tu as dit était vrai ?

— Oui.

— Alors tu n'as pas besoin de t'excuser.

Casey soupira et leva suffisamment la tête pour voir les yeux de Beatle.

— Mais tu ne méritais pas que je m'en prenne à toi comme ça.

— Casey, ces dernières semaines ont été difficiles pour toi. Tu as extrêmement bien tenu. Tu n'as pas à t'excuser pour quoi que ce soit.

— Aspen dit toujours que je pleurnichais trop quand j'étais petite, l'informa-t-elle.

— Ouais, eh bien, je pense que n'importe quel grand frère dirait ça sur sa petite sœur. Sois indulgente avec toi-même, ma belle.

Ils restèrent silencieux un long moment et Casey ne ressentit absolument aucun besoin de bouger. En fait, elle serait heureuse s'ils ne bougeaient jamais.

— Je m'inquiète pour toi, dit Beatle après une minute ou deux. Bien que tu t'en sois très bien sortie, je sais que tes pieds ont besoin de plus de soins que Truck et moi pouvons te donner. Je n'aime pas que tu n'aies pas faim ou soif. Tu devrais vu le temps que tu as passé sans manger et avec le peu d'eau que tu avais. Je ne suis pas surpris que tes muscles te fassent mal, surtout après avoir été enfermée dans ce trou aussi longtemps que tu l'as été. Je n'aime pas ignorer qui te pourchasse et pourquoi, mais nous n'avons pas le temps de nous arrêter pour essayer de le découvrir maintenant. Je ferai tout ce qui est en mon pouvoir pour t'offrir un bain chaud avec beaucoup de savon, mais ça devra attendre que nous revenions à la civilisation, j'en ai peur.

— Je tuerai pour un bain, marmonna Casey.

Beatle la serra dans ses bras en guise de réponse.

— Je vais essayer de ne pas faire ressortir mon côté garce, lui dit-elle.

— Ne le fais pas.

— Quoi ? demanda-t-elle, confuse.

— Si c'est comme ça que tu te comportes quand tu fais ta garce, je peux le supporter, Casey. Je te l'ai déjà dit, mais tu as tenu bien plus que ce que je pensais. Bon sang, tu tiens tellement bon que j'en oublie ce que tu as traversé. Je suis désolé de ne pas avoir remarqué que tu t'approchais du point de rupture. Tu étais si courageuse et forte quand on t'a sauvée que je n'ai pas fait suffisamment attention pour voir que tu vivais un choc post-traumatique. Tu ne peux pas t'attendre à marcher dans la jungle pendant des jours sans faire de pause. Surtout pas après ce que tu as traversé. C'est moi qui suis désolé de ne pas avoir vu au-delà de ta force et de ne pas avoir reconnu que tu ne pouvais plus rien supporter. J'aurais dû le savoir.

— *Nous* aurions dû le savoir, ajouta Truck.

Casey fut tellement surprise que si Beatle ne l'avait pas serrée contre lui, elle serait tombée du hamac. Elle tendit le cou et vit Truck assis sur le tabouret où elle avait été précédemment.

Truck échangea un regard avec Beatle avant de dire :

— Changement de plan, demain, on se dirige plein ouest et on va directement à Guacalito. C'est plus important de te ramener à la civilisation et de voir un médecin plutôt que d'essayer de jouer à cache-cache dans la jungle.

Alors même qu'une part d'elle disait qu'il était impossible qu'elle continue la course un jour de plus, Casey protesta :

— Mais je peux y arriver.

— Je suis sûr que si on te poussait, tu pourrais, l'apaisa Beatle. Mais tu n'y es pas obligée. Truck et moi pouvons nous occuper de tous ceux qu'on croisera. C'était une seconde nature pour nous de partir automatiquement plus loin de notre cible pour nous en prendre à ceux qui nous suivaient.

— Mais si on y retourne maintenant, on ne va pas croiser plus d'ennemis ?

— Peut-être. Peut-être pas. Mais je vais contacter les autres par radio dans une seconde et ils les chercheront. Ils dégageront la zone avant qu'on y arrive. Regarde-moi, ordonna Beatle.

Casey s'exécuta.

— Ce n'est pas bon si tu as la nausée et que tu n'as ni faim ni soif. Ce n'est pas bon si tes pieds te font mal. Je veux que ces plaies soient nettoyées en profondeur et je veux simplement faire tout ce qui est en mon pouvoir pour que tu te sentes à nouveau en sécurité.

Il marqua une pause, puis déclara :

— Oh ! et autre chose. En aucun cas je n'aurais quitté cette jungle sans toi. J'aurais fait tout le nécessaire pour te trouver et te ramener à la maison. J'ai déjà fait la première partie, il est temps que je fasse la deuxième.

Casey se détendit et posa la tête sur l'épaule de Beatle :

— Je vais manger les pâtes. Donnez-m'en juste un petit peu, d'accord ?

— Pas de précipitation, ma belle, grommela-t-il.

Ils restèrent dans le hamac un long moment. Casey avait conscience que Truck se déplaçait autour d'eux, mais elle ne savait pas ce qu'il faisait. Elle s'en moquait. Après un moment, Beatle sortit du hamac. Il enleva les chaussures de Casey, ainsi que ses chaussettes et prit soin de ses pieds autant qu'il le put. Il accrocha la moustiquaire pour qu'elle ne se fasse plus piquer.

Truck s'approcha avec une poignée de cachets. Elle ne demanda même pas pour quoi ils étaient. Elle les prit sans un mot et les goba. L'eau faillit remonter, mais elle réussit à la garder dans son ventre. Elle remarqua cependant l'air inquiet sur le visage de Truck.

Elle espérait simplement que les médicaments qu'on venait de lui donner l'aideraient avec toutes ses douleurs.

Casey commença à s'agiter quand le soleil descendit à l'horizon, n'appréciant pas l'obscurité qui s'abattait sur leur petit coin de monde. Le petit feu n'illumina pas suffisamment cet endroit. Alors qu'elle croyait être sur le point de crier, Beatle s'approcha et grimpa sur le hamac avec elle.

— Je ne peux pas faire grand-chose pour la nuit, s'excusa-t-il.

— C'est mieux quand tu es là, lui dit-elle honnêtement. C'est juste quand je suis seule que je commence à me souvenir de ce trou et que j'imagine que je suis de retour dedans.

— Bien. Et je ne peux rien faire non plus pour l'odeur, plaisanta-t-il. J'ai oublié d'apporter mon eau de Cologne.

Casey gloussa.

— Je n'arrive pas à faire la différence entre ta puanteur et la mienne. Ce n'est rien, répondit-elle.

Après quelques minutes, elle demanda doucement :

— Est-ce qu'on va vraiment directement à Guacalito ?

— Oui.

— Et ce n'est pas grave ?

Comprenant ce qu'elle demandait, Beatle répondit :

— Ce n'est pas grave. Je ne peux pas te dire qu'on ne va pas devoir rester vigilants sur certaines choses, mais on doit te sortir de là. Ce n'est pas le moment d'errer dans la jungle à essayer de dénicher les méchants.

— C'est ce qu'on faisait ?

— Pas nous, mais les autres, oui. On se mettait juste hors de leur chemin pour qu'ils puissent chasser.

— Ton boss ou ton commandant, ou je ne sais pas comment tu l'appelles, ne va pas être en colère si tu n'essaies pas d'attraper les méchants ?

— Absolument pas. Tu as tellement bien tenu et tu as été si géniale quand on marchait qu'on a tous rapidement oublié que tu avais traversé quelque chose d'horrible. La mission n'était pas de trouver le qui ou le pourquoi. C'était de te sortir de là ou de te ramener à la maison, en toute sécurité. *Tu es* ma mission.

Elle ne put s'empêcher d'être blessée par ses mots. Elle ne voulait pas être une mission pour lui.

Lorsqu'elle avait été sauvée, elle s'était dit de ne pas tomber amoureuse de Beatle. Qu'il avait sauvé des centaines de personnes et qu'elle ressentait simplement de la reconnaissance envers lui parce qu'il l'avait trouvée.

— D'accord, chuchota-t-elle.

Apparemment, sa douleur transparut dans ce mot, puisque Beatle dit :

— Je ne voulais pas le dire comme ça.

— Je sais, répondit-elle froidement, ne croyant pas à ses propres mots.

— Sérieusement. Tu n'es pas simplement une mission pour moi, insista Beatle. À la seconde où j'ai vu ta photo, je t'ai voulue. *Toi*, Casey. J'allais te trouver ou mourir en essayant. Et si ça ne te convainc pas, peut-être que ça, ça le fera.

Il décala la jambe de Casey sur sa cuisse pour qu'elle se retrouve sur son entrejambe.

— Est-ce que ça te donne l'impression que tu es juste une mission ?

Casey écarquilla les yeux dans la nuit, non pas que ça

l'aide à voir quoi que ce soit. Beatle bandait sous sa jambe. Il décala ses hanches et elle ne put s'empêcher d'appuyer plus fort contre son érection. Elle la sentit tressaillir sous sa jambe.

— On est tous les deux hyper sales. On sent comme si on se roulait dans la boue depuis des jours, ce qu'on a fait en quelque sorte, j'imagine. Tu es blessée et inquiète et je m'en moque. Te voir te dénuder pour moi tout à l'heure aurait été comme la réalisation d'un rêve si ce n'était pas dans cette situation. J'ai rêvé de toi, te tenant devant moi et enlevant lentement ta chemise pendant que je regardais. T'imaginer devant moi avec une simple culotte, puis la baisser le long de tes jambes, c'est plus que je ne peux supporter. Je ne veux que m'enfoncer dans ton sexe chaud et humide.

Beatle avait baissé la voix et il chuchotait presque maintenant. Le désir y était facilement perceptible.

— Tu n'es pas une mission, ma belle. Je n'ai jamais ressenti ça pour qui que ce soit auparavant. Ce n'est pas parce que je t'ai sauvée. C'est toi. Et moi. Je vais te mettre en sécurité en te sortant de la jungle et en te ramenant aux États-Unis parce que je veux explorer ce qu'il se passe avec toi. Tu ne ressens peut-être pas la même chose, mais je compte faire tout ce que je peux pour que tu en viennes à me donner une chance.

— Ce n'est pas juste toi, dit Casey.

Elle décala vaillamment sa jambe pour ressentir une fois de plus son érection.

— Je... veux explorer ce qu'il se passe avec toi. Mais... je ne suis pas certaine de savoir comment ça peut fonctionner si tu es au Texas et moi en Floride.

— Mon Dieu, merci, souffla-t-il.

Il éloigna sa jambe de son érection.

— On peut s'occuper de la logistique plus tard. D'abord, on doit sortir de cette jungle. Demain, la journée va être horrible, dit-il franchement. On va avancer vite et avec vigueur pour aller à Guacalito. Là-bas, on retrouvera les autres et on définira les prochaines étapes puis comment rejoindre San José. La capitale est plus grande et ce sera plus facile pour nous de nous fondre dedans. On pourra se mêler aux touristes plus facilement que dans l'une des petites villes.

— On ne va pas devoir marcher jusque là-bas ? demanda Casey.

— Jusqu'à San José ? clarifia Beatle.

Casey acquiesça.

Il émit un ricanement.

— Non. Hollywood ou un des autres mecs nous y conduira. On devra probablement passer un peu de temps dans la capitale, mais si je connais suffisamment ton frère et Ghost, je sais qu'ils feront tout ce qu'ils peuvent pour qu'on ait le feu vert et qu'on parte aussi vite que possible. Malheureusement, les responsables costariciens vont vouloir te parler. Puisque tu as été kidnappée sur leur sol, ils vont au moins faire semblant d'enquêter. Nous n'avons pas encore parlé de ce qu'il s'était passé exactement, mais je ne veux pas que tu t'inquiètes de les rencontrer.

— Est-ce que tu...

Casey s'arrêta, puis prit une grande inspiration avant de poursuivre :

— Est-ce que tu seras avec moi ?

— Absolument. Rien ne pourrait m'éloigner.

— Parce que tu veux savoir ce qui est arrivé ?

— Oui, mais encore plus important, je veux être là pour te soutenir pendant que tu racontes.

— Merci, chuchota Casey.

— De rien. T'amener à San José me donnera également une chance de te trouver un vrai médecin.

— Je ne veux pas voir de médecin ici, protesta Casey.

Puis elle frissonna.

— Je veux juste rentrer à la maison.

— Je sais. Mais je m'assurerai que la personne trouvée par Ghost soit réglo. Je ne laisserais personne te faire encore plus de mal.

Casey déglutit et les larmes menacèrent à nouveau de couler. Elle se sentait tellement... bizarre. Pleurer ne lui ressemblait pas.

— D'accord, dit-elle doucement.

— Je sais que ta vie est en Floride, dit Beatle, mais il y a également des écoles au Texas.

Son souffle s'accéléra dans sa gorge à cause de ce que ça impliquait.

— Je ne peux pas vraiment changer de poste et ça craint, parce que je n'aime pas l'idée que tu aies besoin de te sacrifier si les choses fonctionnent comme je le veux. On va y aller doucement. On aura une relation longue distance pendant un moment. On parlera tous les soirs par Skype et au téléphone. Je prendrai des congés et je viendrai te voir, peut-être que tu pourras venir au Texas de temps en temps aussi.

— Ça me plairait, lui dit Casey.

Ce n'était pas comme si elle pensait qu'ils allaient se marier dès qu'ils toucheraient le sol américain, mais elle n'imaginait pas non plus qu'il lui dirait clairement qu'il voulait continuer de la voir. Pas en ne la connaissant que depuis deux jours.

— Dors, Casey, lui ordonna-t-il. Demain sera une longue journée. Je te donnerai autant d'antidouleurs que possible, mais tu vas devoir te forcer à avaler un petit-déjeuner. Et à boire pendant la journée.

— Je le ferai, lui dit-elle. Je me suis juste apitoyée sur mon sort pendant un moment. Ça ira mieux demain.

— Ne me cache jamais ce que tu ressens, déclara Beatle.

Je veux savoir comment tu vas vraiment. Je ne vais peut-être pas pouvoir y remédier, mais n'imagine pas que tu es en train de pleurnicher. D'accord ?

— Je vais essayer, répondit-elle.

— Bien.

— Troy ?

Elle ne savait pas pourquoi elle avait utilisé son véritable nom, mais il était sorti tout seul.

— Oui, ma belle ?

Elle pouvait entendre son ressenti dans ses mots. Il aimait clairement quand elle l'appelait Troy.

— Merci de m'avoir trouvée.

— Tu n'auras jamais à me remercier pour ça, Casey. Dors, maintenant.

* * *

Beatle serra fermement Casey contre lui, longtemps après qu'elle fut tombée de sommeil, totalement éreintée. Truck et lui avaient discuté avant qu'il ne rejoigne Casey dans le hamac et ils étaient d'accord sur le fait qu'ils l'avaient trop poussée. Elle n'était pas assez forte pour déambuler dans la jungle. Ils avaient commis une erreur. Puisqu'elle ne s'était pas plainte, ils avaient supposé qu'elle allait bien. Ce n'était pas le cas.

Il avait entendu Truck parler au reste de l'équipe à la radio, plus tôt. Le plan était exactement comme il l'avait dit à Casey. Ils feraient demi-tour et iraient en ligne droite vers Guacalito. Si quelqu'un se mettait en travers de leur chemin, ils se contenteraient de les tuer. C'était plus important de la ramener aux États-Unis que de chercher ses kidnappeurs.

Mais la sensation d'avoir loupé quelque chose dérangeait Beatle. Tout ce kidnapping ne ressemblait en rien à ce qu'ils avaient déjà vu avant. Peu importait qui était le cerveau derrière cet enlèvement, il était malin, mais Beatle savait que personne n'était parfait. Les kidnappeurs avaient laissé des miettes quelque part. On pouvait les pister.

Or comme il l'avait dit à la femme dans ses bras après son coup de blues, ils auraient le temps plus tard de découvrir le qui et le pourquoi. Sa principale inquiétude était Casey.

Il était plus soulagé qu'il ne pouvait le dire en constatant qu'elle semblait voir comment une relation entre eux pouvait évoluer lorsqu'ils retourneraient aux États-Unis. Ils avaient beaucoup d'obstacles devant eux. Il était en poste au Texas et son travail à elle était en Floride. Il ne pouvait pas simplement lever le camp et partir... à moins qu'il démissionne.

Envisager de quitter ses coéquipiers était douloureux, mais imaginer ne jamais revoir Casey lui faisait encore plus mal. Il était sérieusement et rapidement tombé amoureux et il n'avait pas honte de l'admettre. Il voyait à quel point ses coéquipiers étaient heureux avec leurs copines et il voulait la même chose pour lui. Avec Casey.

Elle n'avait pas menti, ils puaient tous les deux, mais cela n'avait pas d'importance. Elle était vivante et dans ses bras. Il se fichait de leur odeur. Beatle embrassa Casey sur le front et ferma les yeux.

Ses rêves furent remplis de visions horribles lors desquelles il trouvait Casey dans le trou, mais cette fois-ci, il arrivait trop tard. Ou alors, elle mourait dans ses bras quand ils progressaient dans la jungle. Ou bien elle marchait sur un nid de fourmis balle de fusil et criait de douleur.

Après chaque vision, il se réveilla en sursaut, la trouvant endormie, saine et sauve dans ses bras. À ce moment-là, au milieu de la jungle costaricienne, Beatle se jura de découvrir qui les avait kidnappées, elle et les autres femmes, et pourquoi.

— Je m'assurerai que tu sois toujours en sécurité, chuchota-t-il.

Il ne dormit pas davantage cette nuit-là, tenant simplement dans ses bras cette femme magnifique et veillant sur elle.

12

Ils n'arrivèrent pas à Guacalito le jour suivant, mais ils avaient fait de bons progrès. Casey savait que Beatle et Truck la surveillaient de près, s'assurant qu'elle mangeait, buvait et essayant de ne pas trop la pousser. Ce qu'elle appréciait plus qu'elle ne pouvait le dire.

Ils avaient campé une autre nuit sans problème, puis ils avaient recommencé une fois de plus.

Ils marchaient depuis plusieurs heures quand Beatle les arrêta.

— On se rapproche, ma belle, lui dit-il doucement. Je vais partir devant et retrouver Hollywood, Coach et Fletch. Je vais repérer la configuration du terrain.

Imaginer revoir la ville de Guacalito coupa le souffle de Casey. Elle avait aimé la petite ville quand elle l'avait vue pour la première fois. Les habitants qui y vivaient les avaient accueillies à bras ouverts. Ils avaient vu beaucoup de chercheurs d'université au fil des ans et ils aimaient les dollars que leur apportait ce tourisme.

Envisager que des hommes ou des femmes qu'elle avait rencontrés aient pu la trahir... c'était douloureux. Un des habitants de la ville était-il derrière leur kidnapping ? Quelqu'un qui n'appréciait pas que les Américains viennent ici ? Quelque chose tracassait Casey, au fond de son esprit. Elle tenta de se concentrer dessus, mais avant qu'elle ne puisse le voir clairement, Beatle se mit à parler :

— Reste là avec Truck, Casey. Je reviens dès que possible. Je serai en contact avec lui, donc si vous avez besoin de bouger, je vous trouverai. D'accord ?

Elle acquiesça.

— D'accord. Vas-y. Fais ce que tu as à faire. Plus vite tu retrouves tes coéquipiers, plus vite je prendrai cette douche dont je rêve.

Le sourire qui s'étira sur le visage de Beatle valait bien sa légèreté forcée. En vérité, elle détestait la jungle maintenant. Tout ce qui concernait la jungle. Et elle se sentait terriblement mal pour ça. Elle avait passé sa vie à ne vouloir rien de plus que s'immerger dans les bruits et les odeurs de la jungle. Étudier les insectes, c'était sa vie. C'était toujours le cas. Mais maintenant, elle allait devoir oublier les insectes qui se développaient dans la jungle pour se concentrer sur ceux qui vivaient ailleurs.

Être sur les nerfs, en fuite, et s'assurer que les créatures qu'elle avait un jour adorées ne tuent aucun d'entre eux avaient gâché sa joie de la forêt. La douleur qu'elle ressentait en elle, c'était comme si elle avait perdu une personne qu'elle aimait.

En repoussant ses pensées moroses et en se jurant de parler à son amie – qui était professeure de psychologie – quand elle reviendrait en Floride, Casey essaya de sourire à Beatle.

Elle devait être restée dans ses pensées trop longtemps, puisque lorsqu'elle se reconcentra sur lui, il avait arrêté de sourire. Il appuya son front contre le sien et attrapa tendrement la nuque de Casey avec sa grande main. Elle leva les siennes et s'agrippa aux pans de la veste qu'il portait. Ils ne dirent rien, simplement accrochés l'un à l'autre. Enfin, il recula et embrassa tendrement son front.

— Je reviens vite, déclara-t-il.

Puis il fit demi-tour et s'enfonça dans la jungle, disparaissant quelques secondes plus tard.

Casey soupira et fixa l'endroit où elle l'avait vu pour la dernière fois. Elle avait une boule dans la gorge et elle se sentit étrange. *Il va revenir. Ressaisis-toi. Dans quelques jours, il va sortir de ta vie et il n'y a aucune garantie pour que tu le revoies à nouveau. Il fait juste son travail. L'attirance est probablement le résultat du danger, du stress et de l'adrénaline.*

Comme s'il pouvait lire dans son esprit, Truck déclara doucement, interrompant son apitoiement :

— Je n'ai jamais vu Beatle comme ça, auparavant.

Casey tourna la tête et regarda le grand soldat de la Delta à côté d'elle. Il fit un geste vers le petit tabouret que Beatle avait laissé.

Souhaitant plus d'information sur Beatle, mais se sentant timide, elle demanda :

— Vraiment ?

Quand elle fut assise, Truck s'installa sur sa propre chaise pliante.

— Vraiment.

— Hmmm, dit Casey.

Elle appréciait Truck, mais elle ne le connaissait pas tant que ça.

— Tu me rappelles ma Mary, déclara-t-il de but en blanc.

Casey écarquilla les yeux.

— Mary ?

— Oui. Elle est littéralement l'une des femmes les plus fortes que je connaisse. Mais elle est aussi têtue. Elle n'aime pas accepter l'aide de qui que ce soit, encore moins la mienne. Même quand elle en a besoin, elle me repousse si je l'aide.

Casey se mordit la lèvre. Ouais, ça lui ressemblait beaucoup. Elle aimait ses parents, mais ils l'avaient élevée pour qu'elle soit un peu *trop* autosuffisante. Elle avait appris à changer une roue quand elle avait douze ans. Elle conduisait toute seule pour ses activités au lycée dès qu'elle avait eu son permis. Sa mère faisait tout ce qu'elle pouvait pour s'assurer que sa fille soit indépendante.

Aspen avait aidé. Il ne l'avait pas surprotégée, comme certains grands frères le faisaient avec leur petite sœur. Oh, il l'avait protégée quand un garçon à l'école n'avait pas accepté son refus de rencard, mais en général, il avait eu ses propres problèmes quand ils étaient ados.

C'était difficile pour elle de demander de l'aide. C'était vraiment difficile. En plus, elle savait que beaucoup de gens avaient une vie difficile. De mauvais mariages, des personnes qui n'arrivaient pas à joindre les deux bouts, des enfants avec des besoins spéciaux, des maladies chroniques... des problèmes qu'elle était loin d'accumuler. Donc elle avait appris à se débrouiller autant que possible toute seule. Parfois, elle mourait d'envie de partager sa vie avec quelqu'un, mais en général, cela ne la dérangeait pas d'être seule. Elle avait un bon travail, gagnait un salaire décent et était satisfaite en sortant et en parlant avec les autres professeurs de l'université.

— J'ai juste l'habitude de faire les choses toute seule, répondit maladroitement Casey quand le silence entre Truck et lui s'étira trop longtemps.

— Pareil pour Mary. Mais elle est en train d'apprendre que c'est bon de s'appuyer sur quelqu'un. Que recevoir de l'aide ne veut pas dire que tu es faible. Que partager un fardeau te rend plus fort sur le long terme, en fait.

— Je suis heureuse qu'elle connaisse ça, dit Casey.

— Oui. Je fais ce que je peux pour briser ses murs et lui faire voir que son passé ne définit pas forcément son avenir et que les gens autour d'elle l'aiment et qu'ils remueraient ciel et terre pour être là pour elle.

— Toi y compris ?

— Surtout moi.

— Tu l'aimes ?

— De tout mon cœur.

— Elle t'aime ?

Truck hésita et le cœur de Casey se brisa pour cet homme immense assis à côté de lui. C'était clair qu'il voulait dire oui, mais après un moment, il haussa les épaules.

— Je ne suis même pas sûr qu'elle *m'apprécie* tout court certains jours. Mais au final, ça n'a pas d'importance. Je vais faire tout ce qui est en mon pouvoir pour m'assurer qu'elle soit en bonne santé. Et si, quand elle sera en bonne santé, elle s'en va, ça me fera plus mal que tout ce que j'ai pu connaître avant. Mais elle sera en vie. Le contraire serait inacceptable.

Casey ne pouvait s'imaginer qu'on ne puisse pas aimer Truck, mais elle avait le sentiment qu'il y avait beaucoup de choses qu'il ne disait pas.

— Elle ne te rejette pas à cause de ta cicatrice, n'est-ce pas ?

La question fut un peu plus brusque qu'elle ne l'avait voulu, mais elle ne pouvait s'empêcher de se sentir agacée à l'idée que cette Mary inconnue puisse rejeter l'homme merveilleux devant elle à cause de la cicatrice affreuse qui scindait sa joue en deux et attirait ses lèvres vers le bas dans une grimace permanente.

Étonnamment, Truck sourit.

— Non, Casey. Elle se fiche de ma cicatrice. Je crois que je l'agace juste en étant dans la même pièce qu'elle. Mais... je puise mon courage dans le fait qu'elle devient de moins en moins susceptible avec moi. Je prends ça pour une victoire.

— Je ne connais pas ta Mary, mais je dois dire que si *tu* l'aimes, elle doit valoir le coup que tu te battes pour son cœur. Elle changera d'avis. Comment ne pourrait-elle pas ? Je ne te connais pas depuis longtemps et si je ne ressentais pas cette...

Elle hésita, essayant de trouver le bon mot.

— ... attirance envers Beatle, je ferais probablement tout pour que tu me remarques.

Il ricana.

— Merci. J'avais besoin de l'entendre. Bref, comme je disais plus tôt, tu me rappelles Mary. Vous êtes toutes les deux têtues et vous pensez que vous pouvez tout faire, que vous pouvez tout traverser, toute seule. Il n'y a rien de mal à accepter de l'aide, Casey. Que ce soit de la part de Beatle, de tes parents ou même d'un psy quand tu rentreras chez toi.

Casey tressaillit à la mention d'un psy.

— Je sais, tu n'as pas envie de parler de ce qu'il s'est passé, mais tu n'en as pas besoin. Tu le dois. L'armée ne s'est pas toujours intéressée à fournir de l'aide à ses soldats quand ils avaient été déployés, mais ils s'améliorent.

— Je vais parler à Beatle.

— C'est bien, tu devrais, mais ce n'est pas la même chose que de parler à un psychologue clinicien. Quelqu'un qui est entraîné et qui sait comment t'aider.

Casey réfléchit aux mots de Truck. Elle savait qu'il avait raison et elle s'était dit la même chose plus tôt, mais elle détestait l'idée de devoir repenser à ce pays quand elle l'aurait quitté.

— D'accord, déclara-t-elle doucement.

— Réfléchis-y, lui dit Truck. Tu travailles à l'université, il doit y avoir un établissement médical sur le campus, n'est-ce pas ?

Elle acquiesça.

— Tu te sentiras peut-être plus à l'aise en parlant à quelqu'un là-bas. Ou si tu veux séparer ta vie professionnelle de ce qu'il s'est passé, tu peux trouver quelqu'un à l'hôpital du coin. Mais c'est important que tu parles avec quelqu'un de qualifié pour t'aider.

— Les autres filles vont recevoir de l'aide aussi.

— Je suis d'accord. Je crois que l'ambassadeur fait venir sa fille au Danemark, mais Kristina et Jaylyn auront besoin d'aide pour que leur vie revienne à la normale aussi.

— Je les appellerai quand je rentrerai, dit immédiatement Casey.

Son esprit tourbillonnait déjà à la recherche d'idées pour aider ses étudiantes.

— Peut-être qu'on pourra faire quelques séances ensemble. Une de mes collègues à l'université enseigne la psychologie. Elle est également agréée et se porte volontaire au centre de santé étudiante dès qu'il y a un suicide ou autre incident sur le campus.

— Ça m'a l'air bien, confirma Truck. Mais ne sois pas trop têtue à l'idée d'obtenir de l'aide, implora-t-il. Fais-le tout de suite, d'ailleurs. Parfois, plus tu attends et pire c'est.

— Je le ferai. Merci, Truck. J'apprécie.

— De rien. Maintenant... ça va aller si on passe quelques jours à San José ?

Elle lui jeta un coup d'œil. Ses yeux bleus étaient perçants d'intensité. Il était bien trop grand pour être à l'aise sur la petite chaise, mais il restait là, les genoux remontant jusqu'à sa taille en attendant sa réponse.

— Pourquoi ce ne serait pas le cas ?

— Je ne sais pas exactement comment ça se passera quand on y sera, mais j'imagine que ce sera comme on l'a fait par le passé. On va s'enregistrer à l'hôtel et attendre que les autorités règlent leurs problèmes. Ça pourrait prendre un jour ou une semaine, on ne peut pas savoir.

— Une semaine ? s'exclama Casey.

Envisager de rester au Costa Rica une semaine de plus lui donna la chair de poule.

— Oui, mais je pense que ça ne prendra pas si longtemps.

— Pourquoi pas ?

— Parce que ton frère est là, maintenant, et qu'il doit tellement être en train de leur botter le cul qu'ils voudront voir *ses* fesses partir aussi tôt que possible.

Casey sourit. Aspen *pouvait* être un salaud s'il voulait quelque chose.

— Bref, on va passer quelques jours à l'hôtel, tu seras interrogée par les autorités et ensuite on devra attendre le feu vert pour quitter le pays. Avec un peu de chance, ils ont ton passeport, ce qui accélérera aussi les choses.

— Est-ce que vous... Peu importe.

— Est-ce qu'on quoi ?

Casey se mordit la lève, puis cracha finalement :

— Est-ce que vous allez attendre avec moi ? Ou est-ce que vous devez partir pour une autre mission ?

Truck se pencha en avant et posa une main sur son genou.

— On ne part pas avant que tu puisses partir toi aussi, la rassura-t-il.

Casey relâcha le souffle qu'elle retenait. Puis elle tapota sa main et déclara avec désinvolture :

— Eh bien, alors, passer quelques jours dans un hôtel n'a pas l'air si horrible. S'ils ont de l'eau chaude et une baignoire, je serai aux anges.

Truck se pencha en arrière et secoua la tête.

— Forte et têtue, marmonna-t-il.

Casey rougit, sachant qu'il avait vu clairement au-delà de son courage feint.

— Je suis fier de toi, déclara Truck. Tu as traversé quelque chose d'horrible et tu aurais simplement pu te poser au fond de ton trou et mourir. Mais tu ne l'as pas fait. Tu t'es battue pour vivre. Non seulement ça, mais tu as marché dans la jungle comme si tu ne venais pas juste d'avoir été kidnappée. Tu nous as aidés, Beatle et moi, à trouver où établir le campement quand nous étions hors de notre élément et qu'on ne comprenait pas la menace des insectes tout autour de nous. Si jamais tu as besoin de quoi que ce soit, n'hésite pas à me contacter, d'accord ?

Casey acquiesça.

— Je crois que j'aimerais bien rencontrer ta Mary.

Truck sourit à nouveau, un côté de sa bouche se relevant, le côté de sa cicatrice obstinément figé.

— Je pense qu'elle apprécierait également.

Ils devinrent silencieux, chacun perdu dans ses pensées. Casey savait que son supplice n'était pas terminé, mais pour une curieuse raison, ses épaules se détendirent légèrement. Bientôt, elle serait dans la ville, entourée de Beatle, de son frère et des autres Delta. Personne ne pourrait l'enlever quand ils seraient dans le coin.

Elle refusa de penser au moment où elle rentrerait en Floride et que les hommes retourneraient au Texas. Elle traverserait ce moment quand elle y arriverait. Un jour à la fois. C'était tout ce qu'elle devait faire.

Cinq heures plus tard, Casey avait du mal à croire que Truck et elle parlaient au milieu de la jungle plus tôt dans la journée, alors qu'elle entrait maintenant dans une chambre d'un hôtel Sheraton, juste à l'ouest de San José.

Beatle était réapparu et ils étaient immédiatement partis vers Guacalito. Quand ils étaient arrivés, ils avaient retrouvé Hollywood, Coach et Fletch, puis ils étaient montés dans un hélicoptère. Casey n'avait pas posé de questions, mais elle s'était agrippée fermement à la main de Beatle. Il avait serré sa main à plusieurs reprises, essayant de la rassurer. Ils avaient atterri sur une base militaire près de San José, où le chef d'équipe, Ghost, les attendait.

On les avait laissés partir sans problème et ils s'étaient rendus dans une chaîne d'hôtel américaine. Même voir le logo avait aidé Casey à se sentir mieux, plus en sécurité.

Son frère s'était évidemment occupé de la logistique de l'hôtel, puisqu'il attendait quand ils étaient entrés dans le hall d'hôtel. Il l'avait enlacée fermement, lui avait tendu un sac avec quelques vêtements qu'il avait achetés pour elle, puis il avait donné une clé à Beatle et les avait ensuite guidés vers les ascenseurs. Les autres hommes s'étaient entassés dans le petit espace et ils étaient partis vers le dernier étage. Casey se sentit mieux en voyant que les hommes étaient tous entrés dans des chambres entourant celle dans laquelle Beatle l'avait menée. Ils l'encerclaient, ce qui l'aidait encore plus à se sentir en sécurité.

Casey entra dans la chambre et se retourna pour remercier Beatle, mais elle sursauta quand il la suivit à l'intérieur et ferma la porte derrière eux. Il passa à côté d'elle et laissa tomber son sac par terre.

Il alla ensuite dans le placard et l'ouvrit, regarda sous chacun des deux lits et derrière les rideaux. Puis il passa à côté d'elle et alla dans la salle de bain. Après s'être assuré qu'ils n'étaient que tous les deux dans la pièce – du moins, elle supposait que c'était ce qu'il était en train de faire –, il avança vers elle et lui prit le sac des mains. Il le mit dans la salle de bain et posa ses mains sur les épaules.

— La salle de bain est tout à toi. Je serai là. Prends ton temps.

— Mais j'ai entendu Ghost dire au militaire qu'il pouvait venir là pour m'interroger.

— C'est ce qu'il a dit, confirma Beatle. Mais pas avant que tu sois prête. Tu dois te nettoyer. Ensuite, tu dois être examinée par un médecin. Puis tu devras manger. À ce moment-là, il sera trop tard pour parler à qui que ce soit ce soir et tu as besoin d'une bonne nuit de sommeil sur un vrai matelas, sans avoir à t'inquiéter des insectes.

Casey n'arrivait pas à gérer la tendresse avec laquelle Beatle lui parlait, comme si elle était la chose la plus importante dans sa vie. Elle se sentait à la fois mieux et inquiète à l'idée qu'il ressente quelque chose de différent pour elle quand ils rentreraient aux États-Unis.

— Le risque d'avoir des punaises de lits est plus élevé ici qu'aux États-Unis. Le climat est plus chaud, les clients ne sont pas aussi riches, l'hygiène n'est pas aussi bonne...

Beatle frissonna.

— N'y pensons pas. Autant j'aime ton cerveau entomologique, Dr Shea, autant pour le moment, j'ai vu trop d'insectes pour en tolérer davantage.

Elle lui lança un petit sourire.

— C'est vrai. Dans tous les cas, la douche est tout à toi. Prends ton temps. Je ne vais nulle part. Tu seras en sécurité, peu importe le temps que tu passes là-dedans.

L'imaginer en train d'assurer ses arrières pendant qu'elle serait nue et vulnérable menaça de faire couler sur ses joues les larmes qu'elle retenait depuis qu'ils avaient quitté la jungle pour aller dans la ville de Guacalito. Casey les retint par pure obstination. Beatle l'avait trop vue pleurer à son goût. Elle voulait être forte... pour lui.

— Merci, déclara-t-elle doucement.

Il était évident qu'il avait remarqué sa tentative ratée de contrôler ses émotions, mais il ne fit aucun commentaire.

— Il y a du savon, un rasoir, du shampoing et de l'après-shampoing sur le meuble. Je te brosserai les cheveux quand tu sortiras, alors ne t'inquiète pas pour ça. Il y a aussi une brosse à dents et du dentifrice à côté du lavabo. Il se pencha en avant jusqu'à ce qu'elle ne puisse voir que lui.

— Prends. Ton. Temps. Ne t'inquiète pas pour moi. Ne t'inquiète pas à l'idée que quelqu'un puisse entrer dans ta chambre, parce qu'ils ne le pourront pas. Ne t'inquiète pas si tu utilises toute l'eau chaude. Tu es en sécurité ici, avec moi. Compris ?

Ces fichues larmes étaient de retour et obstruaient sa gorge. Il était donc impossible pour elle de dire ne serait-ce qu'un mot. Donc elle se contenta d'acquiescer.

Puis, en continuant de la regarder, Beatle se pencha en avant, réduisant la distance entre eux. Il effleura ses lèvres avec les siennes, dans un contact aussi léger qu'une plume et si doux qu'il faillit la briser. Elle ne s'était pas lavé les dents depuis des semaines, elle pouvait sentir l'odeur de la jungle émaner de ses vêtements et elle savait qu'elle avait une touffe de poils sous ses aisselles et sur ses jambes, mais elle savait également que rien de tout ça n'avait d'importance pour Beatle.

Il recula, la fixant une seconde, comme pour s'assurer qu'elle était assez forte pour se doucher sans lui, puis il fit un signe de tête et la tourna vers la salle de bain.

— Je serai juste là, répéta-t-il.

Casey entra dans la salle de bain luxueuse et ferma la porte. Son doigt plana au-dessus du petit verrou de sa poignée une seconde, avant qu'elle se tourne vers la douche, ne se regardant délibérément pas dans le miroir. Elle se sentait suffisamment horrible, la dernière chose dont elle avait envie, c'était de *voir* à quel point elle l'était.

Elle attrapa la brosse à dents et le dentifrice, décidant de gratter sa plaque dentaire sous l'eau. Elle ne voulait pas passer une seconde de plus que nécessaire à se nettoyer.

En retirant ses vêtements, dégoûtée, elle les laissa en tas sur le sol en carrelage blanc. Elle s'apprêtait à entrer dans la douche quand ses nerfs prirent le dessus. Elle fit un pas vers la porte et tourna la poignée, ouvrant très légèrement la porte.

Satisfaite que Beatle puisse l'entendre si quelque chose arrivait, elle ouvrit l'eau. Attendant à peine que l'eau chauffe, elle se plaça sous le jet. Elle se tint dessous, la tête rejetée en arrière, les yeux fermés, pour ce qui sembla être une éternité. L'eau chaude était paradisiaque sur sa peau et elle pouvait imaginer la saleté et la crasse couler dans la canalisation alors qu'elle restait plantée là.

* * *

Beatle faisait les cent pas dans la chambre d'hôtel, agité. Il lui avait fallu toute son énergie pour laisser Casey avec Truck dans la jungle pendant qu'il partait devant pour s'assurer que la route pour Guacalito était sûre. La dernière chose dont ils avaient besoin, c'était une autre tentative d'enlèvement sur le site de la première.

Hollywood avait été le premier de son équipe à le retrouver et il lui avait assuré qu'ils n'avaient pas rencontré de résistance depuis l'attaque dans la jungle.

Mais Beatle n'avait pas baissé la garde. Quelqu'un voulait tellement Casey qu'il essayait de l'empêcher de sortir de la jungle en vie. Il allait s'assurer que personne ne réussirait.

Il n'y avait eu aucun incident lors du voyage jusqu'à San José. Ghost et Blade avaient arrangé l'arrivée d'un hélicoptère militaire pour venir les récupérer et ils étaient arrivés dans la capitale en quelques heures.

Les responsables avaient immédiatement voulu interroger Casey, mais Blade avait tapé du poing sur la table. Cela n'avait pas d'importance, même si son frère n'était pas intervenu, Beatle l'aurait fait. Casey avait besoin de retrouver son équilibre. Avant qu'elle parle du supplice qu'elle avait vécu, elle avait besoin de se nettoyer, d'être soignée et nourrie. Quand elle se sentirait à nouveau elle-même, ce serait plus facile pour elle de parler de ce qui lui était arrivé. Il l'espérait du moins.

Beatle était aussi intéressé à l'idée d'entendre toute son histoire que les autres, mais sa priorité était Casey. Alors voilà où il en était, à faire les cent pas sur le tapis. Il avait tellement envie de la rejoindre sous la douche qu'il en avait mal. Pas vraiment pour des raisons sexuelles – même si le désir était présent –, mais pour prendre soin d'elle.

Il l'avait entendue tourner la poignée et avait regardé dans sa direction, s'attendant à la voir dans l'embrasure, prête à lui demander quelque chose, mais tout ce qu'il avait observé, c'était une porte très légèrement ouverte. Il voulait penser qu'elle se sentait mieux avec lui dans la pièce et avec la porte entrouverte, pour qu'il puisse la rejoindre plus vite si elle avait besoin de lui, mais il secoua la tête. Non, elle avait probablement fait cela pour essayer de réduire la quantité de vapeur dans la pièce. Rien de plus.

Il s'en était plus ou moins convaincu quand il entendit les premiers sanglots. Il lui fallut toute sa force pour ne pas aller vers elle. Il voulait la prendre dans ses bras et lui dire qu'elle était en sécurité, que tout irait bien, mais il ne le fit pas. Il se tenait parfaitement immobile au milieu d'une chambre d'hôtel, les poings serrés, ses ongles écorchant ses paumes alors qu'il écoutait la femme, qui avait réussi d'une façon ou d'une autre à se frayer un chemin dans son cœur, sangloter comme si sa vie était finie.

Truck l'avait pris à part, à Guacalito, pendant qu'ils attendaient l'hélico, et il lui avait donné quelques conseils. Il lui avait dit que Casey était comme Mary, indépendante et têtue. Et elle détesterait être considérée comme si elle était la faible victime d'un kidnapping. Il avait fait du bon travail en la traitant comme un membre de l'équipe, parce que c'était ce qu'elle était, mais Truck le prévint qu'il devait continuer ainsi. Il ne devait pas l'infantiliser. La soutenir, oui, mais pas la traiter comme si elle était brisée d'une quelconque façon.

Beatle avait pris les mots de son ami à cœur. Il ignorait ce qu'il se passait entre Mary et lui, mais son instinct lui disait que Truck avait raison. Casey détesterait qu'on soit aux petits soins pour elle.

La façon dont elle avait refoulé ses larmes devant lui, avant d'entrer dans la salle de bain, soutenait ce raisonnement.

Mais cela le tuait de la laisser pleurer toute seule. *Le tuait.*

Il s'apprêtait à dire tant pis et à la rejoindre dans la douche quand il entendit l'eau arrêter de couler. Sans quitter la porte de la salle de bain des yeux, Beatle attendit que Casey apparaisse. Il avait besoin de voir de ses propres yeux qu'elle allait bien.

Il fallut un moment, ce fut si long qu'il fut à nouveau tenté d'aller la voir, mais il resta à sa place.

Il vit la porte bouger avant de l'entendre. Puis elle se tenait là.

Bon. Sang.

Beatle s'était senti attiré par Casey, même lorsqu'elle était couverte de crasse et qu'elle puait la sueur accentuée par la jungle. Il savait à quoi elle ressemblait, il avait vu la photo d'elle que Blade avait partagée. Mais rien ne l'avait préparé à la voir sortir de la douche, toute fraîche et propre.

Un courant d'air et de la vapeur venant de la salle de bain amenèrent son odeur jusque-là où il se tenait. Ses narines s'étaient dilatées, comme si cela l'aiderait à inhaler davantage sa senteur.

Elle sentait *le propre*. Rien d'extraordinaire. Pas de savon trop parfumé. Pas de parfum. Juste Casey.

Ses yeux brillaient sous les lumières. Même mouillés, ils étaient plusieurs teintes plus claires que dans la jungle. Elle portait un t-shirt qui semblait trop grand d'une taille ou deux pour sa petite carrure. Elle avait très probablement perdu du poids pendant le supplice qu'elle avait subi et son frère avait mal évalué sa taille. Elle portait un short en coton gris qui descendait jusqu'à ses genoux. Il ne voyait pas sa silhouette, mais elle était tout de même la plus belle femme sur laquelle il avait posé les yeux. Elle était debout, en sécurité et en bonne santé. C'était un miracle.

Dans l'embrasure de la porte, elle se mordit la lèvre et le regarda.

— Désolée, j'ai mis beaucoup de temps, dit-elle doucement.

Ses mots brisèrent la transe dans laquelle il était. Beatle avança lentement vers elle, sans arrêter de la regarder. Il s'arrêta à deux pas.

— Tu es belle, déclara-t-il doucement.

Le rouge monta dans le cou de Casey et donna à ses joues une teinte vigoureuse. Elle coinça une mèche mouillée derrière son oreille.

— Je crois que tu es simplement resté dans la jungle trop longtemps.

Beatle tendit une main, mais l'arrêta à quelques centimètres de son visage. Sa main était sale. La crasse sous ses ongles l'étonna. Il laissa tomber sa main.

— Ce n'est rien, chuchota-t-elle. Tu peux me toucher.

Beatle secoua la tête.

— Pas quand je suis si sale.

— Peut-être après ta douche ? demanda-t-elle avec un regard plein d'espoir.

— Absolument.

D'une voix rauque, pour tenter de dissimuler à quel point il la voulait, il ordonna :

— Va t'asseoir. Je ne serai pas long. Blade a dit qu'il viendrait avec le médecin. Mais n'ouvre pas la porte avant que je sorte. D'accord ? Même si c'est ton frère.

— Mais... j'ai confiance en Aspen. Pas toi ?

Beatle s'en voulut à cause du doute que ses mots avaient instillé dans son regard.

— Je lui confierais ma vie, lui répondit-il immédiatement. Mais je ne fais confiance à personne d'autre. Pas même au médecin que Ghost a trouvé pour t'examiner. Je préférerais qu'on soit au moins deux pendant qu'il t'examine.

— Tu crois qu'il tenterait quelque chose ?

Beatle secoua immédiatement la tête.

— C'est peu probable, mais je ne vais pas mettre ta santé en péril si je me trompe. Cinq minutes, Casey, dit-il à voix basse. Je serai sorti avant que tu t'en rendes compte.

Elle acquiesça.

— J'ai utilisé presque tout le shampoing, mais il reste encore beaucoup de savon.

Beatle sourit.

— C'est tellement... féminin de ta part, la taquina-t-il, de penser que ça ne me dérange pas d'utiliser du bon vieux shampoing dans mes cheveux et pas du shampoing fantaisiste.

Au lieu de rougir et de s'excuser, Casey leva les yeux au ciel.

— Bref.

Le besoin urgent de la prendre dans ses bras était presque accablant et Beatle savait qu'il avait besoin de mettre de la distance entre eux. Ce n'était ni le moment ni l'endroit et il était dégoûtant. Il devait se laver.

Il fit un pas vers elle.

— À moins que tu aies envie que je te refile ma puanteur, tu ferais mieux de dégager de mon chemin.

Il fit semblant de froncer les sourcils en la regardant.

Elle gloussa, ce son se frayant un chemin jusque dans le cœur de Beatle, puis elle se décala.

— Fais ce que tu as à faire. Je serai... juste ici.

Beatle la regarda, tandis qu'elle se dirigeait vers l'un des lits. Il attendit qu'elle soit assise au bord du matelas. Il ne pouvait s'empêcher de la fixer.

— Vas-y, ordonna-t-elle. Ta puanteur infeste toute la chambre.

Elle agita une main devant son visage pour se faire du vent.

Beatle lui fit un clin d'œil et entra dans la salle de bain remplie de vapeur. Il ne prit pas la peine de fermer la porte, la laissant grande ouverte. Il voulait être capable de rejoindre Casey si elle en avait besoin.

En posant le dernier t-shirt propre qu'il avait dans son sac ainsi qu'un boxer sur le meuble, Beatle se déshabilla et laissa tomber ses affaires sales sur celles de Casey. Il s'arrangerait pour que l'hôtel les lave, plus tard.

Sans hésitation, Beatle entra dans la douche, ne souhaitant que se nettoyer et retourner vers Casey.

13

Casey prit une grande inspiration. Le médecin était venu et reparti. Il l'avait trouvée encore un peu déshydratée et sous-alimentée et elle souffrait également de différentes entailles et ecchymoses, à cause du temps qu'elle avait passé en captivité et de son trek dans la jungle, mais autrement, elle était étonnamment en bonne santé.

Ce que Truck et Beatle avaient mis sur ses pieds avait fait des miracles. Le médecin lui avait prescrit plus d'antibiotiques et une crème antifongique, mais il avait déclaré qu'elle était en bonne voie pour guérir.

Somme toute, c'était incroyable qu'elle se porte si bien. Truck avait dit « forte et têtue » dans sa barbe quand le médecin avait exprimé sa surprise face à son état. Beatle avait simplement serré sa main quasiment jusqu'à lui faire mal.

Son frère l'avait tellement serrée dans ses bras qu'elle avait cru qu'il allait lui casser une côte, mais il l'avait lâchée juste avant de lui faire vraiment mal.

— Je t'aime, sœurette. Tu m'as fait peur. Ne le refais plus.

Casey avait ricané. Comme si elle avait fait exprès de se faire enlever.

Ghost, après avoir escorté le médecin hors de la pièce, revint la voir avec les mains sur les hanches.

— Quoi ? demanda-t-elle.

— Tu as un choix à faire, l'informa-t-il.

— Non, intervint Beatle.

Ghost l'ignora et garda son regard rivé sur Casey.

— Comme tu en as probablement conscience, les autorités costariciennes sont nerveuses et veulent entendre ce que tu as à dire à propos de ton enlèvement. Ils ne sont pas contents que des Américains aient été enlevés sur leur territoire, surtout qu'ils avaient fait tout ce qui était en leur pouvoir pour juguler le trafic de drogue et augmenter le tourisme.

— Ghost, sérieusement, je ne pense pas que...

— Ce n'est pas *ton* choix, l'interrompit leur chef en se tournant vers Beatle.

Les deux hommes se fusillèrent du regard une seconde jusqu'à ce que Casey dise :

— Beatle, c'est bon. Vas-y, Ghost, quels sont mes choix ?

— On dirait bien que nous serons ici pendant au moins deux nuits. On partirait après-demain, c'est la première chose.

Ghost regarda sa montre.

— Il est déjà dix-neuf heures et tu as eu une longue journée. Les autorités aimeraient te parler ce soir, mais je peux décaler à demain si tu veux.

— Demain, déclara Beatle en se plaçant à côté de Casey. Elle a besoin de manger. Ensuite, de dormir.

Casey posa une main sur le bras de Beatle.

— Ce soir, dit-elle à Ghost en regardant Beatle.

Il baissa immédiatement les yeux vers elle, le marron clair presque détruit par ses immenses pupilles.

— Casey, c'est...

— Je veux juste que ce soit fait, lui dit-elle rapidement.

Elle essayait de contrecarrer toutes ses plaintes.

— Plus vite je leur raconte ce qu'ils veulent entendre, plus vite je peux essayer de passer à autre chose. S'il te plaît ?

Beatle bougea alors, tendant la main vers elle. Son pouce se posa sur son pouls, à la base de son cou, et il enroula le reste de ses doigts sur sa nuque. Comme s'il se moquait totalement que ses coéquipiers soient dans la pièce et puissent les entendre, il déclara :

— Tu en es sûre, ma belle ? Ils peuvent attendre.

— J'en suis sûre, lui répondit-elle.

Puis, décidant que s'il ne dissimulait pas son attirance devant ses amis elle ne le ferait pas non plus, elle déclara :

— Si nous devons passer un autre jour ici, je préfère le passer avec toi, sans penser à ce qu'il s'est passé.

— D'accord, acquiesça-t-il. Mais si tu trouves que c'est trop, je mettrai fin à l'interrogatoire et on pourra le faire demain.

Casey n'aimait pas vraiment l'idée, mais elle apprécia qu'il le dise. Elle se jura de faire le nécessaire pour ne pas montrer ses émotions et être détachée pour qu'il ne ressente pas le besoin de mettre fin aux questions.

— D'accord.

Beatle tourna la tête, mais n'enleva pas sa main du cou de Casey.

— Vas-y et appelle-les, Ghost. Mais accorde-nous une heure. Elle doit manger.

— Je m'en charge, répondit son coéquipier.

Casey ne pensait pas que Beatle allait quitter son flanc. Elle fut alors surprise lorsque son frère s'avança vers elle et que Beatle fit deux pas en arrière. Blade la prit dans ses bras, mais Casey était plus que consciente de la proximité de

Beatle. Il avait peut-être autorisé son frère à entrer dans son espace personnel, mais il n'était pas allé loin. Elle avait senti la chaleur bouger en elle. Plus elle passait du temps avec Beatle et plus elle l'appréciait et le respectait.

— Je suis tellement content que tu ailles bien, Casey, lui dit doucement Blade contre ses cheveux. J'appellerai maman et Bill ce soir.

Bill était le père de Casey et le beau-père d'Aspen. Ce dernier ne l'avait jamais appelé autrement que « Bill ». Même s'il avait été plus un père pour Aspen que son propre père ne l'avait été, personne ne se plaignait de ce nom. Aspen avait deux ans de plus que Casey et était le fruit d'une relation éclair que leur mère avait eue avec un homme qui ne voulait rien avoir à faire avec son fils une fois qu'ils s'étaient séparés.

Heureusement, elle avait rencontré et s'était mariée avec Bill peu de temps après s'être séparée du père d'Aspen. Bill avait élevé Aspen comme son propre fils et ne s'était jamais plaint du fait qu'ils avaient des noms de famille différents. Leur mère avait voulu que le nom d'Aspen reste Carlisle, au cas où son père biologique changeait un jour d'avis. Ça n'était pas arrivé.

— Merci, dit Casey à son frère. Merci d'être venu me chercher.

— Toujours, Casey. Toujours, répondit Blade.

Puis il s'écarta et s'éclaircit la gorge.

— On se voit en bas.

Un par un, les Deltas quittèrent la pièce, jusqu'à ce qu'il ne reste que Beatle et Casey une fois de plus.

Il vint immédiatement à ses côtés.

— Tu es sûr que ça va aller ? Ce n'est rien si tu attends jusqu'à demain. Dormir te fera du bien.

— J'en suis sûre, lui répondit Casey. Je préférerais simplement en finir avec ça.

— D'accord, ma belle. Mais dis-le-moi si tu as besoin d'une pause.

— Je le ferai.

Il se pencha en avant et inclina la tête de Casey pour en embrasser le sommet.

— Je dois te faire manger. Tu es d'humeur à manger quoi ?

Casey n'avait pas trop pensé à la nourriture jusqu'ici. Elle s'était plus inquiétée de sortir de la jungle en vie, de ne pas marcher sur des nids de fourmis balle de fusil, puis de se laver. Mais maintenant que Beatle mentionnait la nourriture, son estomac grognait en y pensant.

— Un cheeseburger. Et des frites. Et un soda.

Beatle fronça les sourcils à l'évocation de la boisson sucrée.

— Tu as besoin d'eau, Casey.

Elle soupira.

— Je sais. Si je promets d'en boire un verre entier, est-ce que je peux au moins boire une gorgée de soda ? Je meurs d'envie de sentir le côté gazeux.

— Je suis tellement une chiffe molle, se plaignit Beatle. Ça ne présage rien de bon pour notre relation. D'accord. Du soda *et* de l'eau.

Casey eut la chair de poule sur les bras à cause des paroles désinvoltes de Beatle. Il avait dit ça comme si une relation entre eux était une certitude. D'une façon ou d'une autre, elle avait eu peur que toutes ses paroles dans la jungle n'aient été dites que sur le coup. Mais ils étaient en sécurité, et propres, et il semblait toujours vouloir la fréquenter quand ils retourneraient aux États-Unis.

Elle sourit. Énormément. Puis elle le taquina :

— Je crois que ça présage de bonnes choses pour notre relation.

— Évidemment. Tu as eu ce que tu voulais, râla Beatle.

Se sentant plus elle-même que depuis très longtemps, Casey se pencha en avant et embrassa audacieusement Beatle. Ce fut un baiser bref, à peine un effleurement de ses lèvres contre les siennes.

— Merci, Troy.

Il attrapa l'arrière de son crâne, l'empêchant de s'éloigner de lui après leur baiser.

— De rien, Casey.

Puis il baissa lentement la tête.

Casey ferma les yeux et elle inclina la tête pour l'accueillir. Elle avait à moitié espéré que faire le premier pas encouragerait Beatle. Si elle avait su à quel point son baiser aurait fonctionné, elle l'aurait fait bien avant.

Il l'embrassait comme s'il s'agissait du dernier baiser qu'ils auraient tous les deux. C'était passionné, possessif et interminable. Jusqu'à ce que l'estomac de Casey grogne et il qu'il recule. Une fois de plus, ses iris marron étaient difficiles à distinguer à cause de la taille de ses pupilles dilatées.

— Je dois te faire manger, dit-il d'une petite voix rauque.

— Oui, affirma-t-elle.

Mais elle regarda fixement ses lèvres en se léchant les siennes.

— Mince, murmura-t-il avant de reposer sa bouche sur la sienne.

Il fallut plusieurs minutes avant qu'il ne s'éloigne à nouveau d'elle. Mais cette fois-ci, il recula de l'autre côté de la pièce. Il secoua la tête.

— Tu es sacrément addictive, ma belle.

— Ce n'est pas moi, riposta-t-elle. C'est toi.

Sans un mot, il prit le téléphone et commanda au service d'étage pour deux, offrant un bonus de cent dollars si le repas arrivait dans les vingt minutes.

* * *

Le cheeseburger qui avait été si délicieux une heure plus tôt pesait maintenant dans son ventre comme une pierre. Casey était derrière une table, dans une pièce de l'hôtel, assise devant des policiers costariciens. Ils avaient été suffisamment polis, mais il était plus qu'évident qu'ils étaient nerveux à l'idée d'entendre tout ce qu'elle avait à dire. Elle s'était montrée inflexible avec Beatle en affirmant qu'elle voulait en finir, mais désormais, elle n'était pas certaine de vouloir parler de cette expérience. À qui que ce soit.

Plus elle restait là, silencieuse, plus il était difficile de commencer à parler. Elle déglutit difficilement et s'humecta les lèvres. Puis elle prit une gorgée du verre d'eau devant elle. Elle serra ses mains l'une contre l'autre et les aplatit ensuite sur son short, essayant d'essuyer la sueur sur ses paumes.

Elle fit l'erreur de regarder vers le haut et vit l'air impatient de l'un des officiers de police avant de détourner le regard.

Mince. Elle ne pouvait pas le faire.

Alors qu'elle s'apprêtait à déclarer qu'elle voulait retourner dans sa chambre, Beatle prit sa main dans la sienne. Il était assis à côté d'elle, tout comme Coach, son coéquipier, qui se trouvait de l'autre côté. Ghost, Blade et Hollywood étaient debout, derrière. Fletch et Truck n'étaient pas dans la pièce. Elle ignorait où ils étaient et ce qu'ils faisaient.

Elle sentit un doigt sous son menton et faillit lever les yeux au ciel. Beatle aimait faire ça. Elle tourna docilement la tête et croisa son regard.

— Ne les regarde pas. Dis-*moi* ce qui est arrivé.

Casey n'était pas certaine que ce soit mieux. Mais elle ferma les yeux et prit une profonde inspiration. Elle sentit Beatle saisir également sa deuxième main. Il en caressait le dos avec ses pouces et son contact l'aida incroyablement à se calmer.

— Nous étions à l'endroit où nous faisions des recherches dans la jungle, depuis plusieurs jours. Nous avions trouvé une colonie de fourmis coupe-feuilles, nous l'avions étudiée et prise en photo. Astrid avait oublié ses notes de la veille. Kristina et elle sont retournées à Guacalito pour les chercher. Je m'assurais qu'elles voyagent toujours par deux. Parce que, tu sais, c'est plus sûr.

Casey souffla par le nez.

— Oui. C'est plus sûr. Bref. Elles étaient parties depuis longtemps et je m'inquiétais pour elles. Donc Jaylyn et moi, on est retournées vers la ville pour voir ce qui leur prenait tant de temps. Je marchais derrière Jaylyn et j'ai vu deux hommes approcher, devant nous. Je souriais et les saluais quand j'ai vu un couteau dans l'une de leurs mains. Avant que je comprenne ce qu'il se passait, des hommes se trouvaient tout autour de nous. Ils criaient en espagnol et en anglais. Ils nous disaient de nous taire et que personne ne serait blessé. Ils nous ont conduites loin de la ville et après avoir marché sur une courte distance, nous nous sommes retrouvées dans un camion. Astrid et Kristina étaient là aussi, déjà attachées, avec leurs yeux couverts.

» Ils m'ont mis un bandeau, ainsi qu'à Jaylyn, mais ils ne voulaient rien nous dire sur ce qu'il se passait. On a roulé pendant un moment, puis ils nous ont forcées à sortir et nous ont fait marcher. Je ne sais pas combien de temps on a roulé, mais ça a semblé durer longtemps. On est arrivées au village et ils nous ont jetées dans une hutte. Ils n'ont pas pris la peine de nous détacher ou d'enlever nos bandeaux, mais j'ai réussi à faire comprendre à Astrid de se mettre dos à moi pour que je puisse enlever ses liens. Elle m'a aidée à me libérer et on a détaché les autres. On a regardé dans la hutte, mais il n'y avait absolument aucune sortie. On a même essayé de creuser, mais ils avaient renforcé l'extérieur avec un genre de mailles ou quelque chose comme ça, donc on ne pouvait pas aller loin.

Quand elle prit sa respiration, Beatle demanda :

— Tu les as entendus dire quelque chose sur ce qu'ils allaient faire de vous ?

— Non.

Beatle serra ses mains.

— Ferme les yeux. Réfléchis, Casey. Je sais que c'est douloureux, mais essaie de te souvenir de ce que tu as entendu. Est-ce que quelqu'un parlait pendant que tu étais dans le camion ? Est-ce qu'ils ont parlé de l'endroit où ils allaient ? Et quand vous êtes arrivées au village ? Est-ce que tu as entendu les villageois parler ?

Casey ferma les yeux et essaya de penser à ce qu'il s'était passé. Sans qu'elle s'en rende compte, elle commença à trembler. Plus elle essayait de réfléchir, plus elle tremblait. Il y avait quelque chose, mais elle n'arrivait pas à s'en souvenir. Tout ce à quoi elle pouvait penser, c'était à quel point elle avait été effrayée. Mais les filles avaient eu besoin d'elle, donc elle avait fait avec...

— Ce n'est rien, Casey, souffla-t-il. Ouvre les yeux. Regarde-moi.

Elle fit ce qu'on lui demandait et vit les beaux yeux marron de Beatle regarder dans les siens.

— C'est ça. On y reviendra plus tard. Que s'est-il passé quand vous étiez dans la hutte ?

Ayant l'impression curieuse de l'avoir échappé belle, elle recommença à raconter son histoire :

— Nous sommes restées dans la hutte un moment et les choses étaient... pas mal. Ce n'était pas génial, mais on nous apportait de la nourriture et de l'eau. Pas grand-chose, mais je divisais pour que nous ayons toutes une part égale. Les filles avaient arrêté d'être super flippées et on se contentait d'attendre. Personne ne nous avait fait de mal et on ne se sentait pas vraiment menacées. En fait, on s'ennuyait, si tu peux le croire. Et puis, un jour, ce mec, celui de la jungle, avec les fourmis, il est venu dans la hutte et il m'a dit de me lever. Que ma rançon avait été payée et que je rentrais chez moi.

» J'ignorais totalement de quoi il parlait. Enfin, on ne savait même pas qu'ils avaient demandé une rançon pour nous. J'ai essayé de rassurer les filles en leur disant que je m'assurerais que leurs rançons soient payées aussi vite que possible aussi et je suis partie.

Casey se tut à nouveau, pensant à ce qu'elle venait de dire.

— Aucune rançon n'a été payée, n'est-ce pas ? demanda-t-elle à Beatle.

— Non, ma belle. Il n'y a même jamais eu aucune demande. Quand le père d'Astrid n'a pas eu de ses nouvelles, il a commencé à essayer de la localiser et puisqu'il n'a pas pu, il a fait venir les forces spéciales danoises ici pour la trouver.

— Donc si nous étions venues faire nos recherches au Costa Rica sans elle, personne n'aurait su que nous avions été enlevées ? demanda Casey.

Elle commençait à se rendre compte à quel point elles avaient été chanceuses.

— Que s'est-il passé quand tu as été sortie de la hutte ? demanda Beatle sans répondre à sa question.

Il n'en avait pas besoin. Casey savait exactement ce qui se serait produit si elles avaient toutes été des personnes lambda. Au bout d'un moment, on se serait rendu compte de leur disparition, mais cela aurait été trop tard. Surtout pour elle. Casey ne savait pas ce qui était arrivé aux filles quand elle avait quitté la hutte, mais d'après le peu qu'elle avait entendu de Truck et Beatle quand ils traversaient la jungle, ça n'aurait pas bien tourné pour elles non plus. Elle serait morte dans son trou et personne n'aurait trouvé son corps. Elle frissonna et baissa les yeux vers ses cuisses.

— Tu es en sécurité, dit doucement Beatle à côté d'elle. Je t'ai trouvée, tu as botté le cul de la jungle et nous sommes là, dans cet hôtel de luxe à attendre de rentrer à la maison. Tu es en *sécurité*.

Casey acquiesça. Elle l'était. Beatle avait raison. Donc elle prit une grande inspiration et continua son histoire :

— Ils m'ont à nouveau mis un bandeau et j'ai cru qu'ils m'emmenaient dans le camion pour que je sois conduite à Guacalito. Comme j'ai été stupide. Je n'ai même pas envisagé d'autres scénarios. Et j'étais trop concentrée sur la façon de libérer les autres filles aussi. J'ai marché un moment et j'ai entendu des chuchotements autour de moi, puis l'homme qui m'avait fait sortir de la hutte m'a arrêtée. Il a arraché mon bandeau et j'ai vu qu'il y avait un trou devant moi. Je ne pouvais pas le quitter des yeux. J'aurais dû regarder autour s'il y avait quelqu'un d'autre, mais je ne pouvais penser qu'à ce fichu trou. Il m'a fallu une seconde pour comprendre ce qu'il se passait et quand ça a été le cas, je me suis battue. Mais ça n'a rien donné de bon. Ils m'ont jetée en avant et je suis tombée directement dans la fosse. J'ai eu le souffle coupé un moment et quand j'ai recouvré mes sens, j'ai levé les yeux et j'ai vu que l'entrée du trou était en train d'être couverte. Je...

Casey se massa la tempe, à cause d'un mal de tête qui semblait venir de nulle part. Elle devait se souvenir de quelque chose, mais elle n'y arrivait pas. C'était juste là, mais elle n'arrivait pas à le mettre en avant dans son esprit. Quelque chose s'était produit quand elle était au fond du trou, en train de regarder en l'air, mais quoi ? Elle se souvenait d'avoir vu les arbres au-dessus de sa tête, entendre des voix, puis tout était devenu sombre. De quoi ne se souvenait-elle pas ?

— Casey ? demanda son frère derrière elle.

Sa voix la ramena au moment présent et ce dont elle essayait de se souvenir disparut.

— Ils ont couvert le trou et c'était le noir complet, poursuivit Casey. Il m'a fallu un moment pour comprendre que de l'eau arrivait au-dessus de moi. J'ai essayé de grimper, mais je n'ai pas réussi. Mais j'ai utilisé des planches à mes pieds pour me surélever et sortir de l'eau au fond du trou. Vous êtes en courant du « filtre soutien-gorge », dit-elle à Beatle en essayant pathétiquement de sourire.

Il ne sourit pas en retour.

— Tu as entendu autre chose pendant que tu étais en bas ?

— Pas vraiment, lui répondit-elle. Enfin, j'entendais des gens parler de temps en temps. J'ai essayé de hurler que j'étais là, qu'ils devaient m'aider, mais soit ils n'entendaient pas, soit ils m'ignoraient. Je ne sais pas combien de temps s'est écoulé avant que j'entende des coups de feu. J'imagine que c'est à ce moment-là que les filles ont été sauvées. J'étais certaine qu'ils viendraient aussi me trouver, mais quand tout est redevenu silencieux, je me suis dit que j'étais foutue.

Elle leva les yeux vers Beatle.

— Comment tu m'as trouvée ?

— Je ne sais pas, lui dit-il sans arrêter de la regarder. Un peu d'instinct, un peu d'intuition et bon sang, beaucoup de chance.

— Vous portez des caméras, hein ? demanda l'un des policiers de l'autre côté de la table.

Casey sursauta en entendant sa voix. Elle ne se souvenait pas qu'ils étaient dans la pièce.

— Oui, répondit Ghost. On les a allumées quand on est arrivés près du village.

— Nous aimerions les copies, ordonna l'autre policier.

— On fera les copies quand on rentrera chez nous et on vous les enverra, les rassura Ghost. Le village était désert quand nous sommes arrivés. Il y avait des preuves indiquant que les forces spéciales danoises ont, malheureusement, tué quelques villageois lors de leur mission de sauvetage et ils ont également brûlé quelques huttes, mais rien ne montrait un massacre ou une destruction à grande échelle du village entier. Je sais que vous n'avez aucune raison de nous croire, mais quand vous regarderez ces vidéos, vous verrez que les huttes brûlaient depuis plusieurs jours quand nous sommes arrivés. Et la décomposition des corps prouvera également que ce n'est pas nous qui les avons tués.

— Vous portiez des caméras ? demanda Casey à Beatle en écarquillant les yeux.

— Oui.

— Est-ce que je... Tu m'as filmée dans le trou ?

Elle ne voulait absolument pas voir ça. Jamais. En fait, elle voulait que personne ne voie jamais ça. Imaginer que quelqu'un puisse être témoin de son état dégradé l'atterrait. Elle savait qu'elle n'était pas passée loin de la mort. Qu'elle avait *voulu* mourir.

Beatle prit son visage entre ses mains et déclara :

— Tu n'as rien fait de mal. En fait, tu as tout bien fait.

— C'est juste que... les gens vont me voir comme ça ?

— Ils verront un miracle, Casey. Tout comme moi. Quand je me suis penché au-dessus de ce trou et que je t'ai vue me regarder, je jure devant Dieu que c'était la plus belle chose que j'avais jamais vue de ma vie. Tu n'as pas à avoir honte de quoi que ce soit. N'aie honte de *rien*. Maintenant que c'est dit, les seules personnes qui verront cette vidéo sont les officiers ici présents et mon commandant. Les vidéos sont utilisées pour revoir *nos* actes, pas pour juger quiconque se trouverait sur l'image. Fais-moi confiance.

Casey ne put qu'acquiescer à cause de la sincérité qu'elle voyait dans ses yeux. Elle lui faisait confiance. Comment n'aurait-elle pas pu ?

— D'accord.

— D'accord, répéta Beatle.

Le reste de l'interrogatoire avec les policiers passa assez rapidement. Beatle décrivit leur rencontre avec le groupe d'hommes qui avait déclaré que le boss voulait la reprendre. Coach ajouta ce que son groupe avait vécu, qu'ils s'étaient fait tirer dessus, qu'ils avaient dû neutraliser les hommes qui cherchaient évidemment Casey et ses sauveurs.

Lorsque les policiers furent satisfaits d'avoir tout entendu, ils se levèrent tous. Tout le monde se serra la main et les officiers déclarèrent qu'ils resteraient en contact avec Ghost.

Avant qu'elle ne s'en rende compte, il ne restait plus qu'elle et les Delta dans la pièce.

— Tu as l'air épuisée, dit Blade à sa sœur. Pourquoi tu n'irais pas te coucher ?

Elle ne voulait pas aller où que ce soit sans Beatle, mais elle s'obligea à acquiescer. D'ici environ un jour, elle n'aurait d'autre choix que de se séparer de lui. Elle ne pouvait pas passer le reste de sa vie flanquée à ses côtés.

— Je te raccompagne, lui dit Beatle.

Puis il se tourna vers ses amis.

— Quelqu'un voulait désespérément la trouver, là-bas. On ne peut pas la laisser seule avant de quitter ce pays.

— Je suis d'accord. On va tous monter et on peut se retrouver dans la chambre à côté de la sienne. Comme ça, on ne la dérangera pas et on pourra garder un œil sur elle, ajouta Hollywood.

— Ça te va ? lui demanda Beatle. On gardera les portes communicantes ouvertes, juste au cas où, mais tu pourras toujours avoir ton intimité.

Casey voulait lui demander s'il pouvait rester dans sa chambre, mais elle se dégonfla. Elle ne souhaitait pas avoir l'air faible devant son frère et, plus important, elle ne voulait pas sembler désespérée devant Beatle.

— Ce serait génial. J'ai hâte de m'étendre sur ce matelas confortable.

Elle tenta de le dire nonchalamment, mais ne fut pas certaine de réussir, surtout à cause du coup d'œil en coin que lui jeta Beatle.

Mais il ne dénonça pas son courage feint. Il se contenta de serrer sa main dans la sienne et de la faire sortir de la pièce. Ils montèrent tous dans l'ascenseur et arrivèrent à leur étage. Ils atteignirent la chambre dans laquelle elle avait été plus tôt et Beatle la déverrouilla. Il posa une main dans le creux de ses reins pour la guider à l'intérieur.

— Ouvre la porte, demanda-t-il à Coach en donnant un coup de menton. J'arrive dans deux minutes.

— Je m'en charge, lui répondit Coach.

Celui-ci s'avança vers la chambre d'à côté, derrière Hollywood.

— Je vais chercher Truck et Fletch, déclara Blade.

Ghost resta là, à regarder Casey pendant un long moment, puis il fit enfin un signe de tête à Beatle et suivit Coach.

— Entre, Casey, ordonna Beatle.

Elle fit quelques pas dans la chambre et il verrouilla la porte d'hôtel derrière eux.

Il la guida vers le lit, puis attrapa une bouteille d'eau qu'il avait apportée plus tôt. Il enleva le bouchon et la lui tendit.

— Ça va ?

— Je vais bien.

— Ne me mens pas, exigea-t-il en faisant les cent pas devant elle.

Casey prit le temps de le scruter. Il était parfaitement lavé. Il n'arrêtait pas de passer une main dans ses cheveux courts auburn et même le regard inquiet sur son visage n'altérait pas son allure. Il ne portait qu'un short et un t-shirt, mais en aucun cas son ensemble n'estompait cet air de « ne m'emmerdez pas » qu'il arborait comme une seconde peau. Leurs vêtements avaient été envoyés quelque part, dans les boyaux de l'hôtel, pour être nettoyés et l'employé avait promis qu'ils n'en auraient que pour quelques heures. Ils les récupéreraient au petit matin, c'était certain.

Les muscles dans les cuisses de Beatle se contractaient à chacun de ses pas et Casey ne pouvait s'empêcher de les regarder fixement. Il l'avait attirée alors même qu'il était recouvert de la tête aux pieds par son équipement, mais quasiment nu ? Il était encore plus beau.

Casey rougit de honte. Elle ne devrait pas penser à lui de cette façon. Pas alors qu'il était l'ami de son frère. Un soldat qui l'avait sauvée. Il ne pouvait être rien d'autre. Il ne voulait pas être quoi que ce soit d'autre. Mais elle se souvint ensuite de ses baisers et du désir dans son regard.

Elle avait eu un coup d'un soir, à l'université, et bien que cela ait été excitant sur le moment, cette expérience lui avait laissé un sentiment de dégoût. Elle ignorait tout de l'homme avec qui elle avait couché, et pendant longtemps ensuite, elle avait évité de se retrouver dans un quelconque genre de relation à cause de sa culpabilité.

Elle ne voulait pas de coup d'un soir avec Beatle et elle ne pensait pas que c'était ce qu'il voulait d'elle. Le voir faire les cent pas réveilla sa libido perdue depuis longtemps. Elle n'avait pas eu de petit ami depuis des années, elle avait été trop occupée à obtenir son doctorat et à travailler. Peut-être que ce qu'elle ressentait était simplement une façon d'af-firmer qu'elle était toujours vivante, peut-être que c'était le résultat de sa reconnaissance envers lui de l'avoir sauvée. Casey savait que ces deux options étaient fausses.

Elle voulait Troy « Beatle » Lennon. Terriblement.

Elle fut tirée de sa rêverie quand il s'arrêta et s'accroupit devant elle, tandis qu'elle restait assise sur le lit.

— Ne me mens pas, répéta-t-il. Est-ce que tu vas bien après tout ça ? Ce n'était pas facile pour toi de traverser cet interrogatoire. Je sais que ça ne l'était pas.

— Je vais bien, répéta-t-elle immédiatement. Ce n'était pas facile, mais tu étais là et je suis en sécurité, maintenant. Va parler à ton équipe.

Elle garda son regard rivé sur lui par la seule force de sa volonté. Il ne lui avait fallu qu'un regard vers le bas, vers les genoux de Beatle écartés, les muscles de ses cuisses s'étirant à cause de la position, pour qu'elle se sente mouillée. Elle avait besoin de s'éloigner de lui. Elle avait besoin d'espace pour essayer de gérer sa libido incontrôlable.

— Je vais me mettre au lit et dormir.

Il la regarda, sceptique. Puis finalement il déclara :

— Je serai juste à côté. On sera tous là. Si tu es nerveuse, effrayée ou si quelqu'un frappe à ta porte, tu cries et on viendra en courant. D'accord ?

— D'accord, confirma-t-elle.

Pendant un instant, Beatle ne bougea pas, puis elle se leva lentement. Casey inclina la tête en arrière, sachant que si elle n'arrêtait pas de le regarder, sa queue arriverait juste au niveau de ses yeux. Elle était à la hauteur parfaite pour se pencher en avant, tirer sur l'élastique du short et...

Elle déglutit difficilement et s'obligea à demander :

— Tu veux bien allumer la salle de bain avant de partir ?

La voix de Beatle se radoucit quand il passa une main sur la joue de Casey.

— Bien sûr. Va te mettre au lit, ma belle.

Elle s'exécuta et s'agrippa fermement à la couverture.

Casey voulait demander s'il allait dormir dans la chambre avec elle, mais elle était trop gênée. Elle avait vingt-neuf ans, bon sang. Elle n'avait pas besoin qu'il reste avec elle. Imaginer être seule comme elle l'avait été lorsqu'elle s'était retrouvée dans son trou menaçait son calme, mais elle lui sourit vaillamment.

Il se pencha au-dessus d'elle, les poings sur le matelas au niveau de ses épaules.

— Si tu as besoin de moi, je serai juste à côté.

— Ça va aller, déclara-t-elle fermement.

Pendant une seconde, elle crut qu'il allait lui faire remarquer son mensonge, mais il se contenta de se pencher, de l'embrasser sur les lèvres et de reculer.

— Bonne nuit, Casey.

— Bonne nuit, Beatle. Merci pour... eh bien... tout.

Il ne répondit pas, mais il se leva et éteignit la lumière à côté du lit.

Casey déglutit immédiatement en ressentant cette claustrophobie qui essayait de prendre le dessus. C'était comme si elle se trouvait à nouveau au fond du trou, regardant les hommes au-dessus d'elle la recouvrir.

Une fois de plus, quelque chose la dérangea au fond de son esprit, mais s'en alla quand elle regarda Beatle.

Il l'étudiait. Après un moment, il avança rapidement vers la salle de bain et alluma la lumière, fermant la porte à moitié. Puis il déclara doucement :

— Il n'y a aucune honte à avouer que tu as besoin de la lumière, Casey.

— Merci, murmura-t-elle.

Il partit ensuite vers la porte communicante qui donnait sur l'autre chambre et marqua une pause, attendant qu'elle le regarde. Quand elle le fit, il se montra du doigt, puis désigna la chambre d'à côté.

Casey acquiesça, comprenant et se sentant réconfortée

par le fait que, même s'il n'était pas dans la même pièce qu'elle, au moins il serait juste à côté.

Puis il partit. Casey pouvait voir la porte communicante entrouverte, pas fermée complètement, et elle entendit Beatle saluer ses coéquipiers. Elle ne pouvait pas vraiment entendre de quoi ils parlaient, mais leurs voix l'apaisèrent tout de même. Si elle pouvait les entendre, elle n'était pas seule.

Elle se tourna sur le côté et ouvrit les yeux. Dormir. Si elle pouvait dormir alors elle n'aurait pas peur.

14

Beatle était fatigué. Il ne voulait rien de plus que de retourner dans la chambre de Casey et s'y effondrer. Lui et les autres avaient revu encore et encore ce que la jeune femme leur avait dit et ils n'arrivaient toujours pas à trouver de réponses quant aux responsables du kidnapping, pas plus que deux heures auparavant.

Ils passaient à côté de quelque chose. Quelque chose de gros, mais personne n'arrivait à savoir quoi. Ils consacrèrent du temps à regarder les enregistrements de leurs caméras pour tenter de voir s'ils avaient manqué un détail évident. Si la menace était costaricienne, il valait mieux le savoir maintenant plutôt que d'attendre de rentrer à la maison. Mais ils ne remarquèrent rien qui sortait de l'ordinaire. Ils devraient les regarder plus attentivement quand ils seraient de retour au Texas. Peut-être que leur ami, Tex, un génie de l'informatique, ou l'un des techniciens sur place pourraient les aider à les examiner.

Beatle s'était levé plusieurs fois pour voir comment allait Casey et systématiquement, elle était allongée sous les couvertures. Il espérait qu'une bonne nuit de sommeil ferait des merveilles sur elle, à la fois physiquement et mentalement.

Elle n'avait pas caché le fait qu'elle flippait. Loin de là. Dans de telles situations par le passé, il s'était senti désolé pour la personne sauvée, mais ce n'était clairement pas ce qu'il ressentait pour Casey.

— Tu l'aimes vraiment, murmura Blade.

L'homme était venu se placer à côté de lui, dans l'embrasure de la porte communicante.

Sans arrêter de regarder la femme qui dormait sur le lit, Beatle acquiesça.

— J'espère que tu étais sérieux quand tu as dit que ça ne te dérangeait pas que ta sœur et moi, on soit ensemble.

— J'étais sérieux, le rassura Blade. Je te connais, Beatle. Et je ne t'ai jamais vu agir ainsi avec une femme auparavant.

Beatle se tourna vers son ami et coéquipier.

— C'est parce que je n'ai jamais ressenti quelque chose de similaire pour une autre femme que ta sœur. Je ne sais pas ce que c'est, mais je suis sérieusement et rapidement tombé amoureux d'elle.

— Elle vit en Floride.

Beatle passa une main dans ses cheveux.

— Je sais. Crois-moi, je ne pense qu'à ça.

— Je ne suis pas sûr que ce soit la meilleure chose pour elle d'y retourner tout de suite, déclara Blade. Enfin, quelqu'un était vraiment déterminé à ne pas la laisser sortir de cette jungle. Ils ont envoyé une douzaine d'hommes armés pour s'en assurer. Je ne suis pas convaincu qu'elle sera en sécurité une fois qu'on partira d'ici.

— Mais qu'est-ce qu'il se passe ? D'après ce qu'elle dit, elle est simplement professeure d'université. Qui pourrait la vouloir autant ? Et pour quoi ? Pour la jeter dans un autre trou ? Pour la torturer ? Il doit y avoir une raison plus profonde à tout ça, Blade.

— Je sais. Je suis *complètement* d'accord. C'est pour ça que je pense qu'on doit garder un œil sur elle le temps de comprendre ce qu'il se passe. La dernière chose dont j'ai envie, c'est qu'un abruti remette les mains sur elle. Elle supporte tout ça très bien. Mais si elle est kidnappée une deuxième fois, je pense que ça la brisera et elle ne sera plus jamais la petite sœur que je connais et que j'aime.

Des images de Casey, allongée sur un lit, le corps et l'âme brisés, apparurent dans l'esprit de Beatle et il grimaça. Il la scruta pour être rassuré sur le fait qu'elle allait bien.

— Voilà le problème, poursuivit Blade. Je connais ma sœur. Elle n'aime pas être un fardeau. Pour qui que ce soit. Elle ne va pas accepter gentiment qu'on lui dise qu'elle a besoin d'une baby-sitter. Elle voudra retourner en Floride pour prendre des nouvelles de ses étudiantes. Elle va penser qu'elle doit retrouver sa vie et elle fera comme s'il ne s'était rien passé.

— Qu'est-ce que tu suggères ? demanda Beatle.

Il détestait ne pas connaître suffisamment Casey pour ne pas savoir instinctivement comment l'aider. Ils ne se connaissaient pas depuis très longtemps, même si le temps qu'ils avaient passé ensemble s'était révélé intense et les avait rapprochés. Blade était son frère, il l'avait connue toute sa vie. Si quelqu'un savait comment la pousser à faire quelque chose, c'était lui.

— Elle n'est pas stupide, lui dit Blade. Elle ne va pas risquer sa vie juste pour me défier. Mais... je pense qu'elle sera plus que disposée à t'écouter si tu évoquais cette possibilité.

Beatle soupira. Ouais, il se disait que c'était ce que Blade allait dire.

— Nous... Je ne suis pas sûr d'avoir autant d'influence.

— Si, tu en auras. Tu en as, insista Blade.

— Je suis d'accord, ajouta discrètement Truck derrière eux.

Beatle sursauta, il n'avait pas entendu l'autre homme s'approcher. Il s'était trop concentré sur la silhouette endormie de Casey.

— À la seconde où vous vous êtes rencontrés, il y a eu une connexion. Tu ne peux pas le nier, ajouta Truck.

— Je ne le nie pas, répondit Beatle. Mais il y a une différence entre avoir une connexion et être d'accord pour venir au Texas pour qu'on puisse prendre soin d'elle pendant une période de temps indéterminée. Et son travail ? Ses étudiants ? Ses amis ?

— Ce ne sont que de bonnes questions, affirma Truck. Mais cette femme est vraiment effrayée. Ce n'est pas difficile à voir. Blade l'a dit lui-même, elle n'est pas stupide. En plus, ce n'est pas comme si tu allais lui dire qu'elle ne pourrait jamais rentrer en Floride. Parle-lui, Beatle. Elle a besoin d'entendre tout ce dont nous avons parlé ce soir. J'ai le sentiment qu'elle est la clé pour tout comprendre. Mais elle a traversé beaucoup de choses, elle a besoin de temps pour se sentir en sécurité et pour laisser son cerveau se souvenir de chaque détail. La moindre petite chose qu'elle a vue ou entendue pourrait être la solution pour qu'elle se sente à nouveau en sécurité, une fois pour toutes.

Beatle était d'accord. Il avait vu la façon dont Casey avait froncé les sourcils comme si elle essayait de se souvenir de quelque chose, mais quand elle avait été interrompue dans ses pensées, ce qui flottait dans son esprit avait disparu.

— Je ferai tout ce qui est en mon pouvoir pour qu'elle se sente en sécurité, jura-t-il.

— Elle a dit qu'elle avait une collègue, à l'université. Une psychologue, déclara Truck. Peut-être que tu pourrais lui suggérer de lui faire prendre l'avion jusqu'au Texas.

— Peut-être, répondit Beatle. Même si parfois, c'est plus facile de parler à un étranger qu'à un ami.

— Parle-lui, insista Blade. Fletch a dit que vous pouviez rester dans le studio au-dessus de son garage. On pourra plus facilement la surveiller que chez toi.

Plus ils en parlaient, plus Beatle voulait que Casey revienne au Texas avec lui. C'était fou. Mais cela semblait également normal. Ils ne se connaissaient pas depuis long-temps, mais le temps qu'ils avaient passé ensemble s'était révélé intense. Quel était ce film ? *Speed* ? Celui dans lequel Sandra Bullock disait au personnage de Keanu Reeves que les relations débutées dans de telles circonstances ne duraient jamais ?

Conneries.

— Je vais faire ce que je peux, dit-il à ses amis. Et si pour une quelconque raison, elle refuse absolument d'aller au Texas, j'irai en Floride.

Le silence accueillit sa déclaration, avant que Truck ne dise :

— Mais tu n'auras aucun renfort. Je ne suis pas sûr qu'on puisse t'approuver un congé aussi long, le temps que tu comprennes tout ce qu'il se passe.

Beatle regarda son ami dans les yeux.

— Je m'en moque. Elle n'est pas en sécurité. Vous l'avez dit tous les deux. Je ne la forcerai pas à faire quoi que ce soit dont elle n'a pas envie et je ne vais pas la laisser vulnérable, pour qu'elle soit à nouveau enlevée.

— Si on en arrive là, je parlerai au commandant, inter-vint Ghost derrière eux.

Beatle se retourna et vit son chef, ainsi que le reste de l'équipe, se tenir non loin d'eux. Ils avaient évidemment entendu toute la conversation.

— J'apprécierai.

Puis, alors qu'un gémissement parvenait de l'autre côté

de la pièce, Beatle se mit en marche avant que son cerveau ne puisse comprendre et évaluer la situation.

En quelques secondes, il arriva dans la chambre de Casey et fut à ses côtés. Mais cet instant suffit pour que Casey se perde dans son cauchemar. Elle s'agitait sur le lit, luttant avec les couvertures, essayant désespérément de s'échapper.

— Chuuut, ce n'est qu'un rêve, tu es en sécurité, murmura-t-il.

Elle ne l'entendit pas. Elle s'agita d'autant plus, ses jambes battant l'air et sa tête tournant de droite à gauche comme si elle se défendait contre quelqu'un qui la tenait.

— Casey, répéta Beatle en posant une main sur son épaule.

Au lieu de la calmer, son contact sembla la perturber encore plus. Elle sursauta et écarquilla les yeux. Son regard était lointain et aveugle, comme si elle regardait un film qu'elle seule pouvait voir. Ou qu'elle revivait le moment le plus terrifiant de sa vie.

— Non ! Ne faites pas ça. Ne me poussez pas là-dedans ! Je ferai tout ce que vous voulez ! S'il vous plaît, revenez !

Puis elle cambra le dos en criant alors que chaque muscle dans son corps se tendait.

— Nom de Dieu.

— Merde.

— Ces putains de salauds !

Beatle se déconnecta des exclamations de ses coéquipiers et se concentra sur Casey. Sans y réfléchir, il fit la seule chose qui lui semblait idéale dans ce cas-là. Il rejeta les couvertures et se mit au lit avec Casey. Il murmura tout et n'importe quoi en prenant son corps en train de se débattre dans ses bras. Il amena la tête de Casey contre son corps et la berça.

Elle lutta contre lui, au début, mais elle se calma lentement. Il sentait son pouls tambouriner sous sa peau et les rapides respirations qui s'échappaient de sa bouche étaient chaudes contre son cou. Mais elle ferma finalement les yeux et elle s'accrocha à lui comme si elle ne le laisserait jamais partir. Elle se tourna et alla jusqu'à grimper sur lui. Beatle s'allongea sur le dos pour l'accueillir. Casey passa ses bras sous lui et releva les genoux. Elle se blottit contre lui, comme si sa vie dépendait de son étreinte.

Beatle déglutit difficilement et raffermit ses bras autour d'elle. Il passa une main derrière sa tête et l'autre atterrit sur la peau nue dans le creux de ses reins. Son t-shirt s'était replié dans sa lutte et le contact peau à peau lui donna presque le vertige.

— Je vais rester, informa-t-il Truck et ses autres coéquipiers doucement. Elle a l'habitude que je sois dans le coin.

Beatle porta son regard sur Blade. Il avait dit que cela ne lui posait pas de problème qu'il débute une relation avec Casey, mais le dire et voir sa petite sœur au lit avec lui, *sur* lui, étaient deux choses différentes.

— Prends soin d'elle, lui dit doucement Blade avant de se retourner et de quitter la pièce.

Coach se pencha et tira la couverture sur le dos de Casey. Elle ne se réveilla pas complètement, elle essaya simplement de s'enfoncer un peu plus en Beatle.

Ghost et Hollywood firent tous les deux un signe de menton à Beatle avant de se diriger vers la porte communicante.

— Elle doit venir au Texas, déclara Fletch, la mâchoire serrée. Elle ne peut pas retourner en Floride. Elle doit gérer trop de choses pour se retrouver seule.

— Je sais, dit doucement Beatle.

Il ne voulait pas réveiller la femme dans ses bras.

— Tu sais qu'Annie la prendra sous son aile et lui fera oublier tous ses problèmes, déclara Fletch.

Beatle acquiesça. Ouais, Annie était incroyable. C'était comme si elle savait exactement ce dont avaient besoin les personnes vulnérables et blessées. Elle avait été géniale avec Fish, le membre honoraire de leur équipe. Il était relativement nouveau dans leur groupe d'amis et il avait récemment déménagé en Idaho. Mais au mariage de Fletch, Annie avait mené cet homme par le bout du nez dès qu'elle l'avait rencontré. Elle avait fait la même chose avec Truck. La première fois qu'elle l'avait rencontrée, elle avait posé sa petite main sur sa joue cicatrisée et avait voulu savoir si cela lui avait fait mal. Ouais, Annie serait bien pour Casey.

Et il ne pouvait s'empêcher d'admettre qu'il voulait qu'elle rencontre également les autres femmes de l'équipe. Rayne, Emily, Harley, Kassie et même Mary seraient bien pour elle.

— Je vais faire de mon mieux pour la convaincre.

— Fais ça, dit Fletch avant de tourner les talons et de partir.

— Dès que nous atterrirons, j'appellerai Harley pour qu'elle contacte Kassie et voir si elles peuvent lui trouver quelques tenues de JCPenney. Elle aura besoin de vêtements.

— Merci, Coach, dit Beatle à son ami.

— Pas besoin de me remercier. On prend soin des nôtres.

Et avec ceci, Coach quitta la chambre, fermant presque totalement la porte communicante.

Beatle ferma les yeux et tenta de mémoriser la sensation de cette femme dans ses bras. Il n'aimait pas qu'elle soit blottie contre lui, comme si elle essayait de se protéger, plutôt que de s'allonger, détendue et à l'aise. Mais il sentait son ventre nu contre le sien. Leurs t-shirts s'étaient tordus et étaient remontés. La peau de Casey était humide, recouverte d'une pellicule de transpiration due à son agitation. Beatle eut l'impression d'être un véritable salaud quand son esprit les imagina immédiatement allongés ainsi, ensemble, après un long moment éreintant à faire l'amour.

— Tu vas bien ? Tu veux que j'aille te chercher quelque chose ? demanda Truck depuis l'autre lit.

Il s'était allongé sur le deuxième lit king-size dans la chambre, en diagonale pour pouvoir tenir, et Beatle pouvait sentir son regard sur lui.

— Non. Je pense que ça va.

— Tu es bon pour elle, dit Truck. Je n'ai jamais vu deux personnes se connecter comme vous deux. Je paierais n'importe quelle somme d'argent pour que Mary me regarde comme Casey te regarde.

Beatle n'était pas certain de savoir quoi dire. Il ne pouvait pas vraiment dire que Mary en arriverait là, parce qu'il ignorait si ce serait un jour le cas. Truck et Mary avaient clairement une dynamique intéressante. Ce n'était un secret pour personne que Truck aimait cette femme, mais en retour, les sentiments de Mary n'étaient pas clairs.

Sa chance d'examiner la relation de Truck avec la meilleure amie de Rayne fut perdue quand Truck déclara :

— Je me ferai discret demain matin pour qu'elle ne se sente pas gênée.

— Merci, Truck. Et... si tu as besoin de quoi que ce soit... une oreille attentive ou n'importe quoi d'autre, je surveille tes arrières.

— J'apprécie. Mais ne t'inquiète pas. Mary est peut-être têtue, mais je le suis encore plus. Donc elle en arrivera là. Un jour.

Et avec cette conclusion, Truck se tourna sur le côté, se mettant dos à Beatle et Casey, leur offrant autant d'intimité que possible dans la petite chambre. Beatle gigota, gonfla un oreiller sous sa tête et se mit plus à l'aise. Étonnamment, l'avoir sur lui n'était pas difficile. Il sentait à peine son poids.

Elle était plus comme une couverture lourde qu'autre chose. Il s'était tellement habitué à dormir collé à elle quand ils avaient traversé la jungle qu'elle paraissait à sa place, dans ses bras.

Elle grogna un peu au fond de sa gorge et Beatle passa légèrement ses doigts dans ses cheveux blond clair.

— Chuuuut, ma belle. Je te tiens. Tu es en sécurité.

Ses mots semblèrent faire l'affaire et elle se figea.

Savoir qu'il avait réussi, qu'elle s'était détendue grâce à lui et qu'elle dormait en paix après son cauchemar, lui donna les larmes aux yeux. Il n'avait jamais ressenti de choses aussi fortes pour quelqu'un que pour la femme dans ses bras. Il ne pouvait pas vivre sans elle. Il ne le pouvait simplement pas.

Beatle ne savait pas combien de temps s'était écoulé, il finit par avoir les paupières lourdes et il se sentit tomber dans les abysses du sommeil. Il tourna la tête et embrassa la tempe de Casey, laissant ses lèvres là, sur sa peau, alors que le sommeil s'emparait enfin de lui.

* * *

Casey se réveilla lentement. Elle garda les yeux fermés et tenta de se souvenir d'où elle était. Elle n'avait jamais été dans un endroit si douillet et elle ne se souvenait pas que son matelas soit aussi confortable qu'il l'était à ce moment-là.

Quand le sommier bougea sous elle, Casey faillit bondir du lit, effrayée. Néanmoins, elle se souvint soudain de tout. Costa Rica. Kidnapping. Le trou. La course dans la jungle. Beatle.

Elle ouvrit les yeux et prit un moment pour comprendre ce qu'elle regardait. La mâchoire de Beatle. Puis elle se rendit compte qu'elle était allongée sur lui. Cela semblait plus intime que lorsqu'ils avaient dormi côte à côte sur le hamac, dans la jungle. Là-bas, elle dormait contre lui mais ils étaient l'un à côté de l'autre. Ici, elle était littéralement sur lui. Elle avait dû l'écraser, mais cela ne semblait pas le déranger. Ses respirations étaient lentes et faciles, il était complètement détendu sous elle.

Casey ne bougea pas un muscle. Elle aimait ça. Beaucoup. Elle tenta de se rappeler comment ils avaient terminé dans cette position, mais elle n'y arrivait pas. La dernière chose dont elle se souvenait, c'était d'être allongée sur le lit et de regarder fixement la porte communicante donnant sur l'autre chambre.

— Quand tu as grimpé sur moi, tu t'es endormie comme un bébé.

Casey inspira brusquement, mais ne se retira pas des bras de Beatle. Elle reconnut la voix. Truck. Elle quitta le visage de Beatle des yeux pour regarder le lit à côté d'eux. Truck était allongé sur le dos, un bras sous sa tête, l'autre sur son ventre.

— Je ne m'en souviens pas, répondit-elle doucement, pour ne pas réveiller Beatle.

— Tu faisais un cauchemar. On est tous entrés en trombe pour tuer quiconque s'était faufilé dans ta chambre, mais on n'a vu que toi.

— Je ne me souviens de rien du tout, répéta Casey.

— Tu croyais que tu étais de retour dans ce trou. Et tu te battais comme une folle. Comme tu as dû le faire, j'en suis sûr, quand c'est arrivé pour de vrai.

Elle ne répondit pas, cette fois-ci. Elle *s'était* battue comme une folle. Elle avait fait tout ce qui était en son pouvoir pour se lever et sortir de ce trou quand ils l'avaient jetée dedans. Ils l'avaient balancée comme s'ils se débarrassaient d'un sac poubelle.

— Nos plans ont changé pour le voyage, lui annonça

Truck. J'ai entendu Ghost parler à côté. On part ce soir. Grâce au fait que tu aies parlé avec les policiers, hier, et à l'aide d'un ami aux États-Unis qui a des relations, on sera partis d'ici avant que le soleil se lève.

Casey soupira de soulagement. Elle avait hâte de voir le Costa Rica de loin.

— Tu dois prendre une décision, poursuivit Truck.

Elle recommença à le regarder.

— Nous devons savoir où nous t'emmenons.

Il marqua une pause et Casey prit une inspiration, surprise. Honnêtement, elle n'avait pas vraiment pensé à ce qui se passerait après son départ du Costa Rica. Mais oui, elle se disait qu'elle aurait dû y réfléchir avant.

— Bien sûr, tu peux rentrer chez toi, en Floride, mais je ne te le recommande pas. On ne sait pas qui t'a kidnappée, déjà. Ça peut être une personne quelconque dans ce pays qui pensait se faire de l'argent facile, mais comme on n'a reçu aucune rançon pour vous quatre, c'est peu probable. Et je pense que le combat dans la jungle indique également que peu importe de qui il s'agit, il ne veut vraiment pas que tu échappes à son emprise.

— Tu as dit que j'avais un choix à faire. Où pourrais-je aller ? Avec la protection des témoins ?

Truck partit d'un petit rire.

— Rien d'aussi dramatique. Tu peux venir au Texas avec nous. Avec Beatle.

Casey écarquilla les yeux.

— Quoi ?

— Beatle t'en parlera plus tard, dans la journée. Il va te suggérer de venir avec nous. On te gardera en sécurité, Casey, n'en doute pas. Mais ça doit être ta décision. Je voulais aborder le sujet dans les grandes lignes pour que tu puisses y réfléchir. Pour que tu ne te sentes pas prise de court.

Casey ferma les yeux. Ouais, c'est exactement ce qu'elle ressentait. Prise de court. Allez au Texas ? Elle avait honte de l'admettre, même face à elle-même, mais elle avait rêvé que Beatle lui demande de venir au Texas avec lui. Qu'il lui dise qu'il l'aimait et qu'il ne pouvait pas vivre sans elle. Mais c'était un rêve. Bien sûr qu'il ne l'aimait pas.

Et elle devait retourner en Floride, n'est-ce pas ? Son travail était là-bas. Son appartement. Sa vie. Elle ne pouvait simplement pas... partir.

Mais cette étrange sensation était toujours au fond de sa tête. Elle n'était pas en sécurité. Elle se souvenait de l'homme dans la jungle et comme il avait menacé de la violer avant de la livrer à son « boss ». La personne qui voulait s'assurer qu'elle ne quitte pas le Costa Rica en vie. Ou du moins, pas avec sa santé mentale intacte.

La chair de poule apparut sur sa peau en y pensant, et une fois de plus, quelque chose naquit dans sa mémoire.

— Penses-y, dit Truck en la tirant de sa rêverie. J'adorerais que tu rencontres Mary.

Et avec ceci, le grand homme sortit de son lit et se leva. Sans un mot, il se dirigea vers la porte communicante et disparut derrière.

Casey observa à nouveau l'homme sur lequel elle était allongée. La chambre était illuminée par le soleil qui se levait et d'aussi près, elle pouvait voir que la barbe naissante de Beatle avait des teintes auburn. Ses cils étaient incroyablement longs, surtout pour un homme. Ils avaient également une teinte auburn. Elle traça, avec les yeux, le contour de ses lèvres, de son nez, même de ses pommettes. Il était beau, mais d'une manière brute. Pas comme son ami Hollywood, qui était absolument magnifique.

Toutefois, Casey n'était pas du tout attirée par Hollywood. Ni par un autre des amis de Beatle. Non, il était le seul qui faisait faire des saltos à son estomac et mouiller son sexe.

Elle ferma les yeux. Bon sang, elle ne devrait pas être excitée. *Comment* pouvait-elle être excitée ? Sa vie entière était bouleversée. Elle devait vérifier comment allaient ses étudiantes, s'assurer que ses parents savaient qu'elle était en vie, contacter ses amis et la doyenne de l'université pour qu'ils sachent qu'elle allait bien.

Cependant, curieusement, alors qu'elle était allongée dans le lit avec Beatle – d'accord, *sur* Beatle –, toutes ces choses perdirent de leur importance. Elle était heureuse que Truck lui ait parlé de la décision qu'elle devait prendre. Floride ou Texas ? Elle n'était honnêtement pas certaine du bon choix à faire. Le Texas serait malin, mais elle n'était pas certaine de pouvoir rester avec Beatle sans agir en conséquence de son attirance pour lui. Et s'il disparaissait, ne laissant que le frère de Casey à ses côtés, ce serait douloureux.

S'ils retournaient aux États-Unis et qu'il se rendait compte que les sentiments qu'il avait eus en Amérique centrale n'étaient que le fruit de l'adrénaline et de l'excitation du sauvetage, elle ne s'en remettrait jamais. Casey le savait. Mais si elle allait en Floride et ne leur laissait aucune chance, elle savait qu'elle le regretterait. Sans parler d'un petit détail : quelqu'un voulait apparemment sa mort.

Elle pouvait aller en Arizona et rester avec ses parents, mais si cela les mettait en danger ? Mince, elle était si confuse.

À ce moment-là, quelqu'un fit tomber quelque chose de l'autre côté de la porte et Beatle réagit si vite que Casey ne put même pas essayer de comprendre ce qu'il se passait. Une seconde, il dormait, et la suivante, il avait roulé pour qu'elle soit sous lui, couvrant son corps avec le sien.

— Zut, désolé, marmonna-t-il.

Sa voix était profonde et rauque, à cause du sommeil. Il s'appuya sur ses avant-bras au-dessus d'elle.

— Ça va ?

— Oui. Je vais bien.

Son corps se détendit lentement en constatant que personne n'arrivait en trombe dans leur chambre.

— Tu as bien dormi ?

— Ouais. Et toi ?

— Je ne crois pas avoir déjà aussi bien dormi dans ma vie.

Oh. Mon. Dieu.

Casey déglutit difficilement, et elle n'aurait pas pu arracher son regard de celui de Beatle, même si sa vie en avait dépendu.

— J'aime t'avoir dans mes bras. Je pourrais facilement en devenir accro. Accro à toi.

Puis, comme s'il ne venait pas de bouleverser le monde de Casey, il roula sur le côté du lit. Il se tourna pour la regarder. Il leva la main et écarta une mèche de cheveux de son front avec un contact si doux et léger qu'elle faillit ne pas le sentir.

— Reste au lit, détends-toi. Je vais me lever et voir quels sont nos plans pour la journée. Je vais chercher du shampoing et d'autres trucs pour la salle de bain, et je vais voir où sont nos vêtements. Tu veux quelque chose de spécial pour le petit-déjeuner ?

Elle secoua la tête.

— Surprends-moi.

— Il y a des choses que tu ne manges pas ?

— Tout me va, sauf une ration militaire, le taquina-t-elle.

Les yeux de Casey, amusée, s'illuminèrent.

— Compris, ma belle.

Puis il la surprit sincèrement en se penchant vers elle et

en plaçant sa main sous l'arrière de son crâne. Elle leva sa tête au moment où il baissait sa bouche vers celle de Casey.

Ce n'était pas un doux baiser pour dire bonjour. C'était une déclaration. Un baiser possessif, passionné, qui signifiait : « j'aimerais pouvoir rester au lit toute la journée ». Quand il s'éloigna enfin, Casey se lécha les lèvres pour le goûter.

— Pas de ration militaire. Compris.

Il passa un pouce sur ses lèvres et prit une grande inspiration. Puis il bougea, lentement et apparemment à contre-cœur, avant de se lever. Il alla dans la salle de bain sans regarder derrière lui.

Casey resta sur le dos, observant le plafond et tentant de calmer son pouls frénétique. Cet homme était mortel et à cet instant, elle prit sa décision.

Elle voulait être là où Beatle était.

Donc, elle irait au Texas.

15

———————

Casey se dit qu'elle devrait probablement être nerveuse, mais elle ne l'était pas. Après un délicieux petit-déjeuner composé d'œufs, de bacon, de pancakes et de jus d'orange – oh mon Dieu, le jus d'orange n'avait jamais été si bon de toute sa vie –, Beatle l'avait immédiatement fait asseoir pour discuter des prochaines étapes. Elle était plus reconnaissante qu'elle ne pouvait l'exprimer que Truck l'ait avertie en amont de ce dont Beatle allait lui parler.

Quand elle lui dit qu'elle aimerait aller au Texas avec lui, elle pensa voir du soulagement sur son visage. Du soulagement *et* du désir. Mais elle ignorait si elle voyait seulement ce qu'elle souhaitait si désespérément voir ou s'il la voulait autant qu'elle le voulait.

Elle savait qu'elle devait contacter beaucoup de gens en revenant aux États-Unis, mais elle ne s'en inquiétait pas à ce moment-là.

Elle passa son dernier jour au Costa Rica en sécurité et heureuse à l'hôtel. La climatisation était en route et Beatle resta à ses côtés toute la journée. Les autres membres de la

Delta rentraient et sortaient. Ainsi, elle en avait beaucoup appris sur eux et les femmes de leur vie.

À un moment, ils étaient assis tous les huit et faisaient une partie hilarante de *Cards Against Humanity*. Apparemment, Hollywood avait parlé à l'un des employés et avait mentionné que Casey s'ennuyait, donc elle avait déniché ce jeu un peu scandaleux sur les bords.

Casey n'avait jamais autant ri de sa vie. Quand ils durent quitter l'hôtel, elle avait l'impression de connaître l'équipe de la Delta Force depuis des années.

Donc lorsqu'ils passèrent des hommes insouciants avec lesquels elle avait partagé l'après-midi aux soldats alertes et meurtriers qu'elle savait qu'ils étaient, elle n'en fut même pas perturbée. En fait, elle leur faisait encore plus confiance qu'auparavant.

Lors du voyage entre l'hôtel et l'aéroport privé, Beatle resta juste à côté d'elle. Il avait une main sur son bras ou s'y accrochait, et c'était à la fois réconfortant et rassurant. Quand il y eut un léger problème à l'aéroport, elle ne paniqua pas, elle fit simplement ce que Beatle lui dit et mit sa vie entre ses mains, à nouveau, sans hésitation.

Elle dormit un peu dans l'avion, sa tête posée sur l'épaule de Beatle, la main de celui-ci serrée dans la sienne. Le vol jusqu'à l'aérodrome militaire de Fort Hood prit environ six heures. Le soleil se levait seulement à l'horizon texan lorsqu'ils atterrirent. Il fallut un moment pour que l'avion soit examiné et Casey savait qu'elle devait encore rencontrer le commandant de l'équipe, mais elle ne s'en inquiétait pas.

Comment pouvait-elle s'inquiéter alors que Beatle et ses coéquipiers surveillaient ses arrières ? Ils avaient prouvé à de nombreuses reprises qu'ils avaient ses meilleurs intérêts à cœur et qu'ils la garderaient en sécurité.

Non, à ce moment-là, elle ne se souciait pas de sa sécurité, laissant cela à l'homme à ses côtés. Elle était plus enthousiaste à l'idée de rencontrer les femmes dont elle avait tellement entendu parler ces douze dernières heures.

Mais si elle se montrait honnête, la personne qu'elle avait le plus envie de rencontrer était Annie. La fille de Fletch avait sept ans et si Casey croyait tout ce qu'il disait sur elle, elle était la plus mignonne, la plus intelligente et la plus merveilleuse des enfants qui ait jamais existé. Elle voulait voir ce dur à cuire avec la petite fille qui le menait clairement par le bout du nez.

Une heure après avoir quitté l'avion, avoir parlé brièvement avec le commandant de Beatle, et avoir vu Ghost remettre les preuves vidéo du temps qu'ils avaient passé dans la jungle, ils furent en route pour aller chez Fletch. Apparemment, il avait un appartement au-dessus du garage où elle resterait. Beatle déclara qu'il l'aurait bien emmenée chez lui, mais puisque la propriété de Fletch avec un système de sécurité développé, ce serait plus facile de la garder en sécurité là-bas.

Une fois de plus, Casey n'eut pas le courage de demander s'il allait rester avec elle. Elle se dit qu'elle le découvrirait suffisamment vite.

— Que se passe-t-il dans ta tête ? demanda Beatle alors que Fletch les conduisait vers chez lui.

Casey haussa les épaules.

— Tu t'inquiètes ?

— Un peu. Enfin, j'ignore totalement si ceux qui ont tenté de me tuer au Costa Rica me suivront jusqu'aux États-Unis pour réessayer. Je ne sais pas ce qu'il va se passer avec mon travail. Mes parents sont en train de flipper et menacent de conduire jusqu'au Texas pour voir de leurs propres yeux que je vais bien. Je veux que les femmes de tes amis m'apprécient, mais puisque je n'ai pas eu tant de véritables amis dans ma vie, je m'inquiète que ce ne soit pas le cas. Et comme si ce n'était pas suffisant, j'ai l'impression de mettre Fletch et sa famille en danger en étant simplement sur sa propriété.

Beatle ne perdit pas une seconde pour répondre à chacune de ses inquiétudes :

— J'espère que ceux qui sont après toi *essaient* de venir te chercher pendant que tu es là. Ce sera plus facile pour nous de les trouver et de les arrêter. Mais ils ne vont pas toucher à un seul de tes cheveux, je te le promets. Ce qui doit arriver avec ton travail arrivera. Je n'essaie pas d'en parler comme un abruti, parce que je sais que c'est important pour toi, mais si l'administration ne peut pas se montrer indulgente et t'accorder un peu de temps libre après ce qu'il t'est arrivé pendant un voyage sponsorisé par l'école, alors qu'ils aillent se faire foutre. Il y a d'autres universités et d'autres postes. Avec tes références, tu peux facilement trouver un autre poste de professeur. Et je n'en veux pas à tes parents. Si j'avais un enfant qui avait été kidnappé et pourchassé au travers de la jungle, j'aimerais le voir en personne pour m'assurer qu'il va vraiment bien. Ils sont les bienvenus, s'ils veulent passer du temps avec toi.

» Et tout le monde va t'aimer, Casey. Comment ne pourraient-ils pas ? Je ne sais pas pourquoi tu n'as pas eu beaucoup d'amis proches par le passé, mais j'ai le sentiment que dès que Kassie, Rayne et les autres poseront les yeux sur toi, ils vont t'adopter comme l'une des leurs. Je suis vraiment sûr de faire tout ce qui est en mon pouvoir pour que ça arrive. Et tu ne mets absolument personne en danger. C'est Fletch qui s'est porté volontaire pour que tu restes chez lui. Tu n'es pas la première personne, et tu ne seras pas la dernière, à trouver refuge ici. Si les choses tournent mal, Emily et Annie savent toutes les deux quoi faire. Elles seront en sécurité. Je te le promets.

— Eh bien. D'accord, alors, répondit Casey.

Elle était un peu hébétée par ses contre-arguments.

— Je ferais aussi bien de faire taire toutes mes pensées dans ma jolie petite tête et profiter du voyage, hein ?

Beatle lui sourit et elle crut entendre Fletch ricaner sur le siège conducteur, mais elle n'arrêta pas de scruter l'homme à côté d'elle.

Taquiner Beatle était nouveau, pour elle. Au cours de leur relation, si on pouvait qualifier le temps passé ensemble comme une relation, elle avait été effrayée et paniquée. Soit elle pleurait dans ses bras, soit elle essayait de tenir bon. Mais maintenant qu'ils étaient hors d'Amérique centrale, elle se sentait à nouveau elle-même. Plus légère. Plus en sécurité.

Beatle toucha le nez de Casey avec son index et sourit.

— Ouais. Exactement.

Casey leva les yeux en le regardant. Puis elle se pencha en avant pour parler à Fletch :

— Alors... toi et ta femme, vous attendez un enfant ?

— Mince, grommela Fletch.

Puis il la regarda dans le rétroviseur.

— Tu m'as entendu parler à Em à l'hôtel, hein ? Je croyais que tu dormais.

Casey haussa les épaules.

— Je ne dormais pas.

— Ce n'est rien. C'est tout nouveau. Nous ne l'avons pas encore officiellement annoncé à qui que ce soit, l'informa Fletch.

— Il était temps, déclara Beatle avec un sourire narquois.

Il se pencha en arrière et croisa les bras sur son torse.

— Enfin, c'est toi qui dis toujours avec quelle ardeur tu essaies de la mettre en cloque.

— Elle en est à combien de semaines ? demanda Casey à Fletch.

— Seulement six semaines, environ. Je sais que les gens disent qu'on n'est pas censé annoncer quoi que ce soit avant trois mois, mais nous sommes tous les deux si enthousiastes qu'on ne peut plus le garder pour nous. En plus, s'il devait arriver quelque chose à notre bébé, j'aimerais que nos meilleurs amis soient là pour nous soutenir tous les deux. Je ne comprends pas pourquoi ne pas le dire à tout le monde serait une bonne façon.

— Je suis surpris que tu ne l'aies pas crié sur tous les toits quand elle était à deux jours de grossesse, se moqua Beatle.

Fletch fit un clin d'œil à Casey dans le rétroviseur et réprima un ricanement.

— Ouais, eh bien, je n'y peux rien si elle est si irrésistible que je ne peux pas m'arrêter de la toucher. Mais on ne l'a pas encore dit à qui que ce soit d'autre et personne n'est censé être au courant à part elle et moi. J'apprécierais si vous gardiez le secret un peu plus longtemps. On organisera une fête pour annoncer la grossesse la semaine prochaine. Du moins, c'est comme ça qu'elle l'appelle. Je ne sais pas pourquoi elle n'appelle pas tout le monde pour leur annoncer, mais elle insiste en disant que c'est comme ça qu'on doit faire.

Casey jeta un coup d'œil à Fletch. Il regarda à nouveau la route, mais le sourire sur son visage contredisait ses mots grognons.

— Tu aimes ça.

— Oui, mais si tu lui dis, je le nierai, lui avoua-t-il.

Casey fit semblant de tirer une fermeture éclair devant ses lèvres.

— Ma bouche est scellée.

— Tu as terminé le cadeau pour Annie ? demanda Beatle.

— Ouais. Emily va me tuer, mais j'ai tellement hâte de lui donner, annonça Fletch.

— Quel cadeau ? s'enquit Casey.

— Ça, c'est un secret, lui dit Fletch.

— Ohhhhh, ce n'est pas juste, grommela Casey. C'est moi qu'on pourchasse. Je pense que je devrais savoir.

Casey sentit un doigt sur sa joue et autorisa Beatle à tourner son visage vers lui. Son expression avait perdu toute bonne humeur et il fut sérieux quand il déclara :

— Ne fais pas ça, Casey.

— Quoi ?

— Ne plaisante pas sur ce qu'il t'arrive. Ce n'est pas drôle.

Il avait raison. Ça ne l'était pas. Casey se sentit immédiatement mal.

— Je suis désolée. Mais tu devrais savoir que c'est la véritable moi. J'ai tendance à beaucoup plaisanter pour atténuer une situation. Surtout quand c'est quelque chose qui m'arrive. Ça m'aide à me sentir... Je ne sais pas... moins stressée. Genre, quand notre avion a été retardé, quand on partait pour l'Amérique centrale, j'ai dit qu'avec la chance qu'on avait, c'était probablement parce qu'il était détourné. Encore une fois, ce n'était pas drôle, mais parfois, en comparant ce qui arrive à quelque chose d'encore pire, ma situation ne semble pas si mauvaise.

— Je ne supporte pas d'imaginer quelque chose de mal t'arriver encore une fois, ma belle. Même si tu ne fais que plaisanter.

— Je vais essayer de me contrôler. Mais encore une fois, Beatle, c'est juste moi.

Il acquiesça et bougea sa main derrière la nuque de Casey. Elle savait ce qui l'attendait et l'autorisa à la tirer vers lui. Elle se prépara avec les paumes sur le siège, entre eux.

Beatle toucha ses lèvres avec les siennes et chuchota.

— J'aime ce qui est « juste toi », Casey. Plus j'en apprends et plus j'aime ça.

Il lâcha son cou et Casey resta où elle était une seconde avant de se rasseoir sur son côté de la banquette.

— J'ai appelé Emily et je lui ai dit quand nous allions arriver, dit Fletch derrière le volant. Annie était vraiment enthousiaste à l'idée d'avoir une autre invitée dans « sa vieille maison ».

Casey regarda Beatle, confuse.

— Emily et elle ont loué l'appartement à Fletch. C'est comme ça qu'ils se sont rencontrés, expliqua-t-il.

— Ah. J'ai hâte de rencontrer ta fille, dit Casey à Fletch.

— Et elle a hâte de te rencontrer aussi, rétorqua-t-il. Pour info, elle est maline. Très maline. Et puisqu'elle l'est autant, ce n'est pas toujours propice à la politesse. Elle a tendance à dire des choses inappropriées. J'apprécierais si tu ne lui faisais pas remarquer. Elle ne veut pas être malpolie, elle est juste comme ça.

Casey cligna des yeux.

— Tu penses que je serais méchante avec une petite fille ?

— Non, mais je ne voulais pas que tu prennes personnellement ce qu'elle pourra dire.

Sa voix se radoucit :

— C'est ma fille et je remuerais ciel et terre pour m'assurer qu'elle a ce dont elle a besoin pour devenir une femme confiante, qui s'aime exactement comme elle est, peu importe ce que la société essaie de lui inculquer comme étant approprié, beau, ou tout autre connerie qu'on tente de faire bouffer au grand public.

— Je comprends, lui dit Casey.

Et c'était le cas. Son propre père était génial, mais elle avait le sentiment que Fletch le vaincrait facilement. La petite fille allait rencontrer quelques problèmes quand elle commencerait à vouloir avoir des rencards. Personne ne serait suffisamment bien aux yeux de son papa... comme il convenait.

— Ce n'est rien, Fletch, lui dit-elle. Je suis sûre qu'elle sera charmante.

— Charmante, ricana Beatle. Je ne suis pas sûr que ce soit le bon adjectif.

Casey le fusilla du regard, ce qui le fit simplement ricaner.

— Tu verras, déclara-t-il sagement. Tu verras.

Peu de temps après, ils tournèrent dans une longue allée. Casey vit un garage avec un escalier sur le côté, puis son attention fut captivée par la belle maison principale.

Il y avait un étage et un grand porche qui faisait le tour, même si ce qui attirait réellement son attention, c'étaient les deux personnes debout sur les marches. La grande femme avec les cheveux bruns devait être Emily et la petite fille aux cheveux blond foncé devait être Annie. Mais c'était la pancarte que tenait la petite qui lui donna les larmes aux yeux.

Casey avait été fière d'avoir tenu bon, récemment. Elle n'avait jamais été une pleurnicheuse, mais elle avait eu le sentiment que ses glandes lacrymales fuyaient depuis qu'elle avait été sauvée.

En voyant la pancarte rose flashy avec des lettres enfantines qui avaient été minutieusement écrites par Annie, elle crut que cela allait la tuer.

Bienvenue à la maison, Casey.

Tu seras en sécurité ici.

Casey ignorait totalement ce que Fletch avait dit à sa femme, ou ce qu'elle, en retour, avait expliqué à Annie, mais la petite avait visé dans le mille.

Elle sentit Beatle lui prendre la main et la serrer légèrement. En prenant une grande inspiration, elle observa l'homme à côté d'elle et lui lança un petit sourire.

Fletch s'arrêta juste à côté de la maison. Il mit le point mort et sortit de la voiture avant que Casey ne puisse cligner des yeux. Il prit sa fille et la jeta par-dessus son épaule, sa pancarte tombant par terre en même temps. La petite couina, ravie, et rit à gorge déployée. Il se pencha ensuite et prit sa femme derrière la nuque, comme Beatle le faisait toujours avec Casey, et l'attira vers lui pour l'embrasser passionnément et sans vergogne.

— Pose-moi par terre, Papa ! cria Annie.

Fletch s'éloigna de sa femme et posa une main sur son ventre pendant qu'elle disait quelque chose que Casey ne pouvait entendre.

— Prête ? demanda doucement Beatle.

— Prête, affirma Casey.

Beatle ouvrit la porte de son côté de la voiture et tira sur son bras pour qu'elle le suive. Elle glissa sur le siège en cuir tout en tenant sa main. Il l'aida à se relever et Casey fut heureuse de ce soutien quand Annie fonça sur elle. Elle passa ses petits bras autour de la taille de Casey et la serra.

Celle-ci baissa les yeux, surprise par cette enfant affectueuse. Certains de ses amis, à l'école, avaient des enfants, mais aucun ne l'avait accueillie ainsi et elle en connaissait certains depuis qu'ils étaient nourrissons.

— Oh. Salut, Annie, dit doucement Casey.

La petite fille leva les yeux, ses longs cheveux atteignant ses fesses. Elle avait des marques de saleté sur le visage et ses vêtements étaient poussiéreux, comme si elle s'était roulée par terre. Mais elle ne semblait pas le remarquer ni s'en inquiéter.

— Salut ! Je suis contente que tu sois là. Tu vas vivre dans mon vieil appartement. Mais il y a plus de nourriture là-bas que quand j'y étais. Tu veux jouer à l'armée avec moi ? Tu peux être la demoiselle en détresse et je serai le soldat qui te sauve, comme mon père avec toi. D'accord ?

Casey fut déconcertée par les paroles d'Annie. D'abord, elle n'avait jamais rencontré une fille qui voulait jouer à « l'armée ». Elle ne connaissait clairement pas les règles. Mais le fait qu'Annie veuille être celle qui sauvait la demoiselle en détresse était un peu surprenant.

En y réfléchissant bien, peut-être pas. Être la demoiselle en détresse n'était pas très amusant. Casey devrait le savoir. Donc oui, être celle qui avait l'arme et qui sauvait les autres paraissait sympa.

— Je vois ce que tu fais, minus. Maintenant que tu as une nouvelle amie pour jouer, tu ne veux même pas me dire bonjour.

Annie sourit, lâcha Casey et se jeta sur Beatle.

— *Insect Man* !! Tu m'as manqué !

Beatle prit Annie et la jeta en l'air. Elle cria, ravie, et quand il la rattrapa, elle exigea :

— Refais-le !

Il recommença. Puis il l'embrassa sur le front et posa ses pieds par terre.

— Pourquoi tu ne laisses pas Casey s'installer avant de la harceler pour qu'elle joue avec toi ?

Annie bouda légèrement.

— Mais je voulais jouer avec elle maintenant !

Casey ne pouvait résister à son visage tout mignon. Elle s'accroupit, appréciant la main de Beatle qui la stabilisa comme elle faillit perdre son équilibre.

— Je serai ravie de jouer avec toi, plus tard, Annie. Mais peut-être pas au prisonnier et au sauveur, d'accord ? C'est un peu trop familier pour moi, pour l'instant.

— Familier ? Mais tout ce qu'il y a dans mon jardin est familier.

Casey sourit, elle ne put s'en empêcher.

— Désolée. Je voulais dire que, puisque ça m'est vraiment arrivé récemment, ça fait un peu mal d'y penser. Mais je serai heureuse de jouer à n'importe quoi d'autre.

L'expression sur le visage d'Annie était un mélange de tristesse et de compassion. Casey n'avait jamais vu un enfant si empathique auparavant. La petite fille fit un pas en avant et passa prudemment ses bras autour du cou de Casey. Surprise, Casey leva les yeux vers Beatle.

Il se contenta d'acquiescer et de la tenir en équilibre avec une main sur son épaule.

— Je suis désolée que tu aies été enlevée par des méchants, dit Annie à l'oreille de Casey. Moi z'aussi, j'ai été kidnappée et j'ai eu peur. Mais papa Fletch est venu et nous a récupérées avec maman, comme il a fait avec toi.

Elle recula et tapota doucement les joues de Casey avec ses petites mains.

— *Insect Man* t'aime bien. Maman dit que papa lui a dit. Donc, la nuit, quand tu as peur, va dans son lit, il te serrera contre lui et fera partir les cauchemars.

Casey regarda fixement la petite fille d'un air sérieux.

— C'est ce qui t'est arrivé ?

Annie acquiesça.

— Je ne rêve plus beaucoup du méchant, mais papa dit qu'à chaque fois que j'ai besoin de lui, il sera là pour me protéger et me serrer contre lui pour que le méchant ne puisse pas me trouver. Je parie qu'*Insect Man* fera la même chose pour toi.

Casey n'arracha pas son regard de celui d'Annie, mais elle sentit Beatle s'accroupir à côté d'elles.

— Bien sûr que oui, dit-il doucement. Tout comme papa l'a fait avec toi, Annie, je serai là pour Casey. Tu veux entendre quelque chose de cool ?

— Quoi ? demanda Annie.

Elle regarda Beatle, mais garda ses mains sur le visage de Casey.

Cette dernière essaya de garder son calme, mais les paroles innocentes d'Annie la frappèrent en plein cœur. Beatle *avait* fait ça pour elle. Dans la jungle, dans la chambre d'hôtel la veille. Quand elle avait des cauchemars, il était toujours là pour les chasser.

— Casey est une vraie femme à insectes. Elle les étudie. Elle sait tout ce qu'il y a à savoir sur eux. Les fourmis, les coccinelles, les lucioles, les libellules... elle peut te parler de tout ce que tu veux. Elle a même cinq blattes énormes comme *animaux de compagnie* !

Cette fois-ci, Annie regarda Casey, les yeux écarquillés par l'enthousiasme au lieu de l'empathie.

— Vraiment ? souffla-t-elle.

— Vraiment, assura Casey.

— Cool !

Puis elle se retourna et courut vers sa mère.

— Maman ! Casey est une femme à insectes ! Elle sait *tout* sur eux ! Je veux une blatte ! Je veux attraper des insectes pour qu'elle m'apprenne des trucs !

Et après ça, Annie courut vers le côté de la maison, dans un grand champ vide, vraisemblablement pour attraper des insectes.

Beatle aida Casey à se lever et lui sourit.

— Tu vas devoir donner cours à une élève dans peu de temps, ma belle.

— Merci, lui dit Casey.

— Pour quoi ?

— De m'avoir amenée ici. De l'avoir distraite pour que je n'aie pas à être la demoiselle en détresse. De faire ce que tu fais, de garder le monde pour que des enfants comme elle soient en sécurité le plus longtemps possible.

— De rien, répondit Beatle.

Puis il leva les mains vers le visage de Casey et caressa les joues avec ses pouces.

— Elle t'a salie, dit-il en se concentrant sur le nettoyage de son visage.

Casey sourit.

— Elle était plutôt sale, hein ?

— Je m'excuse pour ma fille, déclara Emily derrière eux.

Casey tourna le dos à Beatle et passa rapidement un bras sur son visage, pour observer l'autre femme.

— Ce n'est rien, je ne me plaignais pas.

— Elle aime jouer dans la terre. Dieu sait que j'ignore totalement d'où ça vient, puisque je ne supporte pas la saleté, dit Emily en haussant les épaules. Ça la rend heureuse, alors je ne l'empêche pas de le faire. Bienvenue à la maison, Casey. Je suis ravie que tu ailles bien et que tu sois là avec nous.

— Moi aussi, répondit doucement Casey.

Puis Emily tendit les bras, comme sa fille l'avait fait, et lui offrit une étreinte sincère et chaleureuse.

Casey sourit en se rendant compte qu'elle avait reçu plus de câlins dans la dernière semaine que lors de ces cinq dernières années.

— Bien, dit Emily en reculant. Fletch a dit que tu n'avais pas vraiment d'autres vêtements que ceux que tu portes, alors j'ai appelé Kassie et elle a dit qu'elle pouvait en récupérer pour toi. Elle travaille à JCPenney et a de sacrées réductions. Tu sais, leurs vêtements sont déjà à prix réduit, donc ils deviennent vraiment super abordables. J'ai juste besoin de lui donner ta taille et ce que tu aimerais porter. Tu sais, si tu es plutôt du genre jean et t-shirt ou si tu préfères quelque chose de plus formel. Oh, et bien sûr, quel genre de soutien-gorge et culottes tu aimes. Dentelle ou coton, strings ou culottes de grand-mère. Elle peut tout trouver.

Les yeux de Casey faillirent sortir de leurs orbites.

D'abord, elle était surprise que quelqu'un qu'elle n'avait jamais rencontré lui propose de lui offrir des vêtements, et ensuite, il était hors de question qu'elle parle du genre de sous-vêtements qu'elle aimait porter devant Beatle et Fletch.

— String, clairement, commenta Beatle derrière elle.

Casey tourna brusquement la tête et, sans réfléchir, elle serra le poing et le frappa dans le bras.

— Ce n'est pas ta décision, souffla-t-elle.

Il se figea un moment et ils se regardèrent fixement. Au moment où Casey commençait à avoir honte d'avoir *frappé* Beatle, il rejeta la tête en arrière et rit.

Elle entendit Emily glousser à côté d'elle.

— Désolé, déclara celle-ci.

Elle passa son bras au creux du coude de Casey.

— Je n'ai pas réfléchi. Ferme-la, Beatle. Ce n'était pas *si* drôle, le sermonna Emily. Allez, on va rentrer et tu pourras me dire *en privé* ce que tu veux.

Avant qu'Emily ne la tire de là, Beatle déclara :

— Je reste là. Je vais m'assurer que l'appartement a tout ce dont on a besoin.

Avec un mot, Beatle fut capable de calmer les nerfs de Casey sans qu'elle s'en rende compte.

Tout ce dont *nous* avons besoin.

Il n'allait pas la laisser ici toute seule.

Il allait rester avec elle.

Elle sourit timidement et acquiesça.

Comme s'ils avaient été ensemble pendant des années et non quelques jours, Beatle lut le soulagement dans ses yeux. Ignorant le fait qu'Emily se tenait juste-là, il se pencha et embrassa Casey sur les lèvres. C'était une caresse brève et pourtant intime.

— Dis-moi si tu as besoin de quoi que ce soit.

— Oui.

Avec un dernier contact de sa main sur le biceps de Casey, Beatle se tourna et avança vers le garage avec Fletch.

— Meeeeeuf, souffla Emily. J'ai *hâte* de te présenter aux autres. On doit parler de tellement de choses, mais j'ai promis de ne pas te demander de détails jusqu'à ce qu'elles soient là aussi.

Casey sourit à Emily.

— Je ne suis pas sûre d'avoir beaucoup de détails, mais je pense que je pourrais avoir besoin de quelques conseils. Je ne suis pas sûre de savoir quoi faire avec un soldat de la Force Delta.

— *Ça*, on peut le faire, lui dit Emily avec un grand sourire. Viens. Allons-nous trouver quelque chose à manger. Je suis sûre que tu es fatiguée aussi. Tu peux te reposer pendant que je transmets ta taille et tout ce dont tu as besoin. Tu es entre de bonnes mains avec nous, Casey.

Cette dernière se laissa attirer à l'intérieur de la grande maison et elle découvrit qu'elle ne pouvait s'empêcher de sourire. Elle avait pris la bonne décision en venant au Texas. Absolument.

16

———————

Beatle regarda en direction de Casey pour ce qui semblait être la centième fois. Elle paraissait tenir parfaitement le coup. Elle n'avait pas hésité à aller avec Emily pendant que Fletch et lui allaient vérifier que l'appartement au-dessus du garage était prêt pour elle.

Quand ils retournèrent dans la maison, Casey avait donné ses préférences à Emily et la taille pour les vêtements. Elle faisait maintenant une sieste. Il avait jeté un coup d'œil pour s'assurer qu'elle allait bien et il la trouva complètement endormie dans l'une des chambres d'ami. Il lui avait fallu toute son énergie pour fermer la porte et la laisser seule.

Plus tard, Kassie était arrivée avec les vêtements et avait refoulé les remerciements de Casey. Elle était l'heureuse propriétaire de trois jeans, de deux hauts à manches longues, de deux t-shirts à manches courtes, de quatre chemisiers plus chics, de deux pantalons, de deux ensembles de pyjamas et de deux leggings. Il avait aperçu plusieurs sous-vêtements en dentelle et soutien-gorge assortis.

Voir ces sous-vêtements lui refit penser à la jungle, quand il avait soigné les égratignures sur son buste. Penser à ses tétons durcit son membre dans son jean. Il avait délivré la meilleure performance de sa vie et avait fait semblant de ne pas être intéressé par les vêtements que Kassie avait apportés, alors qu'en réalité, il ne pouvait penser qu'à Casey, debout devant lui, avec rien de plus qu'un peu de dentelle.

Casey avait appelé ses parents et les avait convaincus de ne pas lui rendre visite, leur disant qu'Aspen gardait un œil sur elle et qu'elle allait bien. Elle appela Kristina, l'une de ses étudiantes, et apprit qu'Astrid était retournée au Danemark, mais Jaylyn et elle avaient des rendez-vous pour parler au docteur Santos, le professeur de psychologie que Casey connaissait. Elle était actuellement en vacances, mais elle devait être de retour la semaine suivante.

Lorsqu'elle était revenue après avoir parlé à son étudiante, Casey avait eu un regard tourmenté et Beatle avait voulu qu'elle prenne une pause dans ses appels, mais elle avait refusé. Elle avait parlé à son propriétaire, à la doyenne de l'université, à sa banque pour bloquer sa vieille carte de crédit et qu'on lui en envoie une autre au Texas, et enfin, à un voisin qui avait promis d'aller jeter un œil sur ses blattes.

Beatle savait que Casey avait atteint son point de rupture. Gérer les réalités de la vie et essayer de tout remettre dans l'ordre à des centaines de kilomètres était difficile. Entendre encore et encore des gens lui dire qu'ils ne pensaient pas qu'elle reviendrait en vie après avoir été kidnappée n'aidait pas.

Mais Annie était venue à la rescousse. Elle avait collecté un bel assortiment d'insectes dans le jardin. Casey et elle avaient passé des heures à discuter et à en apprendre plus sur chacun. Quand le dîner fut prêt, Casey sembla plus à l'aise, même si elle avait toujours des cernes noirs sous les yeux.

Ils étaient désormais assis dans le salon. Annie regardait la télévision pendant que les adultes conversaient.

— Quand j'ai parlé à Fletch et qu'il m'a dit que tu venais, je me suis assurée que le frigo soit rempli dans l'appartement, dit Emily à Casey. Mais si tu as besoin de quoi que ce soit qui n'y est pas, n'hésite pas à me le faire savoir.

— Merci. J'apprécie. Je ne sais pas combien de temps je vais rester ici, mais peut-être que je peux vous préparer le dîner un soir ?

Emily lui lança un sourire radieux.

— J'adorerai.

— On va voir ce qu'on peut faire pour éclaircir tout ça le plus vite possible, dit doucement Fletch. Ghost est en train de regarder de nouveau les enregistrements pour voir s'il y a quelque chose dessus, et si notre commandant obtient plus d'informations des autorités costariciennes, il les transmettra.

Casey acquiesça.

— En fait, ça ne me dérange pas de rester ici. Ma doyenne a dit que je pouvais prendre congé pour le reste de l'été sans problème. Mais si on ne trouvait aucune information sur le kidnappeur ? Je ne peux pas rester ici pour toujours.

— Pourquoi pas ? demanda Emily.

C'était ce que Beatle pensait.

— Euh... parce que je vis en Floride. Mon travail est là-bas, lui dit Casey.

— Mais si tu en viens à aimer rester ici et que tu ne veux pas y retourner ? demanda l'autre femme. Je sais qu'on vient juste de se rencontrer, mais je t'aime bien, Casey. Je suis assez douée pour juger les caractères, en dépit du fait que je sois avec le père d'Annie. Je détesterais te voir partir.

— Laisse-la tranquille, ordonna doucement Fletch. Elle est là depuis quoi, dix heures ?

Beatle se déconnecta de la conversation entre Fletch et sa femme, et garda ses yeux sur Casey. Il voulait la supplier de rester, tout comme Emily l'avait fait, mais Fletch avait raison, il était trop tôt. Elle avait géré beaucoup de problèmes aujourd'hui. Il devait y aller doucement, laisser Casey se sentir à l'aise ici. La laisser voir qu'Emily, Kassie, Harley, Rayne et Mary pouvaient être des amies géniales. Il espérait que plus elle restait, plus elle *voudrait* rester. Il avait été ravi d'entendre que le patron de Casey lui avait accordé le reste de l'été.

Beatle était si occupé à essayer de penser comment aborder le sujet de son séjour ici qu'il loupa presque la façon dont Casey grimaça quand la musique d'une scène dramatique dans le dessin animé que regardait Annie se transforma soudain en cacophonie.

— Mal de tête ? demanda-t-il doucement.

— Je vais bien, répondit immédiatement Casey.

— Casey, nous ne sommes plus au milieu de la jungle. Il n'y a aucune raison de faire la dure ici.

Elle se retourna et lui lança un regard noir.

— Je vais bien, dit-elle les dents serrées. Ce n'est pas comme si je dissimulais une blessure par balle ou quelque chose dans le genre. C'est juste un mal de tête.

— Tu as mal à la tête ? demanda Emily de l'autre côté de la table. J'ai de l'aspirine si tu en as besoin.

— Non, je vais...

— Merci, Emily, l'interrompit Beatle. Je pense que c'est bon, on va aller se coucher.

Il pouvait sentir le regard de Casey transpercer le côté de sa tête et il faillit sourire. Faillit.

— Je crois que j'ai vu quelques cachets dans l'armoire à pharmacie, dans la salle de bain de l'appartement, non ?

— Oui. Elle est remplie de tout ce dont vous pourriez avoir besoin, répondit Fletch.

Beatle savait que son ami faisait référence aux préservatifs qu'il lui avait dit avoir cachés dans l'appartement, plus tôt. S'il avait une ouverture avec Casey, ils seraient extrêmement pratiques. Mais pas ce soir. Ce soir, sa copine avait un mal de tête et avait besoin de dormir.

Il se leva et tendit une main à Casey. Elle soupira, mais posa la sienne dessus pour qu'il l'aide à se relever. Il passa immédiatement un bras autour de sa taille. Il les guida vers Annie qui regardait toujours fixement la télévision comme si elle cachait le sens de la vie.

— On se voit demain, minus.

— Au revoir, dit-elle, distraite, sans détourner le regard de la télévision.

Beatle secoua la tête et se tourna vers ses amis.

— Merci pour le dîner. Fletch, le commandant sait que je ne serai pas à l'entraînement demain matin. Mais je viendrai plus tard.

— Je lui rappellerai, assura Fletch à Beatle.

— Merci de t'être organisée avec Kassie pour me trouver des vêtements, dit Casey à Emily. J'apprécie. Et je la rembourserai dès que possible.

Emily balaya sa déclaration d'un geste de la main.

— Pas besoin. Et si tu essaies, tu vas juste nous énerver. Considère ça comme un cadeau de bienvenue au club.

— Au club ? demanda Casey.

Elle fronça les sourcils, confuse.

— Ouais, celui des fe...

Fletch posa une main sur la bouche de sa femme, interrompant son discours.

— Bonne nuit. À demain.

Beatle fit un signe de menton à son ami pour le remercier. Il était ravi qu'Emily voie déjà Casey comme une femme de la Delta Force, mais il savait qu'il aurait besoin de plus de temps pour convaincre cette dernière. Il savait également qu'elle pensait toujours attirer Beatle à cause d'un truc psychologique lié à son sauvetage, mais ce n'était pas ça du tout. Il avait sauvé des centaines de personnes et n'avait jamais ressenti ce genre d'attirance avec elles comme avec Casey.

Il la guida hors de la maison et dans le jardin, pointant du doigt les caméras en avançant.

— Pourquoi y en a-t-il autant ? demanda Casey.

— Fletch en a toujours eu, mais après un malentendu avec Emily qui a failli lui coûter la vie et celle de sa fille, il en a rajouté. Et après leur réception de mariage, quand leur présence a extrêmement bien porté ses fruits, il en a ajouté quelques-unes.

Lorsqu'ils finirent de grimper les marches jusqu'à l'appartement et qu'il eut ouvert la porte, Casey avait tout appris de la tentative de cambriolage à la réception de mariage et la facilité avec laquelle les soldats de la Delta Force en présence l'avaient anéantie. Et il y avait non seulement des caméras, mais Fletch avait engagé des contractuels pour créer une chambre forte à l'intérieur de la maison. Il avait appris à Annie le mot de passe – rouge, bien sûr – et à chaque fois que lui ou sa mère disait le mot, elle devait rentrer sans se plaindre et rejoindre la pièce sécurisée. Elle était équipée de tout ce dont la famille pourrait avoir besoin pour rester en sécurité jusqu'à ce que les autorités arrivent. Des télévisions étaient connectées aux caméras sur la propriété, des lignes de téléphone qui ne pouvaient pas être trafiquées depuis l'extérieur, ainsi que de la nourriture, de l'eau et de quoi se coucher.

— J'imagine qu'on ne peut pas lui en vouloir pour toute cette sécurité, commenta Casey lorsqu'ils entrèrent dans l'appartement.

Sans un mot de plus, Beatle se dirigea vers la salle de bain pour prendre une aspirine. Il réapparut et lui tendit deux cachets. Elle les prit et les fit passer avec une gorgée d'eau sans protester.

— Tu es éreintée, observa Beatle. Pourquoi tu ne te mets pas au lit ?

Elle acquiesça et se tourna vers la salle de bain. Puis elle s'arrêta et lui fit face une nouvelle fois.

Beatle attendit patiemment alors qu'elle le regardait, avant d'observer ses pieds puis le mur à côté d'elle.

— Quoi, ma belle ?

— Est-ce que tu restes ? demanda-t-elle doucement.

Puis elle se mordit la lèvre en regardant partout sauf vers lui.

Beatle marcha vers lui jusqu'à ce qu'il soit totalement dans son espace personnel. Il attendit jusqu'à ce qu'elle lève les yeux vers lui.

— Tu veux que je reste ?

Ce n'était probablement pas sympa de sa part d'insister. Il aurait simplement pu dire que oui, il restait. Qu'il n'avait aucune intention de la laisser seule jusqu'à ce qu'elle retourne en Floride. Mais il avait besoin de savoir que l'attirance qu'il avait aperçue dans ses yeux était toujours là. Que les baisers qu'ils avaient partagés n'étaient pas simplement des impulsions ressenties quand elle avait été en danger.

Casey se lécha les lèvres et Beatle étouffa le grognement qui menaçait de s'échapper de sa gorge à cause de ce geste involontairement sensuel.

— Oui.

— Je peux dormir ici, lui dit Beatle en faisant un geste vers le canapé derrière eux.

Elle n'arrêta pas de le regarder.

— Est-ce que tu...

Elle marqua une pause, puis dit si rapidement que ses mots se mélangèrent :

— Peuxdormiravecmoi ?

— Absolument. Il n'y a aucun endroit où je préférerais être. Vas-y et utilise la salle de bain. Fais ce que tu as à faire. Ensuite j'irai un petit moment.

— D'accord.

Le soulagement dans ses yeux était presque douloureux à voir, mais Beatle ne fit pas de commentaire. Il avait l'impression que ce serait irrespectueux de le faire, étant donné qu'elle s'en sortait si bien après son supplice. Il la regarda partir vers la chambre, puis elle réapparut une minute plus tard avec l'un des pyjamas en main. Elle lui sourit timidement en entrant dans la salle de bain et ferma la porte.

Beatle ne recommença à respirer normalement qu'à ce moment-là. Il se tourna vers la cuisine et attrapa une bouteille d'eau. Il la but entièrement en essayant de contrôler sa libido enragée. Il n'avait jamais été un tel chaud lapin avant. Il avait eu des relations, mais aucune n'avait été aussi intense que celle-ci... et Casey et lui ne couchaient même pas ensemble.

Quand il était loin d'elle, il voulait la voir. Quand il était avec elle, il voulait la toucher. Et quand il la touchait, il voulait avoir le droit de lui enlever tous ses vêtements et de goûter chaque millimètre de sa peau. C'était un cercle vicieux, mais il lui donnait l'impression d'être plus vivant que depuis très longtemps.

Il aimait travailler avec l'équipe, mais voir ses amis s'installer les uns après les autres avait été difficile. Beatle rentrait seul, dans un petit appartement, alors que ses amis retournaient tous à la maison pour retrouver leur femme aux anges de les revoir.

Il n'était pas idiot. Il savait que Casey et lui avaient de sacrés obstacles à franchir avant qu'il ne puisse dire sans aucun doute qu'ils étaient un couple, mais il espérait qu'ils pourraient les escalader.

Beatle nota mentalement de parler au commandant pour que Casey voie un psychologue de la base, bientôt. Il savait qu'elle avait une collègue à qui elle espérait parler de ce qui lui était arrivé, mais elle était en Floride. Casey avait besoin de quelqu'un ici.

Elle avait également besoin d'avoir plus de choses à elle. C'était génial que Kassie ait pu lui trouver des vêtements, mais elle avait besoin de plus que quelques tenues. Il savait qu'elle se sentirait mieux si elle retrouvait quelques-unes de ses affaires. Cela l'aiderait à se sentir chez elle, au Texas.

— J'ai fini.

La voix douce de Casey interrompit sa rêverie et Beatle se retourna.

Il savait que sa bouche était grande ouverte, mais il ne pouvait s'en empêcher. Elle était vraiment belle. La lumière du couloir était éteinte, mais la légère teinte rose de son short et de son haut à bretelles fines était facile à voir. Le débardeur était lâche sur sa carrure, mais Beatle pouvait tout de même voir le gonflement de sa poitrine sous le tissu. Ses jambes étaient longues et souples. L'esprit de Beatle plongea immédiatement. Il pouvait presque sentir la peau douce à l'intérieur de ses cuisses quand elles s'enrouleraient autour des siennes et qu'elles les serreraient alors qu'il enfoncerait son sexe dans son corps étroit et chaud.

— Je vais au lit, dit-elle en brisant son fantasme.

Beatle avait le sentiment qu'il rougissait, mais il acquiesça simplement en la regardant, pas vraiment prêt à parler.

Lorsqu'elle se tourna vers la porte de la chambre, Beatle dut fermer les yeux, mais cela ne fit pas disparaître l'image déjà gravée dans son cerveau. Le short qu'elle portait était moulant et faisait ressortir les courbes parfaites de ses fesses. Elle était belle. Légèrement arrondie aux bons endroits et vraiment féminine. Beatle la voulait. Terriblement. Il pouvait sentir le sang palpiter dans son membre comme un pouls. Il savait sans aucun doute que s'il avait la chance de faire l'amour à Casey Shea, il ne durerait pas plus d'une minute, si ce qu'il ressentait en ce moment indiquait quoi que ce soit.

Elle n'essayait même pas de le séduire et pourtant elle l'avait piégé bien plus vite que n'importe quelle femme auparavant.

Il se recroquevilla un peu, essayant de temporiser la douleur de son intense érection et de penser à n'importe quoi d'autre que d'aller dans la chambre pour lui enlever son nouveau pyjama et se plonger en elle.

Il lui fallut quelques minutes, mais Beatle put enfin marcher sans boiter. Il alla dans la salle de bain et se brossa les dents. Puis il partit dans la chambre.

Casey était allongée sous la couverture et l'attendait avec des yeux écarquillés. Il avait à moitié espéré qu'elle soit endormie, mais puisqu'il n'avait pris que quelques minutes, cet espoir avait été idiot.

Il lui tourna le dos et enleva son t-shirt. Puis il déboutonna son jean, ordonna à son pénis de bien se comporter et repoussa le pantalon en bas de ses jambes, ne restant avec rien d'autre qu'un boxer.

Sans un mot, il s'assit sur le lit et passa ses jambes sous la couverture. Il prit Casey dans ses bras et prit une grande inspiration. Ce fut une erreur.

L'odeur de la lotion que lui avait rapportée Kassie remplit ses narines, et comme s'il n'avait pas déjà eu une conversation sévère avec son membre, il se remplit une nouvelle fois de sang, se préparant à procréer.

— Merci d'avoir laissé la porte ouverte, lui dit Casey.

— Pas de problème. Il y a suffisamment de lumière ? demanda Beatle.

— Je le crois.

— Je peux allumer celle du couloir si tu veux.

Elle secoua la tête contre son épaule.

— Non. Ne pars pas.

Merde. Comme s'il pouvait aller où que ce soit après avoir entendu ces trois mots franchir ses lèvres.

— Ta tête va mieux ?

— Un peu.

— Bien.

Une minute ou deux s'écoulèrent, puis elle dit :

— C'est étrange. Pourquoi c'est étrange ?

— Ça ne l'est pas, répliqua immédiatement Beatle. Détends-toi.

— Ça semblait parfaitement normal au Costa Rica, mais maintenant c'est bizarre.

Beatle roula jusqu'à ce que Casey soit sur le dos et qu'il la surplombe. Il passa ses mains dans les cheveux de la jeune femme et il maintint sa tête. Il savait que son érection s'appuyait contre sa hanche, mais il s'en moquait.

— Là-bas, tu avais peur et je t'ai aidée à te sentir en sécurité. À l'hôtel, tu as fait un cauchemar et je t'ai tenue, tu t'es calmée. Maintenant que tu ne ressens plus un danger immédiat, tes autres sens peuvent intervenir. J'espère devant Dieu que tu ne trouves pas ça étrange et que c'est ton corps qui te dit autre chose.

— Comme quoi ? chuchota-t-elle.

— Comme : je te plais. Tu aimes être dans mes bras, non pas parce que je t'aide à te sentir en sécurité, mais parce que tu m'apprécies. Parce que je vais te le dire tout de suite et tout déballer, non pas que ce soit discret : j'aime te tenir dans mes bras. Te sentir te blottir contre moi. Et, ma belle, je n'ai jamais été du genre câlin. J'ai toujours préféré avoir mon espace quand je dormais. Mais depuis cette première nuit avec toi dans le hamac, collé à tes côtés, à transpirer alors que tu étais dans mes bras, j'ai décidé qu'il n'y avait aucun autre endroit où j'aimerais être. Autre qu'avec toi. (Il marqua une pause, fixant les grands yeux verts de Casey.) Je ne te mets pas la pression pour quoi que ce soit. Si tu as vraiment l'impression que cet arrangement pour la nuit est étrange, je passerai la nuit sur le canapé. Mais sache que j'aime dormir avec toi. Et je veux vraiment dire ça. *Dormir*. Je ne dis pas que je ne voudrai pas plus, un jour, mais tu es la seule à décider si et quand ça arrivera.

— Tu ne dis vraiment pas ça parce que tu penses que je suis trop faible pour dormir toute seule ?

— Faible ? Nom de Dieu, Casey. Non. La faiblesse est la dernière chose à laquelle je pense quand je te vois. Je suis admiratif devant ta force.

— Je ne me sens pas très forte, là.

— Peut-être pas, mais ça ne veut pas dire que tu ne l'es pas.

— Hmmm. Tu m'attires. Je crois que tu le sais.

— Je l'ai deviné, mais je n'en étais pas sûr, lui dit honnêtement Beatle.

— Je crois que c'est en partie à cause de ça. Enfin, les amis ne dorment pas ensemble comme ça.

— *Nous*, si, lui assura-t-il férocement.

— Mais tu es... tu es excité, Beatle, déclara-t-elle avec les joues roses.

— Je le suis. Mais ça ne veut pas dire que quelque chose se passera entre nous avant que tu sois prête pour que ça arrive.

— Est-ce que tu peux t'endormir comme ça ? demanda-t-elle en grimaçant.

Beatle ricana.

— Oui, ma belle. Je peux dormir. Je me sens plus

détendu ici, avec toi dans mes bras, que si j'étais sur ce canapé inconfortable. Et ne t'inquiète pas pour lui... (Il appuya légèrement ses hanches contre les jambes de Casey.) Il se calmera bientôt.

— Ce n'est pas juste pour toi, protesta Casey, l'air toujours inquiète.

Beatle sourit et se retourna jusqu'à ce qu'elle soit à nouveau allongée sur le flanc, à côté de lui. Ils se décalèrent tous les deux jusqu'à être à l'aise. Ses paumes étaient appuyées contre son torse nu, les siennes étaient posées sur le tissu de son short autour de sa hanche.

— Ce n'est pas une question de juste ou d'injuste, lui dit-il. C'est mon état normal quand je suis avec toi. Que tu sois couverte de terre de la tête aux pieds ou que tu sois toute propre et fraîche en sortant de la douche. C'est juste toi, Casey.

— Tu es fou, lui dit-elle.

— Probablement, rétorqua Beatle. Maintenant tais-toi et dors.

Rien n'était aussi agréable que de sentir Casey se détendre complètement contre lui.

Et oui, il bandait toujours et il savait que si elle le laissait entrer en lui, ce serait presque une expérience extracorporelle pour lui, mais tout de même... que Casey lui fasse suffisamment confiance alors qu'elle savait qu'il avait envie d'elle, c'était une extraordinaire sensation.

Beatle tourna la tête et l'embrassa sur le front.

Il sourit davantage quand elle se blottit inconsciemment encore plus dans son étreinte.

17

La semaine et demie qui venait de s'écouler avait été pleine de hauts et de bas pour Casey.

Certains des bons moments incluaient la rencontre avec toutes les femmes de la Delta Force. Elle aimait chacune d'entre elles. Rayne était douce et généreuse, proposant de sortir avec Casey dès qu'elle le voulait. Harley était jolie. Grande et mince, mais plus que ça, elle était hilarante. Elle était super intelligente et avait passé une après-midi à jouer aux jeux vidéo avec elle, quand les hommes étaient occupés sur la base militaire.

Annie était aussi quelque chose. Elle était arrivée tous les matins, très tôt, voulant jouer. Emily lui avait finalement interdit de quitter la maison avant neuf heures du matin, donnant le temps à Casey de se réveiller et de prendre son café avant d'être inondée par la joie et l'énergie de la petite fille... ainsi que ses questions sur les insectes.

Beatle faisait également partie des bons moments. Il avait respecté sa parole et ne lui avait pas mis la pression pour qu'elle fasse plus que ce à quoi elle était prête. Ce qui, jusqu'ici, ne signifiait que des baisers et de légères caresses

253

quand ils allaient au lit. Elle avait envie de lui, mais sa situation paraissait tellement en suspens qu'elle trouvait ça injuste pour eux deux de commencer une quelconque relation sexuelle jusqu'à ce qu'elle soit sûre de ce qu'il se passait dans sa vie.

Les mauvais moments incluaient quelques conversations par e-mail avec le docteur Santos. Son amie et collègue retrouvait Jaylyn et Kristina tous les jours. Casey leur avait elle-même envoyé des messages et elle savait qu'elles avaient donné la permission au docteur Santos de lui parler de leurs expériences et de leurs séances de thérapie. Marie avait envoyé un e-mail à Casey pour lui rapporter que les filles n'allaient pas bien. Elles ne dormaient pas, elles avaient de l'anxiété, des terreurs nocturnes et pas d'appétit.

Casey voyait elle-même un médecin que lui avait recommandé Beatle sur la base. Au début, elle avait été mal à l'aise, mais maintenant, elle se sentait plus à l'aise avec lui et commençait à s'ouvrir. Elle avait même admis qu'elle avait quelques blancs dans sa mémoire et il lui avait assuré qu'une fois qu'elle se sentirait suffisamment en confiance et plus le temps passerait, plus elle pourrait s'en souvenir. Il avait même proposé de l'hypnotiser si elle pensait réellement qu'elle avait oublié quelque chose d'important.

Les autres choses pas terribles qui arrivèrent furent que les vidéos de la jungle que chacun des Delta avait enregistrées n'avaient pas encore été revues par l'armée. Apparemment, les techniciens de la base étaient trop occupés et n'avaient pas encore pu les visionner.

Casey découvrit qu'elle avait une curiosité morbide et voulait les voir. Pour observer une plus grande partie du village dans laquelle elle avait été retenue en otage. Elle n'avait clairement pas vu grand-chose quand elle était là-bas.

Le temps semblait s'écouler à la vitesse de l'éclair – le

début du semestre d'automne à l'université arriverait avant qu'elle s'en rende compte – mais à la fois lentement. Elle avait l'impression d'être dans l'appartement de Fletch depuis une éternité. Qu'elle avait connu les hommes et les femmes des forces spéciales toute sa vie.

Emily avait craqué et annoncé la nouvelle de sa grossesse à Casey. Elle disait qu'elle était très enthousiaste et qu'elle allait peut-être cracher le morceau puisque tout le monde le saurait bientôt, de toute façon. Cette même après-midi, elle avait sa fête de révélation de grossesse, bien qu'elle ne la présentât pas ainsi. Elle s'était servie de l'arrivée de Casey comme excuse pour organiser un barbecue.

Casey l'avait aidée à cuisiner toute la matinée. Emily avait prévu toutes sortes d'amuse-gueules. Œufs mimosas, portions de salade de pommes de terre, mini *corn dog*, des bouchées *caprese*, des brochettes de fruits, des soleils au pesto et beaucoup, beaucoup de cookies.

Emily et elle avaient gloussé toute la journée à cause de l'annonce et de ce que les autres diraient. Par conséquent, Casey était presque aussi enthousiaste pour la fête qu'Emily.

— C'est bon ? demanda Casey à Emily.

Elles posèrent les derniers cookies sur des assiettes. La table dans la salle à manger était remplie à ras bord de nourriture. Il y avait des chaises dans tout le salon et dès que Fletch rentrerait à la maison, il allumerait le barbecue dans le jardin.

— Oui. J'apprécie vraiment ton aide. Je ne sais pas si j'aurais pu tout organiser sans toi, lui dit Emily.

— Si, bien sûr... mais ça t'aurait peut-être pris plus long-temps, la taquina Casey.

Emily soupira, mais sourit en même temps. Elle posa une main sur son ventre.

— J'espère que ce petit gars ne me rendra pas la vie horrible.

— Euh... Je ne sais pas grand-chose là-dessus, mais n'est-ce pas un peu trop tôt pour connaître le sexe du bébé ? demanda Casey.

Emily rit et acquiesça.

— Oui, mais Fletch et moi avons le sentiment que c'est un garçon. Depuis le premier jour, quasiment, je dis que c'est un garçon.

— Tu seras déçue si c'est une fille ?

Emily secoua la tête.

— Non. Garçon, fille, jumeaux, peu importe. Ça n'a pas d'importance.

Casey sourit.

— Si Annie avait son mot à dire, tu en aurais une dizaine de plus. Je n'ai jamais vu une enfant qui souhaite autant avoir des frères et sœurs.

— N'est-ce pas ? rétorqua Emily. Je me suis sentie mal de ne pas lui dire qu'on réalisait son plus grand souhait du moment et Fletch l'a découvert. Mais je sais qu'à la seconde où elle se rendra compte qu'elle va être grande sœur, elle me rendra folle avec ses questions. Elle est tellement impatiente. Tu devrais la voir pendant la période de Noël. Mon Dieu.

Casey sourit.

— Elle est géniale. Tu as vraiment de la chance.

— Je sais. Maintenant... va te préparer. Tout le monde va commencer à arriver dans environ une heure, l'informa Emily.

Casey essuya ses mains une fois de plus et se dirigea vers la porte. Elle traversa l'allée et le jardin jusqu'à son appartement. Quand elle atteignit les escaliers qui montaient le long du garage, elle marqua une pause et leva les yeux. Le ciel était brillant. Elle entendait les oiseaux chanter et les bruits remarquablement forts des cigales dans les arbres autour d'elle.

Elle se jura à ce moment-là de ne plus jamais prendre sa liberté pour acquise. À un moment, il y a peu de temps, elle ne savait pas si elle reverrait le ciel. Se tenir dans le jardin d'une famille qui devenait rapidement de proches amis, elle n'aurait jamais pu le prédire.

Elle se sortit de sa rêverie et se précipita dans les escaliers. Le téléphone portable que Beatle lui avait trouvé sonna quand elle ouvrit la porte. Casey courut vers le plan de travail et appuya sur l'icône, espérant qu'il n'était pas trop tard.

— Allô ?

— Allô ? Casey ?

— Marie ?

— Oui, c'est moi. Je suis désolée de te déranger. Je voulais juste t'appeler pour te dire en personne à quel point je suis heureuse que tu ailles bien. Enfin, je sais que je l'ai dit dans un e-mail, mais c'est différent de l'entendre à voix haute. Tu dois avoir tellement de mal à retourner en société après ce qu'il s'est passé.

Casey grimaça et les mots de son amie la firent se sentir coupable. Parce qu'honnêtement, elle n'avait pas pensé une seule fois de la journée à ce qu'il s'était passé. Emily et elle avaient ri, plaisanté et parlé de trucs habituels entre filles.

— Je vais bien, merci. Comment as-tu obtenu ce numéro ? demanda Casey.

— Grâce à Jaylyn. Elle a dit qu'elle t'avait appelée quelques fois et j'ai demandé si elle pouvait me donner ton numéro pour que je puisse te parler aussi.

Casey s'assit au bord du canapé et acquiesça.

— Ouais. Je suis navrée d'entendre que Kristina et elle ne se remettent pas bien de ce qu'il leur ait arrivé.

— C'est tellement dommage, affirma tristement Marie.

Jaylyn a dit que la dernière fois que tu lui as parlé, tu lui as demandé si elle se souvenait d'avoir vu ou entendu quelque chose qui sortait de l'ordinaire quand vous aviez été enlevées, ou plus tard, quand elles étaient dans la hutte ?

— Oui, confirma Casey. Les hommes qui m'ont sauvée essaient de comprendre qui, dans le monde, pouvait vouloir nous kidnapper, et nous sommes tous d'accord sur le fait que peut-être nous avions entendu ou vu quelque chose, mais avec tout le traumatisme que nous avons traversé, peut-être que ça nous bloque.

— C'est possible, répondit Marie. Les dommages psychologiques dont vous avez souffert toutes les quatre pourraient clairement bloquer certains détails. Tu as été violée ?

Casey étouffa un cri de surprise. Nom de Dieu, même les Deltas avaient eu plus de tact que Marie à ce moment-là. Et elle était censée être son amie.

— Non, répondit-elle un peu sèchement.

— Eh bien, c'est tant mieux, répondit Marie.

Elle ignora évidemment la réponse brusque de Casey.

— Jaylyn et Kristina disent qu'elles ne l'ont pas été non plus. Mais n'est-ce pas bizarre ? Enfin, plusieurs femmes se font kidnapper en Amérique du Sud et elles ne sont pas violées ? Peut-être que vous ne les attiriez pas ou un truc du genre.

Casey ouvrit la bouche en grand, choquée. Marie ne venait pas de dire ça, si ?

— Tu ne viens pas de dire ça, lança-t-elle à sa collègue.

— Oh... désolée. Je ne voulais pas me montrer insensible, répondit Marie d'un air désolé.

— Tu appelais pour une raison en particulier ? s'enquit Casey.

Elle avait simplement envie de raccrocher au nez de l'autre femme.

— Oui. Les filles. Tu sais que je les vois tous les jours pour essayer de les aider à digérer ce qu'il s'est passé. On a parlé et je pense que peut-être quelques séances de groupe leur feraient du bien.

— D'accooord, répondit Casey.

Elle ne comprenait pas ce qu'elle avait à voir avec le fait que Jaylyn et Kristina parlent au médecin ensemble.

— Avec toi, Casey, précisa Marie. Tu étais leur cheffe. Elles m'ont dit qu'avant que vous soyez séparées, elles s'en sortaient bien. Vous partagiez la nourriture, elles avaient espoir d'être sauvées. Mais quand tu as été emmenée et qu'elles ont pensé que tu avais été sauvée en les laissant derrière toi, elles se sont effondrées. Je pense que ce serait une bonne idée si tu te joignais à nous.

— Oh, eh bien... oui. Je pourrais le faire. Si tu me dis quand vous vous retrouvez, je pourrais appeler ou un truc dans le genre.

— Non ! s'exclama Marie.

Puis, d'une voix plus calme, elle expliqua :

— Je ne pense pas que ça fonctionnera par téléphone. Les filles ont besoin de te voir. De voir de leurs propres yeux que tu vas bien. Et avant que tu le suggères, Skype n'est pas la même chose que de te voir en personne, de pouvoir t'enlacer et te toucher. Je crois qu'elles ont vraiment besoin de te voir, en personne, devant elles, pour être certaines que tu vas bien. Quand rentres-tu ? Tu devrais être là, au milieu de tes amis, de toute façon. Ça t'aidera à guérir.

Casey trouvait qu'elle guérissait plutôt bien comme ça.

— Je vais bien. Je vois un psychologue sur la base de l'armée. Il m'aide vraiment.

— Ah oui ?

— Oui.

— De quoi parlez-vous ?

Casey éloigna le téléphone de son oreille et le fixa un

moment, comme s'il pouvait l'aider à comprendre ce qui se passait. Si elle ne connaissait pas mieux son amie, elle se dirait qu'on lui faisait une farce ou quelque chose comme ça.

— Je ne vais pas te dire de quoi j'ai parlé avec mon médecin, Marie. Je sais que nous sommes amies et que tu es psychologue, mais ce n'est pas cool.

— Je n'essayais pas de me comporter en pétasse, rétorqua Marie sur la défensive. Je pense simplement que les filles feraient plus de progrès si vous étiez toutes ensemble. Si vous pouviez parler de ce qu'il s'est passé, l'une avec l'autre. Peut-être que ce que tu crois avoir oublié ressortirait plus facilement si tu voyais Jaylyn et Kristina. Rejouer la scène pourrait même peut-être aider.

— La rejouer ? demanda Casey, incrédule.

Elle en avait plus qu'assez de ce coup de fil. Elle avait été de si bonne humeur et maintenant, elle était agacée et grognon.

— Je ne vais pas revivre mon kidnapping, Marie. Je n'arrive pas à croire que tu le suggères !

— Tu serais surprise de voir à quel point ça peut être cathartique, Casey. Il est évident que tu es en colère contre moi, mais honnêtement, je ne veux que ce qu'il y a de mieux pour les filles et toi. Je veux que vous passiez outre ce qu'il s'est passé et ça m'intéresse de vous aider à le faire. Non seulement ça, mais si tu me laisses t'aider, peut-être que tu n'auras pas vécu ça en vain et que tu pourras aider d'autres victimes d'enlèvement dans leur future guérison après leur expérience.

Casey secoua simplement la tête. Marie ne comprenait pas.

— Je suis prête à appeler quand tu retrouveras à Jaylyn et Kristina. Dis-moi simplement quand c'est.

— Elles seront ravies de l'entendre, répondit Marie. Je

vais leur parler et on trouvera un moment. S'il te plaît, n'hésite pas à m'appeler si tu te souviens de quoi que ce soit si tu penses que ça peut aider les filles. Elles ont peur que quelqu'un les pourchasse, tu sais. Tout ce dont tu pourrais te souvenir les rassurerait sur le fait qu'elles sont en sécurité. Ce serait un énorme soulagement et un pas de géant dans leur processus de guérison.

Casey acquiesça. Elle savait que ce serait le cas, parce qu'elle ressentait la même chose.

— Je le ferai. Si quelque chose me revient, je te le dirai.

— Je suis vraiment contente que tu ailles bien. J'ai hâte que tu rentres à la maison. On déjeunera ensemble, d'accord ?

— Bien sûr, dit Casey sans le penser.

— On se reparle bientôt.

— Salut.

Casey raccrocha et regarda le téléphone un long moment.

— Mais qu'est-ce qu'il vient de se passer ? demanda-t-elle à voix haute.

Personne ne répondit, ce qui était une bonne chose puisqu'elle était seule dans l'appartement.

Casey ferma les yeux et pensa à la conversation qu'elle venait juste d'avoir. Non seulement elle était inappropriée, mais également vraiment étrange. Elle était amicale avec Marie, néanmoins elles n'étaient pas *amies*. Elles se voyaient lors des activités scolaires, mais elles n'avaient pas vraiment sympathisé en dehors du travail.

C'était plutôt sympa que la psy s'inquiète pour elle, mais était-elle *trop* inquiète ? Pourquoi voudrait-elle que Casey rentre chez elle si elle était bien ici ? Ses étudiantes avaient-elles dit plus que ce que la femme le laissait penser ?

Une partie de Casey voulait retourner en Floride pour prendre des nouvelles de Jaylyn et Kristina. Mais honnêtement, elle ne pouvait pas beaucoup les aider. Elles avaient besoin de voir un psychologue. Mais pourquoi Marie était si intéressée par ce dont elle se souvenait ou non à propos de l'enlèvement ?

Un frisson traversa la nuque de Casey. La psy pouvait-elle avoir des raisons cachées ? Mais lesquels ? Ça n'avait pas de sens.

À ce moment-là, la porte de l'appartement s'ouvrit et une voix d'homme fit écho dans la pièce.

— Casey ?

Elle sursauta et faillit tomber du canapé, paniquée. Elle tourna brusquement la tête vers la porte et vit Beatle se tenir juste là. Le soulagement fut immense et Casey en eut le vertige.

Elle sentit les mains de ce dernier sur ses épaules et elle se détendit contre lui.

— Tu m'as vraiment fait peur, dit-elle doucement.

— Qu'est-ce qui ne va pas ?

Elle regarda dans les yeux inquiets de Beatle.

— Rien. Tu m'as juste fait peur.

— C'est faux. Essaie encore. En aucun cas mon arrivée n'aurait pu te faire aussi peur s'il n'y avait rien d'autre. Je te connais, Casey. Parle-moi.

— Ce n'est rien. Juste un coup de fil étrange de Marie.

— Ton amie psychologue ? Étrange à quel point ?

— Juste... bizarre. Est-ce qu'on peut laisser tomber ? Je dois me préparer. Je ne me suis pas encore douchée.

Elle voyait que Beatle ne voulait vraiment pas laisser tomber, mais après un long regard, il acquiesça.

— D'accord, mais tu me parleras plus tard ? Tu me diras ce qui t'a tant secouée ?

Ça, elle pouvait le faire.

— Oui.

— Bien. Emily m'a envoyé ici pour te rappeler que c'est une fête à la bonne franquette.

— Je le savais, répondit Casey, confuse. Pourquoi t'enverrait-elle me dire quelque chose que je sais déjà ?

Elle jeta un coup d'œil à Beatle et fut surprise de voir un léger rouge monter dans son cou. Il leva une main et frotta ses cheveux courts sur sa tête.

— D'accord, j'ai menti. Elle ne l'a pas fait. Je viens juste de revenir avec Fletch et je voulais te voir.

— Tu m'as vue ce matin, dit Casey.

— Ouais, mais c'était il y a plus de sept heures.

Elle savait que le sourire qui s'étirait sur son visage était probablement idiot, mais elle s'en moquait.

— Je t'ai manqué, chuchota-t-elle.

— Oui, ma belle, tu m'as manqué, affirma immédiatement Beatle.

Sans y réfléchir, Casey se pencha en avant et l'embrassa. Elle voulait que ce soit léger, le genre de baiser tout doux, mais Beatle avait d'autres idées. Il les inclina tous les deux sur le côté et approfondit le baiser.

Il dévora sa bouche comme si cela faisait des mois qu'il ne l'avait pas vue, et non quelques heures. Mais Casey ne s'en plaignit pas. Ces dix derniers jours avaient fait partie des meilleurs de sa vie. Grâce à Beatle. Il l'avait fait se sentir jolie et forte. Il l'avait invitée dans son cercle d'amis sans réserve. Et quand elle avait eu besoin de son réconfort et de sa force au milieu de la nuit, il avait été là, sans contrepartie.

Elle savait sans aucun doute qu'elle l'attirait, mais elle ne s'était pas sentie prête à se plonger dans une quelconque relation. Néanmoins, il avait lentement fait tomber sa résistance et à ce moment-là, allongée sous lui sur le canapé inconfortable dans l'appartement de son ami, la libido de Casey s'était réveillée.

Elle le voulait.

Tout entier.

Alors qu'il sentait la décision capitale qu'elle venait de prendre dans sa tête, Beatle recula. Sa main s'était faufilée sous son t-shirt et il avait taquiné les tétons de Casey au travers de son soutien-gorge, mais il se figea en baissant les yeux vers elle.

— Quoi ?

— Quoi quoi ? demanda Casey, optant pour la nonchalance.

— Quelque chose ne va pas. Qu'est-ce que c'est ?

— Tout va bien, contre-attaqua-t-elle. Je pense que tout va vraiment bien pour une fois.

Les pupilles de Beatle se dilatèrent et il se lécha les lèvres.

— Dis-moi ce que ça signifie, ordonna-t-il d'une voix rauque.

— Je te veux, Beatle.

C'était difficile de prononcer ces mots, mais il les méritait. Il avait été plus que patient avec elle. Il ne lui avait jamais fait ressentir qu'elle lui devait quoi que ce soit. Plus elle passait du temps avec lui, plus il prouvait qu'il appréciait passer du temps avec elle. Qu'il attendrait, honnêtement, autant de temps qu'il lui faudrait pour qu'elle le veuille en retour. Et même si elle avait décidé qu'elle ne voudrait jamais vivre ça, elle savait au fond d'elle qu'il ne l'aurait jamais forcée.

Troy Lennon était un homme bon. Au fond de lui. Et elle le voulait. Tout entier. Maintenant.

Au lieu de lui sauter dessus, comme elle avait espéré qu'il le fasse, une fois qu'elle lui aurait dit que son désir était réciproque, il rejeta la tête en arrière et ferma les yeux.

— Beatle ?

Il baissa la tête et grimaça.

— Maintenant, femme ? Tu me dis que je peux t'avoir

toute à moi, *maintenant* ? Quand on doit aller retrouver nos amis ?

Elle gloussa.

— Mauvais timing ?

— Le pire des timings, affirma-t-il.

Puis il se pencha et appuya son front contre le sien.

— Mais tu sais quoi ? J'ai attendu jusque maintenant, je peux attendre ce soir. Tu te rends compte de ce que tu viens de me donner, hein ? s'enquit-il.

Casey acquiesça.

— Quoi ? Qu'est-ce que tu viens de m'offrir ? demanda Beatle.

— Moi, répondit simplement Casey. Je me suis offerte à toi.

— C'est bien vrai. Et tu m'auras en retour. Je sais que tu ne m'as pas déclaré ton amour ni insisté pour qu'on s'enfuie et qu'on se marie, mais tu dois savoir que ce n'est pas une amourette pour moi. Je m'engage pour du long terme.

Casey acquiesça. Elle le savait. C'était l'une des choses qui la retenaient. Elle n'avait pas pu trouver comment une relation fonctionnerait s'il était ici et qu'elle était en Floride. Mais grâce à l'appel de Marie, elle se rendait compte qu'elle n'était pas certaine de vouloir retrouver son travail. Oui, elle aimait enseigner, mais comme Beatle l'avait déclaré une fois, il y avait des universités au Texas. Ou même via Internet. Elle pouvait enseigner en ligne et vivre où elle le souhaitait.

— Je veux voir ce qu'il se passe, lui dit-elle. J'ai suffisamment entendu les autres parler pour savoir qu'être avec un mec de l'armée n'est pas la chose la plus facile du monde, mais j'aimerais essayer. Si tu le veux bien, bien sûr.

— Oh que oui, souffla Beatle, avant de reprendre sa bouche dans la sienne.

Casey ne savait pas vraiment comment il avait réussi,

mais dix minutes plus tard, il s'assit avec elle dans ses bras et la força à se lever.

— Va prendre ta douche, ma belle. Si je te garde sous moi plus longtemps, je ne vais pas pouvoir attendre.

Elle jeta un coup d'œil vers les cuisses de Beatle et vers l'érection qui le torturait depuis dix minutes.

— Tu vas pouvoir marcher ? le taquina-t-elle.

— Je n'en ai aucune idée, répondit-il en fronçant les sourcils.

Casey ne put s'empêcher. Elle rit. À gorge déployée.

Lorsqu'elle reprit le contrôle, elle ouvrit les yeux et vit que Beatle lui souriait avec un air idiot sur le visage.

— Quoi ?

— J'aime te voir rire. Je donnerais tout ce que j'ai pour voir constamment ce joli sourire sur ton visage.

Elle se calma.

— Beatle.

— Non. Plus de douceur. Je ne le supporterais pas. Va te doucher. Je t'attendrai ici. On marchera ensemble jusqu'à la maison.

Il passa un doigt sur l'extérieur de son bras.

— Ce soir, tu seras à moi.

— Seulement si tu es à moi, rétorqua Casey.

— Je suis déjà à toi, répondit-il. Vas-y.

En transe, elle s'exécuta.

Pendant sa douche, elle rejoua ses paroles.

Je suis déjà à toi.

Comment pouvait-elle résister à ça ?

Elle ne le pouvait pas.

Et elle en avait assez d'essayer.

18

———————

— Merci à tous d'être venus, déclara Emily plus tard ce soir-là.

Quinze personnes étaient assises autour de leur hôte et la regardaient fixement, à l'écoute du moindre de ses mots.

Personne ne semblait s'inquiéter du fait qu'il n'y avait pas vraiment assez de place pour tout le monde dans le salon. Ils étaient juste heureux ensemble et cela se voyait.

Casey sourit en observant la pièce.

Rayne et Ghost étaient cuisse contre cuisse sur le canapé, tandis que Kassie était assise sur Hollywood. Harley était installée sur les genoux de Coach dans un immense fauteuil à côté du canapé. Fletch était par terre, devant le sofa avec Annie devant lui, appuyée contre son torse.

Elle avait apporté une grande boîte en plastique sophistiquée avec une poupée de l'armée à l'intérieur. Elle avait expliqué à tout le monde qu'avant, elle en avait deux, mais son meilleur ami Frankie qui était sourd et vivait en Californie avait maintenant l'autre. Ils jouaient ensemble grâce à une application sur son iPad. Après son explication, elle avait continué à jouer seule, toute contente, jusqu'à ce que sa mère prenne la parole.

Truck surplombait Mary, qui était assise sur l'une des chaises du salon. Casey reconnut le regard affectueux dans ses yeux, puisqu'elle avait vu le même chez Beatle ces deux dernières semaines. Il était évident que Truck tenait à cette femme, même si Mary avait fait de son mieux pour mettre autant de distance que possible entre eux pendant la soirée.

Mais Casey l'avait observée curieusement. Mary agissait peut-être comme si elle ne voulait pas que Truck s'approche d'elle, mais ses yeux et ses signaux non verbaux racontaient autre chose. Elle ne pouvait arracher son regard du grand homme, et quand Blade avait fait un commentaire taquin sur la cicatrice de Truck, le visage de Mary s'était renfrogné et était devenu protecteur. Elle avait réussi à se contrôler et à ne pas réprimander Blade à voix haute, mais Casey voyait bien qu'il lui fallait beaucoup de self-control.

Les deux hommes sans femme – Blade et le frère de Rayne, Chase – étaient appuyés contre un mur. Ils avaient tous les deux les bras croisés ainsi qu'un air concentré et alerte sur le visage. Casey s'était rendu compte plus tôt, après avoir emménagé dans l'appartement de l'autre côté du jardin, que tous les Deltas étaient ainsi. Même ceux qui avaient une femme dans leur vie. Ils faisaient peut-être attention à leurs petites amies ou à leurs femmes, mais ils étaient tous conscients de ce qu'il se passait autour d'eux. Juste au cas où.

Casey se tenait près de la cuisine. Elle venait juste de finir la vaisselle et Beatle l'avait aidée. Elle avait été acceptée comme faisant partie du groupe, mais elle ne supportait pas de rester simplement assise et d'être passive. Emily avait vite appris comment elle était et après quelques protestations, pendant un jour ou deux, elle l'avait laissée faire.

Casey sentit Beatle arriver derrière elle et passa les bras

autour de sa taille. Elle se pencha en arrière, contre lui, le laissant accepter son poids. Elle se sentait détendue et heureuse. Elle avait hâte qu'Emily révèle la nouvelle de sa grossesse à ses amis.

— Dépêche-toi ! Je veux du gâteau ! plaisanta Hollywood.

Kassie lui donna un coup de coude avant de dire :

— Ferme-la !

Tout le monde rit et Emily poursuivit :

— Comme vous le savez peut-être, Fletch et moi avons... euh... travaillé sur la demande d'Annie qui souhaiterait un petit frère ou une petite sœur.

— Oh mon Dieu ! cria Annie.

Elle se mit précipitamment debout et sautilla sur place.

— S'il te plaît, dis que tu es enceinte ! S'il te plaît, dis que tu es enceinte !

— Je suis enceinte, répondit docilement Emily à sa fille.

La petite fille courut vers sa mère et passa ses bras autour d'elle.

— Quand ? demanda-t-elle en levant les yeux vers Emily.

— Dans un moment. Encore sept mois environ, lui dit Emily en passant une main sur la tête de sa fille.

— Youpi ! couina Annie.

Puis elle lâcha sa mère et fit une étrange petite danse improvisée au milieu de la pièce.

Emily leva une main pour empêcher ses amis de se lever et de la féliciter. Elle regarda son mari.

— Nous ne connaissons pas encore le sexe, mais si quelqu'un prend les paris, on pense que c'est un garçon.

— Un frère ! souffla Annie.

Puis elle éclata immédiatement en larmes.

Fletch se leva et prit sa fille dans ses bras, avant de déclarer, inquiet :

— Ce sont des larmes de bonheur, hein ma puce ?

Annie leva les yeux vers son père et pleura à chaudes larmes.

— Je voulais vraiment *vraiment* un petit frère ! Quelqu'un qui jouerait à l'armée avec moi !

— Nous n'en sommes pas encore sûrs, ma puce. C'est trop tôt. C'est peut-être une fille.

Annie secoua vigoureusement la tête.

— Je ne vais pas mentir, je serais un peu triste si c'est une fille, mais j'ai été siiiiii sage. Papa Noël m'a regardée et il sait comme j'ai été sage. Je n'aurais pas pu être plus gentille !

L'enthousiasme et le sérieux de la petite fille étaient adorables.

Fletch se contenta d'agiter la tête et de sourire à sa fille.

— J'ai bien peur que *si* c'est un garçon, quand il sera assez grand pour jouer, tu ne voudras plus rien faire avec lui, déclara-t-il.

— Non. Je m'en fiche si je suis vieille. Genre *trente* ans. Je voudrai toujours jouer à l'armée.

Casey sentit le torse de Beatle gronder derrière elle à cause de son rire silencieux. Il se pencha en avant.

— Si trente ans, c'est vieux, on est tous foutus.

Casey sourit et acquiesça, sans cesser de regarder la jolie scène qui se déroulait devant elle.

— Eh bien... puisque c'est apparemment le moment pour dire ses secrets, Harley et moi en avons un également, annonça Coach.

Toutes les têtes pivotèrent pour le regarder. Il était toujours avachi sur le fauteuil et Harley était encore perchée sur ses genoux. Coach avait un bras autour de sa taille et l'autre sur sa cuisse. Il tendit la main et attrapa celle d'Harley, caressant du pouce la bague sur son annulaire gauche.

— Ce n'est pas une bague de fiançailles. C'est une alliance. Nous sommes mariés. Nous avons eu une cérémonie au civil dès qu'elle s'est remise de son accident. Nous avons décidé que nous ne voulions pas attendre.

— Sérieusement ? déclara Rayne en se levant du canapé. Vous vous êtes mariés et vous ne nous l'avez pas dit ? Ce n'est pas cool. Pas cool du tout ! Et la fête ? Vous *allez* organiser une fête, n'est-ce pas ?

— Calme-toi, maman, la taquina Harley. Oui, on va organiser une fête. On profitait juste de la vie de jeunes mariés sans toute l'agitation pendant un moment.

— Quelqu'un d'autre veut révéler de profonds et sombres secrets ? s'enquit Rayne. Et avant que vous le demandiez, non, Ghost et moi ne sommes pas mariés. Je m'en moque si nous étions les premiers à se mettre ensemble. Mary et moi avons toujours dit que nous aurions un double mariage, donc je l'attends.

Elle fit un signe de main à son amie avec un grand sourire.

Si Casey ne s'était pas tenue derrière Mary et Truck, elle serait peut-être passée à côté de la façon subtile dont ce dernier se décala pour poser une main dans le creux des reins de Mary. Ou la manière dont celle-ci s'accrocha à l'accoudoir suffisamment fort pour que ses articulations deviennent blanches. Ou comment, une fois que l'attention de tout le monde fut redirigée vers Fletch qui prit la parole, Truck se pencha et chuchota quelque chose à l'oreille de Mary, ce qui la poussa à regarder dans ses yeux et à secouer rapidement la tête.

Casey voulait vraiment savoir ce qu'il se passait avec ces deux-là, surtout après ce que Truck avait dit sur « sa Mary » lorsqu'ils étaient au Costa Rica, mais Hollywood commença à parler :

— En fait, oui, ça me semble être le bon moment … Kassie est enceinte aussi !

La pièce explosa de félicitations. Tout le monde souriait

et était heureux. Casey n'avait jamais ressenti autant d'amour dans un même endroit que dans le salon de Fletch, juste à ce moment.

— Quand dois-tu accoucher ? demanda Emily à son amie.

— Plus tôt que toi, annonça Kassie. Dans quatre mois et demi.

— Oh merde ! Je n'arrive pas à croire que tu nous aies caché ça si longtemps ! s'exclama Rayne. Comment se fait-il que ça ne se voie pas tant que ça, encore ?

Kassie haussa les épaules.

— Je m'en inquiétais aussi, mais mon médecin m'a assuré que c'était normal. Les bébés grandissent à des rythmes différents. Mais elle va bien.

Hollywood posa une main sur le ventre de sa femme, caressant là où son enfant grandissait.

— Elle ? demanda Mary.

— Elle, confirma Kassie.

— Je suis tellement heureuse pour nous, s'exclama Emily, ce qui fit rire tout le monde.

Fletch était toujours accroupi à côté de sa fille et il se tourna vers elle pour dire :

— Maman et moi avons un cadeau pour toi, ma puce.

— Pour moi ? demanda-t-elle.

Elle écarquilla les yeux. L'excitation se lisait sur son petit visage.

— Oui. Pour toi.

Puis Fletch attrapa Annie et la jucha sur ses épaules. Elle passa ses petites mains sous son menton pour garder son équilibre.

— Les gars et moi on travaille dessus depuis un moment pour que ce soit parfait. Sortez tout le monde et suivez-nous, dit Fletch à ses amis.

— Qu'est-ce qu'il lui a fait ? demanda Casey.

Beatle la guida à la suite de tout le monde.

— Attends de voir, lui dit-il mystérieusement.

Devant la maison se trouvait une énorme boîte avec du papier cadeau couleur camouflage. Le couinement d'Annie quand elle vit le cadeau fut probablement entendu de l'autre côté de l'État. Fletch se pencha et posa sa fille par terre. Elle courut immédiatement vers la boîte et commença à arracher le papier.

Puis, sans attendre l'aide de son père, elle souleva la boîte, qui n'avait pas de fond et révéla ce qui se cachait à l'intérieur.

— Je le savais ! s'exclama-t-elle. Je le *savais* ! Merci, merci, merci ! Mon propre char !

— Oui. Bien qu'il y ait des règles sur l'endroit et le moment où tu pourras le conduire, la prévint Fletch.

Annie secoua la tête de haut en bas, mais il était évident qu'elle n'écoutait pas.

— Laisse tomber, dit Hollywood à Fletch. Elle n'entendra rien de ce que tu lui diras là. Tu as rechargé les batteries avant de l'emballer ?

— Bien sûr que oui. Tu penses qu'elle aurait eu la patience d'attendre de monter dessus ?

Coach et Truck aidèrent Annie à grimper dessus et à s'installer dans le petit véhicule motorisé, qui ressemblait exactement à un char Sherman.

Annie roulait à toute vitesse dans le jardin, faisant semblant de tirer sur des ennemis invisibles quelques minutes plus tard.

Casey leva les yeux vers Beatle.

— Un char ?

Il haussa les épaules.

— Elle a vu une version en plastique, vraiment nulle, sur Internet un jour et elle devait l'avoir. Bien sûr, elle coûtait des milliers de dollars, donc Fletch lui a dit qu'elle devait elle-même gagner l'argent pour se l'acheter. Elle a fait du sacré bon boulot.

Casey vit l'éclat de malice dans les yeux de Beatle.

— Avec beaucoup d'aide de ses oncles, j'en suis sûre.

— Évidemment, répondit-il. Même si celui-ci n'est pas comme celui qu'elle a vu. On en a tous parlé et la version vue sur Internet était merdique. Alors on a tous réfléchi et on a trouvé comment modifier l'une de ces voitures Barbie qu'on voit dans les magasins. On a utilisé le moteur, mais c'est à peu près tout. À chaque fois qu'on en avait l'occasion, on travaillait dessus. Un mec sur Internet en a fabriqué un à partir de rien, donc on a fini par lui envoyer beaucoup d'e-mail pour régler les problèmes sur notre propre version. Mais je pense que dans l'ensemble, il est plutôt cool.

— C'est le cas. Il est super cool, affirma Casey. Alors l'argent qu'elle a gagné a servi à acheter les pièces ?

— Oui. Même si je crois qu'Hollywood a plus ou moins tout payé. Annie a appris très vite qu'il la payait pour qu'elle les laisse seuls, Kassie et lui, pour qu'ils puissent s'envoyer en l'air. Elle arrivait toujours quand ils le voulaient le moins.

Casey ne put s'empêcher de rire en chœur avec lui. Elle jeta un coup d'œil aux adultes qui observaient Annie foncer dans l'allée et le jardin. Elle était à son apogée et la joie qui émanait d'elle était vraiment belle.

L'amour que ces hommes avaient pour leur femme était addictif. Et c'était quelque chose que Casey commençait à vouloir plus qu'elle n'avait jamais voulu quoi que ce soit dans sa vie. Elle avait cru qu'être kidnappée était la pire chose qui pouvait lui arriver, et c'était le cas, mais... cela l'avait menée ici.

Grâce à son expérience, elle avait rencontré Beatle, découvert qu'elle avait plus de force en elle qu'elle ne l'aurait jamais imaginé et elle avait été accueillie à bras ouverts par ce petit groupe d'amis. Elle ne devrait pas être reconnaissante d'avoir été enlevée... mais curieusement, elle l'était tout de même.

Quand le soleil se coucha, les couples commencèrent à se disperser lentement, jusqu'à ce qu'il ne reste que Casey et Beatle.

Casey sentit les mains de Beatle commencer à errer. Il était appuyé contre le côté de la maison et elle l'était contre lui. Annie conduisait toujours son char dans le jardin, mais il était évident qu'elle ralentissait. Elle était épuisée, mais la pure adrénaline et son enthousiasme la poussaient à avancer. Emily était entrée pour finir de nettoyer puis s'allonger. Fletch luttait avec sa fille.

Le souffle chaud de Beatle arriva dans le cou de Casey quand il se pencha vers elle. Ses mains parcoururent le corps de la jeune femme, effleurant les côtés de sa poitrine en passant.

— Tu es prête à monter ?

Casey prit une inspiration et acquiesça immédiatement. Ouais, elle était plus que prête.

Beatle attrapa sa main et partit vers le garage, faisant un signe du menton vers Fletch. Casey aurait gloussé, mais elle se concentrait trop pour ne pas trébucher sur ses propres pieds en tentant de suivre les foulées rapides de Beatle.

Beatle fit de son mieux pour ne pas commencer à courir, tirant Casey derrière lui en montant les marches de l'escalier de l'appartement qu'il partageait avec la femme qu'il n'arrivait pas à se sortir de la tête. Il savait qu'un jour ou l'autre, il devrait rentrer dans son propre appartement, mais pour le moment, il était satisfait de vivre chez Fletch. Du moins, jusqu'à ce que Casey prenne une décision sur l'endroit où elle voulait vivre. En ouvrant la porte et en entrant, il inspira, appréciant l'odeur de Casey qui avait imprégné l'air.

Son shampoing. Sa lotion. Elle.

Elle disait que c'était de la fleur de frangipanier et il ignorait totalement de quoi il s'agissait. Mais il savait qu'il associerait pour toujours cette douce odeur florale avec Casey. En s'obligeant à ralentir, Beatle laissa tomber la main de Casey et s'éloigna d'elle.

Elle le regarda, confuse, mais ne s'écarta pas de la porte maintenant fermée à clé.

— Beatle ?

— Sois sûre, Casey, dit-il d'une voix rauque. Ne viens pas au lit avec moi si tu ne le veux pas.

Le sourire timide qui s'étira sur le visage de Casey faillit le tuer.

— J'en suis sûre. Vraiment sûre.

Il alla vers elle, prenant son visage entre ses mains et se penchant pour l'embrasser légèrement avant de s'éloigner.

— Quand tout ça sera terminé, emménage avec moi, déclara-t-il. Je sais que ce n'est pas juste de te demander de tout abandonner alors que je ne semble pas vouloir abandonner quoi que ce soit, mais je te jure que je te ferai toujours passer en premier dans ma vie. Je sais que l'armée la contrôle beaucoup, mais je ferai tout ce qui est en mon pouvoir pour que tu saches à quel point je comprends ce que tu abandonnes. Et si c'est possible, je mettrai toujours tes besoins avant les miens.

Elle secoua la tête.

— Je n'ai pas besoin de ça de ta part, u. Si une relation entre nous fonctionne, l'un d'entre nous va devoir déménager et c'est logique si c'est moi. Je ne voudrais pas que tu quittes son équipe. Vous tenez visiblement les uns aux autres et je pense que ça fait partie de ce qui vous fait si bien travailler ensemble. En plus, j'aime bien les filles. Et je veux rencontrer le petit frère d'Annie. Et la voir grandir, elle. J'aime être ici. Plus que j'aime ma vie en Floride, aussi pathétique que ça puisse être.

— Mince, murmura Beatle. Depuis quand ai-je autant de chance ?

— Je pense que c'est moi, la chanceuse, rétorqua Casey. Maintenant... est-ce qu'on s'y met ou est-ce qu'on continue à être fleur bleue, ici, toute la soirée ?

Il sourit.

— On s'y met, clairement.

Et avec cette déclaration, il posa une main dans le creux de ses reins et l'autre derrière sa tête pour l'attirer vers lui. Elle le rencontra à mi-chemin, se mettant sur la pointe des pieds et s'ouvrant immédiatement à lui quand il l'embrassa.

Sans éloigner leurs bouches l'une de l'autre, ils se déshabillèrent au passage. Les vêtements volèrent alors qu'ils se dirigeaient vers la chambre. Les chaussures furent enlevées, les chaussettes retirées. Casey recula momentanément pour passer son t-shirt au-dessus de sa tête et Beatle en fit de même. Leurs bouches s'écrasèrent l'une sur l'autre à nouveau et Casey continua à reculer.

Beatle tendit la main vers le pantalon de Casey pendant que celle-ci tâtonnait sur sa ceinture et sa braguette. Elle aurait pu trébucher sur son propre pantalon, maintenant autour de ses chevilles, mais Beatle la prit simplement dans ses bras, ses pieds pendant maintenant à quelques centimètres du sol.

Il traîna des pieds jusqu'au lit, enlevant son propre pantalon en même temps, et il tomba sur le matelas, avec Casey sous lui. Il se mit immédiatement sur le dos et sourit à Casey quand elle se mit à califourchon sur lui.

Ses mains caressèrent révérencieusement ses flancs. Il l'avait déjà touchée ainsi avant, mais jamais quand elle ne portait que ses sous-vêtements. Beatle regarda le soutien-gorge en dentelle noire qu'elle portait. Il remontait ses seins et lui donnait un grand décolleté. Il appréciait la vue, mais il mourait d'envie de la voir aussi nue que dans la jungle.

— Enlève-le, ma belle, ordonna-t-il.

En souriant, elle passa immédiatement ses mains dans son dos en dégrafant le sous-vêtement sexy. Elle laissa tomber les bretelles sur ses épaules d'un air faussement pudique en tenant les bonnets contre ses seins. Beatle savait qu'il haletait, mais il ne pouvait s'en empêcher. Il leva les genoux et les colla au dos de Casey. Avec ses pouces, il taquina l'élastique sur ses hanches en attendant qu'elle se déshabille pour lui.

Dans un mouvement qui aurait pu rivaliser avec la plus professionnelle des strip-teaseuses, elle laissa tomber ses bras et fit glisser son soutien-gorge en même temps. Beatle ignora totalement ce qu'il fit de sa lingerie, puisque tout ce qu'il pouvait voir, c'étaient ses bons gros tétons, durs et suppliant d'être touchés.

— Viens ici, dit-il.

Casey se pencha immédiatement en avant, s'offrant à la bouche impatiente de Beatle. Il prit un sein dans une main et serra légèrement avant de l'attirer jusqu'à ce qu'elle soit à sa portée. Il souffla sur elle, regardant avec fascination son téton pointer davantage. Il voulait continuer à la taquiner. À voir ce qu'elle aimait et ce qui l'excitait, mais il ne pouvait plus attendre de la goûter.

Il ne commença pas doucement. Non, au lieu de la lécher légèrement et de l'amener vers le plaisir, il saisit sa poitrine et mordit tout en suçotant. Ardemment.

Casey cambra le dos et gémit. Il avait peur de lui avoir fait mal, un moment, jusqu'à ce qu'il sente les ongles de cette dernière s'enfoncer dans son biceps. Elle s'accrocha à lui comme si elle se briserait en million de morceaux si ce n'était pas le cas.

Presque abruti par le désir, Beatle dévora ses tétons. Pendant qu'il suçotait, léchait et mordillait sa peau tendre, il lui disait à quel point elle avait bon goût dans sa bouche. Il lui disait à quel point elle était parfaite et comme il avait voulu la vénérer ainsi depuis qu'ils étaient arrivés à l'hôtel, au Costa Rica. Quand les hanches de Casey commencèrent à bouger sur lui, frottant ses abdos, Beatle sut qu'elle était tout aussi foutue que lui.

Il les fit basculer jusqu'à ce qu'elle soit allongée sous lui. Il passa un genou entre les jambes de Casey et même au travers de sa culotte, il sentit contre sa peau nue à quel point elle était mouillée.

Beatle l'embrassa en la poussant vers le haut. Avec sa langue, il imita ce qu'il voulait faire avec son membre. Casey ne se montrait pas le moins du monde passive dans leur acte d'amour. Ses hanches ondulaient contre le genou de Beatle et ses mains l'attiraient vers elle.

Son excitation et son désir évidents accentuaient encore plus l'envie de Beatle. Il s'assit et embrassa le corps de Casey. Quand il s'arrêta au-dessus de son sexe, elle passa ses mains dans les cheveux courts sur sa tête.

Beatle saisit l'élastique de sa culotte en dentelle et demanda :

— Je peux ?

— S'il te plaît, gémit-elle.

Respectueusement, Beatle fit glisser sa culotte sur ses hanches, exposant lentement ses formes féminines. Il s'arrêta et se lécha les lèvres quand le tissu retomba sur ses hanches. Casey rit et baissa les mains pour l'enlever entièrement.

Beatle ne savait pas à quoi s'attendre pour leurs ébats. Oh, il savait qu'ils seraient tous les deux satisfaits, mais il ne savait pas exactement comment Casey réagirait à son excitation. Parce qu'il *était* excité. Extrêmement.

Mais, il n'aurait pas dû s'inquiéter. Dès qu'elle enleva sa culotte, elle posa ses pieds à plat sur le matelas et ouvrit ses cuisses, lui donnant un accès total à son sexe.

Beatle réussit à lever rapidement les yeux vers son visage, pour s'assurer qu'elle était aussi partante qu'il l'était et il vit qu'elle se léchait les lèvres d'anticipation. N'ayant pas besoin d'être rassuré davantage, il posa ses mains à l'intérieur des cuisses de Casey, la maintenant ouverte, et il baissa la tête.

Le premier goût de sa douceur acidulée fit suinter du liquide préséminal sur son membre. Il ignora les propres besoins de son corps et se plongea dans l'expérience consistant à dévorer Casey. Il lécha. Il suça, employant son menton et sa barbe naissante pour l'exciter. Il la baisa avec sa langue et utilisa même son doigt pour stimuler les nerfs de ses fesses tout en suçotant son clitoris.

Et pendant tout ce temps, Casey gémit en donnant des coups de reins, en extase. À certains moments, il dut utiliser son avant-bras pour la maintenir contre le matelas afin qu'elle ne perde pas sa bouche. Il aimait chaque seconde de l'expérience. Beatle avait déjà fait cela avec bien des femmes auparavant, mais la plupart d'entre elles se contentaient de rester allongées. Elles gémissaient occasionnellement, savourant le moment, essayant parfois de le guider.

Mais cela s'était produit des années auparavant. Il ne se souvenait pas de la dernière fois qu'il avait couché avec une femme. Mettant fin à son jeûne, Casey était tellement érotique et excitante qu'il n'arrivait pas à y croire.

Conscient qu'il ne pourrait plus retenir son propre orgasme pendant longtemps, Beatle s'affaira. Sa bouche se referma autour du clitoris, créant un effet de succion. Il utilisa sa langue comme vibromasseur juste au-dessus de son renflement nerveux. Au même moment, il inséra deux doigts dans son orifice trempé, stimulant ses nerfs en se démenant pour la pousser à bout.

La combinaison de sa langue et de ses doigts fit des merveilles. Casey laissa échapper un petit cri et ses jambes se serrèrent autour de sa tête. Ses hanches se relevèrent et ses cuisses tremblèrent alors qu'un flot humide coulait sur les doigts de Beatle. Elle jouit ardemment. Tout son corps en fut secoué et Beatle ne se souvenait pas d'avoir déjà été plus excité qu'à ce moment-là.

Son membre avait laissé échapper du liquide préséminal tout le temps où il avait été entre ses jambes, et la sentir exploser autour de son corps et en dessous avait été le spectacle le plus sexy qu'il n'avait jamais vu. Il retira ses doigts de son corps toujours tremblant et enleva son boxer en un temps record. Écartant davantage les jambes de Casey avec ses genoux, il remonta sur elle. Il attrapa le préservatif qu'il avait réussi à enlever de son portefeuille avant de s'effondrer sur le lit. Il le déroula rapidement sur sa longueur et, sans attendre, appuya contre son orifice encore détrempé.

— Oui, Beatle. Oh mon Dieu, oui ! gémit-elle.

Elle releva ses hanches pour l'aider à entrer.

Elle était serrée et tellement chaude, mais Beatle n'hésita pas. Il poussa au travers de ses muscles en plein spasme jusqu'à se coller à ses fesses. Il sentit son humidité tremper ses bourses et il ferma les yeux, s'autorisant à se retenir une minute de plus.

Il sentit la petite main de Casey passer sous sa nuque et l'attirer vers elle. Sans prêter attention à sa jouissance qui, il le savait, était encore étalée sur son visage, Casey l'embrassa. Violemment. Elle enfonça sa langue dans sa bouche et prit le contrôle du baiser.

Beatle était tellement excité, rempli de désir, et à la fois soulagé qu'elle le laisse enfin entrer. Il commença à donner des coups de reins en elle, alors qu'ils s'embrassaient. En se reculant et en haletant, Beatle tenta d'arrêter ses hanches, mais il ne le pouvait pas. Comme si sa queue avait son propre cerveau – image discutable –, elle s'enfonçait et se retirait du sexe de Casey. Il ne se lasserait jamais d'elle.

— Je ne peux plus attendre... merde... tu es si bonne, grogna-t-il.

Il tenta de penser à des statistiques de baseball. Mais puisqu'il n'arrivait pas à trouver le nom d'un seul joueur, il n'avait aucune chance.

Casey n'aidait pas. Elle leva les bras au-dessus de sa tête et cambra le dos, s'étirant comme un chat au soleil.

— Prends-moi, Beatle. Prends ce dont tu as besoin.

Il s'exécuta. Ses hanches imprimèrent des va-et-vient tandis que son sexe entrait et sortait du sien. Les bruits que produisaient leurs corps auraient été embarrassants s'ils n'étaient pas aussi érotiques. Elle mouillait tellement qu'il se glissait facilement. Elle était tellement délicieuse autour de son membre, Beatle savait que ce n'était qu'une question de temps avant qu'il jouisse.

Il la regarda dans les yeux.

— Je vais jouir. Tu es trop bonne. Je ne peux pas...

Il grogna quand Casey contracta ses muscles. Cela devenait plus difficile de la pénétrer. Elle était plus serrée.

— Oh, oui. Recommence, ordonna-t-il en se retirant.

Elle le fit.

Avec deux coups de reins supplémentaires, Beatle sut que c'était fini. Il s'enfonça en elle aussi profondément qu'il le pouvait, une main sur ses fesses pour l'ouvrir davantage et aller encore plus loin. Elle contracta son périnée et il avait l'impression qu'elle étranglait sa queue.

Rien n'avait jamais été aussi magnifique de toute sa vie. Beatle éjacula.

Sa semence gicla si violemment qu'il crut qu'il allait déchirer le préservatif. Mais il s'en moquait. Sa verge tressaillit une fois. Puis deux. Et encore une fois. Il avait l'impression de ne pas avoir joui depuis des années, alors qu'il savait bien qu'il s'était masturbé dans la douche le matin même en pensant à Casey.

Enfin, quand il crut que c'était terminé, Beatle lâcha ses fesses et reprit son corps. Il sentit la main de Casey glisser entre leurs corps et se diriger vers le bas.

Il savait ce qu'elle faisait, mais son esprit avait du mal à déclencher les cylindres d'allumage après l'orgasme le plus intense de sa vie.

Il sentit ses doigts effleurer le bas de son corps, alors qu'elle commençait à se doigter.

— Tu étais si bon en moi, lui dit-elle.

Elle soutint son regard tout en stimulant son clitoris.

Beatle sentit chaque tressaillement de ses muscles internes sur sa verge ramollie. Ne voulant pas manquer une seconde de ce qu'elle faisait, il s'agenouilla. Il se rassit et tira le corps de Casey sur ses cuisses. Son bassin était incliné vers le haut et elle était appuyée sur ses omoplates. Il s'ancra en elle, s'assurant de garder son sexe enfoncé dans son corps tandis qu'elle se faisait du bien.

— Fais-toi jouir, ordonna-t-il. Je veux regarder.

Sans protester, Casey bougea sa main plus vite sur son clitoris sensible.

Les doigts de Beatle se contractèrent sur sa taille, mais il ne la toucha pas davantage. Ses yeux étaient rivés sur l'entrejambe de Casey et sur la façon dont elle se faisait du bien.

Elle n'était pas douce non plus. Les caresses n'étaient pas légères. Elle utilisait deux doigts et frottait son clitoris gonflé aussi vite qu'elle le pouvait. Beatle sut quand elle se rapprocha de l'orgasme. Il reconnut les signes dont il avait été témoin quand il avait eu la tête entre ses jambes, mais cette fois-ci, il la sentit trembler autour de sa taille et de son membre.

— C'est ça, Casey. Excite-toi sur moi. Fais-toi jouir. Tu es si belle.

Dès que le dernier mot sortit de sa bouche, elle explosa dans son second orgasme de la nuit. La transpiration perlait sur son front et il sentait sa peau humide sous ses mains, au niveau de la taille. Ses jambes se resserrèrent autour de lui et ses muscles internes s'agrippèrent tellement à lui qu'elle repoussa le membre de Beatle hors de son cours. Celui-ci sentit une giclée de jouissance sur ses cuisses. C'était le moment le plus extraordinaire du monde.

Il ne lui avait peut-être pas physiquement offert ce second orgasme, mais c'était glorieux à contempler. Encore plus parce qu'elle lui faisait suffisamment confiance pour se toucher devant lui.

Ils restèrent assis ainsi pendant un long moment, Casey se remettant de son orgasme et Beatle appréciant simplement la sensation et la vue de son corps nu et ouvert sur le lit, pour lui.

Enfin, elle bougea et rougit en levant les yeux vers lui.

— Est-ce que je devrais être embarrassée ? demanda-t-elle doucement.

— Oh que non, lui répondit-il immédiatement. En fait, je pense que tous nos ébats devraient se terminer ici.

— Je ne peux pas jouir sans stimulation directe sur mon clitoris. Sans vouloir vous vexer, toi et ton pénis, le taquina-t-elle en se mordant la lèvre.

— Je ne suis pas vexé. Je n'ai aucun problème à m'assurer que ton beau petit clitoris est stimulé à partir de maintenant.

La rougeur sur ses joues s'accentua quand elle admit :

— J'ai un vibromasseur à la maison, que j'utilise d'habitude. Tu penses que... peut-être qu'on pourrait en essayer un pendant que tu es en moi ?

Cette image excita encore plus Beatle.

— Oui, ma belle. On peut clairement faire ça. Je dois m'occuper de ce préservatif. Glisse-toi sous les couvertures quand je me lève, d'accord ?

— D'accord, affirma-t-elle rapidement.

Beatle l'aida à se glisser pour se libérer de son corps au-dessus d'elle. Il se leva et se pencha au-dessus d'elle quand elle fut installée. Puis il l'embrassa sur le front et chuchota :

— Je reviens tout de suite.

Quand il réapparut dans la chambre, Casey n'avait pas bougé. Elle était toujours allongée sur le dos, là où il l'avait laissée. Il ne prit pas la peine d'enfiler son boxer, mais se glissa sous les couvertures et la prit dans ses bras comme il l'avait fait toutes les nuits depuis qu'il l'avait trouvée dans la jungle.

Sans hésiter, elle adopta sa position habituelle : la joue sur l'épaule de Beatle, la main sur son torse, une main relevée sur sa cuisse. Le fait qu'ils soient tous les deux nus rendait la position encore plus intime.

— Merci, répondit doucement Beatle.

— Pour quoi ?

— Pour t'être offerte à moi. J'étais sérieux, tout à l'heure. Je ferai tout ce qui est en mon pouvoir pour te garder en sécurité et heureuse. Si je fais quelque chose qui t'énerve, dis-le-moi. Je ne lis pas dans les esprits et la dernière chose dont j'ai envie, c'est d'être un mauvais petit ami.

— Je ne pense pas que tu pourrais être un mauvais petit ami même si tu essayais, dit-elle, somnolente.

— Je suis ravie que tu le penses, mais ce n'est pas vrai, dit-il sèchement. Promets-moi de me le dire si quelque chose t'énerve. Peu importe si c'est à propos de moi, de tes amis, de ton travail ou de quoi que ce soit d'autre. D'accord ?

— D'accord. Beatle ?

— Oui, ma belle ? demanda-t-il en réprimant un ricanement.

Elle était vraiment mignonne quand elle était fatiguée et éreintée par deux orgasmes.

— Nous n'avons pas parlé de mon coup de fil.

Beatle se raidit, mais continua de caresser les cheveux de Casey, ne voulant pas faire quoi que ce soit qui la ferait se crisper.

— On parlera demain, la rassura-t-il.

— D'accord.

Il tourna la tête et l'embrassa sur le front, de la même façon qu'il le faisait tous les soirs.

— Dors bien, ma jolie.

— Toi aussi, grommela-t-elle.

Beatle, qui était épuisé et complètement détendu une seconde plus tôt, était maintenant tendu et nerveux. Il connaissait suffisamment la femme dans ses bras pour savoir que si elle avait évoqué cet appel, c'était qu'il l'inquiétait.

Il s'obligea à se détendre. Il ne pouvait rien y faire sur le moment. En plus, ils étaient en sécurité où ils étaient. La conversation sur cet appel mystérieux pouvait attendre.

* * *

Dans un aéroport, en Floride, trois femmes s'installaient sur le siège de leur vol de nuit jusqu'à l'aéroport de Fort Worth, à Dalle.

— Vous êtes sûre que ça ne pose pas de problème qu'on aille là-bas ? demanda Jaylyn.

Puis elle ajouta :

— Peut-être que je devrais juste l'appeler pour lui dire ?

— J'en suis certaine, répondit la psychologue Marie Santos. Et non, tu ne devrais pas l'appeler, continua-t-elle durement.

Elle radoucit ensuite son ton de voix :

— Quand j'ai parlé à Casey, elle m'a dit que la dernière fois qu'elle t'avait parlé, ça lui avait rappelé beaucoup de mauvais souvenirs. Elle m'a demandé de te dire de te retenir de l'appeler jusqu'à ce qu'elle te voie en personne à nouveau.

Jaylyn acquiesça, mais sembla tout de même inquiète

— Je suis nerveuse à l'idée de la voir, admit Kristina. Enfin, la dernière fois que je l'ai vue, nous étions dans cette hutte, vous voyez ?

La psy tapota la main de l'étudiante.

— Je sais. Ça va aller. On va toutes parler. On va découvrir si quelqu'un se souvient de quelque chose qui sort de l'ordinaire, en plus de ce que vous avez dit aux autorités. Une fois que tout sera sorti au grand jour, les choses reviendront à la normale.

— Je suis sûre que vous avez raison, dit Jaylyn.

Elle ferma les yeux et s'enfonça sur son siège étroit.

— Bien sûr que j'ai raison, murmura Marie dans sa barbe.

— Comment savez-vous où elle habite ? demanda Kristina.

— Elle me l'a dit, chérie, répondit Marie. Maintenant, essaie de t'endormir. Les prochains jours seront probablement difficiles, mais ne t'inquiète pas. Je serai là pour vous accompagner lors de toutes les étapes.

— Nous avons vraiment de la chance que vous nous aidiez, dit Jaylyn.

— Oui. Vous vous êtes vraiment surpassée pour nous aider. Merci, ajouta Kristina.

Marie sourit aux filles, puis se retourna pour regarder à la fenêtre de l'avion. Elle avait en fait obtenu l'adresse de Casey grâce à la doyenne. Marie avait dit à cette femme qu'elle voulait envoyer des fleurs à Casey, pour lui faire savoir qu'elle pensait à elle, et la doyenne lui avait donné l'adresse sans réfléchir.

Marie arrêta de penser à cette femme ignorante et se dit que son plus grand accomplissement était encore à venir.

L'article qu'elle avait écrit sur les effets psychologiques d'un kidnapping et comment l'esprit humain pouvait s'adapter à une expérience si horrible était bientôt terminé.

Dans un moins environ, il serait prêt pour la publication.

Dommage que son principal sujet d'expérience ait été sauvé.

Elle était censée mourir dans ce trou, dans la jungle, et ne plus jamais être retrouvée.

Si cela avait été le cas, le stress psychologique ressenti par les autres étudiantes aurait probablement été décuplé. Ce qui aurait permis une discussion académique plus robuste dans son article. Mais puisque Casey avait réussi à se faire sauver...

Marie n'était pas certaine de savoir comme c'était arrivé. Évidemment, les habitants qu'elle avait engagés étaient incompétents. Mais puisque Casey était en vie, Marie devait tout faire pour lui soutirer autant d'informations que possible, ainsi qu'aux filles, pour le décrire dans son article.

Mais plus important, Marie devait s'assurer que Casey ne se souvenait pas de quoi que ce soit qui la relierait à ce qui lui était arrivé. Elle avait été vigilante, mais maintenant elle y repensait pour savoir si elle avait *suffisamment* fait attention. Les habitants qu'elle avait engagés étaient claire-ment une bande d'idiots. Elle ne pouvait pas savoir ce qu'ils avaient dit à portée de voix des filles.

Elle était plutôt certaine que Jaylyn et Kristina ne savaient rien sur la personne qui était derrière leur enlève-ment. Elle les avait longtemps et violemment cuisinées.

Mais elle n'en était pas si sûre concernant Casey. Elle avait un mauvais pressentiment au sujet de sa collègue.

En aucun cas elle ne laisserait cette stupide prof-insecte gâcher sa recherche.

Si l'université l'avait laissée diriger l'expérience qu'elle avait voulue au début, rien de tout ça ne se serait produit. C'était *leur* faute ! Et celle de Casey Shea, puisqu'elle n'était pas morte comme elle l'aurait dû.

Mais tant qu'elle ne se souvenait de rien susceptible de relier l'enlèvement à Marie, elle se disait qu'elle pouvait utiliser l'expérience de Casey comme prévu. Casey aurait peut-être des questions sur l'article qu'elle allait publier, mais elle lui répondrait simplement que s'il incluait de nombreux éléments de l'aventure qu'elle et ses élèves avaient vécue au Costa Rica, c'était une coïncidence.

Et si Casey s'en remettait aussi bien que Marie le pensait, c'était une découverte significative. La psychologue devait trouver pourquoi et l'inclure également dans son papier.

En fermant les yeux et en faisant semblant de dormir quand l'avion décolla, Marie révisa une nouvelle fois son plan. Casey serait trop polie pour leur dire de partir. Marie pouvait utiliser l'inquiétude de Casey pour ses précieuses élèves contre elle. Tant que Casey ne se souvenait de rien, tout irait bien. Mais si c'était le cas... Marie devrait s'assurer qu'elle ne la dénonce pas.

La chose la plus importante était sa recherche.

Un sourire s'étira sur le visage de la vieille femme. Elle savait que certaines pensaient qu'elle était trop vieille pour continuer à enseigner et qu'elle devrait prendre sa retraite. Mais elle allait leur montrer. Elle publierait son article de recherche et obtiendrait les louanges qu'elle méritait.

19

Deux jours plus tard, Casey se réveilla lentement avec la plus délicieuse des sensations.

Beatle.

Elle sourit, mais garda les yeux fermés en se cambrant à son contact.

Ses doigts étaient entre ses jambes, la caressant lentement.

— Bonjour, dit-elle paresseusement.

— Bonjour, ma belle, murmura-t-il.

Ses doigts commencèrent à bouger plus vite et plus fort, juste au bon endroit. Avant d'avoir le temps de réfléchir, Casey eut un orgasme.

Beatle l'avait également réveillée ainsi la veille. Et tout comme le jour précédent, quand elle arrêta de trembler et de gémir, il leva ses doigts vers sa bouche. Elle aimait l'air satisfait et comblé dans son regard quand il le faisait.

Contrairement à hier, quand il sortit du lit pour aller se doucher, ce jour-là il se pencha et l'embrassa légèrement.

— Rendors-toi. Il est encore tôt. Je dois aller au travail ce matin.

— Hmm. D'accord.

— Je reviens pour le déjeuner. On prendra du temps pour parler de cet appel de l'autre jour.

Ils n'en avaient pas encore eu l'occasion puisque la journée de la veille avait été bien remplie dès la seconde où ils s'étaient réveillés jusqu'à ce qu'ils se couchent. Et une fois qu'ils furent en position horizontale, parler avait été le cadet de leur souci.

— D'accord, répéta-t-elle.

Casey voulait vraiment parler à Beatle de sa conversation avec Marie Santos. Quelque chose continuait de la déranger avec cette discussion et elle voulait vraiment savoir quoi.

— Tu as rendez-vous avec le psychologue ce matin, n'est-ce pas ? demanda Beatle.

— Oui. À neuf heures.

— Blade a dit qu'il t'y emmènerait. Il sera là à huit heures et demie. Ça te convient ?

— C'est parfait, lui répondit-elle.

Il s'était montré catégorique. Si elle avait besoin d'aller quelque part, soit il l'emmènerait lui-même, soit un mec de l'équipe s'en chargerait. Elle ne savait pas si c'était parce qu'il pensait vraiment qu'elle était encore en danger ou parce qu'il essayait simplement de rendre sa vie plus facile. Elle finirait par devoir retourner en Floride pour récupérer sa voiture et d'autres trucs... si elle déménageait vraiment au Texas, bien sûr.

Et elle était certaine à quatre-vingt-dix pour cent que c'était ce qu'elle souhaitait faire. Elle était tombée folle amoureuse de Beatle et apparemment, il ressentait la même chose pour elle. C'était impulsif et peut-être stupide, mais cela semblait normal. Néanmoins, elle n'avait pas besoin de prendre cette décision dans la seconde, elle avait encore au moins un mois de vacances d'été avant de devoir donner une réponse à sa doyenne.

— Est-ce que vous allez encore visionner les enregistrements ce matin ? demanda Casey.

Elle savait que les hommes de l'équipe de Beatle les avaient déjà vus une fois, mais qu'ils n'avaient rien remarqué d'extraordinaire. Beatle lui avait dit que le village avait été déserté et que les vidéos ne leur avaient rien montré qui pouvait leur faire penser le contraire. Personne ne se cachait derrière une hutte et il n'y eut aucune révélation qui les aurait guidés vers celui qui avait orchestré le kidnapping.

— Oui. J'ai l'impression étrange qu'on passe à côté de quelque chose.

Il se pencha en avant et glissa un pouce sur le front de Casey.

— Tu n'as pas à t'inquiéter de quoi que ce soit, ajouta-t-il en essayant de lisser les rides d'inquiétude qui étaient apparues sur son visage.

— Que veux-tu pour le déjeuner ? demanda Casey, essayant de changer de sujet pour faire ce qu'il demandait et ne pas s'inquiéter.

— N'importe quoi, ça me va.

— Ça ne te dérange pas si Annie se joint à nous ?

— Bien sûr que non. Tu n'as même pas besoin de demander.

Casey sourit d'un air malicieux.

— Je ne savais pas si tu avais... d'autres plans... pour notre pause déjeuner.

— Même si j'aimerais pouvoir te garder nue et dans ce lit pour toujours, je sais bien que ce n'est pas possible, la taquina Beatle en retour.

— En plus, j'ai entendu dire que l'anticipation était un superbe aphrodisiaque.

Casey passa un doigt sur le flanc de Beatle et descendit jusqu'à son ventre avant qu'il ne saisisse sa main dans la sienne.

— Dors, Casey. J'ai mis le réveil à sept heures pour te donner le temps de te préparer et de manger avant que ton frère arrive ici.

— Merci. Beatle ?

— Oui, ma belle ?

— Je suis heureuse.

Elle voulait en dire tellement plus, mais cela suffirait pour l'instant.

Les yeux du jeune homme s'éclairèrent quand il lui sourit.

— Moi aussi, ma belle. Moi aussi. À plus tard.

— Salut.

Beatle se pencha et l'embrassa doucement, amoureusement, puis il s'en alla.

Une heure et demie plus tard, le réveil sonna et Casey se leva à contrecœur. Elle se levait plus tôt quand elle enseignait, mais elle était devenue paresseuse ces dernières semaines. Dormir était un luxe qu'elle appréciait. Même quand Beatle devait se lever avant elle, elle n'avait aucun problème pour se rendormir.

Elle se leva, se doucha, s'habilla. Et lorsqu'elle mangeait, son téléphone sonna.

Pensant que c'était son frère ou Beatle, elle fut surprise de voir le nom de Kristina s'afficher sur l'écran.

— Salut, Kristina, quoi de neuf ?

— Bonjour, docteur Shea. Vous avez une minute ?

Casey regarda sa montre.

— J'ai environ un quart d'heure.

— Oh, d'accord, euh...

Casey fronça les sourcils, inquiète. Ce n'était pas le genre de Kristina de tourner autour du pot et si elle appelait si tôt, même s'il était une heure de plus en Floride, il se passait probablement quelque chose.

— Qu'est-ce qui ne va pas ?

— Eh bien, tout va bien, répondit Kristina. Je suis désolée d'appeler. C'est juste que, nous sommes ici.

— Ici ? demanda Casey. C'est où, ici ?

— Au Texas. À Killeen.

C'est quoi ce délire ?

— Quoi ? Pourquoi ?

— Le docteur Santos a dit que ce serait bien pour nous toutes d'avoir quelques séances ensemble. Que vous nous aideriez, Jaylyn et moi, à faire avec ce qui nous est arrivé.

Casey serra les poings. Elle avait dit à Marie qu'elle parlerait avec les filles, mais par téléphone. Et elles étaient venues jusqu'au Texas ? Marie était-elle folle ?

— Quand êtes-vous arrivées ? demanda Casey à Kristina.

— Hier matin. Je voulais vous appeler tout de suite, pour vous faire savoir que nous étions là, mais le docteur Santos a dit que nous devions d'abord nous installer. Nous avons eu quelques séances, juste toutes les deux. On pensait aux questions qu'on voulait vous poser, ce genre de choses.

— Est-ce que Marie sait que tu m'as appelée ?

— Eh bien, non. Elle a dit qu'elle vous appellerait plus tard, dans la journée.

Kristina semblait si peu confiante et si gênée que Casey se dépêcha de la rassurer. Elle n'était pas en colère contre les filles. Mais contre Marie.

— Ce n'est rien. Je suis contente que tu m'aies appelée. Comme je l'ai dit plus tôt, je m'apprête à sortir, donc je ne peux pas vous retrouver ce matin. Probablement pas cette après-midi non plus. Va dire à Marie que tu m'as parlé et demande-lui de m'appeler dans la journée. D'accord ?

— Vous n'êtes pas en colère ?

Casey soupira. Ce n'était pas qu'elle était en colère, surtout contre Kristina, mais elle avait une sensation étrange, elle était frustrée et agacée contre Marie. Elle était incroyablement troublée de la raison pour laquelle cette femme traînerait deux étudiantes à l'autre bout du pays pour lui parler alors que ce n'était absolument pas nécessaire. Toute cette histoire était un vrai signal d'alarme aux yeux de Casey. Quelque chose n'allait pas et elle avait clairement besoin de parler à Marie pour lui demander à quoi diable elle pensait.

— Je ne suis pas en colère, rassura-t-elle Kristina.

Quand on frappa à la porte, elle ajouta rapidement :

— Je dois y aller. À bientôt.

— Merci. À plus tard, docteur Shea.

Casey raccrocha, l'esprit troublé, en faisant entrer son frère. Il ne sembla pas remarquer que quelque chose n'allait pas et ils se mirent en route pour retrouver le psychologue dans quelques minutes.

Vingt minutes plus tard, Casey était assise dans une chaise, en face de l'homme à qui elle parlait ces deux dernières semaines. Le docteur Eddie Martin était un homme noir, d'une bonne quarantaine d'années, et Casey s'était sentie à l'aise avec lui dès leur première rencontre. Il était légèrement en surpoids et portait habituellement un jean et un sweatshirt quand ils se rencontraient. Il semblait aussi peu menaçant que monsieur tout-le-monde et sa présence était apaisante. Ses cheveux étaient légèrement en retrait sur son crâne et il avait l'habitude de frotter son bouc quand il parlait. Il lui avait demandé de l'appeler Eddie et l'avait laissée parler à son propre rythme, sans insister pour qu'elle raconte chaque détail de son supplice.

Elle avait gardé beaucoup d'informations, mais au final, Eddie l'avait rassurée en disant qu'il n'avait pas besoin de les connaître pour l'aider.

Après avoir échangé quelques banalités, Casey en arriva à ce qui la dérangeait :

— J'ai reçu un coup de fil d'une collègue en Floride, l'autre jour. Elle est également psychologue. Elle était super intéressée par ce qui m'était arrivé, elle a même demandé franchement si j'avais été violée. Elle s'occupe de la thérapie de deux des femmes avec qui j'ai été kidnappée et elle voulait faire des séances de groupe. Ça ne me dérangeait pas de leur parler par téléphone pendant les sessions de groupe. Mais ce matin, j'ai reçu un appel d'une de mes étudiantes, me disant qu'elles étaient ici, au Texas, à Killeen, et que le docteur Santos les avait amenées ici pour qu'on puisse se voir en personne.

— Et ça vous dérange ? s'enquit Eddie.

— Oui et non. C'est juste bizarre. Je ne comprends pas ce qu'elle fait.

— Vous avez raison. Ça semble peu orthodoxe. Vous lui avez demandé ?

Casey secoua la tête.

— Non. J'ai dit à Kristina que j'appellerais Marie plus tard.

— Je serais ravi d'assister à la séance, si vous le voulez.

— Merci. J'apprécie. Je dirai à Marie que j'aimerais que vous vous joigniez à nous.

Eddie s'assit au bout de son fauteuil et posa ses coudes sur ses genoux.

— À part le stress causé par le voyage imprévu de votre collègue, vous semblez plus calme que la dernière fois que je vous ai vue.

Casey savait qu'elle rougissait, mais elle sourit. Eddie avait une façon de poser les questions sans vraiment les poser.

— Ouais. Vous connaissez, Beatle... le soldat qui est resté avec moi ? Qui m'aidait à me sentir en sécurité le soir ?

Quand Eddie acquiesça, elle poursuivit :

— Lui et moi... eh bien... disons juste qu'on ne fait pas que *dormir* maintenant.

— Et vous en êtes heureuse ?

— Oui. Extrêmement. Mais j'ai peur que toute notre relation soit le résultat de ce que nous avons traversé ensemble. C'était plutôt intense.

— Nous en avons parlé, Casey. Tant que vous communiquez et que cette possibilité reste sur la table, je pense que vous saurez tous les deux bientôt si c'est tout ce qu'il y a entre vous. Néanmoins, vous vivez ensemble depuis que vous êtes revenus aux États-Unis, n'est-ce pas ?

— C'est vrai.

— Et vos sentiments pour lui ont-ils changé ? Ou pensez-vous que les siens ont changé ?

Casey secoua la tête.

— Alors mon conseil est de vivre simplement le moment. Bien sûr, les choses se passent bien maintenant, la relation est nouvelle. Le sexe est inédit et sans doute agréable.

Casey rougit davantage, mais acquiesça tout de même.

— Les relations sont faciles au début, mais quand vous apprendrez à vous connaître, les choses deviendront plus claires. Ce qui compte, ce n'est pas comment vous avez commencé une relation, mais ce que vous faites quand vous êtes ensemble. Comme dans toute relation. Peut-être que cela fonctionnera, peut-être que non, mais tant que vous communiquerez l'un avec l'autre, vous aurez autant de chances de tenir que n'importe qui d'autre.

Casey y réfléchit. Eddie avait raison. Juste parce qu'ils s'étaient rencontrés alors qu'elle avait été kidnappée ne signifiait pas qu'ils n'y arriveraient pas. Elle était certainement tombée sérieusement et rapidement amoureuse de Beatle, tout comme il l'avait fait avec elle. Et ses sentiments n'avaient pas diminué depuis qu'ils étaient revenus au Texas et avaient commencé une vie plus normale. Bien sûr, elle ne travaillait pas et il pensait qu'elle était toujours en danger, mais tout de même.

Ils partageaient la vaisselle, ils s'étaient disputés pour savoir qui allait payer pour ce dont elle avait besoin, en plus de ce que Kassie lui avait déjà donné. Ils appréciaient des émissions télé vraiment différentes et il pouvait se préparer en quelques minutes alors qu'elle mettait plus de temps. Mais ils étaient tous les deux du matin, ils n'étaient pas difficiles en termes de nourriture, elle aimait les amis de Beatle et ils étaient clairement compatibles au lit.

— Vous avez raison.

— Bien sûr que oui, dit Eddie, l'air satisfait.

Casey gloussa.

— Bien... vous avez dit la dernière fois que vous pensiez ne pas vous souvenir de quelque chose à propos de votre enlèvement... Ressentez-vous toujours la même chose ?

Elle acquiesça.

— Oui. Et étonnamment, Marie, ma collègue a dit que je pouvais bloquer des détails importants à cause du traumatisme.

— C'est véritablement possible, affirma Eddie. Vous voulez essayer de revivre ça ? Je sais que nous avons essayé l'hypnose et que vous faites partie des vingt-cinq pour cent de mes patients qui ne peuvent être hypnotisés, mais peut-être que si vous n'essayez pas tant de vous concentrer, vous pouvez suffisamment vous détendre pour vous souvenir d'autre chose.

— Je suis prête à tenter le coup, si vous aussi.

Casey se sentait mal parce qu'elle ne pouvait pas être hypnotisée. Cela l'aurait aidée à se souvenir plus facilement de ce que son cerveau essayait tant de lui cacher. Elle avança vers le canapé et s'allongea, se mettant à l'aise.

Trente minutes plus tard, Casey était tout aussi frustrée qu'avant d'arriver au cabinet d'Eddie. Elle se souvenait plus de la journée pendant laquelle ses étudiantes et elle avaient été enlevées, mais il manquait toujours quelque chose.

Elle se rappelait avoir crié et entendu une voix qui semblait différente de celle des natifs espagnols autour d'elle, mais elle n'arrivait pas à se concentrer sur cette voix ou les mots qu'elle prononçait.

Eddie la rassura en disant qu'ils continueraient de travailler là-dessus et qu'il était confiant, elle finirait par s'en souvenir. Le fait qu'elle ait réussi à se rappeler tant de choses jusqu'ici était bon signe.

Casey partit en promettant de contacter Eddie sur la future séance avec Marie et les filles.

Blade la conduisit jusqu'à la maison et ils arrivèrent en même temps que Beatle. Il était rentré plus tôt pour déjeuner, parce qu'il voulait voir comment sa session s'était déroulée. Annie fonçait dans le jardin avec son nouveau char. Elle avait créé un genre de course d'obstacles et elle roulait actuellement sur une pile de bâtons, de bûches et même de briques.

— Elle va casser ce truc, marmonna Blade.

— Oui, confirma Beatle. Et Fletch va très bien réussir à réparer ça pour elle. Bon sang, Annie sera probablement aussi intéressée par son fonctionnement et par sa réparation qu'elle l'est par sa conduite.

— C'est vrai. J'y vais, leur dit Blade. Casey, ça va ?

— Je vais bien. Merci de m'avoir accompagnée aujourd'hui.

— Il n'y a pas de quoi. On se revoit à la base ? demanda-t-il à Beatle.

— Oui. J'arrive bientôt.

Casey regarda son frère marcher jusqu'à sa voiture et reculer dans l'allée, faisant un signe à sa sœur et à Annie quand il partit. Emily était assise sous le porche, devant, en train de parler à quelqu'un au téléphone, et elle leur fit un signe distrait quand ils se dirigèrent vers l'appartement. Annie ne semblait pas tentée de les rejoindre et Casey ne put s'empêcher de se sentir soulagée à l'idée d'avoir Beatle pour elle toute seule pendant un moment.

Beatle posa une main au creux de ses reins quand ils se mirent en marche et Casey fut incapable de retenir le frisson qui traversa son corps à cause du contact de cette main. Elle se sentait toujours en sécurité quand il était avec elle.

Ils montèrent dans l'appartement au-dessus du garage. Beatle et elle préparèrent un déjeuner rapide. Ils venaient juste de finir de manger quand Casey ouvrit la bouche pour lui dire que Marie était en ville et qu'elle avait amené Kristina et Jaylyn avec elle, mais le téléphone de Beatle sonna.

— Désolé, Casey. C'est le boulot.

— Ce n'est rien.

Elle écouta la courte conversation avec Ghost et son estomac se serra quand elle se rendit compte qu'il devait retourner à la base maintenant. Les vidéos avaient enfin été analysées par les techniciens et Ghost voulait que toute l'équipe revienne pour qu'ils puissent les revoir une fois de plus.

— Tu as l'air tendue, lui dit Beatle en l'enlaçant dans l'embrasure de la porte.

Casey tenta de se détendre.

— Je vais bien.

— Je suis désolé que nous n'ayons pas eu l'occasion de parler. Ce soir, quand je rentrerai à la maison, ce sera ma priorité. D'accord ? Plus d'excuse de ma part ou de la tienne.

— Merci. J'aimerais bien.

Beatle l'embrassa doucement sur les lèvres, puis l'attira une nouvelle fois dans ses bras.

— Moi aussi, déclara-t-il contre ses cheveux avant de reculer. À plus tard.

— Salut, Beatle.

Elle le regarda descendre les escaliers, monter dans sa voiture et reculer dans l'allée. Puis elle eut l'idée étrange qu'elle avait fait une erreur en ne lui disant pas tout sur Marie pendant le déjeuner. En n'insistant pas pour prendre cinq minutes et en discuter.

— Ce soir, chuchota-t-elle pour elle-même. Dès qu'il rentrera à la maison.

Puis elle ferma la porte et retourna dans la cuisine pour s'occuper de la vaisselle du déjeuner.

20

Beatle fronça les sourcils devant l'écran de l'iPad. Il était revenu au travail depuis un moment. Il avait ignoré les railleries aimables et les taquineries de ses amis. Ils avaient tous été à sa place et il s'en moquait s'ils savaient qu'il s'était précipité de rentrer à la maison, auprès de Casey. Elle était géniale et il ne se lassait pas d'elle. Il aimait tout chez elle. Sa générosité, sa force, même les choses qu'elle considérait comme des défauts... qu'elle ait peur du noir, qu'elle mette le bazar dans la cuisine, qu'elle hésite tous les jours sur ce qu'elle devait porter.

Mais maintenant, son esprit était totalement occupé par ce qu'il regardait. Les vidéos de leur arrivée dans le village costaricien étaient revenues du labo technique et la qualité avait été améliorée. L'équipe les avait déjà visionnées une fois, mais elle les examinait à nouveau. Ils avaient passé la matinée à réécouter les enregistrements audios et ils n'avaient rien remarqué de particulier. Il n'y avait que leurs voix et les bruits naturels de la forêt.

C'était difficile de revoir la vidéo du sauvetage de Casey,

de la revoir au fond de ce trou. Depuis qu'il l'avait regardée dans la matinée, il avait la chair de poule sur la nuque.

— À côté de quoi on passe ? demanda Beatle de manière rhétorique.

Il fit défiler la vidéo jusqu'au moment où il avait remarqué le vague sentier qui menait vers l'endroit où Casey avait été planquée.

— Attends. Reviens en arrière, ordonna Truck.

Il était penché par-dessus son épaule, regardant la vidéo derrière Beatle.

— Qu'est-ce que tu as ramassé, là ?

Beatle repartit un peu en arrière alors qu'ils regardaient le moment où il marchait sur le chemin menant vers le puits abandonné. Il était vide, avec seulement un peu d'eau au fond. Ils examinèrent la vidéo jusqu'à ce que Beatle prenne un morceau de tuyau d'arrosage vert qui venait du puits dans la jungle. Beatle tira sur le tuyau d'arrosage avant de le laisser tomber et de reprendre le chemin par lequel il était arrivé.

— Mets au ralenti à partir de là, ordonna Truck.

Beatle n'hésita même pas. Si son coéquipier avait vu quelque chose, il ferait tout ce qu'il voulait.

Les deux hommes observèrent en silence tandis que Beatle découvrait le petit chemin et l'empruntait. Ils le virent appeler à l'aide et commencer à enlever les lianes.

Truck enleva les mains de Beatle des touches et revint en arrière une fois de plus. Quand la vidéo arriva à un moment précis, Truck la mit sur pause et montra l'écran.

— C'est quoi, ça ?

Beatle se pencha en avant et plissa les yeux en regardant l'écran.

Soudain, tout se mit en place.

— Oh merde.

Il regarda son ami.

— C'est possible, ça ?

Truc acquiesça.

— Malheureusement, ouais, je crois.

Il appuya sur *play* et la vidéo reprit au ralenti. Truck montra à l'écran d'autres endroits, désignant des choses à côté desquelles ils étaient tous passés les premières fois qu'ils avaient vu l'enregistrement.

— On était si concentrés sur Casey qu'on a loupé ça, dit Truck.

— Je vais dire à Ghost et au commandant de venir. Regarde si tu peux le mettre sur le grand écran, dit Beatle à son ami. On doit s'assurer de vraiment voir ce qu'on pense et non pas de projeter simplement ce qu'on *veut* voir.

En deux minutes, le reste de l'équipe s'était rassemblé dans la salle de réunion et Beatle jouait la vidéo une fois de plus. Il la laissa à vitesse normale, puis la ralentit. Sans que Truck ou lui ne montre ce qu'ils avaient découvert, Hollywood le remarqua. Puis Ghost.

En quelques instants, tous les hommes l'avaient vu et furent d'accord avec l'évaluation initiale de la situation qu'avaient faite Beatle et Truck.

— C'était planifié, dit Coach avec dégoût.

— Le tuyau d'arrosage du puits abandonné faisait couler de l'eau dans son trou, résuma Fletch. Nous n'avons pas vu ce trou sous la planche et on pensait que le tuyau était juste une autre liane. Casey a été suffisamment maline pour créer un filtre avec son soutien-gorge pour récupérer l'eau, mais sans ce tuyau, elle serait morte en quelques jours. En aucun cas elle n'aurait tenu aussi longtemps sans ça.

— Ceux qui ont fait ça voulaient qu'elle survive aussi longtemps que possible, dit Blade.

La colère était perceptible dans sa voix.

— C'était de la torture mentale à son paroxysme. C'est presque aussi sournois que ces salauds de Daesh.

— Je parie que ces planches de bois au fond ont été placées exprès aussi, devina Hollywood. Elles la maintenaient quasiment hors de l'eau, pour lui permettre une meilleure chance de survie.

— Mais pourquoi ?

Ghost venait de poser la question à un million de dollars.

— Personne n'était là quand on est arrivés. Personne ne pouvait voir ce qu'elle faisait ni comment elle allait. Pourquoi voulaient-ils la garder en vie ?

Beatle n'avait pas rejoint la conversation parce qu'il avait vu quelque chose d'autre la dernière fois qu'ils avaient joué la vidéo.

— Qu'est-ce que c'est que ça ? demanda-t-il à ses coéquipiers.

Il se leva et alla vers le grand écran télé. Il montra quelque chose.

Il attira l'attention de tout le monde.

Beatle plissa les yeux et regarda l'écran.

— Juste ici. Quand on jette la deuxième planche. Qu'est-ce que c'est ?

Le silence s'étira dans la pièce pendant une seconde avant que Blade réponde :

— Bordel, putain de fils de putes !

Beatle ne pouvait pas être plus d'accord.

Il avait arrêté la vidéo exactement au bon endroit. Un plan plus tôt, on ne le voyait pas. Un plan plus tard, la planche était posée par terre.

— Le salaud la regardait, commenta Ghost.

Il formula avec des mots ce que personne d'autre ne voulait admettre à voix haute.

— C'est une putain de caméra.

Effectivement.

La vidéo montrait de petits câbles noirs qui pendaient de la dernière planche. Ils avaient tous pensé qu'il s'agissait de lianes, jusqu'à ce plan dans la vidéo. Le soleil illuminait la planche exactement au bon angle et le reflet de la lumière sur un morceau de verre était clairement visible.

— Ça devait être une caméra de vision nocturne. C'était le noir complet dans ce trou. Le salaud la gardait en vie et la filmait, conclut Coach. Il a su à quel moment elle a été sauvée parce qu'il la regardait. C'est comme ça qu'il nous localiserait dans la jungle. J'ai trouvé ça un peu étrange qu'elle ait disparu aussi longtemps et que dès son sauvetage, soudain, la jungle soit remplie de monde qui voulait l'empêcher de s'échapper.

— Je ne peux pas très bien voir la caméra. Je vais la montrer au technicien, mais j'ai le sentiment que ce genre d'équipement sophistiqué dépasse complètement les habitants natifs. Si ce village indique bien un truc, c'est que ses habitants sont technophobes, dit Hollywood.

Beatle regarda ses amis.

— Alors il reste une question : qui savait que Casey et ses étudiantes étaient au Costa Rica ? Et pourquoi voulaient-ils filmer Casey dans ce trou ? Est-ce qu'elle a été délibérément choisie ? Ou est-ce qu'elle a simplement été la malchanceuse qu'on a séparée des autres ?

— C'était délibéré, déclara Truck fermement. Ta copine est intelligente. Elle savait exactement quoi faire pour rester en vie. Tu penses honnêtement qu'une étudiante d'une vingtaine d'années aurait eu la présence d'esprit d'utiliser son soutien-gorge pour faire un filtre ?

— Je ne sais pas, dit Beatle à son ami.

Puis il regarda autour de la pièce.

— Qui est à la maison, en train de la surveiller ?

— Chase, le frère de Rayne. Il a dit qu'il s'arrêterait

après le déjeuner, pour les voir et vérifier que tout allait bien, lui dit Fletch.

— Je dois retourner là-bas, annonça Beatle.

Fletch posa une main sur le bras de son ami.

— Doucement, Beatle. Appelle-la d'abord. Avant de paniquer et te précipiter là-bas, vois si tu peux la joindre. Je vais appeler Chase.

Beatle prit une grande inspiration.

— Ouais, d'accord. Laisse-moi une seconde.

Il mit la main dans sa poche et s'éloigna de la table. Il se retourna pour faire face au mur et composa le numéro de Casey. Cela sonna quelques fois, puis tomba sur le répondeur. Il laissa un court message, puis rappela, espérant qu'elle faisait juste quelque chose loin de ce téléphone et qu'elle n'avait pas eu le temps de répondre. Il retint son souffle... puis soupira de soulagement quand elle répondit cette fois-ci.

— Allô ?

— Hé, ma belle. C'est moi. Je voulais juste t'appeler et vérifier que tu allais bien.

— Salut, Troy. Je vais bien.

— Génial. Je serai à la maison dans vingt-cinq minutes, je pense. Tu veux aller dîner à l'extérieur ou tu as des plans ?

— À l'extérieur, ça me semble bien, dit Casey.

— Cool. Tu choisis, cette fois-ci. Je l'ai fait la dernière fois.

— D'accord. Troy ?

— Oui, ma belle.

— Je t'aime. C'est tout.

Beatle sentit que son cœur allait exploser hors de sa poitrine. Ils ne s'étaient pas encore dit ces mots, mais il les ressentait clairement.

— Je t'aime aussi, répondit-il d'une voix rauque. Je te montrerai à quel point ce soir, d'accord ?

— D'accord, dit-elle doucement. Tu ne sauras jamais à quel point ces quelques semaines ont été importantes pour moi.

— Pour moi aussi, elles sont importantes. Je dois y aller. On se voit plus tard.

— Salut, Troy.

— Salut, Casey.

Beatle raccrocha et il plissa ensuite le nez, se demandant pourquoi elle avait utilisé son vrai nom. Elle l'appelait presque toujours Beatle. Mais peut-être qu'elle était avec Emily et qu'elle avait décidé d'utiliser son vrai nom pour une quelconque raison. Il se tourna vers ses amis et confirma :

— Elle va bien. Elle était un peu bizarre, mais je ne sais pas pourquoi.

Prouvant qu'ils étaient bien plus sensibles qu'ils ne l'avaient été avant de rencontrer les femmes de leur vie, personne ne le taquina parce qu'il avait dit à Casey qu'il l'aimait, par téléphone. Il regarda Fletch qui venait juste de raccrocher son propre téléphone.

— Tout va bien. Chase est à la maison avec Emily. Il dit que Casey était dans l'appartement avec deux des femmes avec qui elle était au Costa Rica.

Beatle tourna brusquement la tête vers Fletch.

— Quoi ?

— Il était inquiet, au début, mais il s'est assuré que tout allait bien avant qu'ils aillent dans l'appartement. Elle lui a confirmé que tout allait bien et elle a dit qu'elle le retrouverait plus tard.

Beatle n'était pas ravi d'apprendre que Kristina et Jaylyn étaient dans leur appartement avec Casey pendant qu'il n'y était pas.

— Il a aussi dit qu'il y avait une autre femme là-bas. Docteur Je-ne-sais-quoi.

— Docteur Santos ? demanda Beatle.

Fletch haussa les épaules.

— J'imagine. Casey a dit à Chase qu'ils parleraient un moment. Il dit qu'il a un peu insisté, essayant de s'assurer que tout allait bien, mais elle lui a confirmé que c'était le cas.

— Je ne suis pas sûr d'apprécier... dit Beatle.

— Bien, tout le monde. Nous devons trouver qui est derrière ce kidnapping, fissa, déclara Ghost d'une voix pragmatique.

Il était parti pour parler à quelqu'un des vidéos et venait juste de revenir dans la pièce.

— Fletch et Blade, allez parler aux techniciens et voyez s'ils ne peuvent pas accentuer un peu plus l'image. Coach, appelle l'ambassadeur Jepsen. Vois si sa fille peut nous éclairer là-dessus. Truck, Beatle et toi, essayez de vous souvenir de tout ce que Casey a dit quand vous étiez dans la jungle et qui pourrait être un indice dans tout ce fatras. Hollywood, contacte les officiers costariciens et dis-leur ce que nous soupçonnions pour voir ce qu'ils savent. Ils sont plus au courant de la corruption et toutes les conneries de leur pays que nous. Je vais retrouver le commandant pour l'en informer. Des questions ?

Tout le monde secoua la tête et se mit au travail.

Beatle agita la tête. Il voulait retourner à la maison et s'assurer que Casey allait bien, mais il voulait également disséquer chaque seconde que l'équipe avait passée dans la jungle avec Casey. Il voulait parler à Truck du moment qu'ils avaient partagé avec Casey quand ils fuyaient le village. Quelqu'un avait voulu que Casey ne meure pas tout de suite, mais ils n'avaient rien fait non plus pour qu'elle survive. Sans mentionner le fait qu'ils avaient envoyé des natifs à sa recherche. Il ferait tout ce qu'il pouvait pour s'assurer qu'elle n'ait plus à s'inquiéter de traverser de nouveau un tel supplice.

En mettant ses inquiétudes de côté pendant un moment et décidant qu'elle irait bien avec Chase à la maison, Beatle se mit au travail.

21
———————

Une heure plus tôt

Casey était assise sous le porche de la maison d'Emily avec à la fois Emily et Chase Jackson. Elle n'avait pas beaucoup parlé à cet homme, l'autre soir à la fête, mais elle l'appréciait clairement.

Rayne était plus vieille que son frère, d'un an, mais on ne l'aurait jamais deviné en écoutant Chase parler. Il était capitaine dans l'armée, ayant été promu ces derniers mois, et il travaillait dans la lutte antiterroriste. Il ne parla pas de ce qu'il faisait en particulier, mais Casey eut l'impression que c'était sacrément sérieux. Rayne avait mentionné qu'elle ne voyait pas son frère autant qu'elle l'avait espéré en déménageant ici, parce qu'il voyageait constamment avec une unité ou une autre.

Ils étaient en train de regarder Annie foncer dans le jardin – d'accord, foncer n'était peut-être pas exactement le bon mot, le char n'était pas si rapide, mais elle faisait des bruits de vitesse avec sa bouche quand elle conduisait – lorsqu'une voiture se gara dans l'allée et se dirigea vers eux.

Chase se leva immédiatement, prêt à toutes les protéger. Emily le fit aussi. Elle cria un mot à sa fille, « rouge », et Annie sortit immédiatement du char pour courir vers sa mère.

La voiture s'arrêta devant le garage et Casey s'exclama quand elle vit qui en sortit.

Marie, Jaylyn et Kristina.

Mais que diable faisaient-elles *ici* ? Elle allait parler à Marie d'une rencontre au cabinet du docteur Martin le lendemain ou autre. Et plus important, comment avaient-elles su où elle vivait ?

— Ce n'est rien. Je les connais, dit-elle à Chase qui semblait prêt à sortir une arme et à leur tirer dessus.

— Tu en es sûre ? demanda-t-il.

Casey acquiesça.

— Oui, les filles étaient avec moi au Costa Rica.

— Et la femme ?

— C'est le docteur Santos, une collègue à moi. Elle est psychologue et s'occupe de la thérapie de Jaylyn et Kristina.

— Je ne suis pas certain que ce soit une bonne idée que tu les rencontres sans Beatle. Tu veux que je vienne avec toi ?

Casey secoua la tête. Elle n'était pas ravie de ce que Marie avait fait, mais elle ne voulait pas énerver les filles. Et elles avaient clairement l'air mal à l'aise.

— On va juste parler un moment, on ne va rien aborder de lourd. Ça va aller.

L'expression de Chase changea. Il semblait plus compatissant qu'alarmé, désormais.

— Je suis désolé pour cette interruption, dit Casey à Emily.

— Si tu as besoin de nous, appelle-nous, lui dit Emily.

— Je le ferai.

Casey sourit à ses nouveaux amis. Elle était en colère contre Marie et toute cette situation, mais elle ne voulait pas inquiéter qui que ce soit.

Elle fit un signe de main à Annie qui courut vers son char pour jouer. Ses étudiantes et Marie se tenaient près de la voiture et attendaient son approche.

En premier, Casey tendit ses bras vers Jaylyn et Kristina. Les deux femmes se jetèrent dans ses bras et restèrent là, sous le soleil du Texas, à l'enlacer un long moment.

— C'est tellement bon de vous voir, les filles, leur dit Casey.

— Vous aussi ! On pensait que vous étiez partie depuis longtemps, que vous étiez rentrée à la maison, puis quand les soldats sont venus nous trouver et qu'ils nous ont dit que vous aviez disparu, on était tellement inquiètes ! lui expliqua Kristina, ses mots se fondant les uns dans les autres.

— Je vais bien, l'apaisa Casey.

Jaylyn ne dit rien, mais la serra davantage en guise de réponse.

— Ça ne te dérange pas si on reste avec toi un moment ? demanda Marie.

Casey pensa désagréablement qu'il était temps que l'autre femme lui pose cette question, au lieu de faire ce qu'elle voulait, mais elle se contenta de soupirer et d'acquiescer. Elle mit la main dans sa poche et sortit ses clés. Elle les tendit à Jaylyn et dit :

— Au-dessus du garage. Allez-y, les filles. Servez-vous quelque chose à boire. On arrive dans une seconde.

Sans protester, Jaylyn saisit les clés et les deux jeunes femmes se tournèrent vers l'escalier.

Casey attendit qu'elles soient à l'intérieur avant de se tourner vers Marie.

— C'est quoi ce *délire*, Marie ? Je n'arrive pas à croire que tu aies pris l'avion jusqu'ici avec elles ! Tu es folle ?

Marie ne parut pas insultée par son coup de sang. Elle coinça simplement une mèche de cheveux bruns derrière son oreille et sourit à Casey. Elle était impeccablement habillée, comme d'habitude. Elle portait une jupe grise qui arrivait au niveau de ses genoux ainsi qu'une paire de talons ouverts au niveau des orteils. Casey pensa que la veste à manches longues qu'elle portait devait être trop chaude dans la chaleur du Texas, mais Marie ne semblait pas le moins du monde mal à l'aise.

Marie avait presque trente ans de plus que Casey, mais elle ne les faisait pas. Elle n'avait pas de gris dans ses cheveux et son maquillage dissimulait toute ride qui indiquerait qu'elle était plus vieille qu'elle ne paraissait. En somme, Marie Santos donnait l'impression et agissait comme si elle était importante et tout se passait bien pour elle. Casey l'avait toujours admirée, elle semblait faire partie du groupe le plus influent sur le campus et avait servi dans plus de comités de thèse que Casey ne pouvait compter. Elle était titularisée, ce qui signifiait qu'elle ne pouvait pas être virée à moins de faire quelque chose de vraiment inapproprié.

Comme traîner deux étudiantes qui avaient traversé l'enfer à l'autre bout du pays sans aucune raison.

Soudain, Casey fut vraiment gênée. Elle ne voulait pas être seule avec Marie, pas même avec ses étudiantes ici. Elle ne voulait rien de plus que dire à cette femme de retourner en Floride, qu'elle refusait de coopérer à sa séance de groupe. Mais elle ne voulait également pas faire quoi que ce soit qui pourrait blesser les deux femmes attendant en haut de l'escalier.

— Pas besoin de t'énerver, dit calmement Marie. J'ai apporté ça pour toi.

Casey baissa les yeux vers le bout de papier que Marie tendait.

Sentant que c'était une mauvaise idée, elle tendit la main vers le papier. Il avait l'air bizarre, tout comme sa texture. C'était comme un papier absorbant, pas un morceau de papier normal. Elle baissa les yeux et vit une photo d'Astrid avec un homme plus vieux qui, selon Casey, était son père.

— Elle s'en sort très bien. Mais les autres filles ont vraiment besoin de te voir de leurs propres yeux. Pour s'assurer que tout va bien. Tu as dit que tu ferais des séances de groupe avec nous.

— Oui, mais je comptais appeler ou faire un Skype. Je ne pensais pas que tu te pointerais devant ma porte. Comment tu savais que j'étais là, de toute façon ?

— J'ai demandé à la doyenne.

Casey allait avoir une longue discussion avec la doyenne quand elle retournerait en Floride.

— Je ne suis pas sûre que ce soit une bonne idée. Je m'inquiète pour Jaylyn et Kristina. Elles n'ont pas besoin de traverser le pays comme ça. Elles devraient être chez elles avec leur famille.

— Elles m'ont moi, leur dit calmement Marie. Je suis leur thérapeute et je les aide à traverser cette expérience horrible. Mais elles ont besoin de ton aide. Tu étais avec elle. Tu es la seule qui sait vraiment ce qu'elles ont vécu.

— Peut-être, mais...

Comme si elle savait que Casey allait céder, Marie continua rapidement :

— Jaylyn dit qu'elle était effrayée, mais que tu l'as aidée à rester optimiste. Elle t'a fait confiance à cent pour cent, Casey. Et Kristina m'a dit que quand tu as été emmenée, elle s'est sentie perdue. Elle a commencé à te voir comme une figure maternelle et ça lui a fait physiquement mal quand tu es partie.

Casey posa une main sur son cœur. Elle avait mal en pensant à quel point les filles avaient été terrifiées et confuses quand elle avait été emmenée.

— Elles étaient désespérées à l'idée de ne pas te voir, poursuivit Marie. Quand je t'ai parlé et que tu as indiqué que tu ne revenais pas en Floride prochainement, elles avaient peur que tu ne veuilles plus les revoir. Que tu avais honte d'elles et de leur comportement dans la hutte quand tu es partie.

— Non, je n'ai jamais ressenti ça, protesta Casey.

Elle était choquée que Jaylyn et Kristina imaginent ça.

— Parle-leur. S'il te plaît ? demanda Marie. Je pense vraiment que ça fera du bien à tout le monde.

Casey soupira. Elle savait qu'elle était manipulée, mais elle capitula tout de même.

— D'accord. Mais juste un petit moment. Je ne veux pas faire toute une séance. J'ai parlé à mon propre thérapeute et il pense que ce serait mieux s'il était là quand on s'assiéra pour parler de tout ça.

Marie lui lança un sourire immense et acquiesça.

— Super. Pas de problème. J'apprécierai également d'avoir sa contribution.

Casey plia le papier que Marie lui avait donné et le remit dans sa poche arrière, puis elle se tourna vers les marches et regarda une fois de plus vers le porche. Elle voyait Chase en train de la regarder. Elle lui fit un petit signe de la main et obtint un signe du menton en retour. Puis elle guida le docteur Marie Santos en haut des escaliers et dans l'appartement.

Casey tenta de contrôler son impatience quand elle installa tout le monde dans l'appartement. Jaylyn et Kristina s'assirent sur le canapé et Casey tira l'une des chaises de la salle à manger. Marie s'assit sur une autre chaise, de l'autre côté du canapé.

Une fois qu'elles furent installées, Marie dit :

— Les filles, vous étiez d'accord pour qu'aujourd'hui, on essaie l'hypnose, n'est-ce pas ?

Casey cligna des yeux. Ce n'était pas impossible qu'un psychologue utilise l'hypnose. Bon sang, Eddie et elle l'avaient essayé aujourd'hui. Mais c'était étrange de prendre l'avion de l'autre côté du pays *puis* de décider de le faire pour la première fois. Elle avait également dit à Marie en bas des escaliers qu'elle ne voulait pas faire une séance complète.

— Peut-être qu'on devrait juste parler d'abord, dit Casey.

— Pourquoi, tu as peur ? s'enquit Marie, un peu belliqueuse. Peut-être que tu te souviendras de quelque chose qui aidera. Tu as peur du noir, maintenant, n'est-ce pas ? Peut-être que tu es un peu claustrophobe ?

Casey fronça les sourcils à cause des mots sévères de cette dame plus âgée.

— Eh bien, oui, mais...

— Mais rien. Je peux t'aider avec ça. À moins que tu aimes être une petite femme faible face à ton nouveau petit ami. Peut-être que tu t'en sers pour avoir de l'attention ?

— Non, bien sûr que non, mais...

— Alors pourquoi tu te bats contre ça ? Jaylyn et Kristina ont dit qu'elles le feraient si tu le faisais aussi. Tu m'as dit toi-même que tu ne peux pas te souvenir de tout ce qui t'est arrivé. Si ça aidait, pourquoi tu ne le ferais pas ?

Casey était sur le point de dire à Marie qu'elle avait déjà tenté l'hypnose avec le docteur Martin et que ça n'avait pas fonctionné, quand Jaylyn prit la parole :

— Docteur Shea ?

Casey prit une grande inspiration pour contrôler sa colère. Elle voulait dire à Marie d'aller se faire foutre, mais elle ne voulait absolument pas faire quoi que ce soit qui blesserait les deux femmes qui la regardaient actuellement avec des yeux écarquillés et inquiets.

— Oui, Jaylyn ?

— Vous voulez bien essayer ? Pour nous ?

Casey voulait dire non. Elle voulait critiquer le comportement non éthique de Marie. Mais plus que ça, elle voulait juste faire ce qui devait être fait. Elle fit un signe de tête vers Jaylyn.

— D'accord, ma puce.

Le soulagement sur les visages de Jaylyn et Kristina indiqua à Casey qu'elle avait pris la bonne décision, même si elle n'était pas facile à prendre.

À ce moment-là, le téléphone de Casey sonna. Il était sur le plan de travail de la cuisine. Elle se leva pour répondre, ayant besoin de mettre de la distance entre Marie et elle pendant un moment.

Mais la femme plus âgée la suivit et avant que Casey ne puisse répondre, elle l'attrapa, enfonçant ses ongles dans le haut de son bras.

Casey grimaça et écarquilla les yeux alors que Marie se penchait vers elle.

— Ne lui dis pas que nous sommes là, la menaça-t-elle.

Elle avait évidemment vu le nom de Beatle sur l'écran.

— Je le pense vraiment. Tu as besoin de ça, Casey. Tu es évidemment en train de souffrir et tu déprimes à cause de ce dont tu ne peux pas te souvenir. J'ai besoin de savoir ce dont tu te souviens de cette journée. Débarrasse-toi de lui, puis reviens. La santé mentale de Jaylyn et Kristina dépend de toi.

Le ton que Marie utilisa était à moitié un chuchotement, à moitié un grognement. Casey fut immédiatement renvoyée dans la jungle. Elle avait entendu ce même michuchotement, mi-grognement quand on leur avait mis un bandeau sur les yeux et avant que le camion ne s'éloigne.

« Emmenez-les au village, mais assurez-vous que personne n'interagisse avec elles. Donnez-leur seulement assez de nourriture pour deux personnes, pas quatre. Je reviens dans quelques jours. »

Marie était là-bas.

C'était *Marie* qui avait organisé leur enlèvement.

Casey savait que les choses que disait sa collègue étaient étranges, mais elle n'aurait jamais deviné qu'*elle* était derrière ce supplice.

Mais pourquoi ?

Casey entendit vaguement le téléphone arrêter de sonner, mais elle ne pouvait cesser de se souvenir. Quand elle avait été dans ce trou, recouvert, elle avait à nouveau entendu Marie.

« Si elle est encore en vie dans une semaine, toi et les autres, vous pouvez faire ce que voulez avec elle. Mais souvenez-vous, je regarde. Elle doit rester là-dedans sept jours entiers pour que ce soit utile. »

Le téléphone recommença à sonner et Casey cligna des yeux en les baissant vers l'appareil dans sa main.

— Réponds, lui dit Marie dans un grognement distinctif.

Casey glissa la barre sur le côté de l'écran et leva le portable à son oreille.

Elle voulait tellement dire à Beatle de se ramener et de la sauver une fois de plus, mais elle ignorait ce que Marie ferait aux filles, si elle agissait ainsi. Apparemment, elle ne se rendait pas compte que Casey s'était enfin souvenue de ce qu'elle avait si désespérément essayé de se rappeler. Pas encore. Mais Casey ne savait pas ce que Jaylyn et Kristina avaient entendu. Si elles étaient hypnotisées et qu'elles admettaient avoir entendu le docteur Santos au Costa Rica, elles auraient de gros problèmes.

Elle ne put s'empêcher d'arracher son bras à la poigne de Marie et de lui jeter un regard noir avant de répondre au téléphone.

— Allô ?

— Hé, ma belle. C'est moi. Je voulais juste t'appeler et vérifier que tu allais bien.

— Salut, Troy, je vais bien.

Elle espérait comme une folle qu'il comprendrait qu'elle l'appelait rarement par son nom de naissance... et peut-être qu'il y avait une bonne raison pour qu'elle le fasse à ce moment-là.

— Génial. Je serai à la maison dans vingt-cinq minutes, je pense. Tu veux aller dîner à l'extérieur ou tu as des plans ?

— À l'extérieur, ça me semble bien, dit Casey.

Elle était bien consciente du regard de Marie sur elle.

— Cool. Tu choisis, cette fois-ci. Je l'ai fait la dernière fois.

— D'accord. Troy ?

— Oui, ma belle.

— Je t'aime. C'est tout.

Casey sut soudain que Marie n'allait pas les laisser simplement sortir de l'appartement. Si les autres filles disaient quelque chose sur le fait que le docteur se trouvait au Costa Rica, elles seraient toutes en danger. Si Casey ne pouvait pas faire semblant et la convaincre qu'elle était hypnotisée quand elle ne l'était pas, elles seraient toutes en danger. Selon elle, aucune d'elles n'en sortirait indemne, et imaginer que Beatle ne saurait jamais à quel point elle l'aimait si Marie réussissait là où elle avait échoué dans la jungle était odieux.

— Je t'aime aussi, lui dit-il. Je te le montrerai ce soir, d'accord ?

Casey pouvait clairement entendre l'émotion dans sa

voix. C'était nul que la première fois qu'ils se disaient ces mots, c'était dans ces circonstances, mais cela ne les atténua en aucune façon.

— D'accord, dit-elle doucement. Tu ne sauras jamais à quel point ces quelques semaines ont été importantes pour moi.

— Pour moi aussi, elles sont importantes. Je dois y aller. On se voit plus tard.

— Salut, Troy.

— Salut, Casey.

Casey raccrocha et réussit à ne pas éclater en sanglots. *Mon Dieu, s'il vous plaît, qu'il se demande pourquoi je l'appelle soudain Troy au lieu de Beatle et s'il vous plaît, faites qu'il rentre à la maison pour prendre de mes nouvelles.*

Marie lui prit le téléphone des mains et appuya sur le bouton pour l'éteindre. Puis elle le jeta sur le plan de travail et guida Casey vers le salon.

La cuisine n'était pas si loin du canapé et Casey, et les filles avaient probablement entendu sa conversation avec Beatle. Cependant, elle n'était pas convaincue qu'elles avaient entendu les mots de Marie. Elle était certaine que ce n'était pas le cas quand elles regardèrent le médecin avec confiance et attendirent qu'elle commence.

Casey s'assit lentement sur la chaise et essaya de contrôler sa respiration. Elle n'avait aucune idée de ce qui allait se passer, mais elle était prête à tout. Elle avait survécu dans ce trou, elle pouvait survivre à ça.

Rentre à la maison, Beatle. S'il te plaît. J'ai besoin de toi.

22

———

Beatle parlait à Truck depuis vingt minutes quand il s'arrêta au milieu d'une phrase.

— Quoi ? Tu t'es souvenu de quelque chose ? s'enquit Truck.

Ils discutaient de la situation avec les habitants natifs et comment ils les avaient trouvés dans la jungle lorsque Beatle s'était soudain fermé comme une huître.

— C'est... J'y ai pensé tout à l'heure et j'ai écarté cette idée... mais quelque chose n'est pas clair, dit lentement Beatle.

Il sortit son téléphone et composa une fois de plus le numéro de Casey. Il attendit que ça sonne, mais il entendit directement le message vocal dans son oreille. Son téléphone avait été éteint puisqu'il tomba directement sur le répondeur.

Il se tourna vers Truck.

— Combien de fois tu as entendu Casey m'appeler Troy ?

Truck sembla surpris.

— Peut-être une fois ? Pourquoi ?

— Quand je lui ai parlé tout à l'heure, elle a dit mon nom...

Il marqua une pause, essayant de se souvenir de leur conversation.

— Trois fois. « Salut, Troy, » puis mon nom avant de dire qu'elle m'aimait et encore quand elle m'a dit au revoir.

Beatle se tourna vers Fletch qui venait juste de raccrocher avec un technicien de l'armée à qui il avait demandé d'accentuer la partie du film avec le tuyau d'arrosage et la caméra.

— Quand tu as parlé à Chase, est-ce qu'il semblait... étrange ?

— Étrange ? répéta Fletch. Non, pourquoi ?

— Je n'en suis pas sûr, mais je pense qu'il se passe quelque chose dans la maison.

Maintenant, Beatle avait attiré l'attention de tout le monde dans la pièce.

— Parle-nous, ordonna Ghost.

— Vous savez que j'ai parlé à Casey tout à l'heure et j'ai cru qu'elle allait bien, mais plus j'y pense, plus j'ai l'impression qu'elle essayait de me prévenir de quelque chose, mais je n'ai pas compris tout de suite. Elle m'a appelé Troy. Plusieurs fois.

— Et elle ne le fait pas d'habitude ? demanda Hollywood. Kassie m'appelle toujours par mon surnom à moins de se sentir émotive.

— Casey m'a toujours appelé Beatle. Elle connaît mon prénom, bien sûr, mais elle ne l'a utilisé que quelques fois. Mais aujourd'hui, pendant notre conversation d'une minute et demie, elle m'a appelé Troy trois fois.

— Je vais rappeler Chase, dit immédiatement Fletch en prenant déjà son téléphone.

Il le mit sur haut-parleur et toute l'équipe écouta attentivement lorsqu'il sonna.

Chase décrocha après seulement deux sonneries.

— Bon sang, tu es pire qu'une fille, Fletch. Qu'est-ce qu'il y a, maintenant ? le taquina l'autre homme.

— Tout va bien là-bas ?

— Oui, pourquoi ?

Le ton léger et désinvolte avait disparu de la voix du capitaine de l'armée.

— Qu'est-ce qui ne va pas ?

— Nous n'en sommes pas sûrs. Beatle a appelé Casey et tout semblait aller bien, au début, mais maintenant il n'en est pas sûr. Tu l'as vue récemment ?

— Nous regardions tous Annie jouer tout à l'heure quand une voiture s'est garée. J'étais en alerte, au début, mais Casey a dit qu'elle connaissait les femmes qui en sortaient. Elle a dit que deux étaient les étudiantes qui avaient été kidnappées avec elle, et l'autre était psychologue.

Chase leur raconta ce qu'il avait déjà transmis à Fletch plus tôt.

Les Deltas regardèrent tous Beatle. Il mordilla ses lèvres, perdu dans ses pensées. Enfin, il secoua la tête.

— Je ne sais pas. Mais quelque chose ne me semble pas normal avec cette histoire.

— Casey n'a pas dit qu'elles viendraient lui rendre visite ? demanda Ghost.

— Non. Mais elle n'a pas non plus dit qu'elles ne viendraient pas. Elle a reçu un appel l'autre jour qui l'a dérangée, mais on n'a pas eu l'occasion d'en parler. Je sais qu'elle semblait inquiète à ce propos, mais j'ai le sentiment qu'elle ne voulait pas paraître parano, c'est Casey tout craché.

— Tu penses que c'était une des filles ou la psychologue ? demanda Coach.

— Qui d'autre ? demanda Beatle. Elle a parlé à ses parents plusieurs fois et elle n'avait aucun problème avec le fait que je sois là. Les autorités au Costa Rica n'ont pas son numéro, donc ça ne pouvait pas être eux. C'était peut-être son patron à l'université, mais on a parlé de son travail, donc elle avait l'occasion parfaite de l'évoquer. Honnêtement, je ne sais pas qui ça aurait pu être d'autre.

— Vous ne vous connaissez pas depuis si longtemps, déclara Chase. Peut-être que c'était un homme qu'elle fréquentait avant d'être enlevée et qu'elle s'est sentie bizarre à l'idée de te dire qu'elle était sortie avec quelqu'un.

— Ce n'était pas ça, rétorqua Beatle.

Puis il prit une grande inspiration pour tenter de contrôler sa colère.

— Écoute, je comprends, il y a beaucoup de choses qu'on ne sait pas l'un sur l'autre, mais je ne pense absolument pas que l'appel qui l'a dérangée venait d'un ex.

— Tu veux que j'aille là-bas ? demanda Chase.

Beatle passa une main dans ses cheveux courts, l'air agité.

— Ouais, mais je pense que tu devrais attendre qu'on arrive. C'est une impasse. Si tu y vas et que tu frappes, et que quelque chose *ne va pas*, les choses pourraient dégénérer et avec trois inconnues contre Casey, ça pourrait vite devenir moche. Mais si tu attends, à chaque seconde où on ne la surveille pas, elle a plus de risques d'être blessée.

Ghost fit signe à Beatle de sortir. Fletch récupéra le téléphone et l'équipe quitta la pièce en continuant de parler à Chase.

— Amène Annie et Emily dans la pièce sécurisée, ordonna Fletch. La dernière chose dont on a besoin, c'est que plus de civils soient impliqués si quelque chose ne va pas.

— Je vais le faire. Je vais attendre avant d'aller les retrouver, mais je vais faire de la reconnaissance et voir si je peux trouver quelque chose de plus avant votre arrivée, le rassura Chase.

— J'apprécie. On devrait être là dans vingt minutes ou moins, l'informa Ghost. Appelle si tu as plus de renseignements.

— Bien reçu, dit Chase, très professionnel.

Fletch raccrocha sans dire au revoir.

— Tout le monde est équipé ? demanda doucement Ghost quand ils sortirent du bâtiment en partant vers le parking.

Quand tout le monde le confirma, Ghost acquiesça.

— D'accord, prenons deux voitures. Fletch, Beatle et toi vous venez avec moi après avoir été chercher vos affaires dans votre voiture. Hollywood, Coach et Blade, vous allez avec Truck. On y va aussi discrètement que possible pour le coup. Tout comme Chase l'a dit, on ne veut pas créer de problèmes s'il n'y en a aucun. Quand on y sera, Beatle montera en premier, utilisera sa clé pour n'effrayer personne si tout va bien.

Il regarda Truck.

— Coach, toi et Hollywood vous marquez le périmètre. Blade, tu seras derrière Beatle avec moi. Fletch, tu iras chez toi et tu t'assureras que ta famille est en sécurité. Des questions ?

Tout le monde secoua la tête. Ils avaient l'habitude de travailler ensemble et connaissaient le plan presque avant que Ghost ne prenne la parole.

Quelques instants plus tard, les deux véhicules sortaient du parking et se dirigeaient vers la maison de Fletch, ignorant vraiment ce qu'ils allaient trouver.

* * *

Casey s'assit sur la chaise, la tête baissée, ses cheveux lui cachant le visage de Marie. Elle était vraiment effrayée et énervée, mais attendait le bon moment. Elle ne voulait pas faire quoi que ce soit qui traumatiserait Jaylyn et Kristina plus qu'elles ne l'étaient déjà. Ce n'était pas leur faute si leur médecin était vraiment fou.

Heureusement – ou malheureusement –, les deux femmes étaient susceptibles d'être hypnotisées. Marie les avait mises dans un état second en moins de dix minutes. Casey fit également semblant d'être sous son influence.

Elle espérait vraiment que Beatle avait compris que quelque chose n'allait pas, mais un long moment s'était écoulé depuis leur appel téléphonique et il n'était pas venu, donc elle avait peu d'espoir. Elle n'avait pas été aussi claire qu'elle l'aurait dû pendant leur conversation. Casey s'en voulait vraiment pour ça.

— Tendez les mains, dit Marie à son public captivé.

Casey fit ce qu'on lui demandait et vit du coin de l'œil que Kristina et Jaylyn avaient fait la même chose.

Le docteur Santos se leva et chercha quelque chose dans son sac pendant un moment avant de s'avancer vers Jaylyn. Elle posa une bille dans chaque paume et fit la même chose avec Kristina. Elle retourna vers son sac et prit autre chose, avant de se placer devant Casey.

Celle-ci essaya de garder son regard vide et dans le vague, en essayant de ne pas grimacer quand quelque chose de dur fut placé dans ses propres mains. Cela ressemblait également à des billes, mais paraissait recouvert de quelque chose.

— Serrez vos poings et accrochez-vous à ce que je viens de mettre dans vos mains. Ne le faites pas tomber, sous aucun prétexte. Si vous le faites tomber, vous ressentirez une douleur extrême. La plus grande douleur que vous n'avez jamais ressentie de votre vie.

Casey ferma ses mains autour de ce qui ressemblait à une bille et que Marie lui avait donné. Elle eut envie de plisser le nez à cause de la sensation gluante de l'objet, mais elle se retint.

— Vous les tenez bien ? demanda Marie.

Casey répondit consciencieusement par l'affirmative avec Jaylyn et Kristina.

— Bien. Maintenant, Kristina, dis-moi à quoi tu pensais quand tu as pris toute la nourriture pour toi, le dernier jour. Tu as dit qu'un de tes kidnappeurs a ouvert la porte de ta hutte et a posé une portion de nourriture à l'intérieur. Tu l'as atteinte avant Jaylyn et Astrid. Sois précise.

Casey maintenait une respiration lente et régulière, mais ce qu'elle voulait vraiment faire, c'était de se lever et de réprimander Marie pour ce qu'elle faisait. Ce qu'elle demandait à la jeune femme était invasif et nuisible. Elle n'était pas psychologue, mais même Casey le savait.

Elle envisagea de sauter et de se jeter sur la vieille femme pendant qu'elle était occupée, mais elle avait peur que Jaylyn et Kristina soient blessées dans la mêlée qui suivrait certainement. Peut-être qu'elle attendrait un peu plus longtemps. Pour rassurer Marie sur le fait qu'elles étaient toutes les trois sous influence, puis elle prendrait la chaise et assommerait cette pétasse.

Tandis que les minutes s'écoulaient et que Marie continuait de poser des questions aux autres femmes, Casey commença à se sentir extrêmement bizarre. Elle n'envisageait plus de blesser Marie, se concentrant intensément sur ce qu'elle voyait et entendait. La lumière dans la pièce était brillante, mais quand elle ferma les yeux, elle ne vit que des tourbillons d'orange, de jaune et de rouge. Les couleurs ondulaient comme si elles réfléchissaient par elles-mêmes. Elles étaient hypnotiques et Casey se sentit perdue dans les couleurs tourbillonnantes.

— Casey, à ton tour. Pourquoi ne nous dis-tu pas

comment tu t'es sentie quand on t'a dit que tu rentrais à la maison et que ta rançon avait été payée ?

Casey tenta de se concentrer sur la question, mais quand elle ouvrit les yeux et regarda la psychologue, elle fut horrifiée de constater que les mots que Marie venait de prononcer flottaient autour d'elle.

— Casey ? Tu étais contente de partir, n'est-ce pas ? demanda Marie. Tu t'en moquais de partir en laissant les autres derrière toi, n'est-ce pas ?

— Non, j'étais inquiète, je...

Casey se tut puisque les cinq mots *qu'elle* venait de prononcer flottaient à présent autour de sa tête. De grandes lettres noires qui tranchaient aussi nettement qu'un couteau avec les tourbillons jaunes et rouges. Alors qu'elle regardait la scène, fascinée, elles se tournèrent vers elle et semblèrent grandir. Elles changèrent également de couleur. De noir à violet foncé, puis à fuchsia éclatant. Casey ferma les yeux, confuse, mais les couleurs se mirent à tourbillonner plus vite derrière ses paupières.

— Et quand tu as été amenée au bord de ce trou, à quoi pensais-tu ? Que tu allais mourir ?

Casey se balança sur la chaise au rythme des couleurs. Non, elle se balançait au rythme de la musique... mais il n'y en avait aucune, c'était les couleurs qui faisaient des bruits désormais. Une part d'elle savait que ce qui se passait n'était pas normal, mais elle n'arrivait pas à se concentrer.

— Je ne voulais pas mourir, réussit-elle à dire avant que les mots ne commencent à pousser contre ses paupières et reviennent dans sa tête.

— Pourtant, quand tu étais dans ce trou, sans moyen de sortie, tu n'as pas abandonné. Pourquoi ?

Casey ne pouvait répondre. Elle était de nouveau de retour dans ce trou. Elle leva les yeux et tout ce qu'elle vit, ce furent les couleurs tourbillonnantes.

— Casey ! cria Marie. Pourquoi tu n'as pas abandonné ? Qu'est-ce qui te faisait te battre pour survivre alors que n'importe qui d'autre aurait abandonné et serait juste mort dans cette putain de jungle ? J'ai besoin de savoir. Tu dois me le dire, c'est vital !

Avec le mot « jungle », soudain les jolies couleurs qu'elle avait vues passèrent de l'orange clair et joyeux, et du jaune, au vert foncé et au marron. Casey regarda Marie, mais elle n'était plus Marie. À sa place se tenait une gigantesque fourmi balle de fusil. Les antennes qui sortaient de sa tête se tournèrent dans sa direction. Sa bouche s'ouvrit et ses mâchoires mordantes s'approchèrent encore et encore de Casey, du poison coulant de ses mandibules, prêtes à lui injecter ce venin extrêmement puissant.

Casey se leva et tomba immédiatement par terre. Elle ouvrit les mains en chutant et lâcha ce que Marie lui avait donné, mais Casey était partie loin, au milieu d'un trip si horrible qu'elle voyait le danger partout où elle regardait et elle ne le remarquait même pas.

Les franges du tapis effleurèrent la paume de sa main et Casey baissa les yeux pour voir qu'elle était tombée directement dans un nid de fourmis balle de fusil. Elles la mordaient. Elles lui faisaient mal. Elle essaya frénétiquement de les enlever de ses mains, mais plus elle se frappait et plus des fourmis apparaissaient.

Complètement sous l'emprise d'un mauvais trip au LSD, Casey cria.

✳ ✳ ✳

Tout semblait normal quand les voitures amenant l'équipe Delta déterminée se gara dans l'allée de Fletch. Ghost et Truck s'arrêtèrent juste après la clairière devant la maison et le garage, et les sept hommes sortirent des véhicules sans un bruit.

Chase les rejoignit au bord des arbres.

— Je n'ai rien entendu ou vu d'anormal, informa-t-il le groupe. Je suis allé à la porte d'entrée et j'ai entendu des voix, mais elles n'étaient pas élevées ni agitées. Je n'entendais pas ce qu'elles disaient et la porte était fermée à clé.

Tout le monde acquiesça, mais Beatle avançait déjà vers l'escalier. Ghost fit signe aux autres et tout le monde se déploya. Fletch se glissa à l'arrière de la maison, tandis que Ghost et Blade étaient sur les talons de Beatle.

Beatle monta silencieusement les escaliers, la gorge serrée. Il n'aimait pas du tout cette sensation. C'était une chose de savoir quel était le danger qu'on allait rencontrer, c'en était une tout autre d'ignorer totalement ce qu'il y aurait de l'autre côté de la porte. C'était cent fois pire parce que *Casey* était peut-être en danger.

Il leva sa main, puis les mains derrière lui s'arrêtèrent. Ils avaient tous sorti leurs revolvers et étaient prêts à faire face à n'importe quoi. Beatle glissa la clé dans le verrou et la tourna lentement, sans faire de bruit.

La clé était toujours dans la serrure quand il entendit des voix à l'intérieur de l'appartement. Il ouvrit la porte et la poussa lentement et prudemment quand il entendit les cris de Casey.

Ce n'était pas un bruit normal. Pas le moins du monde. Il était aigu et paniqué.

Le sang de Beatle se glaça.

Sans y réfléchir, il ouvrit brusquement la porte et la fit claquer contre le mur derrière. Il fut à l'intérieur de l'appartement avec son revolver dégainé avant même de réfléchir à ce qu'il faisait.

Il avança dans le petit appartement, s'attendant à voir

Casey tenue en joue ou agressée d'une quelconque façon, mais ce que ses yeux virent était compliqué à comprendre.

Les deux jeunes femmes – il supposa qu'il s'agissait de Jaylyn et Kristina –, étaient immobiles sur le canapé. Leurs poings étaient posés sur leurs genoux et elles regardaient droit devant elles. Une vieille femme avec de longs cheveux bruns était debout contre le mur, le regardant avec un sourire narquois et satisfait sur le visage.

Et Casey. Mon Dieu.

Elle était à quatre pattes, se frappant frénétiquement les bras. Et les bruits inhumains qui sortaient de sa bouche brisaient le cœur et horrifiaient en même temps.

Ghost et Blade se placèrent de chaque côté du canapé et levèrent leurs armes en direction de la vieille femme alors que Beatle allait tout droit vers Casey. Il tendit la main vers elle, mais dès qu'il le fit, elle leva les yeux, le vit et cria encore plus fort. Elle était absolument terrifiée. À cause de *lui*.

L'attention de Beatle passa de Casey, qui se tortillait par terre, à la femme contre le mur. Elle souriait... et riait réellement.

— Sale pétasse, cracha-t-il. Qu'est-ce que tu lui as fait ?

— Je voulais seulement qu'elle se détende et se calme, mais je n'étais pas certaine de la dose que je devais lui donner. Le papier buvard que j'ai utilisé en arrivant ne semblait pas fonctionner, donc je lui en ai donné plus. J'imagine que j'ai mal évalué la dose, parce que ce n'était pas le résultat auquel je m'étais attendue. Mais je dois admettre que voir le grand docteur Casey Shea avec ses grands airs dans un mauvais trip est vraiment impayable.

Ghost atteignit la femme avant que Blade ne puisse le faire. Il attrapa ses bras et les tordit derrière son dos.

— Qu'est-ce que tu lui as donné ?

— Va te faire foutre ! répondit-elle.

Ghost tordit ses bras plus haut et Marie couina de douleur.

— J'ai demandé ce que tu lui avais donné. Si tu penses que je plaisante, tu es folle. Tu vois des flics ici, pétasse ? Non, il n'y a que nous. Et là, je pense que mon ami Beatle veut vraiment *vraiment* avoir une chance de te faire parler.

Elle blêmit et Beatle ne se sentit pas le moins du monde affecté par les menaces lancées par Ghost. Ils ne lui feraient pas de mal, bien sûr, mais elle ne le savait pas.

— Juste un peu de LSD, bordel, détendez-vous. Les gens en prennent tout le temps.

Casey gémit et s'approcha du mur de l'autre côté de la pièce. Elle tenait ses mains devant elle, les regardant et geignant.

Marie poursuivit :

— Elle a tellement bien géré quand elle était dans le trou, je pensais que ça irait avec les drogues. Tout ce qu'elle avait à faire, c'était de me dire à quoi elle pensait dans ce trou. Comment elle s'était rendu compte que l'eau était là pour elle et ce qui l'avait aidée à se battre pour vivre. C'est trop demander ?

Beatle partagea son attention entre Casey et le docteur. Elle ne parlait plus à Ghost, elle radotait plus pour elle qu'autre chose.

— Je peux toujours finir mon étude. Elle va redescendre, puis elle me dira ce que j'ai besoin de savoir pour que j'écrive ma conclusion. L'article ne sera pas fini sans ça.

— Quel article ? demanda Blade.

Il n'avait pas baissé son arme et la colère sur son visage inquiéta Beatle.

— *Mon* article ! Ma recherche. *Les effets de la terreur sur les victimes d'enlèvement : pourquoi certains s'effondrent complètement et d'autres s'endurcissent.* Je vais être célèbre, mais j'ai besoin de cette conclusion !

— Oh mon Dieu. Tu as fait kidnapper ma sœur pour une putain d'*expérience* humaine ? demanda Blade.

Beatle vit sa main se resserrer sur l'arme.

— Blade, baisse ton arme, ordonna Ghost.

Il voyait également que Blade était au bout du rouleau.

— Elle faisait une expérience et a torturé ma sœur pour avoir des données, cracha Blade.

— Je sais. Et elle va payer pour ça. Baisse. Ton. Arme, répéta Ghost prudemment.

— Ils ne voulaient pas approuver le sujet ! Je devais le faire ! C'était facile à organiser. Casey et les autres étaient toutes seules là-bas. Si elle était morte dans ce trou, ça aurait été si facile ! hurla Marie.

Soudain, Casey se jeta sur son frère.

Puisque personne ne s'y attendait, tous distraits par les marmonnements du docteur en psychologie, Casey le surprit. Elle attrapa le couteau qu'il avait dans le fourreau à sa hanche et réussit à le sortir avant qu'il puisse l'arrêter.

Elle battit en retraite au bout de la pièce, le couteau brandi devant elle, le regard déchaîné en tournant la tête vers une personne puis une autre.

— Fais-la sortir d'ici, dit Ghost en jetant le docteur sur Chase qui faisait le guet de l'autre côté du canapé.

— Noooon ! gémit la femme. J'ai besoin de plus d'informations ! Jaylyn, pourquoi tu pleurnichais ? Kristina, qu'as-tu ressenti quand tu as frappé Astrid, lorsqu'elle a essayé de te prendre la nourriture ? Je dois le savoir ! *Attendeeeeez !*

Tandis que Chase tirait la femme bredouillant hors de la pièce, tout le monde fut surpris lorsque les jeunes femmes sur le canapé commencèrent à répondre aux questions qui leur avaient été posées. Elles parlaient en même temps, mais ne semblaient pas s'en rendre compte. En fait, elles ne paraissaient pas remarquer les hommes qui étaient également dans la pièce.

— Qu'est-ce qui ne va pas chez elles ? demanda Blade.

— Elles sont hypnotisées, dit succinctement Ghost. Et nous ignorons totalement sous quel genre d'influence la pétasse les a placées pendant qu'elles étaient inconscientes ni comment les en faire sortir.

— Casey voyait un thérapeute. Elle a dit qu'il avait essayé de l'hypnotiser une fois, mais ça n'avait pas fonctionné. Il pourrait peut-être aider. Son nom est Eddie Martin, lui dit le leader de l'équipe.

— On va l'appeler, déclara Ghost. Elles sont bien où elles sont, là. D'abord, on doit calmer ta copine. Elle me rend vraiment nerveuse avec ce couteau.

Beatle avait déjà reporté son attention sur Casey.

Elle utilisait son couteau pour transpercer l'air. Elle voyait évidemment quelque chose qu'ils ne distinguaient pas. C'était aussi horrifiant que déchirant.

— Casey, dit-il doucement en faisant un pas vers elle. Tu as été droguée. Tu réagis simplement mal à ce qu'on t'a donné. Laisse tomber le couteau et on ira te chercher de l'aide. Tu es en sécurité maintenant. Le médecin est parti.

Au lieu de la calmer, ses paroles l'agitèrent encore plus, et parce qu'il était inquiet, il se rapprocha un peu trop d'elle. Elle réussit à lui entailler le bras avec la lame avant de s'éloigner hors de sa portée.

Beatle ne voulait pas faire de gestes brusques ni quoi que ce soit qui aurait pu terroriser davantage la femme qui voulait tout dire pour lui. Il pouvait facilement la désarmer – il avait déjà fait face à des ennemis plus féroces et plus grands –, mais il ne voulait pas l'effrayer. C'était Casey. *Sa* Casey

Il prit la décision de simplement rester planté où il était et de la surveiller jusqu'à ce qu'elle redescende de son trip ou qu'elle se calme – mais elle lui fit abandonner cette décision quand elle se tourna vers la fenêtre et tenta de sauter.

* * *

Casey alla se blottir de l'autre côté de la pièce, loin des insectes géants. Ils se tenaient tous sur deux pattes, mais avaient des visages d'insectes. La fourmi balle de fusil avait été enlevée par un genre de serpent gigantesque, mais il y avait deux scorpions sur le canapé, la fixant en sifflant. Elle avait attaqué l'une des créatures à l'air plus amical – elle avait seulement de la bave sortant de sa bouche et non de l'acide – et avait réussi à attraper son arme.

Les fourmis grimpaient toujours sur son bras, mais ce qui était le plus gênant à ce moment, c'était les cafards volants. Ils sifflaient dans sa direction et essayaient de manger ses yeux. Il s'agissait de ses animaux de compagnie et ils criaient son nom en voletant autour de sa tête. Les couleurs dans la pièce tourbillonnaient constamment maintenant. Du noir, du marron, du rouge.

Une part d'elle savait qu'il n'y avait rien de tel que de vivre et de parler insectes, mais Casey ne pouvait contrôler sa peur qu'ils mettent la main sur elle et la mangent toute crue.

L'un des demi-humains, demi-insectes lui parlait maintenant. Elle pouvait voir ses mots tournoyer autour de sa tête lorsqu'il discutait, mais aucun n'avait de sens. Il fit un pas en avant vers elle, avec l'un de ses tentacules tendus.

Mais bien sûr.

Elle entendait l'homme-insecte siffler et discuter derrière elle, donc elle se retourna et donna un coup de couteau dans sa direction. Elle eut l'impression de réussir, donc elle continua à transpercer aveuglément les créatures avec son arme. Les cafards riaient maintenant, sifflant joyeusement, mais restant d'une façon ou d'une autre à l'abri de son couteau.

Sachant qu'elle n'avait qu'une chance de s'en sortir

vivante et de s'éloigner des insectes qui voulaient la manger, Casey laissa tomber le couteau, heureuse de voir qu'elle avait curieusement réussi à arrêter les insectes géants qui n'avançaient plus. Les mots remplissaient la pièce désormais, elle avait donc du mal à respirer. Ils aspiraient tout l'oxygène de l'air. Ils l'utilisaient entièrement. Elle devait sortir.

Sans prévenir, pour que les hommes-insectes ne l'interrompent pas, Casey plongea vers la fenêtre. Elle rit quand elle se rendit compte qu'elle n'était pas faite de verre, mais plutôt d'eau. Elle faillit échapper aux insectes monstrueux, mais à la dernière seconde, quelque chose attrapa ses jambes. Alors qu'elle était suspendue au-dessus de l'eau, à deux doigts de s'échapper, Casey s'exclama.

Sous elle se trouvait un gigantesque dynaste Hercule. Ses cornes s'ouvraient et se refermaient d'un air provocant alors qu'il tendait deux tentacules vers elle. Casey se tortilla autant qu'elle le put, mais les hommes-insectes dans la pièce s'agrippèrent fermement à elle.

Elle commença à hurler et à frapper les fourmis balle de fusil qui grimpaient sur elle avant de recommencer à la mordre. Ses mains palpitaient de douleur à cause de l'eau qu'elle avait heurtée trop vivement.

Alors qu'elle criait, elle voyait le dynaste Hercule diminuer encore et encore alors que les hommes-insectes la faisaient tituber en arrière, dans sa tanière.

* * *

— Nom de Dieu ! jura Ghost en luttant pour s'agripper à une jambe de Casey. Blade, appelle le 911 ! Dis-leur que ta sœur a été droguée contre sa volonté et qu'elle fait un super mauvais trip. Elle a besoin d'être mise sous sédatif.

— C'est déjà fait, bordel ! hurla Blade.

Beatle se déconnecta de tout ce qu'il se passait autour de lui, toute sa concentration portée sur Casey. Il n'avait jamais rien vu de si terrifiant que ce qui arrivait à la femme qu'il aimait. Il n'avait aucune idée de ce qu'elle avait dans la tête, mais elle ne le voyait pas, ni lui ni l'appartement.

Elle l'avait entaillé avec le couteau et quand il s'était rapproché trop près pour essayer de la réconforter, elle lui avait coupé le bras. La blessure faisait super mal, mais il l'ignora puisque la prochaine étape qu'exécuta Casey fut de plonger la tête la première par la fenêtre. Et elle avait presque réussi, mais il l'avait attrapée par les pieds à la dernière seconde.

Il entendit Truck hurler sous la fenêtre qu'il était là et pouvait l'attraper si elle tombait, mais ça ne l'aidait pas à se sentir mieux. La fenêtre était faite d'un genre de verre renforcé, donc elle n'avait pas éclaté en morceaux, merci mon Dieu. Un impact en forme de toile d'araignée s'était créé sous le choc et aurait probablement tenu si le cadre autour de la fenêtre n'avait pas cédé. Fletch s'était évidemment assuré que l'appartement était sûr pour Annie et n'importe quel autre enfant qui pourrait rester ou jouer ici. Mais la cadre ne tenait pas face au poids d'un adulte.

Ghost et lui réussirent à tirer Casey à l'intérieur, mais elle se battait toujours comme si sa vie en dépendait. Rien de ce qu'il disait ne la calmait.

Beatle n'avait jamais été aussi effrayé qu'il l'était à ce moment. Ghost et lui malmenèrent Casey pour l'éloigner de la fenêtre béante, puis Beatle s'assit par terre avec elle sur ses genoux. Elle était dos à lui, il passa les bras autour d'elle comme une camisole de force. Elle ne pouvait bouger, seulement se tortiller et faire des mouvements brusques contre lui.

Blade et Ghost tenaient le corps de Beatle pour qu'il puisse garder le contrôle d'une Casey affolée.

La pièce se remplit rapidement avec le reste de l'équipe et Beatle entendit vaguement Ghost ordonner à Fletch de garder Emily et Annie dans la chambre sécurisée. Elles n'avaient pas besoin de voir Casey ainsi.

Tout ce qu'ils pouvaient faire, c'était regarder Casey, perdue dans le cauchemar de son esprit, alors qu'ils attendaient l'ambulance.

23

Il fallut six heures supplémentaires pour que le pire moment du mauvais trip de Casey se calme. Le médecin avait dit qu'il avait fallu une heure pour que la drogue commence à faire effet et cela se serait probablement bien passé avec la dose initiale, mais la bille recouverte de drogue dans sa main combinée à la situation stressante avait déclenché le mauvais trip.

Et c'était un sacré bad trip.

Casey avait crié pendant des heures à propos d'insectes géants qui venaient vers elle. Elle voyait constamment des fourmis qui n'étaient pas là sur son corps et elle n'avait absolument aucune idée de qui se trouvait autour d'elle. Une fois sous calmant, elle était devenue moins violente, mais elle avait toujours dû être attachée pour sa propre sécurité et celle de tous ceux qui l'entouraient.

C'était la chose la plus déchirante que Beatle avait jamais vue. Il n'avait jamais réfléchi d'une façon ou d'une autre à des drogues récréatives. Il avait déjà fumé de l'herbe au lycée, mais rien de plus.

Voir Casey traverser cela lui fit jurer ici et maintenant

qu'il ne remettrait plus jamais, *jamais*, des drogues récréatives dans son corps. Jamais. Il n'était même pas sûr de vouloir boire à nouveau de l'alcool dans un futur proche.

Il avait été autorisé à rester dans la chambre d'hôpital de Casey, et maintenant que ses constantes semblaient normales et qu'elle dormait depuis des heures, il fut confiant sur le fait que son corps avait enfin évacué la drogue.

Beatle s'allongea sur le matelas à côté d'elle et la prit doucement dans ses bras. Le médecin avait recousu la blessure sur son bras. Il avait également posé une perfusion à Casey dans l'heure qui venait de s'écouler, maintenant qu'elle n'essayait plus constamment de l'arracher. Beatle ne s'était pas douché et n'avait pas mangé depuis qu'ils étaient arrivés à l'hôpital, mais la dernière chose à laquelle il pensait, c'était à lui-même.

À la seconde où il passa ses bras autour de Casey, elle murmura quelque chose qu'il ne pouvait comprendre et Beatle retint son souffle, espérant qu'elle n'était plus sous influence. Mais au lieu de le repousser et de fulminer parce qu'il avait une gigantesque tête de fourmi, elle se blottit simplement autant qu'elle le pouvait.

Le petit matelas rappela à Beatle les moments où ils dormaient ainsi dans le hamac, au Costa Rica. Collés l'un à l'autre, leurs corps transpirants et sales.

Il embrassa légèrement son front, et comme si ses lèvres avaient touché un bouton magique, elle ouvrit les yeux.

Beatle soutint son regard, attendant de voir ce dont elle se souvenait.

* * *

Casey se lécha les lèvres et regarda le visage inquiet de Beatle. Il fronçait les sourcils et ses lèvres étaient pincées en une fine ligne. Elle leva la main pour passer un pouce sur son front afin de lisser ses rides, mais elle fut interrompue par la perfusion dans son bras.

Elle regarda à nouveau son bras et un tas d'images confuses apparurent dans son cerveau. Elle ferma à nouveau les yeux.

— Casey ?

— Hmmm ? marmonna-t-elle.

— Est-ce que tu peux ouvrir les yeux et dire mon nom ?

Troublée quant à la raison pour laquelle il voulait qu'elle dise son nom, elle ouvrit faiblement les paupières et le détailla avant de faire docilement ce qu'on lui disait.

— Beatle.

— Merde.

Ça c'était bizarre à dire. Plus elle y pensait, plus elle se réveillait.

— Qu'y a-t-il ? Tu ne dois pas te lever pour aller à l'entraînement ? demanda-t-elle doucement. Quelle heure est-il ?

Beatle lui redressa le menton avec un doigt et demanda :

— De quoi te souviens-tu à propos d'hier ?

Ce fut à son tour de froncer les sourcils. Mais maintenant qu'elle y réfléchissait, les choses semblaient un peu floues.

— Hmmm. Annie jouait sur son char ?

— Ouais. Autre chose ?

Casey secoua la tête. Elle avait la migraine et l'impression de flotter.

— Tu te souviens que ton amie de Floride est venue dans l'appartement avec Jaylyn et Kristina ?

Elle commença à secouer la tête, mais plus d'images aléatoires commencèrent à vaciller dans son cerveau. Marie, assise dans une chaise devant elle. Jaylyn et Kristina, la serrant dans leurs bras. Les fourmis géantes et les cafards volants. C'était tellement confus.

— Beatle ? Qu'est-ce qui ne va pas chez moi ?

— Chuuuut. Ce n'est rien. Tu vas bien, maintenant.

— *Maintenant* ?

Puisqu'il ne répondait rien, Casey prit une grande inspiration et se releva maladroitement sur ses coudes.

— Dis-moi, exigea-t-elle.

Beatle n'avait pas l'air très heureux, mais il acquiesça.

— Marie Santos est venue dans l'appartement, et apparemment, tu as dit que tu étais d'accord pour la voir, avec les autres filles. Elle t'a droguée et a hypnotisé Jaylyn et Kristina. Tu as paniqué, elle a été arrêtée et le docteur Martin s'est occupé des étudiantes. Tout le monde va bien.

Eh bien. C'était certainement une description courte et succincte de ce qui n'était pas aussi simple qu'il le faisait croire, Casey le savait.

— Tout le monde va bien. ? demanda-t-elle.

Elle se dit que c'était la partie la plus importante.

— Oui.

— Bien alors.

— Dors. Je dois aller retrouver Ghost et les autres, mais je reviens plus tard pour te ramener à la maison.

— Hmm hmmm.

C'était plus un son que de véritables mots, mais Beatle sembla comprendre de toute façon.

— Je t'aime, Casey Shea. Tu n'imagines pas à quel point.

— Je t'aime aussi, Beatle.

Elle sentit qu'il embrassait son front et sourit. Elle aimait quand il faisait ça. Puis elle s'endormit une fois de plus.

* * *

— Elle ne se souvient vraiment de rien ? demanda Blade à Beatle une heure et demie plus tard.

Tous les Deltas se retrouvaient avec leur commandant et discutaient de ce qui s'était produit.

— Pas vraiment. Pas encore. Le médecin dit que plus on utilise de drogue et moins la personne a de souvenirs de l'incident. Elle se souvient peut-être de petits bouts ici et là, mais elle ne se rappellera probablement pas tout ce qu'il s'est passé.

— Je déteste cette foutue pétasse, dit Truck dans sa barbe.

Il faisait évidemment référence au docteur Santos. Il n'avait pas été dans la pièce pendant la majorité des événements, mais il avait vu le regard absolument terrifié sur le visage de Casey quand elle était suspendue au-dessus de lui, par la fenêtre.

— Pas une seule fois Casey n'a regardé mon horrible cicatrice avec peur. Jusqu'à hier. Même au Costa Rica, dans la putain de jungle, elle n'a jamais eu peur de moi.

— Si ça t'aide à te sentir mieux, elle ne te voyait pas *toi*, l'apaisa Beatle. D'après ce que j'ai compris de ses marmonnements, elle a cru que tu étais un dynaste Hercule.

— Ça, ce sont des bêtes horribles, déclara Hollywood en frissonnant. On en a vu un dans la jungle et Casey n'était pas là pour essayer de nous rassurer qu'ils étaient inoffensifs. J'ai cru que j'allais me faire dessus.

Tout le monde rit et Beatle apprécia la tentative de son ami pour alléger l'atmosphère tendue. Il adressa un léger mouvement du menton à Hollywood et il en obtint un en retour.

— Où est cette garce maintenant ? demanda Coach en faisant à nouveau référence à Marie.

— Les flics l'ont emmenée en centre-ville, mais elle était tellement à l'ouest à parler encore et encore de sa recherche, qu'ils ont fini par l'emmener à l'hôpital psychiatrique, expliqua Beatle.

— Mais elle va être inculpée, n'est-ce pas ? demanda Fletch.

— Ouais. Je n'en suis pas encore sûr, mais j'ai le sentiment que le procureur va faire tout ce qui est en son pouvoir pour accumuler autant d'accusations que possible.

— Quelqu'un a appelé l'université pour les prévenir ? s'enquit Chase.

Il était inclus dans la réunion puisqu'il avait été là quand la situation s'était dégradée.

— J'ai appelé ce matin quand ils ont ouvert, déclara Ghost. J'ai raconté à la doyenne ce qu'il s'était passé, que l'une de ses profs était complètement folle. Je lui ai dit qu'elle avait, en gros, kidnappé deux étudiantes, drogué un autre professeur et tout ça après avoir arrangé le kidnapping et la tentative de meurtre au Costa Rica. Elle était si choquée qu'elle n'a même pas essayé de me cacher quoi que ce soit, elle m'a informé que la dernière demande de Marie pour sa recherche avait été refusée, mais elle n'a pas dit ce qu'elle avait proposé.

— Oui, parce qu'elle voulait enlever des gens et observer leurs réactions, râla Blade.

Il s'enfonça dans sa chaise et croisa les bras sur son torse.

— Moi aussi je refuserais cette demande de recherche.

— J'ai également parlé aux autorités costariciennes, poursuivit Ghost. Elles ont confirmé que Marie Santos est entrée dans le pays deux jours après Casey et ses étudiantes. Puis elle est partie un jour après nous. Ils vont interroger quelques personnes à Guacalito et voir s'ils se souviennent d'avoir aperçu Marie traîner dans le coin, et j'ai le sentiment que ce sera le cas.

— Alors c'est fini ? demanda Blade.

Beatle se tendit. Il espérait tellement que ce soit le cas.

— Je pense que oui. Tant que les autorités d'Amérique centrale ne reviennent pas avec des informations contraires, c'est terminé. J'imagine que les villageois sont probablement partis une fois que les chasseurs ont sauvé les autres femmes parce qu'ils redoutaient davantage de ripostes. Mais je n'en suis pas sûr. Je ne serais pas surpris si le gouvernement costaricien n'apprenait jamais ce qui est arrivé exactement à ce village, pourquoi ils sont juste partis. L'important, c'est que Marie a engagé des habitants qui n'ont pas de ressources ni de réelles raisons de venir aux États-Unis pour trouver Casey. Elle est en sécurité et peut retourner à sa vie normale, le rassura Ghost.

Ses paroles étaient un soulagement, mais en même temps, elles stressaient Beatle encore plus. Il ne voulait pas que Casey retourne en Floride. Il voulait qu'elle reste au Texas avec lui. Elle avait dit qu'elle le ferait, mais elle changerait peut-être d'avis maintenant qu'elle était en sécurité. C'était une adulte avec une carrière et une vie. La dernière chose dont il avait envie, c'était de la retenir. Elle lui avait dit qu'elle travaillait pour obtenir une titularisation. Que c'était très important. Si elle démissionnait et changeait d'université, elle devrait recommencer du début, faire marche arrière avec une nouvelle administration. Ce n'était pas une décision qu'ils pouvaient prendre à la légère.

— Comment vont Emily et Annie ? demanda Beatle à Fletch, pour éviter de penser au départ de Casey.

— Elles vont bien. Je suis si fier d'Annie. Elle a fait exactement ce qu'on lui a appris. Quand Emily a dit le mot de passe, « rouge », elle a fait exactement ce pour quoi on l'a entraînée et n'a pas posé de questions. Elles sont allées dans la pièce sécurisée et s'y sont enfermées. Elles ont regardé ce qu'il se passait grâce aux caméras, mais elles ne sont pas sorties jusqu'à ce que j'aille les chercher.

— Aucun mauvais souvenir résiduel de la réception du mariage ?

C'était Chase qui avait posé la question, cette fois.

Fletch sourit.

— Em prévoit de redécorer l'appartement au-dessus du garage, elle dit qu'il a vu trop de tristesse. Et Annie n'a pas arrêté de conduire son char pour poursuivre les méchants. Je vais devoir remplacer le moteur plus tôt que prévu, je crois.

— Alors elles vont bien, conclut Coach.

— Elles vont parfaitement bien, les rassura Fletch.

— Quelqu'un a parlé à Jaylyn ou Kristina ? demanda Hollywood.

— Je l'ai fait, dit Ghost. J'ai appelé leurs parents et elles sont arrivées chez elles ce matin. Elles vont bien, toutes les deux. Le docteur Martin a été génial avec elles. Beatle, tu étais déjà parti avec Casey, mais il a pu leur parler pendant qu'elles étaient encore sous hypnose et il a pu vérifier que Marie ne leur avait pas mis d'étranges déclencheurs. Elles étaient troublées quand le médecin les a fait sortir de leur état hypnotique, mais pas paniquées. Il pense vraiment qu'elles guériront plus vite maintenant que Marie ne les soûlera plus constamment avec la façon dont elles se sont effondrées quand Casey a été séparée d'elle.

Tout le monde acquiesça, soulagé. La dernière chose dont les étudiantes avaient besoin, c'était plus de traumatismes qu'elles n'en avaient déjà connu.

— Quelqu'un a besoin ou veut ajouter quelque chose ? demanda Ghost en regardant chacun des hommes, tour à tour.

Tout le monde secoua la tête, mais Blade prit la parole :

— Merci à tous d'avoir assuré les arrières de ma sœur. Je sais que je n'ai pas besoin de vous le dire, mais je le fais quand même.

— Tu as raison, dit doucement Coach. Tu n'as pas besoin de le dire. On a tous vécu ça. Je ne sais pas ce que c'est notre problème, pourquoi on tombe toujours sur des femmes qui se retrouvent dans des situations extrêmes, mais je suis content que nous ayons été là pour elles.

— C'est clair, conclut Ghost.

— Je suis d'accord, intervint Hollywood.

Blade se tourna alors vers Beatle.

— Je te l'ai déjà dit, mais je vais te le redire. Je ne pourrais pas imaginer un meilleur homme pour être avec ma sœur. Tu m'as prouvé encore et encore que tu ferais tout le nécessaire pour la garder en sécurité. Elle mérite un homme comme toi, un homme qui surveillera toujours ses arrières et qui fera passer sa vie en premier. Nous savons tous qu'être marié à un Delta n'est pas facile, mais je n'ai absolument aucune inquiétude pour vous deux. J'ai juste une demande...

Quand il se tut, Beatle haussa un sourcil en regardant son ami.

— Ne vous enfuyez pas pour aller faire une foutue cérémonie secrète. Ma mère ferait une crise cardiaque. Et je veux vraiment voir son père l'amener jusqu'à l'autel.

— Je ne sais pas si on en arrivera là un jour, répondit honnêtement Beatle. On a beaucoup d'obstacles à franchir.

— Alors franchis-les, bon sang, dit Truck. Fais-les tomber et viens-en à bout. La vie est courte. Vraiment très courte. N'attends pas. Si tu l'aimes et qu'elle t'aime, c'est stupide d'attendre.

Beatle jeta un long coup d'œil à son ami, ayant le sentiment que Truck ne parlait pas de Casey et lui. Puisque Truck ne développa pas son idée, Beatle lui fit un signe de tête et se retourna vers Blade.

— Je promets de ne pas m'enfuir à Vegas pour me marier.

— Fais-lui aussi promettre de faire une rapide cérémonie civile au centre-ville, ajouta Coach.

— Seuls les crétins comme toi feraient un truc dans ce genre, répliqua Beatle.

Tout le monde ricana.

— Si on en a fini ici, je dois y aller et m'occuper de mon vrai travail, intervint le commandant pour la première fois.

Grâce à son sourire, il était évident qu'il plaisantait. Il avait été tout aussi inquiet et soulagé que Casey aille bien, ainsi que le reste de l'équipe.

— Beatle, tu as deux semaines de congés. Aide Casey à s'installer. Réglez vos affaires pour être prêt à travailler quand tu reviens. Je ne voudrais pas que tu aies la tête dans le cul pour ta prochaine mission. Compris ?

— Oui, monsieur, répondit immédiatement Beatle.

Tout le monde se leva pour serrer la main du commandant avant qu'il s'en aille.

Fletch claqua une main dans le dos de Beatle.

— Prêt à aller chercher ta copine ?

— Oh que oui. Ghost ?

L'autre homme se tourna en sortant de la pièce.

— Tu me le diras quand tu auras des nouvelles des officiers costariciens ?

— Bien sûr. Mais je pense honnêtement que c'est vraiment fini, Beatle. Ramène Casey à la maison et aide-la à guérir. Ne t'inquiète pas de quoi que ce soit à moins d'avoir une bonne raison. D'accord ?

— Ça me semble bien.

Il se tourna ensuite vers Chase et tendit sa main. Quand l'autre homme la saisit et la serra, Beatle déclara :

— Merci d'avoir été là.

— Je n'ai rien fait, déclara Chase en enfonçant ses mains dans ses poches. Bon sang, j'étais dans le jardin et je n'avais aucune idée de ce qui n'allait pas.

— Ne te sens pas mal pour ça, dit Beatle à l'officier. Tu ne le savais pas. Aucun de nous ne le savait. Si Casey ne m'avait pas donné d'indice en utilisant mon vrai prénom, j'aurais toujours été sur la base quand elle était en *bad trip*. Tu n'es peut-être pas un Delta, mais tu as été tout aussi important que nous. Si tu as besoin de nous, nous sommes là et pas seulement parce que tu es le frère de Rayne. Compris ?

Beatle ne savait pas vraiment ce qui traversait l'esprit de l'autre homme, mais après une seconde, il acquiesça :

— Compris. Mais je vous laisse faire la cour aux femmes. Je ne suis pas sur le marché.

Tout le monde partit d'un petit rire.

— On disait tous ça, répondit Hollywood.

— On ne sait jamais quand l'amour nous frappera. Tout ira bien dans ta vie et *boum*, elle sera là, dit Fletch à son ami.

— N'est-ce pas la vérité ? murmura Coach.

Chase haussa les épaules.

— Peu importe. Maintenant, si vous avez fini de jouer les femmelettes ici, comme le commandant, j'ai du vrai travail à faire.

Personne ne se vexa, ils rirent juste quand l'homme secoua la tête puis quitta la pièce.

— Tu as besoin d'aide pour ramener Casey à la maison ? demanda Truck.

— Non, je pense que c'est bon, déclara Beatle.

— Tu penses qu'elle apprécierait un peu de compagnie, plus tard ? J'adorerais la voir, si tu penses que ça ne le fera pas flipper, confia Truck.

— Elle adorerait. Je t'appellerai quand nous serons installés.

— Vous retournez chez Fletch ?

Beatle secoua la tête.

— Non, je ne veux pas risquer de lui rappeler de mauvais souvenirs en allant là-bas. Je l'emmène chez moi.

— Tu as fait le ménage depuis la dernière fois que je suis venu ? demanda Truck en haussant un sourcil, sceptique.

Beatle se pencha en avant, récupéra un stylo sur la table et le jeta à son ami.

— Ferme-la.

Ils se sourirent.

— Dis-moi quand elle sera prête et je viendrai, dit Truck.

— Je le ferai. À plus tard.

— À plus tard.

Beatle entendit à peine son ami. Il franchissait la porte pour retourner voir Casey. Elle irait bien. Si elle avait pu survivre à sa captivité dans la jungle, ce serait facile. Il ne s'inquiétait pas de sa guérison. C'étaient les décisions qu'ils avaient devant eux qui les effrayaient vraiment.

ÉPILOGUE

Casey avait hâte de rentrer à la maison. Elle venait juste de terminer son premier jour après avoir repris son travail d'enseignante et cela s'était très bien passé. Elle avait été nerveuse – qui ne l'était pas pour son premier jour ? – et elle voulait parler à Beatle.

Mais bon, elle voulait toujours lui parler. Ce n'était pas la même chose de le faire par téléphone, mais c'était déjà ça.

Quand son téléphone sonna, Casey vit qu'il s'agissait de Jaylyn.

— Salut, Jaylyn. Comment vas-tu ?

— Je vais bien.

— Comment se sont passés tes cours aujourd'hui ?

— Ça a été. Ce n'est pas la même chose sans vous, tu sais ?

Casey sourit et essuya son front recouvert de sueur en marchant jusqu'à sa voiture. Elle était au Texas depuis quelques mois et elle ne pensait pas pouvoir s'habituer un jour à la chaleur. Il faisait chaud en Floride, mais la température au Texas atteignait un tout autre niveau.

— Tu as fini ta rédaction ?

Casey avait insisté pour que les trois étudiantes terminent la rédaction sur laquelle elles travaillaient au Costa Rica. La route avait été difficile pour toutes les quatre. Aucune d'elles n'avait encore beaucoup d'enthousiasme pour les espèces de fourmis sur lesquelles elles avaient fait des recherches avant le kidnapping, mais l'université avait eu l'amabilité de leur offrir un délai supplémentaire et Casey avait travaillé avec chacune des jeunes femmes pour les aider à faire leur rédaction.

— Oui. Je devrais connaître ma note la semaine prochaine, dit Jaylyn. Mais vous savez quoi ?

— Quoi ?

— Je m'en fiche maintenant. Je pourrais échouer et ça n'aurait pas d'importance. On a traversé quelque chose d'horrible, mais j'en ai appris beaucoup sur moi pendant ce temps-là. Et ma nouvelle thérapeute dit que tant que je grandis et que j'apprends, la façon dont les autres me notent n'a pas d'importance.

— Elle a l'air très maline, dit Casey avec un sourire.

Elle tourna la clé dans le contact. L'air qui sortait de la ventilation était chaud, mais elle savait qu'il finirait par se refroidir.

— Quoi qu'il en soit, ne gâche pas tes études à cause de ce qu'il s'est passé.

— Je ne le ferai pas, assura Jaylyn. Mais je vais peut-être changer de discipline.

— Tant que ce n'est pas psychologie, ça me va, répondit sèchement Casey.

La jeune femme à l'autre bout du fil rit.

— Oh que non. Je pensais à l'éducation. J'aimerais enseigner à l'école élémentaire, je pense.

— Ça me semble génial, lui dit Casey.

Et elle le pensait.

— Comment vont mes bébés ?

Elle ne se souvenait pas grand-chose du *bad trip* provoqué par le LSD que Marie l'avait obligée à prendre, mais elle se souvenait d'une chose : les cafards volants qui, elle le croyait, essayaient de manger ses globes oculaires. Résultat, quand Beatle et elle étaient allés en Floride pour vider son appartement et prendre ses affaires, elle avait jeté un regard à ses animaux de compagnie et s'était immédiatement précipitée dans la salle de bain pour vomir. Elle devait leur trouver une autre maison – au plus grand soulagement de Beatle puisqu'il n'aurait pas à vivre avec des blattes – et heureusement, Jaylyn avait dit qu'elle adorerait les avoir.

— Ils vont bien. Vous savez qu'ils nous survivront à toutes les deux.

— C'est vrai. J'apprécie que tu les aies pris. Beatle était super heureux de ne pas avoir à partager son appartement avec mes bébés.

— Mais il l'aurait fait quand même, déclara Jaylyn, confiante.

— Oui, il l'aurait fait, déclara Casey avec un sourire.

Elle trouvait toujours ça hilarant qu'une femme avec un doctorat en entomologie finisse avec un homme qui ne supportait pas les insectes, mais elle était joyeusement passé outre ce défaut chez lui, puisque tout le reste était génial.

— Bref, je voulais juste vous appeler pour vous remercier de ce que vous avez fait pour moi. Je sais que ce n'était pas facile pour vous non plus, lui dit Jaylyn.

— De rien, lui répondit doucement Casey. Je te souhaite le meilleur pour la suite. Appelle-moi quand tu veux.

— Je le ferai. Je dois y aller. À plus tard, docteur Shea.

— À plus tard, Jaylyn.

Casey raccrocha et regarda son téléphone, perdue dans

ses pensées. Quand elle sentit l'air se rafraîchir suffisamment pour qu'elle soit à l'aise, elle secoua la tête et posa son téléphone. Elle avait des trucs à faire. C'est-à-dire retourner à la maison pour retrouver son petit ami et qu'ils parlent de leur journée de travail.

C'était l'une des choses qu'elle préférait en vivant avec Beatle. Peu importait l'heure, ils parlaient toujours de la façon dont leur journée s'était passée.

* * *

Beatle jeta un coup d'œil à l'application sur son téléphone pour savoir où était Casey. Ils avaient tous les deux un logiciel de localisation sur leur portable pour se suivre. Puisque Casey faisait les allers-retours tous les jours jusqu'à Baylor University, il voulait s'assurer qu'elle était en sécurité.

Il avait loué une jolie maison de ville au nord de Temple, pour réduire un peu ses trajets quotidiens. Son vieil appartement à Killeen était un peu petit et il voulait faire ce qu'il pouvait pour s'assurer que Casey ne regrette jamais sa décision d'abandonner son travail et de déménager au Texas.

Il n'en revenait toujours pas qu'elle l'ait fait. Elle lui avait dit qu'il était bien plus important qu'un travail, mais il était toujours ébahi qu'elle ait changé toute sa vie pour un mec de l'armée comme lui. Il ne la méritait pas, mais il n'allait certainement pas se comporter en martyr et l'abandonner.

La doyenne de l'université de Floride n'avait pas été surprise quand Casey lui avait annoncé qu'elle démissionnait. Elle avait admis qu'après le kidnapping, elle avait le pressentiment que Casey ne reviendrait pas. Mais elle avait été plus loin en appelant un collègue à Baylor pour lui dire que Casey déménageait dans cette zone et qu'elle serait un excellent atout pour son équipe.

Beatle ne doutait pas qu'elle obtiendrait le poste, et après quelques entretiens, il s'était avéré qu'il avait raison. La transition avait été plutôt facile et elle avait réussi à être prête pour le début du semestre d'automne. Tout s'était imbriqué si facilement, comme si c'était le destin.

En voyant que Casey se sentait presque à la maison, Beatle s'était dépêché de mettre les touches finales au dîner spécial qu'il avait prévu. Non seulement ils célébraient le premier jour à son nouveau travail, mais il avait reçu de bonnes nouvelles du commandant, ce jour-là. Il avait hâte de les partager avec Casey.

Cinq minutes plus tard, Beatle entendit la clé de Casey dans le verrou. Il l'attendit dans la cuisine et la première chose qu'il vit quand elle arriva fut son grand sourire.

Il se détendit. Il avait eu peur pour elle. Il souhaitait qu'elle apprécie Baylor et son nouveau travail. Apparemment, c'était le cas.

Elle se dirigea directement vers lui, lâchant son sac par terre au passage. Elle passa ses bras autour de lui, se mit sur la pointe des pieds et inclina la tête en arrière.

Beatle lui donna ce qu'elle voulait. Il l'embrassa longuement et ardemment, ne s'éloignant seulement que lorsqu'il sentit son contrôle lui échapper. Peu importait le temps qui passait et le nombre de fois qu'ils faisaient l'amour. Chaque fois qu'il était près d'elle, il la désirait tellement, comme la première fois.

— Tu as passé une bonne journée ? demanda-t-il.

— Ouais. Je ne pensais pas que j'aimerais enseigner les TD de biologie aux premières années, mais étonnamment, les petits ont tous semblé intéressés quand ils ont appris qu'ils pouvaient avoir un diplôme de biologie.

— Et ta classe d'entomologie ? Comment ça s'est passé ?

— Tu sais que j'ai aimé. Même si je n'ai plus envie de

voyager en dehors des États-Unis pour étudier les insectes à nouveau, c'était très sympa de discuter en toute simplicité de mon expérience au Costa Rica... celle d'étudier des insectes, bien sûr.

Elle sourit.

— Même si je suis sûre que les étudiants vont moins aimer leur professeure pragmatique quand ils auront leur premier test. En Floride, les étudiants savaient que j'étais dure. Ces nouveaux gamins vont devoir l'apprendre à leurs dépens.

Beatle sourit à Casey. Il aimait l'entendre parler de son enseignement. Il était évident qu'elle adorait ça et qu'elle était douée dans ce qu'elle faisait. Peut-être que s'il y avait plus d'enseignants comme elle, il aurait été plus loin dans ses études qu'il ne l'avait fait. Mais dans ce cas-là, il ne serait probablement pas là, avec elle.

— Je t'aime, dit-elle.

— Je t'aime aussi. Qu'est-ce que tu as préparé pour le dîner ?

Beatle réprima un ricanement. Il aimait avec quelle nonchalance elle lui disait qu'elle l'aimait. Il n'y avait aucun problème là-dedans. C'était juste ainsi.

— Des steaks. Ils sont en train de reposer et devraient être prêts dans une minute ou deux.

— Miam, des steaks !

Elle s'éloigna de lui pour soulever le couvercle de la poêle sur la cuisinière.

— Et du riz ? Excellent.

Casey l'aida à servir leur dîner et emporta les assiettes jusqu'à la table.

— Assieds-toi, je vais te servir un verre de vin.

Ils partagèrent une conversation banale pendant le repas et Beatle songea à nouveau à quel point sa vie était différente d'il y a quelques mois. Il n'aurait jamais pensé être celui qui s'assurait que le repas était prêt pour sa copine quand elle rentrerait du travail. Il n'était pas un salaud, mais il s'était toujours vu dans un type de relation traditionnelle homme-femme. Il travaillerait et gagnerait l'essentiel des revenus du foyer. Sa petite amie ferait le ménage et préparerait le dîner pour lui quand il rentrerait à la maison.

Casey détruisait ce stéréotype. Elle gagnait plus d'argent qu'il ne s'en ferait jamais dans l'armée, et souvent, elle rentrait à la maison après lui. Leur maison n'était pas vraiment propre, mais cela ne les gênait ni l'un ni l'autre. Ils étaient ensemble et heureux, c'était tout ce qui comptait.

Ils apprenaient à se connaître et tous les matins, Beatle se réveillait en se demandant ce qu'il apprendrait sur Casey ce jour-là. Il n'imaginait même pas se lasser d'elle.

Quand ils eurent fini de manger, il apporta les assiettes dans l'évier et les laissa ici. Il les mettrait dans le lave-vaisselle plus tard. Il prit la main de Casey et la mena vers le canapé. Il s'assit, l'attirant sur ses cuisses en même temps.

— J'ai appelé le commandant aujourd'hui, dit Beatle.

— Et ?

— La police costaricienne a trouvé le mec qu'on a vu dans la jungle l'autre jour.

Elle écarquilla les yeux.

— Celui que j'ai poussé sur le nid de fourmis balle de fusil ?

— Oui. Celui-là.

— Il est en vie ? demanda Casey.

Beatle voyait l'espoir dans ses yeux. Il ne savait pas qu'elle s'inquiétait du sort de ce crétin, mais il aurait dû s'en rendre compte. Elle n'était pas un soldat. Elle n'était pas habituée à la violence. Elle ne souhaiterait certainement pas avoir la mort d'un autre être humain sur les épaules.

— Oui, ma belle. Il est en vie.

Le soulagement dans son regard fut la confirmation qu'il aurait dû lui parler de ça plus tôt.

— Bien. Qu'est-ce qu'il a dit ?

— Il a confirmé ce qu'on pensait depuis le début. Marie les a payés, lui et les autres dans son village pour qu'ils te kidnappent avec les filles. Quand elles ont été sauvées et que Marie a appris que tu l'avais été aussi, elle a dit qu'elle doublerait son offre de départ s'ils te traquaient pour elle et qu'ils te tuaient.

Les épaules de Casey s'affaissèrent. Beatle se précipita pour lui annoncer la bonne nouvelle :

— C'est fini, Casey. Il a confirmé que personne ne te cherchait. Quand Marie a quitté le Costa Rica sans les payer, et comme tant des leurs ont été tués dans la jungle, personne n'avait le désir ni les moyens de te pourchasser jusqu'aux États-Unis.

— Alors je n'ai plus à m'inquiéter que quelqu'un me pourchasse et essaie de me kidnapper ? demanda-t-elle, pleine d'espoir.

— Non.

Chaque muscle de son corps se détendit contre lui et Beatle fut ravie de faire ça pour elle.

— Et Marie ? Tu as eu de ses nouvelles, dernièrement ?

C'était l'information pas si marrante qu'il avait à lui donner.

— Elle est morte, Casey.

Elle se redressa sur les cuisses de Beatle.

— *Quoi ?* Je croyais qu'elle se faisait aider ?

— C'était le cas. Le début de son procès n'était pas prévu avant quelques mois et le procureur de Floride a ordonné qu'elle reste dans un hôpital psychiatrique. Mais j'imagine qu'elle a réussi à faire croire qu'elle était plus stable que jamais. Après avoir reçu un message disant que sa recherche était moralement répréhensible et ne verrait jamais le jour, elle s'est pendue dans sa chambre, entre deux tours de garde dans la nuit.

Casey s'effondra à nouveau contre lui et Beatle attendit qu'elle digère ce qu'il avait dit.

— Je ne sais pas vraiment quoi ressentir, admit-elle après une ou deux minutes.

— Ressens ce que tu veux, ma belle. Je ne vais pas t'en vouloir si tu es heureuse qu'elle soit morte et que tu n'aies pas à témoigner. Je dois admettre que je n'étais pas vraiment ravi que tu puisses revivre ce que tu avais vécu pendant son procès.

— Eh bien, moi non plus, mais je ne suis pas exactement heureuse qu'elle soit morte.

Beatle posa un doigt sous son menton et tourna son visage vers lui. Il la regarda fixement pendant un moment, essayant de comprendre où son esprit s'était enfoncé. Puisqu'il ne vit pas de culpabilité, il en fut satisfait.

— Tu ne serais pas la femme que j'aime plus que la vie si tu étais heureuse qu'elle soit morte. Mais je vais te dire, je suis fou de joie qu'elle soit morte. Elle t'a kidnappée. Elle t'a torturée. Elle a engagé des mecs pour te tuer. Puis elle a essayé de t'embrouiller encore plus l'esprit – et elle a *ri* quand tu n'avais plus ta tête et que tu pensais que les autres et moi, on était des insectes gigantesques. Je ne suis pas désolé qu'elle ne soit plus en vie.

— Eh bien Beatle. Pourquoi tu ne me dis pas comment tu te sens vraiment ? marmonna Casey.

Beatle la laissa détourner le regard et il la serra contre son torse.

— Je ne vais pas faire semblant d'être triste qu'elle soit morte, Casey. J'ai tué plus de personnes que je ne peux m'en souvenir et ils étaient tous mauvais. Je n'ai pas pu tuer Marie Santos, mais je ne suis pas désolée qu'elle soit partie. Je suis juste désolée qu'elle n'ait pas eu à souffrir comme toi. Si j'avais eu un mot à dire, elle serait morte en étant jetée dans un trou dans le sol où on l'aurait laissée mourir.

— Tu es un peu assoiffé de sang, Beatle, l'informa Casey.

Il ne put s'en empêcher. Il sourit.

— Quand il s'agit de toi, oui, je le suis. Tu as un problème avec ça ?

Elle attendit avant de répondre, et quand Beatle commençait à s'inquiéter d'avoir été trop loin, elle secoua la tête.

— Non. Ça ne me dérange pas que tu joues les gros bras avec quelqu'un qui essaie de me faire du mal. Tant que ça ne te dérange pas si je fais la même chose.

— Casey, tu ne pourrais faire de mal à personne.

— Je *t'*ai fait mal, lui rappela-t-elle.

Elle passa ses doigts sur la cicatrice sur son bras, là où elle l'avait entaillé avec le couteau quand elle était en *bad trip*.

Il ricana.

— Je ne l'ai même pas senti, la rassura-t-il pour la millionième fois.

— Pff, souffla-t-elle. Menteur. Mais oui, tu as raison. La violence n'est pas vraiment mon truc. Mais j'ai accès à beaucoup de petites bestioles. Je peux prendre ma revanche sans avoir à utiliser la violence.

Beatle frissonna.

— Mon Dieu. Je ne veux même pas penser à ce que tu pourrais faire avec tous ces insectes dans ton labo, à l'université.

Casey gloussa. Puis elle l'observa avec un regard intense.

— Je suis heureuse.

Beatle glissa une main de haut en bas dans son dos.

— J'en suis ravi. Moi aussi, je le suis.

— Même si tout ce qui est arrivé, ça craint, ça m'a menée à toi. Je ne peux pas m'en sentir désolée.

Beatle prit une grande inspiration et acquiesça.

— Je t'aime, Casey. Tu ne sauras jamais à quel point.

— Je sais à quel point, parce que je t'aime de la même façon.

Beatle se leva avec Casey dans ses bras. Elle ne protesta pas et se tint simplement à lui quand il avança.

Il traversa le couloir jusqu'à leur chambre. Sans un mot, il la posa sur le lit et tendit la main vers l'ourlet de son t-shirt. Beatle devait être en elle. Maintenant.

Une heure plus tard, ils étaient blottis sur le lit king-size, les couvertures sens dessus dessous, mais aucun d'eux ne bougea pour les remettre sur eux. Leurs corps étaient légère-ment recouverts de sueur et leur respiration n'était pas encore revenue à la normale après leurs ébats enthousiastes.

— Beatle ? demanda Casey.

— Oui, ma belle ?

— Tu penses qu'on pourrait peut-être accrocher à hamac dans le coin de la chambre.

Beatle rejeta sa tête en arrière et rit. Il avait le sentiment que Casey l'obligerait toujours à rester sur le qui-vive.

— J'irai en ligne demain et j'en commanderai un, lui dit-il quand il reprit le contrôle de lui-même.

Ses doigts traçaient distraitement des formes sur son torse et il la sentit sourire contre son épaule.

— Quand j'étais dans ce trou, je voulais tellement vivre, dit-elle doucement. Je ne savais pas pourquoi. Tout ce que je savais, c'était que je ne voulais pas abandonner parce que quelque chose de génial m'attendait. Et puis tu es apparu. J'ai levé les yeux et j'ai su en un clin d'œil et *tu* étais cette chose géniale qui m'attendait.

La gorge de Beatle se noua et il fut incapable de parler. Tout ce qu'il put faire fut de raffermir sa prise autour d'elle. Comme si elle comprenait, Casey se pencha en avant, embrassa sa mâchoire et reposa sa tête contre lui.

Plus tard, quand Beatle avait remonté les couvertures pour garder au chaud leurs corps refroidissant et quand il entendit Casey ronfler légèrement, Beatle trouva les mots qu'il n'avait pas pu trouver plus tôt :

— J'ignorais totalement que j'allais trouver l'autre moitié de mon âme dans la jungle costaricienne.

* * *

Truck entra chez lui, fermant discrètement la porte derrière lui. Il ne savait pas si Mary dormait, et si c'était le cas, il ne voulait pas la réveiller. Elle ne dormait déjà pas bien. Il posa son sac dans le couloir et alla dans le salon.

Elle s'était endormie sur le canapé, une émission de cuisine passait à la télé. Truck s'agenouilla à côté d'elle et la fixa simplement pendant plusieurs minutes, s'imprégnant de tout ce qu'elle était.

Ses cheveux avaient suffisamment repoussé pour qu'elle n'ait plus l'air malade. Le fait est qu'elle n'était plus malade. Elle avait vaincu le cancer... deux fois. Mais la dernière fois n'était pas passée loin. Elle avait porté une perruque jusqu'à ce que ses cheveux soient suffisamment longs pour qu'elle puisse les coiffer. Personne ne s'en était rendu compte parce qu'elle s'était débrouillée pour éviter Rayne et les autres autant que possible.

Malgré qu'il soit si proche désormais, Truck se souvenait de ses beaux yeux marron remplis de douleur et de souffrance. La dernière série de chimiothérapie avait été difficile, mais c'étaient les radiations qui avaient failli l'achever. La peau sur sa poitrine avait littéralement été brûlée à cause des traitements. Cela avait été douloureux à toucher et elle avait été incapable de soulever quoi que ce soit. Le médecin lui avait prescrit plusieurs antalgiques puissants et elle avait utilisé au moins trois différents types

363

de crème, à la fois pour soulager la douleur et soigner sa peau.

Mais c'était derrière elle... *eux*... maintenant. Tout ce qu'il leur restait à gérer, c'était l'engourdissement persistant et le picotement dans ses doigts qui résultaient de la chimio. Mais le médecin avait dit que cela aussi devrait disparaître avec le temps.

Cédant à la tentation, Truck passa une main sur les cheveux courts et doux sur sa tête. Elle avait de beaux cheveux bruns épais avant de les perdre et ils avaient repoussé tout fin et frisé. Elle était allée voir son coiffeur et lui avait demandé de mettre des mèches roses et violettes et de faire un léger balayage, un peu comme la première fois qu'il l'avait vue.

Même si son contact était léger, Mary ouvrit les yeux.

— Tu es de retour, dit-elle, endormie.

— Oui, chérie. Je suis de retour.

— Tu vas bien ? demanda-t-elle.

— Je vais bien, lui répondit Truck avec un petit sourire.

Puis il se leva et la prit facilement dans ses bras. Elle ne protesta pas, se blottissant simplement contre son torse et passant ses bras autour de son cou.

Truck appréciait que Mary n'ait jamais peur de dire ce qu'elle avait sur le cœur. Si elle était fatiguée, elle l'avouait. S'il l'agaçait ou n'importe quoi d'autre, elle n'avait aucun problème à le lui faire savoir. Il la comprenait probablement mieux que n'importe qui. Pour les autres, elle passait pour une pétasse. Dure. Intransigeante. Mais c'était dans ces moments-là, quand elle se détendait et le laissait prendre soin d'elle, que Truck l'aimait le plus.

Il la porta jusqu'à la grande chambre et la posa doucement sur l'immense lit king-size. Elle se tourna immédiatement sur le côté et se rendormit. Truck voulut se placer à côté d'elle, mais il avait quelque chose à faire, d'abord.

À contrecœur, il s'éloigna du lit et partit vers la porte. Ses doigts s'attardèrent sur la photo encadrée sur le mur, juste à côté de l'encadrement. Elle avait été prise quelques mois plus tôt, le jour de leur mariage. C'était le jour où son ami, Fish, avait eu besoin que l'équipe vienne en Idaho, mais où Truck ayant finalement convaincu Mary de l'épouser, n'avait pas pu les rejoindre.

Truck avait quasiment aimé Mary dès la première fois qu'il l'avait vue. Elle avait été désobligeante avec lui, pour défendre sa meilleure amie, Rayne. Le jour de leur mariage avait été l'un des meilleurs de sa vie.

Truck passa une main sur la photo sous verre et sourit. Mary pensait que lorsqu'elle irait mieux, ils divorceraient et que personne ne saurait qu'ils avaient été mariés. Elle avait toujours son appartement, mais la plupart du temps, elle finissait par dormir chez lui. Quand elle était malade, elle faisait de son mieux pour parler à Rayne par téléphone au lieu de la voir, mais quand elles se voyaient, elle s'assurait de demander à son amie de venir la chercher *chez elle*.

En aucun cas il ne la laisserait tomber. Pas après avoir dormi à ses côtés presque toutes les nuits ces derniers mois. Pas après l'avoir tenue dans ses bras quand elle se sentait horriblement mal suite à la chimio. Pas après qu'elle eut subi tant de douleur à cause des brûlures des radiations sur sa poitrine qu'elle l'avait laissé mettre de la pommade sur sa peau.

Il ferma doucement la porte de la chambre et retourna dans le salon. Non, Mary Weston était à lui. Point. Pour toujours.

* * *

Blade s'assit sur le canapé et donna des coups de fourchette peu enthousiastes sur son repas. Il l'avait préparé au micro-

365

ondes parce qu'il était trop fatigué pour faire quoi que ce soit d'autre. Non, c'était un mensonge. Il était simplement trop déprimé pour faire quoi que ce soit d'autre.

Il était heureux pour sa sœur. Casey et Beatle étaient terriblement heureux et Blade en était ravi. Mais il s'était rendu compte plus tôt qu'il était désormais le seul mec de l'équipe à ne pas avoir une femme dans sa vie. Le reste des mecs était à la maison avec leur femme ou leur petite amie, maintenant, plus heureux que des cochons dans de la boue. Et voilà qu'il était là, assis pathétiquement sur le canapé, observant un écran de télé éteint, se demandant s'il trouverait un jour quelqu'un qui pourrait le supporter.

Son téléphone sonna. Le téléphone de la maison. Celui auquel il ne répondait jamais et qu'il possédait simplement parce que c'était moins cher de prendre le pack avec le câble et Internet s'il avait également la ligne de téléphone. Il sonnait parfois, mais il ne décrochait jamais. Cependant, ce soir, il s'ennuyait. Et s'agitait. Et était jaloux. Jaloux du bonheur de ses coéquipiers parce qu'il le voulait pour lui-même.

— Allô ?

— Bonjour ! Mon nom est Wendy. Comment allez-vous ?

— Euh... bien.

— Génial. Je vous appelle ce soir pour vous demander si vous avez pensé à votre avenir.

— Mon avenir ? demanda Blade.

Il savait qu'il n'achèterait rien à quelqu'un qui faisait du démarchage téléphonique, mais la voix de la femme à l'autre bout du fil était mélodieuse et apaisante. À quel point sa vie était-elle devenue pathétique s'il prolongeait la conversation parce qu'il aimait le son de sa voix ?

— Oui. Votre avenir. Êtes-vous marié ?

— Non.

— Des enfants ?

— Encore non.

— D'accord, eh bien, vous devez avoir une famille.

Blade entendait qu'elle désespérait.

— Oui, Wendy, j'ai une famille.

— Génial !

Sa voix était à nouveau guillerette.

— Si quelque chose vous arrive, vous voudriez être sûr de ne pas être un fardeau pour votre famille. Vous voudriez prendre soin d'eux. Je peux vous aider à le faire. Est-ce que vous saviez que l'assurance vie temporaire est bien moins chère que l'assurance continue ? C'est le cas. Et pour seulement vingt dollars par mois, vous pouvez avoir un contrat assez large qui permettra à vos êtres chers de vous offrir les funérailles que vous méritez et qui leur offrira en même temps la possibilité de tourner la page et d'être apaisés en même temps. En plus, quand vous...

Blade arrêta d'écouter ce qu'elle disait réellement et se concentra une fois de plus sur le son de sa voix. Il ferma les yeux et imagina qu'elle était assise à côté de lui sur le canapé et lui parlait de sa journée. Pathétique, mais cela l'aidait à se sentir moins seul.

— Monsieur ?

Blade cligna des yeux avant de les ouvrir. Il se rendit compte qu'elle avait arrêté de parler et attendait sa réponse.

— Oui, Wendy ?

— Qu'est-ce que vous en pensez ?

— Je suis dans l'armée.

— Oh... euh... d'accord ?

Il ricana.

— J'ai une assurance vie. Je n'ai pas besoin de plus.

— Oh.

Elle semblait maintenant abattue.

— Je comprends.

Pour une raison quelconque, Blade ne voulait pas que la conversation se termine.

— Comment allez-vous, ce soir, Wendy ?

— Moi ? Hmm... ça va, j'imagine.

— Vous n'avez pas l'air bien, observa Blade.

— Eh bien, vous êtes la quatre-vingt-troisième personne que j'ai appelée ce soir et je n'ai pas conclu un seul contrat.

— Ça craint, déclara-t-il pour exprimer sa compassion.

Il ignorait si elle essayait de le faire culpabiliser de ne pas avoir contracté une assurance vie dont il n'avait pas besoin et qu'il ne voulait pas.

— Oui.

Sa voix était redevenue forte.

— Mais au moins, vous ne m'avez pas raccroché au nez. Et vous ne m'avez pas donné des noms d'oiseaux. Ni juré.

— Ça arrive ?

— Tout le temps, lui dit-elle.

— J'imagine que le démarchage téléphonique n'a rien de drôle, observa-t-il.

— Ça craint, chuchota-t-il.

— Alors pourquoi vous le faites ? répondit honnêtement Blade.

— Parce que j'ai besoin de revenus supplémentaires. J'ai un travail de jour, mais travailler ici quelques heures chaque soir me permet de gagner assez pour garder la tête hors de l'eau.

Blade comprenait ça. Quand il avait rejoint l'armée, il était totalement fauché. Même les sandwichs au ketchup étaient trop chers parfois.

— J'ai connu ça, lui dit-il.

— Est-ce que je... Est-ce que je peux vous poser une question ?

— Je crois que vous venez de le faire, répondit sèchement Blade.

Elle gloussa et le bruit féminin alla directement dans sa queue. Blade cligna des yeux, surpris. Il n'avait pas pensé à la femme à l'autre bout du fil de manière sexuelle, mais à la seconde où elle rit... soudain, il la voulut. Il ne savait pas du tout à quoi elle ressemblait, ni rien à part son nom, mais ce son discret et doux ne ressemblait à rien de ce qu'il avait déjà entendu.

— Comment vous appelez-vous ?

— Aspen, déclara Blade sans hésitation.

— Vraiment ? Comme la station de ski ?

Ce fut à son tour de rire.

— Oui, comme la station de ski.

— J'aime bien. C'est inhabituel. Aspen ?

— Oui, chérie ?

— Merci d'avoir été gentil. J'ai eu une journée difficile et même si je ne m'attendais pas à ce que vous m'achetiez une assurance, j'apprécie que vous la refusiez gentiment.

Imaginer que quelqu'un ne soit pas sympa avec elle frappa violemment Blade.

— De rien. Alors... vous faites ça tous les soirs ?

— Quoi ?

— Appeler des étrangers et leur parler ?

— Eh bien, non. Je ne travaille que quelques jours par semaine et comme je vous l'ai dit plus tôt, la plupart des gens me raccrochent au nez ou m'insultent.

— Si vous me rappelez, je ne raccrocherai pas et je ne vous insulterai pas, lui avoua Blade.

Elle resta silencieuse un moment, puis demanda :

— Est-ce que vous êtes en train de dire que ça ne vous dérangerait pas si je rappelais ?

— C'est ce que je dis, confirma Blade en se demandant s'il était fou.

Les mecs lui feraient sa fête s'ils savaient qu'il était tellement désespéré d'avoir quelqu'un qu'il suppliait pratiquement une inconnue de l'appeler. Bon sang, elle pouvait avoir plusieurs décennies de plus que lui ou être hideuse, mais il ne pensait pas que l'une ou l'autre de ces options étaient vraies.

— Je... J'aimerais bien, répondit-elle doucement. Mais vous devez savoir que je ne vends pas toujours des assurances. Chaque soir, c'est quelque chose de différent.

— Alors j'ai hâte de voir ce que vous me vendrez la prochaine fois. Ce sera une surprise.

Elle gloussa à nouveau et Blade ferma les yeux, s'imprégnant de ce son.

— Je ne suis pas sûr que ce soit quelque chose dont vous aurez besoin.

— J'ai besoin de beaucoup de choses, répliqua mystérieusement Blade. Vous avez mon numéro.

Il entendit des bruissements de papier, puis déclara :

— Oui.

— J'ai hâte d'avoir de vos nouvelles.

— D'accord. Aspen ?

— Oui ?

— Vous avez dit que vous étiez dans l'armée. Merci de servir votre pays. Je ne sais pas ce que vous faites, mais dans tous les cas, je suis sûre que c'est important. Ça va aller pour vous... n'est-ce pas ?

Et juste avec ces paroles, Blade se perdit. Cela faisait longtemps que quelqu'un, autre que sa sœur, ne s'était pas inquiété pour lui.

— Merci, ma belle. Oui, ça va aller.

— Bien. D'accord, je dois y aller. Mon patron me jette un coup d'œil en coin. Je crois qu'il sait que je raconte des idioties et que je perds du temps. Encore merci de ne pas vous être comporté en crétin.

— De rien. À plus tard.

— Au revoir.

Blade raccrocha et s'assit sur le canapé quelques minutes, perdu dans ses pensées, essayant de décider s'il était pathétique, fou, ou un simple pigeon. Finalement, il se leva et jeta son dîner à moitié mangé dans la poubelle. Il partit dans le couloir jusqu'à sa chambre et se prépara à se coucher.

Allongé là, essayant de fermer son esprit assez longtemps pour s'endormir, il ne put s'empêcher de se demander si Wendy rappellerait. Il l'espérait... vraiment.

* * *

— Comment va Sadie ?

Chase répondit à voix basse, puisqu'il savait que la femme dont parlait Sean Taggart dormait dans la pièce d'à côté.

— Elle va bien.

— Des nouvelles de ce crétin, Jonathan Jones ?

— Non.

— Je vais venir ce week-end.

Chase soupira silencieusement. Sean était venu dans la région de Fort Hood – avec sa bénédiction – pour prendre des nouvelles de sa nièce tous les samedis depuis que Chase l'avait amenée dans son appartement pour garder un œil sur elle. Jonathan Jones était un pédophile qui était devenu obsédé par Sadie et était toujours en cavale. Chase s'était porté volontaire pour garder un œil sur Sadie jusqu'à ce que cet abruti soit trouvé.

— Ça me semble bien. J'ai une autre réunion avec le détective qui est en contact avec le FBI, à San Antonio, samedi. Tu veux qu'on se retrouve à la gare ?

— Ça marche. Grace a préparé un autre énorme sac que je vais apporter avec moi aussi. Tout ça ne te dérange pas ? demanda Sean. Ça fait un mois et Sadie peut être difficile à gérer, dans le meilleur des cas. Je pense toujours qu'elle est plus en sécurité avec toi parce que Jonathan pourrait facilement trouver un lien avec nous et venir pour la chercher, mais si elle se met tout le temps dans tes pattes, je me débrouillerai pour que ça fonctionne.

— Non, dit rapidement Chase. Ce n'est pas un supplice de l'avoir ici.

Sean avait dû entendre quelque chose dans le ton de Chase, puisqu'il baissa la voix et dit d'une voix menaçante :

— Ne fricote pas avec ma nièce, Jackson.

— Ce n'est pas le cas. Elle est en sécurité avec moi. Dans tous les sens du terme.

Il y eut un long silence à l'autre bout du fil avant que Sean dise :

— Il vaudrait mieux. Je te verrai samedi.

Puis il raccrocha.

Chase en fit de même et tendit l'oreille une seconde pour voir si sa conversation avait réveillé Sadie. Puisqu'il n'entendit rien dans la chambre d'ami, il soupira de soulagement.

Il avait été attiré par Sadie à la seconde où il avait vu sa photo, mais qu'elle vive avec lui et qu'elle partage son espace n'avait fait que solidifier son attirance. Elle était solide, n'acceptait les mauvais comportements de personne et avait de bonnes répliques cinglantes. Mais plus que ça, elle était empathique, généreuse et son âme était belle.

Penser que Jonathan Jones pouvait poser les mains sur elle – encore – était odieux. Elle avait magnifiquement bien géré ce qui lui était arrivé, mais Chase ne voulait pas que ce salaud la touche à nouveau.

Les oncles de Sadie étaient plus que qualifiés pour la garder en sécurité, mais l'homme primaire en Chase voulait qu'elle reste avec lui. *Il* voulait la protéger. Il ferait n'importe quoi non seulement pour lui assurer qu'elle pouvait vivre sa vie comme elle le souhaitait, mais aussi pour mériter son amour.

*

Ne ratez pas le prochain tome de la série *Delta Force Heroes* : Un héros pour Wendy.

NOTES

Chapitre 3

1. En anglais, *beetle* (même prononciation que Beatle) signifie scarabée.

DU MÊME AUTEUR

<u>Autres livres de Susan Stoker</u>

Delta Force Heroes Series

Un héros pour Rayne

Un héros pour Emily

Un héros pour Harley

Un mari pour Emily

Un héros pour Kassie

Un héros pour Bryn

Un héros pour Casey

Un héros pour Wendy (Mars)

Un héros pour Mary (Avril)

Un héros pour Macie (May)

Forces Très Spéciales Series

Un Protecteur Pour Caroline

Un Protecteur Pour Alabama

Un Protecteur Pour Fiona

Un Protecteur Pour Summer

Un Protecteur Pour Cheyenne

Un Protecteur Pour Jessyka

Un Protecteur Pour Julie

Un Protecteur Pour Melody

Un Protecteur Pour the Future

Un Protecteur Pour Kiera

Un Protecteur Pour Dakota

* * *

En Anglai

Delta Force Heroes Series

Rescuing Rayne

Rescuing Emily

Rescuing Harley

Marrying Emily (novella)

Rescuing Kassie

Rescuing Bryn

Rescuing Casey

Rescuing Sadie (novella)

Rescuing Wendy

Rescuing Mary

Rescuing Macie (novella)

Delta Team Two Series

Shielding Gillian (Apr 2020)

Shielding Kinley (Aug 2020)

Shielding Aspen (Oct 2020)

Shielding Riley (Jan 2021)

Shielding Devyn (TBA)

Shielding Ember (TBA)

Shielding Sierra (TBA)

SEAL of Protection: Legacy Series

Securing Caite

Securing Brenae (novella)

Securing Sidney

Securing Piper

Securing Zoey

Securing Avery (May 2020)

Securing Kalee (Sept 2020)

Ace Security Series

Claiming Grace

Claiming Alexis

Claiming Bailey

Claiming Felicity

Claiming Sarah

Mountain Mercenaries Series

Defending Allye

Defending Chloe

Defending Morgan

Defending Harlow

Defending Everly

Defending Zara

Defending Raven (June 2020)

SEAL of Protection Series

Protecting Caroline

Protecting Alabama

Protecting Fiona

Marrying Caroline (novella)

Protecting Summer

Protecting Cheyenne

Protecting Jessyka

Protecting Julie (novella)

Protecting Melody

Protecting the Future

Protecting Kiera (novella)

Protecting Alabama's Kids (novella)

Protecting Dakota

Badge of Honor: Texas Heroes Series

Justice for Mackenzie

Justice for Mickie

Justice for Corrie

Justice for Laine (novella)

Shelter for Elizabeth

Justice for Boone

Shelter for Adeline

Shelter for Sophie

Justice for Erin

Justice for Milena

Shelter for Blythe

Justice for Hope

Shelter for Quinn

Shelter for Koren

Shelter for Penelope

À PROPOS DE L'AUTEUR

Susan Stoker est une auteure de best-sellers aux classements du New York Times, de USA Today et du Wall Street Journal. Elle a notamment écrit les séries Badge of Honor: Texas Heroes, SEAL of Protection et Delta Force Heroes. Mariée à un sous-officier de l'armée américaine à la retraite, Susan a vécu dans tous les États-Unis, du Missouri jusqu'en Californie en passant par le Colorado, et elle habite actuellement sous le vaste ciel du Tennessee. Fervente adepte des fins heureuses, Susan aime écrire des romans où les sentiments laissent place au grand amour.

http://www.StokerAces.com

facebook.com/authorsusanstoker

twitter.com/Susan_Stoker

instagram.com/authorsusanstoker

goodreads.com/SusanStoker